पारा पारा

उपन्यास

प्रत्यक्षा

पारापारा

राजकमल प्रकाशन

ISBN : 978-93-94902-68-8

मूल्य : ₹695

पहला संस्करण : 2022

प्रकाशक : राजकमल प्रकाशन प्रा. लि.
1-बी, नेताजी सुभाष मार्ग, दरियागंज
नई दिल्ली-110 002
शाखाएँ : अशोक राजपथ, साइंस कॉलेज के सामने, पटना-800 006
पहली मंजिल, दरबारी बिल्डिंग, महात्मा गांधी मार्ग, प्रयागराज-211 001
36 ए, शेक्सपियर सरणी, कोलकाता-700 017
वेबसाइट : www.rajkamalprakashan.com
ई-मेल : info@rajkamalprakashan.com

मुद्रक : यश प्रिंटोग्राफिक्स
नोएडा-201 301 (उत्तर प्रदेश)

PARA PARA
Novel by Pratyaksha

उन सारी मोहब्बतों के नाम
जिन्होंने हमें अमीर बनाया

कोई तार अतीत का

इस किताब को लिखते कई दुनियाओं में विचरती रही। अतीत और वर्तमान के बीच झूलना कई बार सुखद था पर बाज़ दफ़ा तकलीफ़देह भी। बहुत से सन्दर्भ मेरी माँ की कहानियों से आए, कई मेरी स्मृति से, कई दूसरों से सुने हुए और बहुत कुछ बातें कल्पना की उड़ान रहीं। मन विचरता रहा, भिन्न समय भूगोल में।

कई टुकड़े इस उपन्यास से निकल अलग से छपे, ख़ासकर जंगल का जादू तिल तिल। पर अलग-अलग टुकड़ों में लिखी जा रही इस किताब पर जब-जब लौटी और सोचा कि इसे फिर से लिखें, हर बार महसूस हुआ कि उस दुनिया को जैसे ये विस्तार और दृश्य देती थीं वैसे दोबारा न लिखा जाएगा। तो ये हिस्से फिर लौट आए अपनी जगह।

यहाँ ये कहना भी बनता है कि जब लिखना शुरू किया ही था उसी वक़्त इस उपन्यास का बीज मन और काग़ज़ पर पड़ा था। कम्प्यूटर पर फोल्डर बना पड़ा रहा और मेरे साथ-साथ समय-यात्रा करता रहा।

मेरा मानना है कि हर चीज़ के लिए एक नियत समय होता है। बीच में कितनी और चीज़ें लिखती रही। ये कहीं गुम पड़ा रहा। अवचेतन में धीमे धड़कता रहा। फिर इसका भी समय आया। पिछले साल जम्मू-प्रवास में अकेले रहने के दौरान मन आगे-पीछे भागता रहा। अपने से संवाद करते रहने की सहूलियत ज़्यादा बनी। अकेले रहना और कोविड की वजह से बाहरी दुनिया के बन्द होने की स्थिति में हम सब ख़ुद में ज़्यादा उतरते गए। उन्हीं दिनों इस उपन्यास को फिर से दिल के क़रीब किया। सिर्फ़ एक बात का अफ़सोस रहा कि अगर माँ होतीं तो शायद इस बात से बेहद खुश होतीं कि उनके बचपन का गाँव कल्पना में ही सही, फिर से जीवित हुआ।

मैं माँ के गाँव, बेहद उत्कट इच्छा के बावजूद, कभी गई नहीं लेकिन इस लिखे में मैंने कोई तार अतीत का जोड़ा है, कि कोई समय शायद वैसा होता होगा जिसने हमें ऐसा बनाया जैसे हम हैं।

कवाफी की कविता 'इथका' शायद उस चाहना को, उस सफ़र को बयान करती है जो मैं महसूस करती हूँ अपने उस अतीत के लिए जो मेरे पुरखे जिए, अपने उस वर्तमान के लिए जो मैं जीती हूँ, अपने उस भविष्य के लिए जो मेरे आगे की पीढ़ी जिएगी।

'पारा पारा' के सारे किरदार काल्पनिक हैं, लल्लां कोट काल्पनिक है, मन्दार काल्पनिक है। हीरा, तारिक़ और निर्मल, बहार, उदय और नैन, कुसुमलता और राय साहब, यहाँ तक कि कैथी भी, सब काल्पनिक हैं। लेकिन अगर आप मुझसे पूछें, मैं बता सकती हूँ कि वो कैसे हँसते हैं, कैसे रोते हैं, कैसे दिखते हैं। मैं उनको देख सकती हूँ। अपनी दुनिया में वो कैसे रहते हैं, मैं उनको देख सकती हूँ। ये सब मेरे दिल अजीज़ हैं, मेरे दोस्त-बन्धु-सखा हैं, मेरी मोहब्बत हैं।

अगस्त, 2022 **—प्रत्यक्षा**

जो रेज़ा रेज़ा नहीं दिल उसे नहीं कहते
कहें न आईना उस को जो पारा-पारा नहीं

—अहमद ज़फ़र

To give life you must take life, and as our grief falls flat and hollow upon the billion-blooded sea I pass upon serious inward-breaking shoals rimmed with white-legged, white-bellied rotting creatures lengthily dead and rioting against surrounding scenes. Dear child, I only did to you what the sparrow did to you; I am old when it is fashionable to be young; I cry when it is fashionable to laugh. I hated you when it would have taken less courage to love.

—Charles Bukowski

प्रमुख पात्र

राय बहादुर इक़बाल राय	उपन्यास की मुख्य पात्र हीरा के मातृकुल के पूर्व पुरुष
लीलावती देवी	राय बहादुर की पहली पत्नी
कुसुमलता देवी	राय बहादुर की दूसरी पत्नी
नारायण	राय बहादुर और लीलावती के पुत्र
मनोरमा मन्नू	नारायण की पत्नी यानी बड़ी मामी
अनसूया	राय बहादुर और कुसुलमता की पुत्री
सर्वेश्वर	अनसूया के पति
उदय	अनसूया और सर्वेश्वर के पुत्र
प्रमिला	उदय की पत्नी
कैथी	उदय की दोस्त/प्रेयसी
मधुर	अनसूया और सर्वेश्वर की पुत्री
बहार	अनसूया और सर्वेश्वर की दूसरी पुत्री
जयन्त	बहार के पति
तारा	अनसूया और सर्वेश्वर की तीसरी पुत्री
नैन	अनसूया और सर्वेश्वर की चौथी पुत्री
जितेन	नैन का पति
भुवन	नैन का प्रेमी
हीरा	बहार और जयन्त की पुत्री—उपन्यास की मुख्य पात्र
निर्मल	हीरा का पति
तारिक़	हीरा का प्रेमी

क्रम

हमें इस जहां ने मारा

तुझी को मैं ओ बेख़बर ढूँढ़ता हूँ

मुझमें प्रेम करने की बड़ी क़ूवत थी। मेरे भीतर दरिया बहता था। एक दिल था और सौ जान का मारा था। मेरी अना लेकिन ज़ोरावर थी। मैं दो संसार में अना और मोहब्बत के नाव पर सवार आवाज़ाही करती थी। दिन में और दुनिया, रात में और। रात के अँधेरे में, पेड़ की पत्तियों के सरसराने में और आधे चाँद के जादू तले, मैं भागती-हाँफती, ख़ुद से बुदबुदाती, शायद कोई गीत गाती, आधी साँस के बीच विराम में। गली, सड़क, रास्ता, सब सन्नाटा था। इस बीच रात कोई न था सिर्फ़ मैं थी, लबादा ओढ़े, सर ढके, मोटे जूते पहने, ठंड से बचती, एक डर पीठ पर लादे तेज़ तेज़ तेज़।

नीम रौशनी में पेड़ अजीब-सी शक्ल अख़्तियार किए झूमते, कि जैसे जीवित हों, देखते हों, कि मौक़ा पड़े तो दबोच लें, भींच लें, खा ही जाएँ।

मैं मुड़-मुड़ देखती फिर आगे भागती, रास्ता कभी रोक दे मुझे, कभी पेड़ सामने आ जाएँ, कभी किसी बग़ल कोई पतली गली-सी निकल आती, न! ये रास्ता मेरा देखा न था। सिर्फ़ आसमान में किसी और समय का टँगा चाँद जानता था। शायद मैं भी कुछ जानती थी।

दिन में धूप खिले में मैं और ही होती, ख़ुदमुख़्तार, अपने विश्वास से उद्दीप्त, अपने होने में मज़बूत। सारी सम्भावनाएँ खुली होतीं। मैं आज़ाद थी, अपने जीवन को अपने हिसाब से जीने के लिए, आज़ाद।

मेरे मन के शहर में कई गलियाँ थीं—तिलिस्मी, जादू से भरीं, नीम अँधेरों में डूबीं, कई ऐसी जैसी बरसों से बिसराईं, जिन्होंने न धूप देखी न हवा, बस सीली रात और तारों जड़े आसमान में गलियारा देखा। लेकिन कई तो ऐसी भी थीं, धूप-नहाई कि आँखें मारे चौंध के मिचमिचा जाएँ, या नीले समन्दर में बैलेरीना सी-नाचती भारहीन

कोई तैराक-सी सुकूनदेह या कोई चील हवा पर डैनों से ऊपर उठता, बिना पंख फड़फड़ाता, ऊपर, ऊपर और ऊपर, जैसे मेरा मन।

दिन में घूमो, रात में घूमो, हर बार गली नई थी। हर बार कौतुक था, अरे! अच्छा! ये रंगीन दीवार? थी? पहले तो न दिखी, ओह! यहाँ इस चबूतरे के नीचे चहबच्चे में नारंगी मछलियाँ थीं, अरे वाह! इस खिड़की के ऊपर ये ग्राफिती, क्यों न दिखी? हद मेरी नज़रों का हुआ, इतनी ग़ाफिल? क्या सिर्फ़ लोगों को देखती चलती थी? वो दो बूढ़ी औरतें जो सँकरी गली के पार एक-दूसरे से, छज्जे पर कुहनी टिकाए गा-गा कर बतियाती थीं, इस बात से बेफ़िक्र कि नीचे गली में सब उनकी बात सुनते हैं, क्या सिर्फ़ उन्हीं को मोहब्बत-भरी नज़र देखती थी?

एक नीली खिड़की थी, सफ़ेद सलाख़ों के पीछे फ़ीरोज़ा, बदरंग सब्ज़ा दीवार के पीछे कौन-सी दुनिया थी। एक लाल ग्रैफिटी, उदास आँखें, मुस्कुराता चेहरा। एक बिल्ली थी, दीवार के साए में, छाया सेंकती, एक मन था उमगने-खिलने को तैयार। एक भूरी दाढ़ी वाला शख़्स था, बुलाता, बुलाता!

एक तस्वीर थी, किसी ने ठहरकर मोहब्बत से खींची थी। उसकी ऩजर थी ही ऐसी जो मामूली में ख़ास देख ले, फिर ख़ास में जादू भर देना तो उसकी नज़र का ही कमाल था। एक पल जाने किस समय-भूगोल का, ऐसे क़ैद पड़ा। जाने ऐसी कितनी तस्वीरें उम्र की दीवार पर टँकी फड़फड़ाती हैं। एक हवा का झोंका अचानक सब तस्वीरों को उड़ा देता है, एक सीपिया रंग फ़िज़ा में घुल जाता है।

जाने कौन एकदम दिल तोड़ देने वाली चाहत से गाता है—

तुझी को मैं ओ बेख़बर ढूँढ़ता हूँ
अकेला हूँ मैं हमसफ़र ढूँढ़ता हूँ
मोहब्बत की मैं रहगुज़र ढूँढ़ता हूँ

मैं झूलती, निर्मल निर्मल। कोई क्यों पीछे से बुलाता रहता। क्यों भला? मैं क्या ख़ुश नहीं थी? थी न। ख़ुश। और क्या चाहिए था मुझे? और कितना चाहिए था मुझे। कान में वही पागल लड़की फुसफुसाती, सब सब।

वही लड़की जिसे निर्मल छेड़ता, ओ बेनज़ीर भुट्टो! सिर्फ़ इसलिए कि दुबली कन्धे तक बालों और ऊँचे चीकबोन्स में बेनज़ीर लगती।

धीमे-से कोई देखता, उस देखने की तड़प में कैसे डूब जाने का जी होता। सब ख़ुशी न्योछावर उस एक नज़र पर।

मैं प्रेम कर रही थी, भरसक। एक साथ। मैं ख़ुद में पूरी थी कि बँट गई थी? इस द्वैत में बार-बार आर-पार होना जैसे किसी ने कटार से दो भागों में मुझे विभक्त कर दिया हो और मैं देखती ख़ुद को लहूलुहान।

उस नारंगी के पेड़ तले—हीरा

निर्मल से मिलना किसी संयोग का खेल था। मैंने गाड़ी की खिड़की के पार उसे देखा था। उसने अपनी गाड़ी की खिड़की पार मुझ पर नज़र डाली थी। किसी लाल बत्ती पर रुके दो लोग, ट्रैफ़िक से बेजार, हरी बत्ती होने के इन्तज़ार में सेकंड्स गिनते हमने एक-दूसरे को देखा था, एक मिनट, फिर नज़रें फेर ली थीं। कुछ लड़के शीशे ठकठकाते टिशू पेपर, किताबें, चीप बेस्टसेलर्स, रूमाल, अश्लील पत्रिकाएँ, जाने क्या-क्या बाँहों से टिकाए, दुनिया बेचते थे, पत्रिकाओं के चमकीले सेंटर स्प्रेड पर कम कपड़ों में भरी-पूरी औरतें, भारी छाती और लाल गोल होंठों से निमंत्रण देतीं, और ये लड़के ऐसे खोलकर बेचते। मैं देखती, कौन मुझे देखता है। कोई नहीं, कोई नहीं।

मैंने काला चश्मा पहनना शुरू कर दिया है। मुझे लगता है इसे पहनकर मैं हॉलीवुड की ऐक्ट्रेस-सी लगने लगूँगी, क्लासी सेक्सी इल्यूसिव। इसके काले ऐनक के पीछे लोगों को देखने की मेरी नज़र छुप जाएगी। मेरे बचपन की इच्छा कि मैं गाड़ी चलाऊँ, एक हाथ स्टीयरिंग पर एक खिड़की पर, आधुनिक स्त्री जो अपने बूते जीती है। तब बचपन की भोली समझ जो इन चीज़ों को आधुनिक होने का चिन्ह समझती, उस दस साल के भोलेपन पर मैं हैरान होती। तब लगता सिगरेट पीने, आत्मविश्वास से शराब पीने, गाड़ी चलाने में स्त्री-मुक्ति है।

मुझे भी सिगरेट पीना था, मुझे आत्मविश्वास से शराब पीनी थी। घर में उन विदेशी पत्रिकाओं को देखते बड़ी हो रही थी, वो ख़ूबसूरत दिलकश औरतें जो लम्बे होल्डर में सिगरेट फँसाए धुएँ के छल्ले उड़ातीं। उनके दूसरे हाथ की उँगलियाँ नज़ाकत से बैलून ग्लास के स्टेम पर अटकी होतीं, उनकी आँखें धुएँ के पार किसी बिल्ली की अधमुँदी आँखों-सी तन्द्रिल होतीं, जबकि टहक लाल होंठों को वो गोल उत्तेजित बना सामने देखतीं। मैं बिलकुल ऐसी ही दिखना चाहती, ऐसी ही होना

चाहती। बचपन की कमअक्ली कितनी मासूम पर कितनी ग़लत होती है इसकी समझ तब कहाँ थी।

फिर वो बोहेमियन आर्टिस्ट होते, जुनूनी फक्कड़ सनकी, जो फ्रेंच रिवियेरा में ऐयाशी का जीवन जीते, शराब पीते, एक-दूसरे से प्रेम करते और सर्जना के पागल संसार में विचरते। उनका जीवन रंगीन और आवारा होता, उनकी नब्ज़ पगलाई सनकपन में धड़कती, उनमें आग जलती, उनमें गहरा अवसाद गहराता, उनकी मोहब्बतें पारे की तरह बढ़ती-घटतीं, और उनकी हवस तो और भी क्षणिक होती। जैसे किसी बेबस हदबद में सब पकड़ लेने की दौड़ में हों, जैसे इन्हीं बातों से उनकी रचनात्मकता को खाद मिलती हो। मेरे दिल का गड्ढा बड़ा होता जाता फिर भी सारे सपने उसमें समा न पाते। उसमें जगह मुकम्मल न मिलती।

इस शिद्दत से मैं उन-सा जीवन चाहती कि मेरे हाथ, होंठ काँपते। मुझे किसी नारंगी के पेड़ तले बैठना था और दूसरों की रची दुनिया पढ़ना था और फिर अपनी नई दुनिया बनानी थी, इस सचमुच की जीती दुनिया से अलग, एकदम अलग। मुझे किसी बड़ी-सी खिड़की के सामने बैठना था। उस खिड़की से निर्झर बहती रौशनी की पाकीज़गी में नहाना था। मुझे ढेर-सी किताबें चाहिए थीं, भारी, मोटी किताबें, जिल्दबंद किताबें, पुरानी पीली पड़ गईं पन्नों वाली किताबें, उम्र से जर्जर, फटते पन्ने और टूटती रीढ़ वाली किताबें। मैं उन सब किताबों को अपनी गोद में लिये बैठना चाहती थी। उन शब्दों को छूने-महसूसने का इंद्रियगत सुख लेना चाहती थी। मैं किताबों के साथ काम करना चाहती थी और कई घंटों बाद खुले में निकलकर, हरी घास पर बैठकर कुछ नहीं सोचना चाहती थी, बस पढ़े हुए को भीतर पैवस्त होने देना चाहती थी। फिर उठकर वापस अपनी मेज़ और कुर्सी की ओर लौटना, काम पर लौटना चाहती थी, काम पर, मोहब्बत पर। और सबके ऊपर मैं कितने जीवन जी लेना चाहती थी, ऐसे जैसे समय की किफ़ायत हो और मुझे एक में पाँच जीवन जी लेने का हुकुम हो। किसी पुरुष का साथ भी मेरी कल्पना में बेलौस मोहब्बत वाला होता, अनगिन प्यार वाला, याराना वाला, अधिकार भरे जलन से बहुत दूर। जैसे कई स्त्री दोस्त हो सकती हैं उसी सादगी और आजादी से पुरुष दोस्त, उसी सहजता से मोहब्बत। किसी और दुनिया के सपने मुझे अपनी दुनिया से बेजार करते, मेरे भीतर अजब बेचैनी पैदा करते।

जीने की हड़बड़ी ने मुझसे बहुत ग़लतियाँ करवाईं। मेरे पास ठहरकर सोचने-समझने का वक़्त नहीं रहा। फिर भी निर्मल के बारे में मैं ये नहीं कह सकती कि

वक़्त नहीं था इसलिए ग़लती हुई। इस बहाने के पीछे छुपना ग़लत होगा। न, निर्मल ग़लती नहीं था, क़तई नहीं। वो ऐसा कील था जिस पर कुछ वक़्त के लिए मैंने अपने सपने टाँगे थे। मुझे सुकून चाहिए था। जीवन की हड़बड़ में मैं ठहरकर अपने सपनों में सुख भरना चाहती थी। मुझे अपनी लालसाओं से दूरी चाहिए थी जहाँ से मैं बिना प्रभावित हुए उनकी पड़ताल करती, परखती। मुझे कुछ वक़्त किसी और समय में रहना था, कोई समानान्तर दुनिया। ये बहुत बाद में पता चला कि जब आगे दोराहा आता है और एक रास्ता आपने चुन लिया, फिर दोबारा दूसरे पर जाने की इजाज़त नहीं होती। प्रकृति का नियम मानना ही पड़ता है। पर तब मेरी समझ ऐसी हुई कि धुएँ की ख़ुशबू मुझे रास आने लगी थी। मुझे आशंका के कोई चिन्ह नहीं दिखते थे। मैं तब इस मीठी उम्मीद से भरी थी कि ये संसार मुझे सब कुछ दे सकता है और ये मेरी फ़ितरत पर होगा कि मैं उससे क्या लूँ।

मैं अपनी बाँहें फैलाकर अपने सपनों को आगोश में भर लेना चाहती थी और इस तरह अपनी बाँहें फैलाकर फिर छाती पर बाँधकर, अपने शरीर को हवा के ख़िलाफ़ मज़बूती से टिकाए रखने के हुनर में मैं जीवन का फ़लसफ़ा सीख रही थी। ऊँचाई से अपने चेहरे को सूरज की पहली किरण लेते हुए मैं सीख रही थी दुनिया को अलग तरह से कैसे देखूँ कि उसकी मुश्किलें इतनी बौनी हो जाएँ, कि मैं एक अदना प्राणी इस ब्रह्मांड में और ऐसा होकर मैंने अपने जीने के फ़लसफ़े को ज़रा पागल बना लिया उन हवाबाज़ ज़ाबांज़ पायलट की तरह जो हवाई जहाज को कलाबाज़ियाँ खिलाते ऐसे उलट देते हैं कि धरती ऊपर और आकाश एक उलटा नीला कटोरा, उनके नीचे होता है। नज़रिये की ऐसी-तैसी करने के लिए इतनी क़वायद बहुत होती है। बस इस तरह मैंने अपने को बदल लिया। तब उसकी अहमियत भी ठीक-ठीक मालूम नहीं थी। उस वक़्त तो सिर्फ़ एक तितली-सी धड़कन फड़फड़ाती मेरी नाभि से उठती मेरे कंठ पर आ रुकती और मैं विस्फारित आँखों से दुनिया देखती, मुँह पर हाथ धरे।

और माँ पूछतीं, "क्या हुआ?"

फिर मेरे उत्तर की प्रतीक्षा किए बग़ैर अपनी किताब पर लौट जातीं। उनका मोटे चश्मे का फ्रेम नाक पर ढलक जाता जिससे वो किसी पढ़ाकू विद्यार्थी-सी गम्भीर लगने लगतीं। मैं उनको ध्यान से देखती, उनका सुबुक तीखा चेहरा, तीखी नाक, उनके होंठों का भरापन, उनकी ठुड्डी की गोलाई, उनके घने लम्बे बाल, एक चोटी में गूँथे हुए। और पिता, इतने लम्बे, सजीले, घुँघराले बाल माथे पर

गिरते, हँसती-चमकीली आँखें। उनको कभी उदास नहीं देखा था, शायद इसलिए कि अपनी उदासी हमसे छुपाना भलीभाँति जानते थे। शायद ख़ुद से भी। मन के सारे अरमान को सचमुच की ज़िन्दगी में सपना-सा ही रह जाने का दुख उनका। पर हमारे गिर्द उनकी बुलन्दी कैसी ख़ूबसूरत शै थी। और ऐसे दिलफ़रेब माँ-बाप की मैं बच्ची, इतनी आम सी, कैसे हुई? हैरत! एक बार की याद है, बचपन की। कभी रात को नींद खुली थी। खिड़की के बाहर बरामदे में उनकी छाया डोलती थी। उनके सिगरेट का सुलगता सिरा रात के अँधेरे में ऊपर-नीचे होता, बरामदे के इस छोर से उस छोर हवा में तैरता दिखता। मुझे एक गहरे सुकून का एहसास हुआ था। उनके होने के सुकून का। और उस सुकून की याद अब तक कितनी महफ़ूज़ है मेरे भीतर। तब मुझे कहाँ इल्म था कि किस गहरी बेचैनी में उनकी रात की नींद हवा हुई थी।

शायद इसीलिए अब मुझे शिद्दत से एहसास है कि कुछ भी स्याह-सफ़ेद नहीं होता। इनके बीच हज़ार रंग होते हैं और ये कि दुनिया बड़ी ज़ालिम है।

तुम बड़ी प्यारी गड़बड़झाला लड़की हो, निर्मल हँस देता। जबकि ये कहते उसकी आँखें सिकुड़ जातीं और उनमें हँसी का लेशमात्र न होता। बल्कि उनमें कुछ तौलती-सी बात होती। फिर वो अपनी पसन्दीदा कैनवस की आरामकुर्सी को खिड़की के बग़ल में खींचता तन्मयता से किताब के पन्नों में खो जाता। और मैं? उसकी बात सुन किसी ऐसी जगह में पहुँच जाती जहाँ बहुत से काँटे होते। मुझे लगता मैं कोई जंकी हूँ जिसने कोकेन का एक सिरा सुड़क लिया है अपने कमरे की पोशीदगी में और सर उठाने पर पाया है कि कमरे भर लोग उसे हैरान वितृष्णा से देख रहे हैं, किसी ऐसे आईने के पार से जिसके पीछे एक अलग दुनिया है जो लगातार मुझे जज कर रही है। किसी घटिया फ़िल्मी सीन के कैरीकेचर-सा ये दृश्य मेरे दिमाग़ में अटक जाता और मैं अपनी दुनिया में कछुए-सी दुबक जाती।

ये दुबक और भाग जाने की दुनिया भी मेरे बचपन का अज़ीम सपना थी। अपने लिए एक ऐसी जगह को ईजाद करना जिसकी ख़बर दुनिया में और किसी को न हो। मेरी अपनी दुनिया, भले ही वो जगह किसी सिगार के डब्बे-सी छह बाई दस की दुनिया हो। मेरी जगह जिसकी सरहद को मैं अपनी मर्ज़ी से तोड़-फोड़ पाती, उसको बचाती-तोड़ती, सम्भव बनाती, बन्द कर देती, चाभी खो देती, जो भी करती सिर्फ़ अपनी मर्ज़ी की करती। इस संसार में ऐसी बहुत चीज़ें नहीं थीं जिन्हें मैं इस

समूचेपन से अपना कह सकती थी। इस बात से कभी तो मुझे भयानक परेशानी होती और कभी मैं ऐसे उल्लास से भर जाती जैसे मैं बिन डोरी पतंग पूरे आसमान में बिन बन्धन विचर सकती हूँ। मुझे कोई बन्धन नहीं रोकता, न तो शानो-शौक़त, ऐशो-आराम की चीज़ें, न किसी चीज़ की ज़रूरत। मैं आज़ाद थी, मन से। मेरा शरीर आराम की महँगी चीज़ों से आरामपसन्द नहीं हुआ था, मेरे एहसास अब भी कच्चे और तीखे थे। मैं अब भी किसी तने तार-सी ऐंठी थी, मेरे अन्दर भूख थी, एक चाह थी। लालसाओं की पीरान्हा मछली मेरे मन की झालरों पर लटकी मेरे एहसास कुतरतीं।

जाड़े के कुहरीले दिन मुझमें एक ठहरी हुई ख़ुशी की गरमाहट देते, अवसाद नहीं। गुम हुई याद की नदी जैसे धूप पड़ने पर चमक जाती है, बिल्ली पाँवों पर अपना बदन रगड़ती ख़ुशी की नन्ही गुर्राहटों से तकती है, मैं अपने भीतर देखती एक बच्चा, धूप में चटाई बिछाये नींद लेता, पीछे से बजता एक गीत, और पेड़ से झरता एक फूल, गिरता बन्द आँखों के पोपटों पर, दूर कुहासे में लिपटी दुनिया, और मैं, एकदम अकेली, ठहरी, सोचती तुमको निर्मल।

ये वही साल था जिसके अन्त में बाबरी मस्जिद ध्वस्त की गई थी। जब सर्दियों के दिन में हम ख़ुशी की ख़ुनक से भरे होते, ये हादसा होने को प्रस्तुत था। 6 दिसम्बर, 1992 को सोलहवीं सदी की बनी बाबरी मस्जिद को कारसेवकों की एक भीड़ ने ढहा दिया था। देश-भर में साम्प्रदायिक तनाव बढ़ गया था, हिंसा हुई और हज़ारों लोग इस हिंसा की बलि चढ़ गए थे। हमारे समाज का जो स्वरूप था उसके चीथड़े उड़ गए थे। अजीब हताशा और अनमने-पन की दुनिया थी। फ़िज़ा में कोई ज़हर घुल गया था। लगता था, जो भी हुआ, अब पहले वाली दुनिया नष्ट हुई। ये समय फिर पहले जैसा कभी नहीं होगा। जब कुछ साल बाद मैं तारिक़ के सम्पर्क में आई, हमारे बीच पहले-पहल सामाजिक ताने-बाने के नष्ट होने की वजह से एक सहज भाव उत्पन्न होने में वक़्त लगा। हम बाहर ही बाहर घेर बाँधते रहे थे और बहुत चौकन्नेपन से मैं इस मसले पर अपनी तरफ़ से कोई पहल नहीं करती। उसे जान लेने के बाद समझ आई कि ये बात कितनी हास्यास्पद थी, मेरे लिए भी और उसके लिए भी। हम दोनों इन खाँचों के परे प्राणी थे।

तुम्हारी आवाज़ के पंख पर सवार अनजानी यात्राओं में—हीरा

ये अचक्के की मुलाक़ात थी। सही जगह पर सही समय मिलने की नियति। जैसे कोई बारीक सघन बुनावट के ठीक उस वक़्त उस भूगोल में फिट बैठने की तयशुदा घटना। कोई विशाल तस्वीर का अहम कोना। नियति का खेल। जबकि जब घटित हो रहा होता तब बहुत रोज़मर्रा की ही घटना होती, जैसे हर रोज़ की हज़ारों घटनाएँ जो यूँ ही बिन प्रयोजन ख़त्म होती रहती हैं बिना किसी अहमियत के।

लेकिन ये तो कोई और बात थी। तब कहाँ मालूम था। मैंने खाने पर कुछ दोस्तों को बुलाया था और ऐन वक़्त उन्होंने फ़ोन किया था कि कोई बेहद क़रीबी पर भूला-भटका दोस्त आन पड़ा है और ये कि अब उसे छोड़ आना नामुमकिन। निर्मल तब किसी दौरे पर बाहर गया था और मेरी पूरी शाम निपट सुनसान थी। बिन सोचे मैंने कहा था, "उस दोस्त को भी ले आएँ। मेरी गारंटी बहुत बोर नहीं करेंगे उनको।"

मीता हँसी थी, ज़रा ऑकवर्ड, "अरे न, ठीक होगा क्या?"

"क्यों नहीं, अगर दोस्त महाशय माइंड न करें।"

दो पल को सन्नाटा था, फिर कानाफूसी की आवाज़, फिर मीता की आवाज़ तैरती, निश्चिन्त कि लो समस्या टली-से भाव में हल्की।

"ठीक, फिर पहुँचते हैं हम।"

"इन दोस्त महाशय का कोई नाम तो होगा?"

पीछे से किसी पुरुष की हँसी की आवाज़ आई, अनजान आवाज़ जो ज़रा ख़ाली-सी भारहीन हवा में घुलती और यक-ब-यक मैं परेशान हुई कि किस अजाब में ख़ुद को डाला, जाने कौन नीरस-उबाऊ प्राणी अब मत्थे चढ़ा होगा। एकदम से तीखी चाहत हुई कि अकेले, इस ढलती साँझ में वाइन की बोतल ख़त्म करूँ, कुशन पर अधलेटे, फिलिप ग्लास को सुनते, निर्मल को मिस करते, रूमानी उदासी में लिप्त। कहाँ किसी अनजान की मेहमाननवाज़ी करती फिरूँ। फिर उसके आने से मीता का संग भी तो सहज कहाँ रह पाएगा। किस साँसत में सबको डाल दिया। मैंने मीता और सरबजीत को मना करने को फ़ोन लगभग उठा ही लिया था। सरबजीत का भारी आवाज़ में कहना, 'आई थिंक यू आर राइट डियर' भी सुनाई पड़ा था उस वक़्त।

मैं कुछ देर दुविधा में फ़ोन पकड़कर रही, फिर उठी ।

उठ जाओ अब लड़की, मेरी आवाज़ फँस जाने की थकन में अलस-सी थी।

और बस यही होना था उस दिन, हुआ। बाद में मैं हैरान अचम्भे में हँसती।

मज़े की बात है तुम्हारी आवाज़ मुझे ऐसी वज़नहीन कैसे सुनाई पड़ी थी। तुम्हारी आवाज़ के नक़्श कैसे मेरी पहचान से छिप गए थे, जैसे किसी आवरण के पीछे गुप्त छुपे बैठे हों। फनी फनी।

तारिक़ इस पर भौंह उठाता ज़रा टेढ़ा मुस्कुराता, नासमझी में।

पर मेरी आवाज़ ऐसी ही तो है, वज़नहीन, बिना किसी गहराई के।

ना, तुम्हारी आवाज़ में एक अजीब तत्त्व है, अलस, तन्द्रिल, खींचा हुआ, और उसमें एक गूँज है, एक सिहरन, लगभग उस दोपहरी का, जब समय रुक गया हो, और दो लोग आमने-सामने बैठे ऐसे बातें करते हों जैसे जनम-भर का समय उनके पास हो, समझ रहे हो? कि तुम्हारी आवाज़ वो पंख है जिस पर सवार मैं जाने किस सुदूर देश की यात्रा में निकल पड़ती हूँ।

"अह, अब तुम रोमांटिक हो रही हो।"

"नहीं, सिर्फ़ मज़े की बात ये है कि ये सब बातें तुमको पहली दफ़ा सुनने में कैसे मेरी शिनाख़्त से छूटी रह गईं।"

"ये फिर होगा, तब जब तुम मेरे बारे में सोचना छोड़ चुकी होगी, व्हेन यू विल नो लॉन्गर केयर फॉर मी।"

ये कहते उसका चेहरा संजीदा था। मुझे लगा कोई भारी पत्थर मेरी नाभि के तल में बैठ गया है। उसने कितनी सहजता से ये बात कही थी जैसे कि ऐसा होना कोई तयशुदा बात थी।

मैंने अपने हदस को छुपाते-हकलाते हुए कहा था, "पर ये चीज़।" मैं अटकी थी। प्यार शब्द को उचारते, हमारे बीच अब तक प्यार जैसी कोई बात कहाँ हुई थी। मैं फिर शुरू हुई थी, "ये जो चीज़ हमारे बीच है ये जनम-भर की नहीं है?"

"क्या कोई चीज़ जनम-भर चलती है, जनम क्या है?"

मेरा चेहरा ग़ुस्से से लाल हो गया था।

"ओह तुम कितने बड़े सिनिक हो।"

"क्यों, ये सच नहीं है क्या? तुम निर्मल के प्रेम से ऊबर नहीं चुकी हो?"

मैं रोष और ग़ुस्से से भर गई थी। किसी अनाम आत्माभिमान से तन भी गई थी, "तुम्हें ये किसने कहा कि मैं निर्मल से दूर हो चुकी हूँ?"

मैंने अपने चीथड़े सम्मान को समेटा था और तुरत उठ गई थी। हालाँकि मेरा

इस तरह नाराज़ निकल जाना इस बात से गड़बड़ा गया था कि तुरत वापस अपनी गाड़ी की चाभी को लेने लौटना पड़ा जो मैं भूल गई थी। और उसने न तो पहली दफ़ा न दूसरी दफ़ा मुझे रोकने की कोशिश की या फिर मनाने की। वो सिर्फ़ मुझे अधमुँदी आँखों से देखता रहा, दीवार से टिककर सिगरेट के कश लगाता रहा।

मैं ग़ुस्से से फनफनाती गाड़ी चलाती सड़कों पर तेज़-तेज़। घर ख़ाली था। मेरा दिल रिस रहा था, ख़ून के नन्हे फूल। निर्मल देर रात आया था। मैंने सोये रहने की ऐक्टिंग की थी। उसने अँधेरे कमरे में बैग फेंका था, टाई उतारी थी, झुककर मेरे बाल सहलाये थे। फिर धीमे से, मुझे डिस्टर्ब किए बिना कमरे से बाहर निकल गया था। रसोई से उसकी खटर-पटर की आवाज़ आती रही, उसके धीमे गुनगुनाने की। मैं पुकारकर कहना चाहती थी, नीले कटोरे में बिरयानी रखी है। मुझे पता था कि वो फ्रिज देख लेगा और उसे बिरयानी का कटोरा नहीं दिखेगा।

लेकिन मैं तो सो रही थी, उसे कैसे बताती। लिविंग रूम में टीवी ऑन होने की आवाज़ आई। फ्रिज का दरवाज़ा खुलने की, किसी बर्तन के ज़ोर से गिरने की, उसकी दबी आवाज़ में कर्स करने की और फिर शायद सोफ़ा पर आराम से बैठने की। मैं चुप दुबकी रही जबकि किस शिद्दत से उठकर उसे गर्म खाना खिलाने की इच्छा हो रही थी। लेकिन तारिक़ पर जो शदीद ग़ुस्सा उमड़ रहा था उसने मेरे शरीर को कड़ा कठोर बना दिया था, मेरी साँस आग की तरह जल रही थी, मेरे नथुने भस्म हो रहे थे, जलकर मेरी त्वचा राख।

मैं जाने कब तक ऐसे पड़ी रही, सालों, शायद पौन घंटा फिर थकान से नींद में गिर गई। कभी रात को निर्मल का मुझे पास खींचकर छाती में समेट लेने से मेरी नींद टूटी। उसका बदन गर्म था। उससे धुआँ और पसीने की ख़ुशबू आती थी, नर्म गुनगुनी। मैं नींद में मुस्कुराई हूँगी, कुछ फुसफुसाई हूँगी। ये ऐसे निर्मल की छाती में दुबक जाना सुकून था, आश्वस्ति थी, घर था।

दोराहे पर—हीरा

मुझे ऐसा क्यों लगता है कि हर वक़्त मैं दुविधा में हूँ कि मैं बँटी हुई हूँ। मुझे तारिक़ के उन सब दोस्तों से डाह होती है जिनके नाम वो कैज़ुअली अपनी बातों में लाता

रहता है। उसे मालूम नहीं होना चाहिए कि मुझे किस शिद्दत से तकलीफ़ होती है। जबकि मुझे ख़ुद पर हैरानी है ऐसा महसूस करने पर।

वो रेहाना और माया और पारो और हूलिया का नाम लेता है। वो कई पुरुषों का नाम भी लेता है लेकिन मेरा दिल इन लड़कियों के नाम पर अटक जाता है। उनसे उसकी कैसी आत्मीयता होगी, वो क्या बातें करता होगा, उसकी आँखें मिचमिचाकर चमक जाती होंगी, उसका चेहरा कितना सजीव, जीवन्त हो जाता होगा, उसकी आवाज़ कितनी जोशीली। उसकी ऐसी अन्तरंगता के लिए मैं कितनी पोसेसिव हो रही हूँ। ओह, कोई भी स्त्री उसके सम्पर्क में आने के बाद कैसे दूर जा सकती है। उसका साथ कितना सम्मोहित करने वाला है।

उस दिन की पार्टी के बाद हम शायद छह-सात बार मिले होंगे, कभी सरबजीत के साथ, दो बार अकेले वो भी संयोग से। टॉम शेपर्ड के कोई नाटक के बाद थियेटर के बाहर और दूसरी बार काफे टर्टल के बुकशॉप में। तब हमने कॉफ़ी और ऐपल पाई लिया था और कुछ देर साथ बैठे थे।

उसका लम्बा सतर शरीर किसी आलस्य में शिथिल था। कुर्सी पर वो ढीले, पुश्त से सर टिकाकर बैठा था, जैसे उसके पास समय ही समय हो मेरी बात सुनने के लिए। उसके चेहरे पर ज़रा-सा स्मित था, या तो मुझे किसी बच्चे की तरह बहलाने का सा भाव या फिर ज़रा दम्भ-भरा अहंकार। मैं कुछ अस्थिर थी और बेमतलब बहुत सा बोलती रही अपनी घबड़ाहट को छुपाने के लिए। वो चुप पीछे अधलेटा-सा मेरे बोलने को सुनता रहा। कॉफ़ी ख़त्म हो गई थी। हम फिर चुपचाप बाहर कल्चर सेंटर के लॉन में चले गए थे।

वो दोपहरी मेरे मन में बहुत विचलन पैदा करने वाली थी। मैं उसके बारे में सोचना बन्द नहीं कर पा रही थी और इस बात से ख़ुद पर रोष हो रहा था। मैंने फिर इसी हलचल में मीता को फ़ोन किया। शायद तारिक़ की कोई चर्चा हो जाए और जब उसने एक बार भी ये नहीं किया तो मुझे एकदम से चिड़चिड़ेपन का एहसास हुआ, मेरा सर भारी हो गया, मेरे हाथ-पैर कठोर, जैसे गर्म लू बह रही हो और मैं तपते रेगिस्तान में अकेले चल रही हूँ। निर्मल मुझे यों अनमना बेचैन देखता रहा, दिन बीतते रहे। मैं किसी कसे तार-सी खिंची थी। कोई फ़ोन कोई मेसेज? कभी-कभी बाथरूम में अकेले मैं उसका नाम बोलती, उसके नाम का स्वाद मेरी ज़ुबान पर घुलता और तुरत अपनी इस बचकानी हरकत पर शर्मिन्दगी से नहा जाती। क्या मैं पहले आकर्षण में पड़ी कोई किशोरी थी? मेरा शरीर किसी जूड़ी के बुख़ार में पड़ा ठंडा-गर्म होता।

हो क्या रहा था मुझे? रात जब निर्मल मुझे पास खींचता मैं लकड़ी के कुन्दे-सी पड़ जाती फिर उसे प्यार करती पागलों की तरह, सारे समय तारिक़ की कल्पना करते, कि उसका चेहरा मेरे चेहरे पर झुका है। मेरा बदन सिहरने लगता, उसमें लहर उठती और फिर मैं निर्मल के शरीर से ऐसे लगती कि मेरी आँखों से आँसू बह निकलते। तारिक़ की कल्पना से उठते इस जुनून के अपराधबोध को कम करने के लिए मैं निर्मल की छाती दुलार से सहलाती, उसके गाल छूती और उसके कान में कामुक शब्दों को बुदबुदाती। मुझे मालूम था ये उसे अच्छा लगता है, उसे अराउज़ करता है। प्रेम की इस प्रचंड तीखी लीला के बाद वो भूल जाता कि इन दिनों मैं किस बेरुख अनमनेपन से घर में फिरती रही थी।

या शायद वो भूलता नहीं था। ये सिर्फ़ मेरे मन के भुलावे थे कि वो भूल गया है। हम साथ चिपटकर रात में सोते और मेरा दिल ऐसे धड़धड़ाता, इस भय और अचरज से कि निर्मल मेरे राज़ से बेफ़िक्र है। ओह कैसे वो समझ नहीं रहा? हमारा दिल एक सम पर धड़क रहा है फिर मेरे राज़ की नब्ज़ कैसे उससे अनछुई रह पा रही है, कैसे?

रोज़ मैं ऑफ़िस जाती, काम करती, शाम को थककर घर आती, कुछ खाना बनाती, लम्बी सैर को जाती। निर्मल दफ़्तर में देर तक काम करता। शाम अपना जबड़ा खोले मनहूस उबासी लेता। मैं इधर-उधर बेमन फिरती। मेरा शरीर थक जाता, मन लेकिन चकरघिन्नी-सा नाचता ही रहता। मैं क्या तलाश कर रही थी मुझे तक नहीं मालूम था। अब तक, बचपन से लेकर अब तक मुझे ख़ुद के साथ वक़्त बिताना कभी खला नहीं था फिर अब क्या बात हो गई थी। बचपन में जब बीमार पड़ती और माँ स्कूल पढ़ाने निकल जातीं, छोड़ जाने के लिए गिल्टी, लेकिन मैं अकेलेपन की आज़ादी से कैसे ख़ुश हो जाती।

"माँ आप जाइए, चिन्ता मत कीजिए, मैं ठीक रहूँगी।"

माँ बिस्किट का टिन मेरे पास रख देतीं, पानी का ग्लास और फ्लास्क में सूप। उनके जाते ही मैं हल्की हो जाती। अकेले रहना मुझे नियामत लगता, मैं मुक्त हो जाती, आज़ाद। जैसे ख़ज़ाना मेरे आगे पसरा हो। फिर ये बुख़ार भी मुझे अच्छा लगता जिसकी वजह से ये नियामत नसीब हुई। शायद इसलिए भी कि इस तरह नितान्त अकेले रहना कभी-कभी नसीब होता। मुझे अपने निजी स्पेस की बहुत कामना थी और लगता था कि जब बड़ी हो जाऊँगी तब ये अपना समय, अपनी जगह मुझे किसी सौगात की तरह मिल जाएगी।

बचपन की ढेरों दोपहरियाँ, पेटकुनिया लेटे, चेहरा तकिये में धँसाए, नीम अँधेरे की सुकूनदेह खोह में गुमे, सोने का नाटक करती मैं किसी ऐसी दुनिया में प्रवेश कर जाती जिसमें और कोई न होता। सब सीमाएँ धुँधला जातीं और मेरी कल्पना सीमाओं की बाधा से मुक्त कहीं भी विचर सकती थीं, परी-कथा की उन राजकुमारियों की तरह जो बाज पर सवार सात समन्दर पार निकल जातीं किसी दूर देश को। मैं भी किसी अजाने देश पहुँच जाती जहाँ वही दुनिया थी जो मैंने सपने में देखी थी। उस दुनिया में वो कमरा था जहाँ छत तक अलमारी में किताबें ही किताबें सजी थीं, बाहर की हरियाली को बड़ी-बड़ी खुलती खिड़कियाँ थीं, नीले पर्दे थे जो मन्द हवा में मधुर फड़फड़ाते थे, सफ़ेद खुरदुरी दीवार थी, उष्म मिट्टी की रंगत का फ़र्श था, रुखड़ा और अनगढ़, प्रकृति से ढाला हुआ। मेरी कल्पना में वो कमरा इंच-इंच धड़कता था जीवन्त और जागृत।

निर्मल के साथ अब भी मेरा अपना कोई कमरा न था। तारिक़ के बारे में सोचना ऐयाशी थी। मुझे हर वक़्त भीड़ का एहसास होता, ऑफ़िस में, घर में। हर वक़्त कोई मुझे देखता पूछता।

"क्या सोच रही हो?"

हर वक़्त कोई मेरे दिल में चुपचाप भेदिये-सा घुस आता था और जब ये सम्भव नहीं हो पाता तब प्रकट रूप से आने की कोशिश करता। जैसे ये जानना उसका अधिकार हो। मेरा जीवन मेरा नहीं था, मेरा दिल-दिमाग़ मेरा नहीं था। लेकिन ये दिल क्या मैंने इतनी आसानी से दे दिया था? ऐसे ही? पहले निर्मल को और अब क्या तारिक़ को?

पर तारिक़ क्यों? मैं ख़ुद को समझ नहीं पाती। वो तो जंगली जानवर था जिसे पालतू नहीं बनाया जा सकता था। वो किसी का नहीं हो सकता था। मेरा तो बिलकुल नहीं। हाँ, पर मुझे किसी छठी इन्द्रिय से ये पता था कि वो मेरे संग सोना चाहता था।

एक बार मैंने मीता से उसके बारे में पूछा था और उसने कहा था, "'ओह तारिक़। उसकी कोई बीवी है जाने किस कोने में छुपी हुई। वो उसका ज़िक्र भूले से भी नहीं करता पर कभी किसी ने बताया था कि कोई गॉड फॉरसेकेन जगह में किसी संस्था के स्कूल में पढ़ाती है। मुझे अब ठीक से याद तक नहीं।"

मैं लौटती हूँ अपनी खोल में, नींद में कोई रशियन या जार्जियन डांस का फुटवर्क था शायद बरसों पहले का देखा हुआ। पैर तेज़ गति में...जूते की नोक से एक

टैटू। तेज़-तेज़ और तेज़, उस चरम सीमा पर पहुँचने के पहले ही हाँफती धड़कती नींद एकदम से फट जाती है। सारे कपड़े पसीने से तरबतर। गले का काले धागे में गुँथा चाँदी और ठीक बीच में हरा बीड फाँस बन जाता है। नींद की लहरें पटक देती हैं रेत पर उचाट जागरण के। बड़ी कोशिश के बाद आवाज़ भारी निकलती है, फुसफुसाती हुई, जैसे बाँस को छीलकर रेशा-रेशा अलग कर दिया हो। पानी के बड़े घूँट कितनी छटपटाहट में पीती हूँ, इतनी हड़बड़ी कि गले में ठाँस लग जाती है, छाती में दर्द की चिलकन, फिर सोचती हूँ, सोचती हूँ, पाँच मिनट, एक घंटे, चार घंटे, रात-भर? या शायद पल-भर ही। पानी में कल ही तो कूदी थी पैर सीधे, आँखें मूँदे, नीचे और नीचे तल तक, तब जाकर बदन हल्का हुआ था।

सुबह सिर्फ़ गले में फाँस-सी अब भी अटकी है। चाय के बावजूद, बात के बावजूद, हँसी के बावजूद। दिन में कोई गाना बजा देता है। अभी हाल की ताज़ा डाउनलोड किए हुए गाने और मैं उदास सोचती हूँ, काश एक ठुमरी मैं भी गा सकती।

ओ प्यार मेरे—हीरा

मुझे वो समय याद है जब तारिक़ ने पहली दफ़ा मुझसे प्यार किया था। वैसे न तो तारीख़ याद है न दिन। बस ये याद है कि शाम का वक़्त था। उस तरह की उदास शाम जिसमें अवसाद घुल जाता है, स्याह सलेटी। जब लगता है कि सिर्फ़ दिन का अन्त नहीं था, ख़ुशियों का अन्त था, जीवन का अन्त था, सब कुछ का अन्त था, रोज़मर्रा के सुकून रूटीन का अन्त था, उम्मीद और धूप का अन्त था। मेरे भीतर का उल्लास बुझ गया था। अवसाद का गुम्म अँधेरा मेरी रौशनी पर छा गया था, सारी ख़ुशियाँ पुँछ गई थीं। एक विकराल विशाल अँधेरा मेरे भीतर सब लील रहा था। मेरा शरीर बेजान था। तारिक़ जबकि मेरे बग़ल में बैठा था, सिगरेट धूँकता, जाने कहाँ दूर देखता, मुझे न देखता। हम दोनों इतने दूर थे एक-दूसरे से जितने कोई दो इनसान हो सकते हैं। मुझे मालूम नहीं मैं ऐसी मन:स्थिति में क्यों थी, जबकि पूरा दिन मैंने उसके इन्तज़ार में काटा था। पूरे दिन मैं उसके आने के उमगन में थी और

अब जब ये आया था मेरे दिन पर एक छाया पड़ गई थी। शाम के सुनहले गोधूलि आसमान में चिड़ियों के घर लौटने की बेचैन तड़फड़ाहट का शोर था, बरामदे में, बरामदे के पार घने पेड़ों की अँधेरे सायों में।

तारिक़ ने बहुत हौले से मेरा कन्धा छुआ था, फिर बिना कुछ कहे सिगरेट का पैकेट उठाया था और जाली के दरवाज़े को खोलते नि:शब्द भीतर चला गया था। मैं कुछ देर वहीं बैठी रही थी बिना जाने कि मुझे उसके पीछे अन्दर जाना चाहिए या फिर वहीं बैठे रहना चाहिए। मेरे चारों ओर मच्छर भुनभुना रहे थे और अन्त में मैं उठी थी। वो कमरे में था। मेरी आहट पर मुड़ा था फिर लौटा था बिस्तर की तरफ़, तकिए को एक तरफ़ सरकाकर उसने मुझे भरपूर देखा था फिर लेट गया था। मैं शिथिलता से बढ़ी थी फिर लेट गई थी उसकी बग़ल में। इस पल का एहसास मेरे भीतर से फुर्र हो गया था। बाद में मैंने कई बार सोचा था कि इस कैज़ुअलनेस से कैसे मैं उसके साथ थी ऐसे। इस पल में कोई ड्रामा नहीं था, कोई नौटंकी नहीं। बस एक तन्द्रिल सघन आर्द्रता थी। उसने मुझे बाँहों में समेट लिया था और हमारे दिल की धड़कनें एक सुर में गाने लगी थीं। हम बहुत देर तक दो बच्चों की तरह आलिंगन में पड़े थे, नि:शब्द। मेरा चेहरा उसकी छाती में धँसा था।

उसने गाढ़ी गहरी आवाज़ में कहा था, "तुम इतने सारे कपड़े कैसे पहनी हो?"

उसने फिर हौले से मेरा ब्लाउज़ ढीला किया था और अपने गर्म होंठों से मेरी कलियों को एक-एक करके चूमा था। अब भी कोई ड्रामा नहीं था। मैं शान्त थी। उसके भूरे बालों का घुँघराला गुच्छा, उसका तीखा नक़्श, उसकी शिकारी-सी रुत, मेरी छाती पर। उसके गीले होंठ मुझे पुकार रहे थे, मेरे सीने से कोई तार खिंचती थी जो मेरे देह को तरंगित करती थी, पर मेरी देह कहाँ थी, बस वो तार था जो बज रहा था, गुनगुना रहा था, लबालब, बह जाने को तत्पर। मैं दे रही थी उतना जो मेरे भीतर था, उतना जितना नहीं था, उससे भी कहीं ज़्यादा। मेरी छाती से कोई लौ लपककर कौंध गई थी। और जब हम एक हुए तब भी कोई ड्रामा नहीं था। और उसके हर धक्के पर इस बात का आश्वासन था कि हम एक हुए। और जब हम उस अतल उड़ान से वापस लौटे, सन्तुष्ट और सरस, मैंने एक बार उसके गाल छूए। फिर मैं मुस्कुराई।

उसने कभी कहा था, "तुम रो पड़ोगी जब पहली बार मैं तुम्हें प्यार करूँगा।" तब उसकी इस समझ पर मैं हैरान हुई थी। अब मैं मुस्कुरा रही थी और ख़ुद पर हैरान हो रही थी।

बरसों बाद मैं इन सब ब्योरों को कितना सिलसिलेवार याद कर रही थी। उसके चेहरे के वो भाव जब प्यार करने के बाद उसने मुझे समेटा था, उसका खिलता चेहरा, उठकर मैंने चाय बनाई थी, अपने चेहरे को पानी से धोया था और फिर बरामदे में बैठकर हमने चाय पी थी, धीमे घूँट-दर-घूँट। फिर हम बात करने लगे थे रोज़मर्रा की, आम फहम बात, ऐसे जैसे कुछ पल पहले हम बिलकुल अन्तरंग न थे। और मैं अब भी उसे कैज़ुअलनेस से, अधिकार से छू लेने की सहजता नहीं पा सकी थी। जबकि एक तीखे चाहना से भर ऐसा करना मैं चाहती थी, जबकि मैं उसे दुलार के किसी नाम से पुकारना चाहती थी पर संकोच अब भी मेरे सामने खड़ा था। हम बच्चों के किसी खेल-से एक-दूसरे को बरत रहे थे, जैसे उस सच को अपने भीतर छुपाकर और उत्कट बना लेना। वो अन्तरंग पल कुछ ऐसा था जैसे दो लोगों ने एक सुख लूटा था, वो किसी और शरीर का था, जैसे वो एक तीसरी क्रिया थी जो दो लोगों को बाँधती थी। और उस पल के पूरते ही हम उससे एकदम विलग गए थे। जैसे कोई पवित्र गुप्त अनुष्ठान था या कोई फन्तासी जिससे एक स्तर पर हम भी अनभिज्ञ थे।

वैसे, बहुत सहजता से मैंने कई बार कल्पना की थी कि हमारा प्यार करना किसी कामुक, नशीले, मदहोश कर देने वाले नृत्य-सा होगा; उन अजीब तड़प और चाहतों की परिणति होगी जो हम एक-दूसरे के सान्निध्य में महसूस करते थे। जब हम बातें करते या भीड़ में एक-दूसरे को नज़र भर देख लेते, हमारे नब्ज़ एक संगत में ऐसे साथ धड़कते और हमारी देह एक-दूसरे की तरफ़ किसी चुम्बक-सी खिंची आती जैसे उनका अलग ही अस्तित्व हो।

कभी किसी मामूली सी बात कहते अचानक तारिक़ ने औचक कहा था, "क्या हम कई बार एक-दूसरे के संग सो नहीं चुके?"

मैंने उस वक़्त जैसे सुनकर भी नहीं सुना था पर घंटों बाद या शायद बीच रात में किसी वक़्त उसके शब्द रास्ता खोजते मेरे दिल में अपना घर पा लिए थे। मैंने उसके लफ़्ज़ों को छुआ था, हरेक कोण से उनकी पड़ताल की थी, उनके अर्थ तराशे थे, उनका मतलब खोजा था। फिर अपनी जगह से उनको समझने के बजाय मैं तारिक़ के मन में जा बैठी थी कि वो कहता क्या था जब ये कहता था। जो भी था, किसी की चाहना में इस तीखेपन से होना बड़ी अद्भुत बात थी। जैसे, लगभग कोई जादूगर किसी बच्चे के कान के पीछे से अंडा निकाल देता है, वैसा, उतना ही अद्भुत।

अगले दिन जब हम मिले थे मैं उसको ध्यान से परख रही थी। उसके चेहरे में मेरे लिए चाह थी क्या? रात क्या वो मेरे संग सोया था? क्या उसने हौले से मुझे अपनी बाँहों में भर लिया था, क्या उसने मेरी पंखुड़ियों को नज़ाकत से खोला था, क्या उसने मुझे दाँतों से काटा था, अपनी जीभ से उन नील निशानों को सहलाया था, उसके नाख़ूनों ने मेरी पीठ पर लम्बी निशान छोड़ी थी, मेरे पसीने की अनगिन बूँदों ने उसे पागल किया था? क्या? क्या? लेकिन ऐसा मुझे कुछ भी नहीं दिखता था। उसका चेहरा थिर था। भीतर अगर कोई भूचाल था भी तो बाहर से उसका अन्देशा तक नहीं था। या मैंने कुछ ग़लत सुना, ग़लत समझा? अपने दिल के भीतरी कोनों से मैंने उन लफ़्ज़ों को निकाला और अपने भावों से उनका स्पर्श किया। मेरी त्वचा धड़कने लगी थी। मैंने उसकी तरफ़ देखा। वो सहजता से मौसम के बारे में बातें कर रहा था। ओह कितना निस्संग। मुझे उससे एकदम नफ़रत हुई।

ये वे दिन थे जब हम एक-दूसरे को जानने लगे थे। शुरुआती दिन। हम बिना रुके लगातार बोलते थे। हमारी बातें ख़त्म नहीं होती थीं। और मैं ख़ुद पर भौचक थी। मैं जो किसी से खुलती नहीं थी, जिसे लोगों से संगत में बहुत समय लगता था, कैसे उसके साथ इतनी सहजता से थी। ऐसा लगता था जैसे मैं ख़ुद के साथ थी, बेपरवाह, मुक्त, बिना किसी वर्जना के। बाद में कभी ये बात मैंने उसे बताई थी। उसकी आँखें कोनों पर सिकुड़ गई थीं। मैं उसे देखती रही थी, उसकी त्वचा जो ललछौंह ताँबा थी, उसके भूरे बाल, उसकी ज़रा टेढ़ी मज़बूत नाक। उसके पाँव जो चमकते शफ़्फ़ाक़ थे, उसके पैरों के नाख़ून जिसमें बादामी रंगत और रौशनी थी, उसकी कुहनी जो साफ़ गुलाबी थी, उसके घुटने जो किसी स्कूली लड़के-से मासूम थे, उसकी बाईं आँख के बग़ल में जो कटे का निशान था, कभी उसने बताया था, किसी गाय को छेड़ने का नतीजा था। मैं उसे उसके बचपन में देख सकती थी, एक जवान होते लड़के के रूप में जिसकी आँखों में हज़ार सपने थे, एक वयस्क व्यक्ति जो दुनिया को अपने तरीक़े से समझना चाहता था। मैं सोचती कई बार, ये मुझे किस नज़र से देखता है। मैंने कभी भी उसे मेरे अनजानते मुझे आँख भरकर देखते नहीं देखा। वो मेरे लिए पागल नहीं था, उसने मुझे प्यार से छुआ नहीं न ही मुझे मीठे नामों से पुकारा। वो मेरे पीछे भागता नहीं था। हमेशा कैज़ुअल रहता। मुझे उससे नफ़रत थी ख़ासकर इसलिए कि वो मेरे पीछे पागल, दीवाना न था।

इसलिए भी कि मैं उसकी चाहत में मर रही थी। मैं एक तमक से सोचती ये असन्तुलन क्यों। क्यों मेरी तरफ़ से भावनाओं का उफनता-उबलता, खा जानेवाला तीखापन और उसकी तरफ़ से लगभग निर्विकार निस्संगता। इस अन्याय के रोष से मेरा रोयाँ-रोयाँ जल जाता। और कभी-कभी एक विस्मय के साथ जो बेवकूफ़ी के छोर पर आ टिकता कि मेरी तीव्र लालसा और चाहना के बदले इस तरह की सहज दोस्ती के साथ मुझसे प्रस्तुत होना कैसे सम्भव है। फिर इसी दोस्ताने के बीच उसका इस तरह अचानक कह देना कि हम कई बार एक-दूसरे के संग सो चुके हैं, मुझे एक रहस्य से भर देता, ऐसा जो मेरी समझ के बाहर था। मेरी बुद्धि चकरा जाती और हमारे बीच क्या था जो स्पन्दित होता था उस पर मेरी पकड़ किसी संशय में डूब जाती।

एक बार उसने मुझे कुछ पुरानी, कोनों से फटी और कई बार देखे जाने से मुड़ी खस्ताहाल तस्वीरें दिखाई थीं। कोई पुराने ख़त जो उसने अपने पिता को लिखा था, एक किसी दोस्त को, कोई लड़की जिसका नाम मैड्रिड था जो उसकी बातों में हर वक़्त झपकती आती, और एक कोई लड़की और जिसके बारे में कुछ कहते वो चुप हो जाता था। उसका नाम तक उसने मुझे कभी नहीं बताया। वो हमेशा—वो लड़की जिसके साथ मैंने कुछ समय बिताया था—थी। मैं उसके बारे में हद से ज़्यादा जिज्ञासु थी। मैं मैड्रिड के बारे में बहुत कौतूहल नहीं रखती थी। मैड्रिड को मैं उसकी बातों के ज़रिये ख़ूब जान गई थी। मुझे मालूम था कि उसे लहसुन बहुत पसन्द था, कि रेड वाइन उसे अच्छा नहीं लगता था, कि वो रात एकदम निर्वस्त्र सोती थी, कि उसकी दाईं जाँघ पर एक कटे का निशान था और बाएँ निपल के बाजू में तिल, कि वो जब खाती तो मस्ती में ख़ूब चपर-चपर खाती, हँसती तो सारे दाँत निपोरकर, कि उसके दाँत बड़े ख़ूबसूरत थे, एकदम मोतियों-से और कि प्यार करते ही ख़ुद को साफ़ करने वो बाथरूम भाग जाती, कि बिस्तर में चिपककर सोना उसे अच्छा नहीं लगता था और दिन-भर वो सस्ती सिगरेट फूँका करती और आख़िर में किसी वियतनामी आदमी के लिए उसे छोड़ गई थी जो लैब में काम करता था और गोल चश्मे पहनता था।

वो जो अनाम दूसरी लड़की थी वो किसी काँटे-सी मेरे दिल में अटकी थी। मैं कई बार बातचीत का रुख़ उसकी तरफ़ मोड़ती, फिर उसकी आवाज़ के उतार-चढ़ाव को ध्यान से सुनती कि कुछ तो राज़ पर से पर्दा हटे। पर वो हमेशा चुपा जाता। उसकी आँखें अध मुँद जातीं पर उसमें कोई लपक किलकती जिसे बाद में

मैंने समझा कि भयानक रोष है। फिर मेरा दिल किसी अनजाने भय से ऐसे धड़कता जैसे कोई ट्रेन गुज़रती हो छाती पर। जैसे कुएँ में झाँकते अतल गहराई दिखती, पानी न दिखता।

इन्हीं दिनों मैंने सड़कों की ख़ाक छाननी शुरू की थी, बस बिना किसी प्रयोजन के उन गलियों में भटकती जो फूलों वाली झाड़ियों से महकतीं, जहाँ सड़क के किनारे गाड़ियाँ पार्क रहतीं बेतरतीब, घरों के बाहर गेट पर पीतल के नेमप्लेट्स चमकते, मकान मालिकों के नाम से सजे, कहीं भीतर से संगीत लहरी बहकती लहराती बाहर झूमती आती, किसी रसोईघर से चटख पीले पर्दे हवा में फड़फड़ाते, अचानक किसी बहस की तेज़ आवाज़ उठती फिर दब जाती, कोई बच्चा हँस पड़ता, कहीं कोई गाड़ी के स्टार्ट होने की आवाज़ आती, या टेलीफ़ोन की घंटी। मैं बेवजह भटकती इन सब आवाज़ों-दृश्यों को दर्ज़ करती। और इस तरह मेरी शाम गली-दर-गली उतरती। छायाएँ गहरी होती जातीं। फूलों की ख़ुशबू रात के अँधेरे में भारी तिरती। मेरा कंठ भर आता, मेरी छाती कोई दबोच लेता और कोई नामालूम चीज़ मेरी त्वचा से गुज़रती मेरी गर्दन पर फहरा जाती। और अचानक घर में महफ़ूज़ किसी के संग होने की चाहत एक तीखे कटार-सी मुझे लील लेती।

वे दिन थे जब चीज़ें दहलीज़ पर थीं, केवल मेरे जीवन में ही नहीं, बल्कि मेरे आसपास की दुनिया में भी। ये खदबदाहट किसी रासायनिक प्रतिक्रिया को समेटे हुई थी—किसी परिवर्तन के लिए उत्प्रेरक। हर जगह, अख़बार में, रेडियो में और टेलीविज़न में शब्द थ्रेश होल्ड आप पर छलाँग लगा कूद पड़ता, आपके कॉलर को दबोचता, आपके चेहरे पर उछलता, आँख की पुतली को दर्द की चुटकी में पकड़ लेता। जब तक आप इसे महसूस नहीं करते, तब तक यह शब्द आपके क्षितिज पर मँडराता रहता। आप देखते चींटियों और हाथियों को उद्‌देश्यपूर्ण तरीक़े से आगे क़दमताल करते जैसे किसी उद्‌देश्यपूर्ण यात्रा की नकल करते हुए और तब भी आप नहीं जानते कि दुनिया कहाँ जा रही है।

ये कोई गुप्त कोड था जिसने असली मतलब को इतनी सलाहियत और बारीकी से छुपा दिया था कि उसका अर्थ धुँधलाए कोरों में फटता, चीथड़े होता टूट-टूट कर रेशे में बिखर जाता। मुझे चिढ़ाता हुआ ग़ायब होता जाता। और मेरा दिल ऐसे एहसास से डूब जाता जो जितना पराया था उतना ही शर्मनाक भी। और ऐसे किसी भी विचार से मैं कोसों दूर भाग जाती। कुछ उस तरह का भय जो आपने बचपन में

सौ बार सपने में देखा था, परीक्षा वाले हॉल में तरबतर भागते पहुँचना और पाना कि तैयारी भूगोल की थी और परचा गणित का पकड़ा दिया गया हो। और ये न जानने का डर आपके पाँव तले ज़मीन खिसका देता, जैसे कोई गहरी खाई ख़ुद गई हो और जागने पर मैं बेवकूफ़ों की तरह मुस्कुराती। इसके बावजूद अब भी कुछ पता न होता और सब बातें कहीं सन्दूक़ में बन्द अनजानी भाषा की लिपि में लिखी होतीं, समझ के बिलकुल परे।

वो क्या चाहते थे, कोई साजिश थी सबको सच्चाई से दूर रखने की। कोई अस्तित्व था, बिना शक्ल और बुनावट के जिसने तय किया था कि हम एक देश के लोग कुछ होने के इन्तज़ार में थे। ये कोई लम्बी कूद थी जिसमें एक पाँव अब भी ज़मीन पर था और दूसरा हवा में जैसे जो चीज़ घटित होनी थी उसे अब वापस नहीं किया जा सकता था। वो कार्य शुरू हो चुका था। और देश की तरह मैं भी एक पाँव हवा में फैलाए इन्तज़ार में थी कुछ होने के। सिर्फ़ ये कि मुझे मालूम नहीं था कि इस पाँव को रखना कहाँ था। पर देश को ही कहाँ पता था।

आज़ादी के बाद से यह शायद भारत के लिए सबसे महत्त्वपूर्ण समय था, ऐसा समय जिसने न केवल हमारे नेताओं बल्कि हमारे राष्ट्रीय संकल्प की भी परीक्षा ली थी। आगजनी, आतंकवाद, अलगाववादी हिंसा, अन्तरराष्ट्रीय धमकियाँ, सुबह के अख़बारों की सुर्खियाँ देश की सामूहिक चेतना में एक परेशान हस्तक्षेप कर रही थीं। कश्मीर, पंजाब, आन्ध्रप्रदेश, असम के साथ-साथ पूरा पूर्वोत्तर जल रहा था।

ख़राब बात ये थी कि हर बार राजनीतिक समीचीनता और लाभ इन मसलों के हल पर हावी हो जाता।

असली संकट यह भी था कि सभी स्तरों पर राजनेता दोषारोपण, दंगा भड़काने से परे नहीं देख रहे थे। वो ये नहीं समझ पाते थे कि जब-जब वो राजनीतिक लाभ के लिए जनता के हितों का बलिदान कर रहे थे, उतनी-उतनी बार वो देश को कमज़ोर कर रहे थे। दे वेयर ब्लीडिंग द नेशन व्हाइट।

और जैसे इतना ही काफ़ी नहीं था, इसके अलावा बहुत बड़ा वित्तीय संकट मुँह बाए खड़ा था। घटनाओं की रेलमपेल देश पर गहरा और स्थायी प्रभाव डाल रही थी। नब्बे हज़ार कश्मीरी पंडित आतंकवाद प्रभावित कश्मीर से जान बचाने के लिए भागे थे। हाल के समय में ये सबसे बड़ा पलायन था। लेकिन ये वो भी समय था

जब 'दिल तो पागल है' रिलीज़ हुई थी। शाहरुख़, माधुरी और करिश्मा ने मिलकर 60 करोड़ रुपये से अधिक की कमाई की थी। शायद इस समय को इस तरह के मासूम प्यार की ज़रूरत थी, कठोर सच्चाई से पलायन का सुख।

तो इस तरह हम खड़े थे जड़, उस समय के पल में जहाँ हम कम-से-कम इस आश्वस्ति में थे कि भविष्य की हमको ख़बर न थी लेकिन ये समय अनन्त सम्भावनाओं से भी भरा था। दूसरा पैर नहीं रखने के अन्तराल में हम उम्मीद और आशा से भरे हुए थे। सचमुच कुछ भी संभव था। दरवाज़ा अभी खुला था और रौशनी भीतर बह रही थी। भविष्य का कोई ख़ाका अब भी अदृश्य था पर आश्वस्ति थी कि कोई ख़ाका तो है। और फिर मुझे मालूम हुआ कि वो जीत गए थे। मेरा कुछ न जानना बचा गया था। लेकिन फिर इसी बात ने मुझे उस उत्सुक प्रेयसी की तरह अपने बेवफ़ा प्रेमी की बाँहों में ठेल दिया था। मैं फिर बेवकूफ़ बनी थी। उसके सारे वादे, सब सूरजमुखी-से वादे धूप जाते ही बिला गए थे।

दुनिया टेढ़ी-खड़ी और मैं बस उसे सीधा करना चाहती थी—हीरा

मुझे मालूम ही नहीं था मैं चाहती क्या थी। धूप में बैठे मेरा दिमाग़ तन्द्रिल हो गया था। किसी पतंगे की तरह उड़ता बेचैन, जैसे रोष से भरा हो। इतना नशा था, नींद-सी बेहोशी जैसे नशे की कोई चीज़ खा ली हो। जैसे साँस भरते नशा भीतर आया हो और मैं भ्रमित हो गई होऊँ।

जबकि चाहती थी कि दिमाग़ मेरा चाकू-सा पैना रहे ताकि जितने धागे उलझ रहे थे उनको मैं सुलझा सकूँ। उनकी बुनावट, रूप और आकार स्पष्ट रहें। जैसे माइक्रोस्कोप के नीचे कोशिकाओं को देखना। कि इस तरह बड़ा देखने से उनके भीतर का रहस्य गोचर हो जाएगा। मैं अपने दिमाग़ को तेज़ और सटीक चाहती थी। लेकिन मेरे मन ने मुझे धूर्तता से हराया। इसने मेरी संवेदनाओं पर पकड़ बनाई और इसे बदल दिया। मेरा मन मटर के सूप की तरह सुस्त हो गया। भारी और मटमैला जिसमें सारी चीज़ें आसानी से छुप जातीं।

बरामदे में अकेली बैठी, मैं निर्जीव सुस्ती से भरी भारी पत्थर थी। सूरज मेरे

ऊपर मँडरा रहा था, उनके चेहरे मेरे क़रीब पलकों के नीचे और बाहर तैरने लगे। मेरी बन्द आँखें लाल हिंसक लावा उबलता हुआ महसूस कर सकती थीं। यह सूरज था, यह मेरा अपराध था, यह मेरा आतंक था।

मैं उस दिन काम से वापस आई थी, बेपरवाह, ख़ुश। मैं निर्मल के लिए एक भूरे रंग के लिफ़ाफ़े में गार्डेनिया के गुच्छे लाई थी। मैंने इसे लाल बत्ती पर फूल बेचने वाले छोकरे से लिया था। उसने एक भोली मुस्कान के साथ कहा था, "मैडम इसे अपने सर के लिए खरीदें।"

उसका कहना अजीब-से अन्दाज़ में परिपक्व था। पर मुस्कान के नीचे उसका चेहरा हताश और भूखा था। वह धीरे-से फुसफुसाया था, "मैंने आज कुछ बेचा नहीं है।"

फूल सब मुरझाए-से थे।

कुछ दया भाव से मैंने सारे ख़रीद लिये। ट्रैफ़िक लाइट हरा होने के पहले अफ़रा-तफ़री में छोकरे को पैसे दिये। मेरे पीछे गाड़ियों की क़तार बेचैन होकर लगातार हॉर्न बजा रही थी। गियर बदलते देखा—छोकरा भागती गाड़ियों के बीच हिरण की तरह सड़क पार कर गया था। साइडव्यू मिरर में आगे बढ़ते मुझे दिखा था।

और उस छोकरे की कहानी को दिल में लिये, फूलों के गुच्छे हाथ में पकड़े मैं दाख़िल हुई थी कि नाटकीय तरीक़े से मैं निर्मल को ये फूल पकड़ाऊँगी।

कई बार सोचती हूँ कि मेरे दिल में खिली चटख धूप की ख़ुशी ने मुझे क्या इतना अन्धा कर दिया था कि आगे की काली रात मुझे नहीं दिखी थी। पूरी शाम यहाँ तक कि पूरी रात हम कमरे की दीवार से टिके बैठे रहे थे। दो घायल जानवरों की तरह जिन्हें जाने के लिए कोई जगह नहीं बची थी। भूरे लिफ़ाफ़े में गार्डेनिया के फूल सड़ने लगे थे और उनसे लसलसी हरी सड़ी महक रिसने लगी थी। उनकी टहनियाँ जैसे ख़ून उगल रही थीं और बू हम तक पहुँच रही थी। और उस जड़ शून्य समय में मेरे दिमाग़ में ये ख़याल आया कि इस बदबू का इससे उपयुक्त समय और क्या होता। फिर तुरत ये भी ख़याल आया कि इस सोच ने इस पल की संजीदगी और त्रासदी को हल्का किया हो जैसे। मेरे भीतर हँसी उबल-उबलकर बाहर आने लगी थी और निर्मल के मुझे विस्फारित आँखों से देखने ने मेरे भीतर की हँसी को लावे की तरह फट पड़ने दिया था।

वो रात बहुत लम्बी रात थी। इतनी लम्बी इसलिए भी कि पूरी रात हम जगे थे। हमारी साँस हमारे भीतर यों आ-जा रही थी जैसे कुछ न हुआ हो। हमारी नब्ज़

हमारी कलाइयों और गले पर अब भी किसी सुर में बजती थी। हम निढाल बैठे रहे, हमारे भाव चीथड़े हवा में टँगे रहे। हमारा शरीर जीवित रहने की कारगुज़ारी में मगन रहा जबकि हमारा दिल ऐसे फटा जैसे हम किसी बड़े हादसे से गुज़रे हों, जैसे किसी ने हमारे पेट में घूँसा जड़ा हो और हमारी सारी हवा निकल गई हो और हम उस भूरे लिफ़ाफ़े-से हो गए जिस पर किसी बच्चे ने मज़े के खेल में कूद-कूदकर रौंदकर हवा निकाल दी हो। और हम पिचके हुए, बे-आकार बैठे रहे, कभी-कभी हमारे कन्धे एक-दूसरे को छू जाते किसी हरकत में और हम तुरत फिर अपने स्पेस में शर्मिंदगी में दुबक जाते, घबड़ाए कि हमारे बीच ये गहरी खाई कब पनप गई।

और उस रात इसी चीज़ ने मुझे ज़्यादा दुख दिया। ये कि मैं उससे सटकर, उसकी छाती में दुबककर अपने चोट हल्के कर लूँ। हमारे बीच यही चीज़ सबसे नियामत थी। जब भी मैं उदास, अवसाद में या परेशान होती, उसके बदन की गरमाहट मुझे आश्वस्ति देती, जैसे किसी धूल-लू-लक्कड़ भरे दिन में एक ठंडा घूँट पानी का। वो बिना कुछ कहे मुझे बाँहों में भर लेता और कुछ पल बाद हमारे दिल एक सम पर धड़कने लगते और ये होते ही मैं शान्त पड़ जाती, आश्वस्त और निंदासी। अब भी, इस पल मैं यही करना चाह रही थी। ये जानते हुए कि मैंने उसे चोट पहुँचाई थी, और उसे दुख देना मुझे घायल कर रहा था। फिर भी मैं चाहती थी कि वो अपना दुख भूलकर मुझे अपने में समेट ले। जैसे कि जिसे मैंने चोट पहुँचाई थी वो कोई और हो। मैं उसके इस बात को न करने की वजह से भयानक रोष में थी। चाहे दुनिया इधर से उधर हो जाए, तुम कहते थे न कि तुम हो, हमेशा मेरे लिए? मैं बार-बार इसे दोहरा रही थी। जैसे वो दो इनसान हो और मैं चाहती थी कि जब उसे धोखा दूँ फिर भी वो दूसरा मेरे पास रहे।

हर बार जब मैंने उसे छूने के लिए हाथ बढ़ाया वो चिहुँककर पीछे हट गया। उसके भीतर एक घृणा थी, एक हैरत भी। वो मुझे ऐसे देखता था जैसे मैं अजनबी होऊँ और वो मुझे नहीं जानता था। जैसे उसने मुझे पहले न कभी देखा था और न कभी देखना चाहता था। और धीरे-धीरे मेरा मन ठंडा पड़ता गया। मेरा हृदय जम गया, मेरा शरीर सिकुड़ गया और मेरे होंठ नीले पड़ गए।

और धीरे-धीरे मैंने अपने आपको ख़ुद के भीतर दफ़न किया और धीरे-से मैं मुड़ी। इतने हौले से उससे जिसका मैंने दिल तोड़ा था, चोट पहुँचाई थी लेकिन अब मैं चोट खाई घायल बच्चा थी। मैं उस धुँधलाये स्पेस में पहुँच गई थी जहाँ मैं शिकार

थी, जहाँ मुझे कोने में ठेल दिया गया था और ये निर्मल था जिसने मुझे दुख दिया था, धोखा दिया था, मुझे न समझकर, मेरे प्रयोजन को न समझकर। जब मैं किसी दूसरे की तरफ़ बढ़ रही थी तब वो नहीं था मेरे पास, मुझे ज़ोर से जकड़ क्यों नहीं लिया था उसने, क्यों पीछे रह गया था, कहीं और दुनिया में जबकि मैं एक नई में प्रवेश कर रही थी। क्यों उसने मुझे अपने भीतर उस गहरी खाई को खोजने दिया, क्यों वो नहीं देख पाया मेरे भीतर उस चीज़ को जो टुकड़े-टुकड़े छीज रही थी और जाने क्या बनावट लेकर मेरे भीतर बढ़ती जा रही थी। क्यों नहीं था मेरे पास तब जब तारिक़ बिना किसी आहट के निशब्द बेआवाज़ मेरे भीतर यूँ प्रवेश कर रहा था कि निर्मल शनैः-शनैः बाहर निकलता जा रहा था।

क्यों उसने ये सब होने दिया। मेरे अन्दर ग़ुस्से का लावा धधक रहा था। सब तुम्हारी ग़लती है, सब सब। मैं भीतर ही भीतर चीख़-चिल्ला रही थी और उसके चोट खाये बच्चे-से चेहरे को देख बिफर रही थी। मैं तब उससे नफ़रत कर रही थी, उस वक़्त से भी ज़्यादा जब पहली बार तारिक़ और मैं साथ सोये थे। तब मैं इतनी सहज और संयत थी इस तरह निर्मल के अलावा किसी और के साथ सो लेने में। लेकिन हैरत ये कि जब मैं तारिक़ के साथ थी इतनी ख़ुश इतनी सन्तोषी, उसी वक़्त मैं निर्मल को सबसे ज़्यादा प्यार कर रही थी। मेरे भीतर मोहब्बत किसी अलग अस्तित्व में फैल रही थी, एक नदी-सी जो मेरे भीतर एक गुनगुनाहट में बहने लगी थी मेरी आँखों से, मेरे दिल से उन दोनों के लिए।

और अब निर्मल इसी बात को पकड़कर चीख़ रहा था।

ओह तुम कितनी शानदार ऐक्ट्रेस हो, ये सारे समय जब तुम मुझे प्यार जता रही थी तुम उसके साथ थी।

उसकी आवाज़ पतली-तीखी-काँटेदार थी, ऐसी जिसे मैं नहीं जानती थी। वो मेरे और तारिक़ के बारे में ऐसे अनभिज्ञ रहा ये बात उसे किसी चाकू की तरह काट डाल रही थी। उसे अपना होना बेवकूफ़ी भरा और हास्यास्पद लग रहा था, उसका स्वाभिमान चीथड़े-चीथड़े ख़ून से भीगा उसके गिर्द फड़फड़ा रहा था। और इस सारे सिलसिले में तारिक़ सीने पर हाथ बाँधे सिगरेट का धुआँ उड़ाता रहा। या अगर वो होता यहाँ इस वक़्त तो बिलकुल यही कर रहा होता, असम्बद्ध और उदासीन और इस सारे नाटक को हिकारत से देखता।

वो रात कितनी लम्बी थी, कितनी सर्द और कितनी तन्हाई वाली। मैं कभी इतनी अकेली, इतनी सर्द नहीं हुई। मैं शिद्दत से चाहती थी कि मेरे और निर्मल

के बीच सब सामान्य और सहज हो जाए, पहले जैसा। इस वक़्त मैं तारिक़ को अपने जीवन से दूर चाहती थी। मैं निर्मल को चाहती थी इस वक़्त और मेरे भीतर इस तरह उसको चाहना कितनी अनमोल अद्भुत चीज़ थी।

मुझे तुमसे प्यार है पेरिस—हीरा

आर. ई. आर. में होटेल की तरफ़ सफ़र करते हुए एफिल टावर की जगमग रौशनी दिख रही थी। मैंने एक बार दोंफर रोशेरो में ट्रेन बदली थी फिर बीर हकीम पर उतर गई थी। जिस दुविधा में फँसकर दुप्ले के बजाय बीर हकीम पर उतरी वो महँगी पड़ने वाली थी। चार्ल्स द गॉल पर हेल्प डेस्क पर उस औरत ने आर. ई. आर. मेट्रो का नक़्शा पकड़ाया था और मदद के रूप में दोंफर रोशेरो और दुप्ले को लाल स्याही से घेर दिया था जब मैंने उसे कहा था कि होटल कहीं एफिल टावर के पास है, उस नक़्शे को थामे ट्रेन की खिड़की से जगमग टावर की रौशनी देखते मैं एक स्टेशन पहले उतर गई थी। स्टेशन अँधेरे में डूबा सुनसान था। जो मेरे साथ उतरे थे वो तुरत अपनी दुनिया की तरफ़ तेज़ी से निकल पड़े थे। मैं निपट अकेली अपने भारी-भरकम बड़े सूटकेस और डफल बैग के साथ सुनसान स्टेशन पर अकेली रह गई थी, हिचकिचाहट दुविधा और घबड़ाहट में।

लम्बी फ़्लाइट ने मुझे थका डाला था और रात के ग्यारह बज रहे थे। सामान मेरे पैरों के सामने पड़ा था और मुझे आगे क्या करना है की कोई ख़बर न थी। मैं जैसे गुम गई थी। अनजान जगह, अनजान भाषा। किस शिद्दत से अपने घर होना चाहती थी अपने कमरे में। एक पल को मैंने आँखें मूँद ली थीं। अफ़्रीकी मूल के दो लड़के मिनियेचर एफिल टावर बेच रहे थे, की-रिंग और बॉटल ओपनर और तमाम ऐसी अल्लम-गल्लम चीज़ें जो टूरिस्ट न चाहते हुए भी यादगारी के लिए ख़रीद लेते हैं। अचानक मुझे किसी दोस्त की चेतावनी याद आई, ऐसे और वैसे लोगों से दूर रहना, ठग ली जाओगी। या रास्ते की जानकारियाँ सिर्फ़ बूढ़ी औरतों से पूछना और अपने वॉलेट और पासपोर्ट को पाउच में कपड़ों में छुपाकर चलना। मैं यहाँ अनाथ थी। कोई अपना न था, मेरे सर पर कोई छत न थी। सड़क के ठीक

पार कोई स्ट्रीट साइड कैफ़े था। भीतर की उष्म पीली रौशनी में लोग-बाग दिख रहे थे, कोई हँसी की छिटकती आवाज़, अचानक किसी का तेज़ स्वर में कुछ बोल उठना, फ्रेंच शब्द अपने पूरे रूमान में। कैफ़े मुझे आमंत्रित कर रहा था जैसे सर्द जाड़े की रात में जलता इक अलाव। खाने की ख़ुशबू तिरती हुई आई, काँटे-चम्मच और चाकुओं की खनखनाहट, गिलासों के काँच के खनकने की मधुर आवाज़। आगे रास्ता मोड़ लिए घूम जाता था तो आगे की दुनिया छिप गई थी। जैसे ये कैफ़े इस दुनिया की अन्तिम रौशन जगह थी, पनाहगाह।

मैं मुड़कर दूसरी तरफ़ देखने लगी थी। सीधी सड़क और ऊपर मेट्रो ट्रैक, धुँधलाई रौशनी और सन्नाटा। एक आदमी नहीं, कोई कैब नहीं। किससे पूछूँ। वो सामान बेचने वाले छोकरे भी मेरी उदासीनता से बचते हुए ग़ायब हो गए थे।

मैं अकेली थी, इस निर्जन सुनसान में, सड़क के बीच स्टेशन के ठीक बाहर। और अचानक, जब घबड़ाहट और मायूसी से मेरे हाथ-पैर फूल रहे थे, एक हल्ला मचाता ग्रुप जाने कहाँ से कैफ़े के पीछे से नमूदार हुआ। शायद, उनके उच्चारण से पूर्वी यूरोप के, उनके स्वर वर्ण ज़रा कठोर और कड़े, उनकी आवाज़ व्यंजन पर तीखी तेज़, उनकी थकी पर ज़ोर-शोर की बहस, या फिर कोई आम बात ही रही होगी, बच्चे थकान से झूलते माँ-बाप के कोट के सिरे को थामे, कुछ प्रैम वाले बच्चे हैरान गोल आँखों से तकते, कुछ झल्लाये, थके-से रोते। सब औरत और पुरुष लगभग एक से ड्रेस कोड में, चलने वाले जूते, कैप और बैकपैक, हाथों में पानी का बोतल थामे, कोई रास्ते का नक़्शा। यूनिवर्सल टूरिस्ट्स।

वो मेरे चारों तरफ़ थे, किसी लहर की तरह गुज़रते मेरे तक आते दो भागों में बँटते, एक पल को जिज्ञासा से मुझे तकते फिर अपनी बतकही में गुमते, शायद थके सूजे पैरों की शिकायत करते, साफ़ गर्म बिस्तर में दुबकने की ख़्वाहिश ज़ाहिर करते, इस सुन्दर दुनिया को देख लेने की ख़ुशी से सराबोर, ओह कितनी अलग दुनिया, कितनी रूमानी दुनिया और फिर उसी साँस में अपने रोज़मर्रा की बोरिंग दुनिया के सुकून को याद करते। थके, ख़ुश-ख़ुश, घर की याद और नई दुनिया के अचम्भे, सब एक साथ महसूस करते भौचक हैरान।

कुछ देर तक वो तेज़ आवाज़ में बहस करते, शायद किस रास्ते होटल लौटना हो, पर बात करते, अन्तत: स्टेशन की तरफ़ बढ़ते दरवाज़े से भीतर जाते। उनके भीतर जाते ही एक ग्रुप और आया, ये चुपचाप तेज़ चलते भीतर दाख़िल हुए। फिर एक अकेला आदमी, ज़रा अलग-थलग, रुककर सिगरेट सुलगाता हुआ। हाथ में

आर.ई.आर. का नक़्शा थामे, होटल का पता थामे मैं उस तक आई। उसने मेरा सामान देखा, मुझे देखा, फिर उसका चेहरा एक मुस्कान में खिल गया। उसने भारी फ्रांसीसी उच्चारण में कहा, "यस आई हेल्प यू प्लीज़?"

आह आख़िर अंग्रेज़ी। मैंने होटल का पता बढ़ाया। होटल वहाँ से पाँच मिनट की दूरी पर था। सामान लुढ़काते मैं उसके बताए रास्ते पर चल पड़ी। मेरा कमरा पहली मंज़िल पर था। एक तरफ़ जो ज़रा-सी सँकरी खिड़की थी, वो बग़ल की गली में खुलती थी। एक क़तार से गारबेज कैंस खड़े थे, काले पॉलीथीन में कूड़ा कैन के बाहर निकल रहा था। कमरा बहुत छोटा था। पतली-सी पलंग और ड्रेसर के बाद चलने तक की जगह नहीं थी। अलमारी दो सँकरी खिड़कियों के बीच अड़सी थी और ड्रेसर के सामने एक सीधी पुश्त की कुर्सी लगी थी। खिड़कियों पर भूरे और क्रीम धारियोंवाला पर्दा सजा था। बाथरूम तो और भी छोटा था। दरवाज़ा बन्द करने के लिए हूडिनी बनना पड़ता। एक क्रीम पोर्सलेन का कामकाजी बेसिन और ख़ूब बड़ा सा हेयर ड्रायर। बस इतनी-सी दुनिया थी।

मैं बिस्तर पर लेट गई थी और मोटे-मोटे आँसुओं से रोई थी। मुझे अपने साथ कोई चाहिए था जो मुझे खींचकर सीने से लगा लेता। मैं अकेलापन बाँटना चाहती थी, इस कमरे की ग़रीबी की शिकायत करना चाहती थी, गद्दे के कड़ेपन की बात कहना चाहती थी, कि पीने का पानी मुझे बाथरूम से लेना होगा की गिजगिजाहट पर तंज करना चाहती थी, एक गर्म कप चाय चाहती थी, एक दिन पुराना बासी आलू का पराँठा आम के अचार के साथ खाना चाहती थी। जिस शिद्दत से मैं घर होना चाहती थी उसी शिद्दत से घर से भागना भी। ये मेरा इस तरह बँट जाना दो भागों में, कभी तीन में, मेरे मन के भावों का जैसे किसी भोथर चाकू से कोई फाँक-फाँक करता हो।

मैं भाग जाना चाहती थी, मैं भाग आना चाहती थी। मैं निर्मल से भाग रही थी, मैं तारिक़ से भाग रही थी। सबसे ज़्यादा मैं ख़ुद से भाग रही थी।

ये कॉन्फ्रेंस मेरे लिए एस्केप था, मुझे अपनी दुनिया से अलग किसी और भूगोल में स्थापित कर रहा था। अपनी सचाई से डिसप्लेस होकर विलगकर शायद मैं अपने भीतर देख पाऊँ, समझ पाऊँ, कि ये औरत बिना किसी मॉरल कॅम्पस के अपने मन और दिल की बात को परख पाए, जो अपनी माँ-सी नहीं, न तो अपनी उस पुरखिन-सी, मौसी-नानी-सी। लेकिन शायद ये औरतें अपने समय के हिसाब

से बहुत ज़्यादा जी पाईं, अपने मन की कर पाईं, जो हरेक मायने में ज़्यादा इनसान बन पाईं। शायद मेरे भीतर के मैं से कहीं ज़्यादा आज़ाद और ख़यालपसन्द रहीं।

मैं चाहती थी मैं अपने सब भुलावे के परत एक-एक करके उतार दूँ, सारे नब्ज़ के सिरे खोल दूँ, सारी मांस-मज्जा को नंगा कर दूँ, सब पोर, सारी त्वचा। कि मेरी आत्मा समूची पारदर्शक बेपरत हो जाए। मैं चित लेट जाना चाहती, मेरे हाथ पैर फैले बेपरवाही से, मेरा पेट-पेड़ू एक गहरे तिलिस्म की दुनिया में बने रहें, मेरे स्तन दो पहाड़ियों से गर्वोन्नत रहें, मेरी आँखें किसी रात के आसमान-सी गहरी हों, मेरे होंठ मदालस खुले हों जैसे एक रास्ता मेरे अन्तरतम को जाता हो, मेरा अस्तित्व इतना कठोर कि बस ऐसे ही भाप की तरह ख़ुशबू बिखेरता उड़ जाए। मैं पागल हो रही थी, मेरी चेतना मेरे माथे के ऊपर किसी चिड़िया-सी उड़ रही थी। उसने मुझे, जब सबसे ज़्यादा ज़रूरत थी, छोड़ दिया था।

मैं सोई थी बहुत ही कच्ची नींद में और सुबह जैसे नशे से भारी उठी थी, पोपटे खुलते न थे। सुबह ठंड थी। मैं अपने आप में गुम जाने कहाँ थी। मेरे तलवे लकड़ी के फ़र्श पर नंगे पड़े थे। मेरे भीतर एक अनाम डर, उत्सुकता और घबड़ाहट का ज्वार उठा था। एक मग गर्म पानी के लिए मैं नीचे उतरी थी। बाहर खिड़की से एक औरत दिखी थी। लम्बे ओवरकोट में तेज़ चाल चलती। पत्थरों वाली सड़क पर उसके नुकीले हील बजते थे। उसके ओझल होने के कुछ पल बाद तक जूतों के टैप की आवाज़ आती मद्धिम हो गई थी। इतनी सुबह कहाँ जा रही थी? क्या रज़ाई में गर्म दुबके सोते प्रेमी को छोड़ काम पर निकली थी? या इन इमारतों के एक-से अनगिन फ़्लैट्स में से किसी एक में अकेली रहती थी, शायद बूढ़ी माँ किसी गाँव में या क्या पता शोर-उत्पात मचाते तीन-चार बच्चे हों घर में। मैं काली चाय पीती, खिड़की से न देखती हुई देखती, मन ख़ाली रखे देखती थी। चाय की पत्तियाँ मेरे होंठों और जीभ पर फँस रही थीं। मैंने हर बार की तरह चाय-पत्ती का एक छोटा टिन साथ रखा था। मुझे सिर्फ़ गर्म पानी चाहिए होता था। अगर मैं चाय-पत्ती पढ़ सकती मुझे मालूम पड़ जाता मेरा दिन कैसा गुज़रने वाला था, या ये सप्ताह, महीना-साल, मेरा निर्मल के साथ भविष्य, तारिक़ के साथ सम्भावनाएँ या फिर मेरा अकेले रहना। मैं माँ से ये सब उलझनें बाँटना चाहती थी लेकिन अब देर हो चुकी थी और शायद ये सब बातें उनकी समझ के परे थीं।

जब मैं छोटी बच्ची थी तब भी क्या मुझे वो समझ पाई थीं? वो बच्ची जो शिद्दत से गाना चाहती थी लेकिन कभी गा न सकी। एक घबड़ाई, अपने में सिमटी

किशोरी जो माँ के सिले उस कुर्ते को पहनने से इनकार करती क्योंकि उसका गला ऐसा बड़ा था कि उसकी लम्बी गर्दन और गले की हँसली असुरक्षित बाहर दिखाई देती। ओह माँ कहाँ हैं आप! क्यों मैं इतना सोचती हूँ!

तारिक़ कहता है, निस्संग हो जाओ, निस्संग कैसे हुआ जाता है? किसी शीशे के बुलबुले में छुपे रहने से? न हवा न ऑक्सीजन। मैं उसे चोट पहुँचाना चाहती हूँ, फिर पूछना चाहती हूँ, अब बताओ? रहे तुम निस्संग? पर कहीं गहरे मुझे ये पता है कि मेरी उस पर चोट पहुँचाने की ताक़त नहीं है। निर्मल पर है। निर्मल का मुझ पर है। तारिक़ का भी है। पर मेरा तारिक़ पर नहीं। क्या ऐसा कोई समय हो सकता है जब मैं निर्मल और तारिक़ दोनों के साथ एक सुर में रह सकूँ? मुझे त्रूफो की फ़िल्म 'जूले जिम' याद आती है। वहाँ भी कहाँ ये राग बन पाया था। कैथरीन जूल्स और जिम का त्रिकोण अन्ततः मौत से ही ख़त्म होता है। ईर्ष्या और हक़ जमाने का जनून ज़हर ही है। वो पाकीज़गी नष्ट करते हैं, सड़ाँध पैदा करते हैं, सब मीठी चीज़ों की हत्या करते हैं। मैं वो औरत हूँ जिसका दूसरा मर्द है, दूसरी औरत की तरह दूसरा मर्द।

मैं जल्दी-जल्दी तैयार होती हूँ, झोला कन्धे पर लटकाती हड़बड़ी में निकलती हूँ। नाश्ता भरपेट है लेकिन कोई वेरायटी नहीं। बगेत और क्रोआसां, हैम और बेकन, योगर्ट और चीज़, ताज़ा जूस और केतलियों में कॉफ़ी। मुझे भूख लगी है, तेज़ भूख, वर्षों बाद। लालची होकर मैं सब चीज़ें दो-दो उठाती हूँ।

होटल में काम करने वाली औरत रसोई से झाँकती इशारा करती है, ऑमलेट या पोच?

मैं एक मिनट को झिझकती मना करती हूँ। मेरा प्लेट अश्लील तरीक़े से भरा हुआ है। मेरी मेज़ के सामने दो बुज़ुर्ग औरतें खा रही हैं, सलीके और नज़ाकत से, होंठों के कोनों को नैपकिन से पोंछतीं, छुआतीं। वो छोटे गस्से में खाती हैं, हरेक निवाले को देर तक चुभलाती हुई। फोर्क और चाकू से वो पहले लम्बे फिर चौकोर टुकड़े बड़े हिसाब से काटती हैं। खिड़की के सिल पर एक पोर्सलेन का मेढक बैठा है, किसी लाल छाती वाली मुटल्ली चिड़िया के संग। और एक गुलदान है जिसमें लम्बे डंठल पर ख़ूबसूरत बैंजनी फूल हैं।

बाहर फुटपाथ पर भाप उठ रही है। अचानक साइकिल सवारों का एक झुंड लाल जर्सी और पीले टोपों में झटके से गुज़र जाता है। मैं अपना झोला उठाए बाहर निकल जाती हूँ। बाहर ख़ूब ठंड है और मैं महसूस करती हूँ ठंड से उभर आए

दानों का, मेरी बाँहों पर लकीर की तरह उगते जाना। मैं मेट्रो की तरफ़ बढ़ती हूँ। हवा में लटके मेट्रो ट्रैक को देखती मैं उसी दिशा में बढ़ती जाती हूँ, गलियों की पातिसेरी में झाँकती, किसी गली में मुड़ती जिसके दोनों तरफ़ रिहायशी मकान हैं, कोई छोटा दुबका-सा पार्क इन इमारतों के बीच। मेरी रफ़्तार कभी धीमी-कभी तेज़ होती है। कोई शॉर्ट कट लेते अचानक किसी लम्बे बरामदे-सी गली, दोनों तरफ़ खम्भे। सब पर ग्राफ़िक पेंट, कोई नीला सूरज, पीली छतरी, लाल फूल, ज़तेम पारी। एक औरत, कुत्ते घुमाती, मुड़कर देखती है कौतूहल से। झाँकते हुए किसी बच्चे को भीतर खींचती उसकी माँ। मैं सड़क पर लगे पत्थर कॉबलस्टोन की बुनावट देखती हूँ, गहरे राख के रंग, गोलाकार वृत्त में सजे हुए। मैं उन अजनबी पेड़ों को देखती हूँ, उन अनजान फूलों को जिनका नाम मुझे नहीं पता, इस देश के अपरिचित खानों की ख़ुशबू, ये बेहद हसीन, बेहद स्मार्ट एलीगेंट फ्रांसीसी औरतें जो हर बात पर अपने कन्धे उचकाती नाक ऊँची किए निकल जाती हैं, 'एक्स्यूज़ेह मोआ' की सांगीतिक ध्वनि हर क़दम पर, मेयसी की मधुर आवाज़, उस भाषा का मीठा कोमल राग। मैं अचानक ख़ुशी महसूस करती हूँ, जैसे कोई बोझ उतर गया हो। मैं दो दिशाओं में खिंची नहीं जा रही हूँ। मेरा फ्रेंच उच्चारण इतना ख़राब है, मेरा शब्द-ज्ञान कमज़ोर कि टिकट खिड़की पर बैठी औरत को कहाँ जाना है, समझा नहीं पा रही, या कि कितने फ्रैंक उसे देने हैं। कोई भारतीय-सा दिखता आदमी मेरी मदद को आता है। अनुवाद करके बिचौलिए की तरह मुझसे कुछ फ्रैंक लेकर टिकट हाथ में धरता मुझे किस तरफ़ से चढ़ना है बताता है।

"हमेशा अन्तिम स्टेशन को देखो जानने के लिए कि किस दिशा से तुम्हें मेट्रो चढ़ना है।"

वो मुस्कुराता है, फिर कहता है।

"मैं लाहौर से हूँ।" हाथ बढ़ाता है, लियाकत!

मैं मुस्कुराती हूँ और हाथ हिलाकर विदा लेती हूँ, "बहुत शुक्रिया लियाकत।"

पलटती एक बार मुड़कर ज़ोर से कहती हूँ।

"शुक्रिया मैं भारत से हूँ, राँची से।"

मेट्रो से मैं लूव्र के पास उतरती हूँ। बाहर निकलकर खुली हवा में साँस भरती हूँ। ये विशाल इमारत, ये बीच में इतनी बड़ी लम्बोदरी खुली जगह, ये मिट्टी कितनी हल्की, कितनी साफ़। एक जत्था टूरिस्ट हल्ला मचाता इकट्ठा है बीच में। एक तरफ़ दो लड़के ड्रम और गिटार बजाते गा रहे हैं।

मैं सेन नदी के किनारे चलती हूँ। उस सड़क पर फुटपाथ पर दुकान सजे हैं, पोस्टर्स, पेंटिंग, क्यूरियोस। मुझे बीटल्स का पोस्टर दिखता है, लूई आर्मस्ट्रॉन्ग, त्रूफो और एक जेरल्ड देपरदियू का मुस्कुराता ज़रा ग़मगीन चेहरा, कोई पेरिस का अरोंदिसमाँ, फूलों से लदे टहनियों के बीच एक जोड़ा लिपटा हुआ मशगूल सेन के किनारे सैर करते हुए। मैं पुल पार कर दूसरी तरफ़ जाती हूँ। पुल के एक तरफ़ कथीड्रल है और दूसरी तरफ़ सां मिशेल की मूर्ति। मैं चलती जाती हूँ, कभी रुकती ठहरती, कभी कहीं पल भर को बैठती। मेरे तलवे और पिंडलियाँ थकान और दर्द से कराहने लगते हैं। सड़क के किनारे बने हर मैप पर मैं रुक जाती हूँ। हर गली के मुहाने पर इस तरफ़ या उस तरफ़ जाऊँ की दुविधा में थमती हूँ। लातीन क्वार्टर्स मेरे दाईं तरफ़ है। खाने की महीन ख़ुशबू मुझे किसी गली में खींचती है। रू द ला बूशरी। मैं नाम पढ़ती हूँ। इस गली में दोनों तरफ़ कैफ़े हैं। बाहर कुर्सियाँ और मेज़ और रंगीन ग़मलों में बेशुमार फूल। मेज़ पर चारखाने मेज़पोश, वाइन ग्लास का सुबुक रंग, एक-दूसरे में लीन, एक उष्म दुनिया के घेरे में बैठे लोग, ये धूप से सिंकी ख़ुशमिज़ाज़ ख़ुशबुओं से भरी गली।

मैं गली की लज़ीज़ ख़ुशबू की क़ैद से मन मारे निकलती हूँ और ऐन सामने शेक्सपियर एंड कम्पनी। पीले काठ के बक्सों से किताबें गिरती, चमकते ताज़े पेंट किए हुए बेंच, अन्दर आमंत्रित करते दरवाज़े, धूप उन दरवाज़ों के रास्ते भीतर घुसपैठ करती, फौवारे की प्रस्तर कला सामने और भीतर वो जाने किस ज़माने की अँगीठी। मैं भीतर घुसती हूँ और खो जाती हूँ, एकदम।

रात याद करती हूँ रोदाँ और ब्यूरे की कहानी। उस कहानी के बरक्स अपनी और तारिक़ की बात। रोदाँ ने ब्यूरे को लिखा था—

"I think of how much you must have loved me to put up with my caprices...I remain, in all tenderness."

your Rodin

तुम मुझे अपनी उदास कहानियाँ मत सुनाना, अब नहीं सुनूँगी। हम बात करेंगे कि एक-दूसरे से बात करना हमारे ख़ून में है। इट इज़ इन आवर ब्लड। लेकिन मैं रोज़ ब्यूरे नहीं। कामिल हो नहीं पाती फिर तुम भी रोदाँ कहाँ कि तुम्हारी कप्रीसेस के बावजूद प्यार करूँ। स्नेह के तार बहुत कँटीले होते हैं। बहुधा उनमें काँटे ज़्यादा और फूल कम। केमिल क्लॉदेल का तीस वर्ष मेंटल असाइलम में बिताना और मर जाना बिना किसी के साथ के। किसी सामूहिक क़ब्र में दफ़न होना, अपनी प्रतिभा,

अपना जीवन किसी डिल्यूज़न में होम कर देना। सामाजिक आचार-विचार और अपनी परिस्थितियों में क़ैद तकलीफ़ क्या यंत्रणा नहीं होती? सिर्फ़ एक समय की कहानी है ऐसा मानना बेशर्मी है उस वर्तमान की जो घट रहा है हरेक समय में, जो बीतते हुए भी वर्तमान है।

पॉला मोर्देज़ोह्न बेकर की पेंटिंग्स याद करती हूँ। उनके रंग इतनी रौशनी लिये हैं। इतने ठोस हैं भारीपन लिये जैसे उनका भार उनको सब्सटेंस देता हो। गोगाँ और सेज़ाँ से प्रभावित पॉला के रंग ख़ुशी देते हैं, वो सरल संसार नहीं लेकिन एक मधुर खिलती तरल ख़ुशी का एहसास देते हैं।

"Everything is blooming most recklessly; if it were voices instead of colors, there would be an unbelievable shrieking into the heart of the night."

—Rainer Maria Rilke

नींद में गिरने के पहले रिल्के की पंक्तियाँ और पॉला मोर्देज़ोह्न के रंग कुछ तसल्ली और सुकून देते हैं।

टकीला शॉट—हीरा

कॉन्फ्रेंस ख़त्म हो चुका है। शनिवार-इतवार हाथ में हैं। तीन घंटे की दूरी पर एत्रेता, नॉरमंडी के समुद्र तट पर हूँ। रेत महीन और सुनहला है। आसमान में सूरज फीका हल्का है। लहरें अनवरत किनारे आती-लौटती हैं, जाने कब से, शायद सृष्टि के शुरू होने से अब तक। मैं उसके वेग को देखती सौन्दर्य खोजती हूँ, ऊर्जा देखती हूँ। पोर्ट वाइन का मीठा घूँट पीते मैं वेटर को देख मुस्कुराती हूँ। उसने नीली बुश्शर्ट पहन रखी है जिस पर पाम के पेड़ बने हुए हैं। बेंत की कुर्सी में धँसकर मैं अपने पाँव आगे फैलाती हूँ। एक मक्खी मेरे कान के पास फिरती है भनभनाहट में और फिर सीधा मेरे गिलास में गिरती है, हाराकिरी।

समन्दर की हवा फूस की छत के पास उठती है और सीधे मेज़ों पर आ बिराजती है, पैरों के पास की रेत को मसल डालती है। बाहर हवा नमी से भारी

है। कुछ लड़के बालू पर फुटबॉल खेल रहे हैं। उन्हें समन्दर की परवाह नहीं, उन्हें बीच पर टहलते लोगों की परवाह नहीं। सबसे बेफ़िक्र वो पूरी तन्मयता से खेल रहे हैं। पसीना उनकी काँखों और पीठ पर विशाल धब्बे बनाता है। उनके बाल पसीने और नमक से कड़े खड़े हैं। वो तेज़-तेज़ साँस भरते, तेज़-तेज़ दौड़ते बालू उड़ाते हैं। उनका शरीर ऊर्जा से कसे तार-सा तना है, उनके चेहरे पर खेलने और शारीरिक श्रम की उत्तेजना है। उन लोगों से कितना अलग जो इस शैक में काहिली से बैठे, समन्दर देखते हैं और एक के बाद एक गिलास वाइन के हलक़ में उड़ेलते हैं।

इस तरह धीमे-धीमे वाइन या बीयर, या मोहितो या मार्गरीता पीने में घूँट-दर-घूँट, एक अजब सम्मोहन है। समय रुक जाता है।

गोवा की वो शाम याद करती हूँ, निर्मल के साथ। अगूआडा की रेत पर बैठे मैंने बिच्छू का टैटू बनवाया था। वो मुझे संजीदगी से बताता रहा था, एक मेशर टकीला, एक मेशर क्वांत्रो, एक टुकड़ा नीबू ग्लास के रिम पर रगड़ा हुआ, कुछ मोटा खुरदरा नमक और सबके ऊपर सोडा।

मैं पूछती, "अच्छा है?"

उसके चेहरे पर एक दिव्य मुस्कान तैर गई थी, होंठों से उठती उसकी आँखों के कोरों पर सलवटों में सज गई थी।

"तुम जानती हो टकीला? उस गाने जैसा? टकीला शॉट? तुम जानती हो शॉट पीना?"

"न, मैं उसको ध्यान से देखती थी।"

"एक बार एक ही झटके से उड़ेल लो, तेज़ झाँस पर फिर मज़ा आएगा।"

"न," मुझे ये मीठा पोर्ट वाइन ठीक है।

वो एक शॉट झटके से गटकता फिर चुप हो गया था।

बग़ल की मेज़ पर बैठी औरत अपनी अँगूठियों से खेलती है, हार के मोतियों से, ग्लास के नाज़ुक शीशे से। उसकी बाँहों पर एक बिच्छू का गोदना है। बिच्छू का डंक उसकी कोहनी के डिम्पल की ओर बढ़ा है। मैं सिहरती हूँ ज़रा।

पुराने दिन याद करने में भी तकलीफ़ है अजीब कसा स्वाद है।

फ्रेम के बाहर—हीरा

रेलवे प्लेटफ़ॉर्म सूना था। छोटा-सा स्टेशन एक प्लेटफ़ॉर्म वाला। रेल का एक ट्रैक सूखी धूसर भूरी घास के बीच साँप की तरह पसरा धूप में चमकता निस्पन्द बेजान पड़ा था। वहाँ की एकमात्र बेंच पर मैं बैठी थी। मेरा सामान मेरे पैरों के पास गुड़मुड़ औरतों के झुंड की तरह बैठा था।

धूप से आँखें मिचमिचाये मैं पश्चिम की तरफ़ ढलते सूरज को देखती हूँ। आसमान कितना नीला है, पलाश के फूल इस नीले के बरक्स कितने दहकते लाल हैं। इतना लाल मैंने कब देखा है, ऊर्जा और ताप से दहकता हुआ। मैं सामान गिनती हूँ, दो पुराने सूटकेस किताबों से भरे हुए, एक बैग जिसमें मेरे कपड़े हैं और एक होल्डॉल जिसमें अल्लम-गल्लम ज़रूरियात। एक स्थिर भाव मेरे भीतर भाप की तरह उठता है, मेरे कोने-अँतरों को छूता, मेरी नसों में गाता, हल्का बादल-सा, भारी दुख-सा।

लगभग एक साल हुआ निर्मल को गए और ऐसा लगता है कि उसका जाना मुझे उसके और क़रीब ले आया है जबकि इस तरह महसूस करना पहले कभी नहीं हुआ। कई बार रोज़मर्रा की ज़िन्दगी प्रेम के तीखेपन को भोथरा कर देती है। उसकी सीमाएँ लहरों की तरह बढ़ती-घटती प्रेम और नफ़रत की चौहद्दी को तोड़ती एक-दूसरे में घुसपैठ करती हैं निरन्तर। और इस तरह हमारा उन दिनों साथ रहना गुम गया था। तकलीफ़, चोट और यंत्रणा के ज़हर से बुझी उस फ़िज़ा में साथ होना सबसे बड़ी सज़ा थी, हमारे मन से, हमारे दिल से, और उस दिल को चीरने वाला चाकू तक कहीं खो गया था। मेरे लिए जबकि समय रुक गया था उसी पल, उसी पल जब मैं चली गई थी। मेरा प्यार अब भी उसी पल में तिरता-उतराता किसी तितली की तरह उड़ रहा था, वही पल जब मैंने उसके गाल पर हाथ रखा था और उसने मुझे भींच लिया था अपनी छाती में और एक पल के हकबक औचकपने के बाद मैंने भी उसी तीखेपन से उसे पकड़ा था। मेरे भीतर, बहुत गहरे, नाभि के अन्दर कोई दुनिया दरक गई थी और धुएँ की तरह ऊपर उठी थी मेरे गले तक और मैं उस तरल, रुलाई के गीले भूचाल में बेसुध थरथरा रही थी। ब्राजील जाते एयरपोर्ट पर, इतने दिनों के गुम अँधेरों के बाद अचानक पुराने कोमल एहसास को याद करते उसने कैसे मुझे जकड़ लिया था, सब भुलाते हुए। तारिक़ हमारे बीच से कई दिनों के बाद, उस एक पल में पूरी तरह अनुपस्थित था।

मेरा प्यार उस एक पल में जड़ा जमा था, मेरे प्यार के ग्राफ़ का पीक। हर बार

अब जब उसको सोचती थी मुझे उस पल का उसका चेहरा याद आता, आँखें गीली प्यार भरीं और चेहरा इतना संजीदा और दिलदार। और मेरा प्यार अनन्त काल के लिए क़ैद हो गया जैसे किसी पत्थर के भीतर जीवाश्म। मैं कई बार सोचती हूँ अगर प्यार को एक देह मिल जाए, किसी कीमियागर या जादूगर की दुआ की वजह से तो क्या ये प्यार एकदम ताज़ा, कुरकुरा, नवेला रहेगा हज़ारों साल बाद तक भी?

कई बार निर्मल, शुरू में ज़रा छेड़ से और बाद में ज़हर बुझी नफ़रत से कहता, "तुम किसी से प्यार करने के क़ाबिल नहीं। तुम शापित हो शापित, डूम्ड।" सपनों में भी उसकी ये आवाज़ मेरा पीछा करती जैसे जागे में भी किसी सर्रियल फन्तासी की बुनकारी हो।

मैं स्टेशन के उस निर्जन प्लेटफ़ॉर्म पर नज़र दौड़ाती हूँ। नाइलॉन की नीली साड़ी पहने एक औरत अभी अन्दर आई है, लालसा-भरी निगाहों से उस एकमात्र बेंच को निहारती, जिसको मैंने घेर रखा है। मैं अपना बैग बेंच से हटाकर नीचे रखती हूँ। वो झिझकती है। मैं ख़ाली जगह को ज़रा थपथपा उसे इशारा करती हूँ। एक झिझकती शर्मीली मुस्कान लिये वो बैठती है।

उस स्टेशन के दृश्य को मैं मन में उसी तरह क़ैद कर लेना चाहती हूँ जैसे एयरपोर्ट का वो पल।

जो पीला साइनबोर्ड टँगा है, रामगढ़ कैंट, अंग्रेज़ी और हिन्दी में। अंग्रेज़ी में आर का घुमाव गुम गया है। फिर भी पीले पर काले अक्षर चमकते हैं। मुझे भीषण चाह होती है एक कप चाय की, एक बाल्टी ठंडे पानी की जिससे मैं नहा सकूँ और एक साफ़ बिस्तरे की जिसकी सफ़ेद चादर के बीच सुकून की नींद ले सकूँ।

मेरी ट्रेन दो घंटे लेट है। समय धीरे-धीरे बीत रहा है। इतना कि जैसे सब रुका है। माँ की बनाई ख़ूब गरम चाय की तरह जिसे फूँक-फूँक कर धीमे पिया जाता है। मैं उस औरत को देखती हूँ, उसकी नीली साड़ी को। उसके चौड़े चेहरे पर जिज्ञासा है, एक स्थायी अचरज भाव।

मुझे देखते पूछती है।

"आप अकेले हैं?"

मैं मुस्कुराती हूँ, "और तुम?" वो पलट मुस्कुराती न में सर डुलाती है। "मेरा आदमी आ रहा है। टिकट बाबू से कुछ काम है, वही कर आएगा।"

वो आँखें धूप के ख़िलाफ़ मिचमिचाती टिकट काउंटर की तरफ़ देखती है।

"वो अच्छा कमाता है?"

"कारखाने में काम करता है, अच्छी कमाई हो जाती है। और तुम्हारा आदमी?"

क्या बताऊँ उसे कि मेरा कोई आदमी नहीं, कि मैं किसी की होना नहीं चाहती या मेरा कोई होना नहीं चाहता। या ये कि इस जीवन में किसी का होना, हो लिया मेरे लिए। और अचानक मुझे मणि की याद आती है औचक और उसकी 'आई चिंग' किताब। और मेरी लालच-भरी नज़र पर तरस खाकर उसने वो लाल कपड़ों में लिपटी किताब पकड़ाई थी, "सँभालकर रखना।"

मैं अपने कौतुक में बच्ची थी, ये किताब मुझे वो सब बता देगी जो मैं जानना चाहती हूँ।

उसने मुझे अजीब बड़प्पन-भरी नज़र से देखा था, फिर उदारता से कहा था, "अगर तुम्हें विश्वास हो, तो ज़रूर।"

मैं उस वक़्त ज़रा-ज़रा उसके प्यार में पड़ गई थी। मेरा ग़ुस्सा काफ़ूर हो गया था। वैसे तब मुझे कहाँ पता था कि उसमें ऐसा क्या था जिससे मुझे ऐसी नाराज़गी हुई थी। वो दरअसल मेरी तरह का शख़्स था। पर तब मुझे कहाँ ख़बर थी। उसने मुझे नाराज़ किया था ये कहते, "कहाँ इस मनहूस जगह में तुम 'कैंसर वार्ड' पढ़ रही हो? इस जगह की उदासी कम नहीं तुम्हारे लिए?"

मैं नाराज़गी से भर उठी थी, "अनकूथ मट्ट। मैं साँस के भीतर-भीतर बुदबदाई थी।"

मैं ट्रेनिंग के लिए इस दूरदराज़ प्रोजेक्ट में आई थी। बहुत तन्हा और घबड़ाई हुई। मणि मेरा सीनियर था।

उसके विशाल बुक शेल्फ़ ने मुझे चुप करा दिया था। मैं उसके कुछ प्यार में पड़ गई थी।

प्यार बड़ी मज़ेदार शै है। सचमुच इतने साल उसका ख़याल एक बार भी न आया था। और अब इस वीरान सुनसान स्टेशन पर, अपनी दुनिया से कोसों दूर, मैं उसको सोचती हूँ, लम्बा-दुबला-साँवला, एक बेफ़िक्र भाव चेहरे पर सजाए सिगरेट का धुआँ उड़ाता, टेढ़े मुस्कुराता। मैं दुलार में मुस्कुराती उन सब पुरुषों को एक-एक करके याद करती हूँ जिनके प्यार में मैं थी।

वो क्लासिकल गायक जिसने उस दिन एक तराना गाया था। उस धूप खिले दिन में, चमकती ख़ुशी वाले दिन में, जो मेरी आँखों के सामने इतने पूरेपन में खड़ा है कि हाथ बढ़ाऊँ तो उसके किनारे छू सकती हूँ, उस झिलमिल ख़ुशगवार दिन

को। जैसे मेरी स्मृति एक पर्दा है जिसे खिसकाते ही वही समय, वही पल अपने सुगबुग समूचेपन में मेरे सामने होगा प्रत्यक्ष।

सारे पुरुष चटाइयों पर बैठे थे, आम के पेड़ के नीचे ताश खेलते, चाय पीते, पकौड़ियाँ कुतरते। औरतें कुछ दूरी पर थीं, हँसती, गपियातीं, अलग गोल बनाए, बैठी सब्ज़ियाँ काटतीं, हँसती-खिलखिलातीं, ख़ुश कि रोज़ की उबाऊ दिनचर्या से छुटकारा हुआ, कि ये मटर छीलना और आलू काटना सिर्फ़ खाना बनाने के खेल थे जिसे कभी भी रसोइये पर छोड़कर उठा जा सकता था और पुरुषों की जमात में शामिल हो ताश खेला जा सकता था।

बच्चों को हाँक दिया जाता खुले चूल्हे के लिए लकड़ियाँ लाने के लिए। उन लाये गए सूखे, मरगिल्ले लकड़ी के चन्द टुकड़ों से चाय तक न उबल पाती पर बच्चे काम के गौरव में तब तक झूमते-डोलते जब तक उनकी रुचि किसी और नये खेल में न उलझ जाती, जैसे हेलीकॉप्टर तितली, घोंघे, जंगली बेर और अन्त में वो खिंचे आते तालाब के पास जहाँ धूप से गर्म चेहरे ठंडी मिट्टी और नरम घास में दबा वो निंदाये थककर गिर जाते।

सूरज अपनी टेढ़ी सुनहरी किरणें पानी पर फेंकता। तालाब के घाट की लाल पत्थर की टूटी सीढ़ी, सूखे पत्तों और जंगली झाड़ से अटी ऐसी उतरती जैसे पाताल को उतरती सीढ़ी हो। हम बच्चे डर और उत्सुकता से काँपते-सिहरते-ठिठकते, हमारी माँओं की, पानी के पास न जाने की हिदायत किसी कोरस-सा हमारा पीछा करती, हमारे कन्धों के पीछे से झाँकती, हमारी गर्दन पर सुरसुराती। हम एक सीढ़ी नीचे उतरते पानी से सम्मोहित जैसे अब नीचे गिरे कि कोई हमें पीछे से खींच बचा न लेता।

और इस सब ड्रामे से तटस्थ किसी टूटे चबूतरे पर दरी-मसनद बिछाये वो गायक अपने हारमोनियम के सुर कसता। उसकी आँखें मुँद जातीं। तराने का ता न ना तुम तनाना। उसका चेहरा किसी तन्द्रा में लीन हो जाता, उसके घुँघराले बाल नृत्य करते जब वो किसी महीन सुर पर अपना सर झटकता।

मैं अपना फूलदार फ्रॉक पहने, अपनी लम्बी-दुबली जिराफ-सी बेढब टाँगों को बमुश्किल ढकती, किसी कोने से उसको गाते सुनती और मेरा दिल उस तराने के सुन्दर सुर और उस गायक के लीन चेहरे की मोहब्बत में धड़कता या फिर वो प्रोबेशनरी आई. पी. एस. ऑफ़िसर जो अपने ढीले पतलून में हाथ अड़ाये

चहलक़दमी करता आता, एक नज़र अपने से सीनियर अफ़सर्स पर डालता मुझसे पूछता—"तो आजकल क्या पढ़ रही हो?"

मेरी ख्याति एक अकालिक पाठक की फैल चुकी थी। मैं हकलाती-झिझकती अपने में गड़ जाती। मेरी आवाज़ फँस जाती और मेरा दिल ऐसे धड़कता जैसे कोई रेल इंजन। मेरा दिल इन दो पुरुषों के बीच अटक जाता, ये घूँघर बालों और दिव्य आवाज़ वाला गायक या चश्मुद्दीन माथे पर गिरते बालों वाला प्रोबेशनर। इस तेरह साल की उम्र में मेरा जीवन इस आवेश की वेदना से भर-भर उठता।

मैं आँखें मूँदती हूँ और वो दिन साक्षात् मेरे सामने होता है। हर पल में मैं अनेक पल जीती हूँ। मैं इस समय से उस समय की आवाजाही करती हूँ। मैं अतीत में जीती हूँ जो अतीत नहीं, जैसे ये वर्तमान नहीं जैसे कोई भविष्य तक नहीं। ये जीना भूत, वर्तमान और भविष्य सब को एक साथ अँकवार कर लेता है। मेरे दिन धड़कते हैं इतना सब समेट लेने के भार से, इतना समय मेरी अँजुरियों में भरा है। मैं हथेलियों को कसती हूँ एक-दूसरे पर। मेरी नस बजती है, इतना भारी कि बेहोश न हो जाऊँ।

काश ये जीना आसान होता, ये मोहब्बत आसान होती। मुझे दोनों ऐसे नहीं मिले।

मेरी माँ कहतीं, मेरा जन्म आसान जन्म नहीं था। वो पैंतीस की थीं जब मैं पैदा हुई तो दिक़्क़त होनी ही थी। ये कहानी कई बार सुनी है मैंने। इसे मैं बिना किसी त्रुटि के सुना सकती हूँ किसी को भी, ज़रा मग़रूर होकर। मैं कई बार इसे करती हूँ, फिर हँसकर कहती हूँ, मैं जानती हूँ क्योंकि मैं थी वहाँ। जब मैं बच्ची थी तो जन्म की कहानी सुनना मेरा पसन्दीदा शौक़ था। मैं घुटनों पर कुहनी टिकाए इसरार करती—"माँ-माँ, बताइए न मेरा जन्म कैसे हुआ था?"

माँ बहुत कभी मुझे बरज देतीं, कभी काम में फँसी होतीं तो झिड़क देतीं। पर कभी जब उनका मन होता, तब मुझे प्यार से देखतीं पास खींच लेतीं, सटा लेतीं, दुलार से मुझे गोद में बिठा शुरू करतीं क़िस्सा।

"तुमको तो पता है तब तुम्हारे पिता किसी ब्लॉक में नियुक्त थे जहाँ सिर्फ़ एक टिन्हा-सा डिस्पेंसरी था, सरकारी अस्पताल कहो, जो कहो। कोई ढंग की सुविधा नहीं थी। हमने तय किया था कि जब समय आएगा हम शहर के अस्पताल जाएँगे। पर तुम्हें तो जल्दी थी," यहाँ माँ ठहरतीं और दूर खिड़की के बाहर देखने लगतीं।

मैं उनको एकटक देखती, ऐसे जैसे एक बार मेरी पलक झपकी या नज़र फिरी तो ऐसा कोई रहस्य, जो अब तक छुपा था मुझसे, छुपा ही रह जाएगा। कई बार

मैंने दिन में सपने देखे थे कि मुझे कहीं दूर से लाया गया था, कि मेरे जन्म के पीछे रहस्य था और समय आने पर कोई मुझे लेने आ जाएगा। ऐसा सोचते ही मेरा शरीर रुलाई के बड़े घूँटों से भर जाता, मेरा दिल किसी तीखी कटार-सा ये सोचते कटने लगता कि मेरे जाने की ख़बर से माँ और पापा कैसे टूट बिखर जाएँगे। लेकिन ठीक उसी वक़्त मेरा दिल किसी पंछी-सा उड़ान भरता कि मेरे जीवन में अनन्त सम्भावनाएँ खुल जातीं, मैं इस मामूली ज़िन्दगी से छूटकर किसी ख़ास दुनिया में पहुँच जाती। मुझे पतंग उड़ाना था, मुझे पतंग भी होना था, और फिर वो नीला आसमान भी होना था और अपने भीतर हज़ारों पतंगों को उल्लास से अपने भीतर कलाबाज़ियाँ खाते भी देखना था, अपने भीतर अपने बाहर।

लेकिन तब मुझे ये सब कहाँ मालूम था, या शायद मालूम था उस भोर की झिलमिलाती किरण-सा, किसी आगत का अन्देशा-सा, हैरत की सुहानी कहानी-सा।

नशीले चमन—हीरा

हम सोते-सोते जाग जाते थे और जागे-जागे सो। दिन की फ़िज़ाओं में धुन्ध छाया रहता और जब धूप खिलती हम सूरजमुखी हो जाते। हम धूप सेंकते और धूप देखते। हम धूप में बैठते, धूप में खाते और अलसाए कछुओं-से धूप में अलस सो जाते। दिन-दिन भर हम हरी चाय पीते, लेटे कुहनी के बल, उठंगे, बतियाते। हम बत्तख के अंडे पकाते। उसकी बड़ी पीली ज़रदी हमें उगे सूरज-सी ख़ुशी देती। हम दिन रँगते और रात गाते। हमारी ऊब कुरकुरे पापड़-सी चुरमुराकर बिखर जाती। हम नदियों के तल में सोये पत्थर हो जाते, समय की परिधि के परे, अनन्त, असीम, स्थिर, ठोस, तरल सब। पानी की लहर उकेर देती कोई अपनी जीवन कथा। हम हम होते मैं के परे और उस होने में गूँज होती, तरंग, हम भाषा खोजते और अर्थ और कहे के पीछे की गोपन कथा। हम पेड़ बोते और जंगल तैयार करते। हम लोगों में मोहब्बत पाते और दूर-दूर हट जाते अपने में दफ़न और धीमे कहते हम अपनी फ़सल उगाते हैं। हम घूमर-झूमर में डोलते नशीले चमन होते, अपने में मगन और कोई जब कहता, आवाज़, हम सुनते हज़ारों बरस पहले उचारे शब्द, उसका समय और आचार-विचार। हम उतना सब होते जितना रात के तारे, जिसे देखता कोई

बच्चा पहली बार और भर जाती उसके भीतर हैरानी भरी ख़ुशी, आश्वस्ति, जादू, कि उसका कोई अपना, कोई दादी, कोई नाना हुआ अब तारा जिसे देखता वो।

क्यों बारिश की बूँदें गिरती हैं निरन्तर—हीरा

बूँदें मोटी भारी हैं और गिरती हैं शनैः-शनैः एक के बाद एक, चकरियाँ खातीं, छपाक से, हज़ार टुकड़ों में टूटती-बिखरतीं। मैं अनदेखी आँखों से देखती, देखती भीतर। बाहर सब चट सूखा है, लाल मिट्टी दूर-दूर तक। एक लाल बवंडर मिट्टी के ऊपर लहराता है जैसे किसी बच्चे ने लाइन खींचकर मिटा दिया हो, फैला दिया हो। जैसे कोई कौआ धूप में उड़ता हो लगातार पेड़ की तलाश में, मेरी नज़र उड़ती है दूर तक, थकती, उस लाल जली मिट्टी के अनवरत फैलाव में। और तब धक से ये ख़याल आता है कि मैं ही तो भागी थी, हरे कच हरे और फलती-फूलती हरियाली से। चाय को हथेलियों में गरमाती हूँ इतनी देर कि वो सुसुम हो जाता है, ऊपर मलाई की परत भूरी फैल जाती है। उसकी महक मुझमें उबकाई जगाती है। किस शिद्दत से मैं एक साफ़-सफ़ेद महीन नफ़ीस प्याले में पत्ती वाली नफ़ीस चाय की कामना करती हूँ। इस जोड़-तोड़ वाली रसोई में रेड लेबल ब्रुक बांड गोलदाना चाय के पैकेट किसी पताका के उल्लास से खिड़की की सलाखों से लहरा रहे हैं। ये चुमकी की रसोई रंगीन बनाने की योजना है। उसी तरह जैसे उसने किसी मिट्टी के अधटूटे मग में टेसू के फूल सजाए हैं।

भीतर+बाहर = पुल = खिड़की...अब खिड़कियाँ बन्द रहती हैं, खिड़की से बाहर देखने वाले जाने कहाँ चले गए। सब ऐसे गुम लोग अब मेरे भीतर रहते हैं।

निर्मल बहुत दूर है, दूर मुझसे दूर। सात समन्दर पार। मुझे छोड़ गया है। ऊपरी तौर पर काम से गया है। मैं जानती हूँ कि अगर हमारे बीच सब ठीक होता तो शायद न जाता, या फिर मैं ही सबाटिकल लेकर उसके साथ चली जाती। सबाटिकल तो मैंने लिया लेकिन उसके साथ के लिए नहीं, ख़ुद के साथ के लिए। इस वीरान गाँवनुमा क़स्बे मन्दार में, दुनिया से दूर, तारिक़ से दूर, ख़ुद को खोजने-पाने ही तो आई हूँ, अपने सुर की तलाश में। कोई राग मिल जाए कोई जीवन-संगीत, कोई तर्क, कोई

सही प्रयोजन। जीवन क्या सिर्फ़ प्रेम में फँसे रहकर सब गँवा देना ही है क्या? मन का चैन, सारे हुनर, सब जीने की क़वायद क्या?

दिन बीतेंगे धीमे—हीरा

दिन बीतेंगे धीमे। गुनगुने पानी के घूँट जैसे, गले से आहिस्ता फिसलते जाते जैसे, ऐसे निकलेंगे दिन एक बूँद एक बूँद करके।

एक अकेली मक्खी खिड़की की जाली से टकराती बार-बार लौटती है। यहाँ आते ही मैंने कहा था, ये जाली हटाओ। बाहर की दुनिया इस जाली से बाधित होती है। मुझे साफ़ फैलाव देखना था, इस जाली में फँसी-अटकी दुनिया नहीं। मँगरू ने भावविहीन चेहरा रखकर मुझे सूचित किया था, "रात को इतने कीड़े आ जाएँगे, मेमसाब आप सो नहीं पाओगे।"

मैंने तेज़ी से चिढ़कर कहा था, "मुझे मेमसाब न कहो।"

उसने सपाट चेहरे से मुझे देखा था।

"तो हटा दूँ फिर?"

"चुमकी को कहो मुझे चाय दे दे।"

मैंने जवाब दिया था। मुझे कीड़ों से भयानक जुगुप्सा थी। मेरी त्वचा सिहर जाती, सब इंद्रियाँ क़दम-ताल करतीं मेरी पीठ पर सिहरन की एक कड़ी छोड़ती जातीं। ये एहसास मुझे अँधेरे में नामालूम-सी दहशत से भर देता। जैसे मैं बस अब बेहोश हुई जाती।

दालचीनी की सोंधी ख़ुशबू वाले दिन—हीरा

खाना हमेशा सादा रहता है। उसना लाल चावल, पतली अरहर की दाल और कोई शाक-पत्ता कूटा हुआ, लहसुन-हरी मिर्च के साथ, सरसों के तेल की झाँस के साथ। अच्छे दिन होते तो उबले आलू की कतलियाँ होतीं। आग में पकाए लाल मिर्च

बुरककर उस पर सजाया होता। जब भी लाल मिर्च को आग पर पकाया जाता, उसकी तीखी झाँस भरी महक मेरे कंठ को जला डालती, मेरी आँखों में आँसू भर देती, एक धुआँ-सा हवा में तिर जाता जिसकी ओट में मेरी स्मृतियाँ लुका-छिपी खेलतीं। पुरानी पीली पड़ी बदरंग तस्वीरों की तरह जिनकी बोसीदा पुरानी ख़ुशबू में एक अजब अपनापन होता है, एक स्वाद जो याद आते-आते बिसर जाता। ये सब किसी अफरा-तफरी से मेरी तरफ़ बदहवास भागते आते और मुझे किसी पतंग-सा ऊपर-ऊपर उड़ा ले जाते, गलियों से निकाल नीले आसमान में।

आँगन सुबह की चहल-पहल से रौशन-गुलज़ार रहता। एक तरफ़ चूल्हा जलाये जाने की खटपट होती, दूसरी तरफ़ पानी फेंक-फेंक फ़र्श धोया जाता। पानी के छपाके की छप-छप आवाज़, नारियल के झाड़ू के रगड़ने की किरिड़-किरिड़ आवाज़, चाँपाकल की कीहट-कीहट, चूल्हे से उठती धुआँइन महक।

खाट पर लेटी गुलाबी छापेदार उठंगी फ्रॉक में उनींदी लड़की अधसोई आँखों से सुबह का रतजग देखती सपने में ही मुस्कुराती है, उजली धूप-सी मुस्कान। धूप की एक शैतान किरण उसकी आँखों पर ऐसी पड़ती है कि लड़की चिहुँककर उठ जाती है।

कहाँ गुम गई वो लड़की जिसकी हँसी बुलबुले-सी उठती पूरे घर को भर देती थी, उसे कुएँ से पानी भरे जाने पर हँसी आती, आग पर भुट्टे भूनने से, अचार के मर्तबान में जुगनू भर लेने पर, नानी के लौंग-इलायची ख़ुशबू वाले नर्म पेट पर गुदगुदी करते, जाड़े में ठंडा अफगान स्नो चेहरे पर मलने के बाद। कहाँ गए वो दिन। कहाँ गई वो लड़की जिसे इतनी हँसी आती थी।

वो लाल फूल मुझे पुकारता है—हीरा

वह सपना जो उन दिनों शुरू हुआ था उसको देखना अभी भी बाक़ी है।

हर दिन वो सपना परत-दर-परत खुलता और मैं अपने जीवन में थोड़ा और बड़ी होती जाती ऐसा जैसे मेरा जीवन ख़ुद एक सपना हो जो कभी ख़त्म न होता हो, मैं उस सपने से कभी जाग न पाती। हर रात ख़्वाहिशों की रात है गहरी गाढ़ी ख़ुशबुओं की, अजीब आशंकाओं की।

हर रात काँपते-सिहरते मैं किसी अनजान सफ़र पर निकल पड़ती किसी अनजान मंजिल की ओर। कभी-कभी जीने की उत्कंठा मेरी नाभि में सिहरती एक तितली रहती जो मेरे अन्तरतम में जन्म लेती और फिर मेरे पूरे वजूद में फैल जाती उस गर्भनाल की तरह जिसने मुझे जीवन दिया था। और हर सुबह मैं उठती थकी पर जिसका काम फिर भी पूरा न हुआ हो।

मैं चुमकी को पुकारती हूँ और वह दौड़ती आती है। उसने बालों में लाल फूल खोंस रखे हैं। जब वह सुबह आई थी तब तो यह नहीं थे। मैं पूछती हूँ यह फूल कहाँ मिले तुम्हें।

वह थोड़ा चमककर कहती है, "मैंने अपना सब काम ख़त्म कर लिया है।"

वह बाहर किसी चाहना से देखती है। मैं पूछती हूँ।

"कोई तुम्हारा इंतजार कर रहा है क्या?"

मुझमें जिज्ञासा है। उसका चेहरा बन्द है।

"कोई नहीं।"

लेकिन मुझे एक धीमी बाँसुरी की धुन सुनाई देती है। वह आवाज़ उठती टेढ़ी-मेढ़ी गलियों से गुज़रती छोटे-छोटे टुकड़ों में मुझ तक आती है, फिर एक पतली सुरीली तान हवा में तैरती रहती। मुझ तक उस आवाज़ की एक पतली भीनी-सी महक है जैसे कि उसमें कोई पुकार हो और अचानक उस आवाज़ से मेरा दिल टूट जाता है।

चुमकी जाओ, जाओ अगर तुमने सब काम ख़त्म कर लिया।

वह मुझे देखती है बहुत चकित, फिर उसका चेहरा खिल जाता है। मैं अपनी आँखें बन्द कर लेती हूँ। मैं महसूस कर सकती हूँ कि ऊपर पंखा धीरे-धीरे घूम रहा है और गर्म हवा उससे फैलकर मुझ तक आती है। एक मक्खी मेरे पैर पर बैठ जाती है और धीमे-धीमे आगे बढ़ती है। उसकी मखमली छुअन मेरी त्वचा पर एक साथ ही सहला देने वाली और तंग कर देने वाली होती है।

मेरे शहर के तालाब, अब भी, अदृश्य, मेरे भीतर सेंध मारे रहते हैं, जाने इतनी नमी कहाँ से मुझमें आ जाती है।

मेरे भीतर हज़ार तमन्नाएँ हैं। मेरे भीतर आरज़ुओं का एक पूरा शहर है। मेरे भीतर मैं हूँ।

मेरा भय रात का अँधियारा है—हीरा

रात में मेरा पेट ऐंठने लगता है और मुझे लगता है कि रक्त बह रहा है, पहले धीमे और फिर जैसे मेरी त्वचा को तोड़ता-फोड़ता वह बाहर आ जाएगा। दर्द लहरों में मेरे शरीर से गुज़र रहा है। मेरा शरीर उस लहर के नीचे पछाड़ खा रहा है और अचानक मेरी नींद खुल जाती है। मेरे मुँह में राख भरी है और मेरा दिल बेलगाम घोड़े की तरह भाग रहा है। मेरी छाती में फड़फड़ा रही एक चिड़िया क़ैद है।

मेरी हथेलियाँ गीली और फिसलन-भरी हैं और सफ़ेद चादर पर एक गीला छाप छोड़ती हैं। खिड़की से चाँदनी भीतर गिरती है और उस सफ़ेद रौशनी में मैं अपने शरीर को देखती हूँ और एक बड़ी लहर चट्टानों पर पछाड़ खाती है। मेरा शरीर एक आदिम चीख़ में बदल जाता है। आश्चर्य से देखती हूँ इस चीख़ को अपने ही शरीर से निकलते हुए। मेरी जाँघों से नदी बहती है मेरे घुटने, मेरे पैर, मेरी कमर, सब तरफ़ लाल समन्दर है।

मेरे भीतर ख़ून, मेरे बाहर ख़ून। मेरे मुँह में लोहे का स्वाद है तीखा कड़ा जैसे घोड़े के मुँह में लगाम। मेरी जीभ काँटों से भरी है। आवाज़ जो निकलती है ढूँढ़ लाई सी रुलाई और मेरे भीतर है कि एक खाई खुल जाती है। मेरा डर अँधियारी रात है। जो सफ़र रात के अँधेरे में शुरू हुआ इस लोक का नहीं।

नीली रौशनी, सफ़ेद चादर, रक्त का बढ़ता धब्बा और मेरा शरीर, दर्द से ऐंठता टूटता। कच्ची सड़क पर जीप भयानक हिचकोले खाती है। चुमकी मेरा हाथ थामे, घबड़ाई मेरे ऊपर झुक मेरे माथे का पसीना पोंछती है। मेरा शरीर ठंडा पड़ गया है। मेरे नाख़ून उसकी हथेलियों पर चाँद निशान छोड़ते हैं, जैसे प्रेम निशान पागल प्रेमी का हो। मेरा दिमाग़ किसी कोहरे में भटक रहा है। गुम होता रास्ता सँकरा होता जाता है। उसके दोनों तरफ़ कोई फूल नहीं, कोई पेड़ नहीं। एकदम तन्हा रास्ता, धुन्ध में लिपटा। कोई इनसान की छाया तक नहीं। मैं अकेली बेबस-बेसहारा खो रही हूँ। कोई मुझे बचा ले, मुझे थाम ले। सब कितना ठंडा है, बर्फ़ ही बर्फ़ है। मैं किसी नामालूम से भय से सिहरती होश खोती हूँ।

सीझती हुई आत्मा से भाप निकलती है, रक्त के नन्हे फूल, सुबुक!

आज नीरव शान्ति—हीरा

वो रात किसी पछाड़ खाती लहर-सी बार-बार मेरी स्मृति में लौटती है। मेरे आँसुओं के ज़रिये, मेरी त्वचा के पसीने के ज़रिये, उस रात की याद मुझ तक रीसती है। फिर थककर मेरा शरीर ठहरता है। तूफ़ान अब भी है। बस मैं उसके केन्द्र में हूँ। और केन्द्र में कोई हलचल नहीं। थककर मैं निढाल गिरती हूँ। सुबह आकाश नीला है, साफ़ है। मेरा मन स्वच्छ है। दूर पहाड़ी की जो शृंखला दिखती है, आज जाने क्यों एकदम पास है। लगता है मैं हाथ बढ़ाकर छू सकती हूँ।

अचानक मेरे भीतर का अवसाद मिट जाता है। मुझे लौटना है, इस अँधेरे बन्द कमरे का अवसाद पीछे छोड़कर। मेरे शरीर से जो निकल गया उसे जाना ही था, मगर उसका वजूद मेरे ख़ून में अनवरत दौड़ेगा। ये सोचते मैं ताज़गी और उल्लास से भर गई हूँ। नाश्ते के बाद मैं बैठती हूँ। आज से काम शुरू करूँ। खिड़की के बग़ल में मेज़ है। रौशनी उस पर सीधी गिरती है। किताबें करीने से रखी हैं। उनके स्पाइन झाड़े-पोंछे रंगीन हैं। सफ़ेद काग़ज़ के ए फोर शीट्स रखे हैं। बाहर की हवा में महुआ की कसी सुगन्ध है। मेरे अन्दर एक 'सेंस ऑफ़ परपज' है। आज लगता है, अब बहुत हुआ। पुराने दिनों की घुटन। अब दिन अच्छे बीतेंगे और मैं कुछ अर्थवान कर पाऊँगी। मैं इस सोच से ही ख़ुश हूँ कि अब मेरे दिन में एक रूटीन आ जाएगा। आख़िरकार मुझे सन्तोष मिला है। आख़िरकार मैं शान्ति में हूँ।

शुरुआत—हीरा

मैंने दिन को छोटे वक़्फ़ों में बाँट दिया है। इससे पूरे दिन में एक क़िस्म की हलचल रहती है, एक वक़्फ़े से दूसरे में गुज़रने की अफ़रातफ़री। हर समय मेरे भीतर भागदौड़ मची रहती है कि तय किए हुए कामों को नियत समय पर ख़त्म करती जाऊँ वरना सब बचे काम एक के ऊपर एक जमा हो मुझे मुँह चिढ़ाते फिरेंगे। इतना सब करना है सोचते ही मेरे दिन के घंटे कम पड़ने लगते हैं। रात मैं थकान से पस्त बिस्तर पर ढह जाती हूँ। खाना भी मुझे स्वादिष्ट लगता है। अच्छी भूख लगती है। ढेर सारे

चावल पर ख़ूब दाल। चावल से मैं मेड़ बनाती हूँ। चुमकी बीच के कुएँ में दाल भर देती है, दो बड़े कलछुल। फिर बचपन को याद करती मैं ख़ुशी से चावल की मेड़ तोड़ देती हूँ। दाल बाँध तोड़ती बह जाती है थाली में।

मूली के ताज़े पत्तों को आग में पकाकर, मसलकर, फिर बारीक कटी हुई हरी मिर्च, लहसुन, नमक और अन्त में सरसों का झाँसदार तेल मिलाना। ये खाना भी एक प्रकार का अनिर्वचनीय सुख है।

बचपन में पढ़ी कहानियाँ याद आती हैं जब गाँव के गाँव बाढ़ में बह जाते थे। चावल की मेड़ तोड़ दाल को बहते मैं उसी हैरानगी से देखती हूँ। ख़ुश कि इस बाढ़ को रोकना मेरे बस में है। मुझे सिर्फ़ भिंडी के करारे भुजिया से मेड़ बाँध देनी है। चुमकी ने किसी से बतख़ के दो अंडों की जगह आधा किलो भिंडी मोल लिया है। मैं हदसकर एक बड़ा कौर मुँह में भरती हूँ, इतनी भूख और लालच में कि शुरू के दो कौर बिना चबाए हदबद निगल लेती हूँ। चावल का बड़ा कौर मेरे तालू पर चिपक जाता है, हिचकी ऐसे ज़ोर से आती है कि साँस रुक जाए जैसे। चुमकी भागकर पानी लाती है। आँखों से आँसू गिराती मैं बच्चों-सी पानी गटकती हूँ फिर लौटती हूँ चावल और दाल पर। लेकिन अब ज़रा ठहरकर, चबाकर, स्वाद लेकर, जैसे आत्मा तृप्त हो रही हो। चावल के अन्तिम दाने को उठाकर मैं थाली ऐसे साफ़ करती हूँ कि एक क़तरा न बरबाद हो। चुमकी ज़रा दुलार भरी मुस्कान से देखती है मुझे उँगलियाँ चाटते हुए। मैं उसे आँखों भर मुस्कुराती हूँ। उसकी जवाबी हँसी में अच्छा खाना बना और खिला लेने का सुख और अभिमान है। फिर पूछती है, "और कुछ लाऊँ दीदी?"

जानती है कि पहला परोसा ही बहुत था मेरे लिए। परसन की गुंजाइश कहाँ। फिर भी ये रोज़ का नियम है। उसका पूछना, मेरा बरज देना।

फिर रोज़ की तरह मैं कहती हूँ, "आधे घंटे बाद चाय। भाग न जाना तुम।"

"ना-ना, आधे घंटे में चाय नहीं। खाना ठीक से पच जाए फिर चाय पीना चाहिए।" सयानी बन, अम्मा बन वो कहती है।

बाहर बाँसुरी की टेर है, पहाड़ी पर सूरज का टीका है। गर्मी पहाड़ों से नदी-सी बहती धुआँती उतरती है। मैं दोपहर की नींद लेने के बजाय मेज़ के सामने बैठती हूँ। मेरी उँगलियाँ सिहरती हैं और मैं पहला शब्द लिखती हूँ। एक दिन इन सारे ख़ाली पन्नों को मैं भर दूँगी। मेरी कहानी जो अब तक भीतर सोती थी, अब

दुनिया देखेगी। उस कहानी को जो मेरी ही थी, जन्म-मृत्यु के परे, उसके बीच के अन्तराल को समर्पित।

मीठी नशीली ख़ुशबू—हीरा

अब भी बाहर अँधेरा है। अमूमन मेरे उठने का समय नहीं। बिस्तर पर अब भी पड़ी गुनती हूँ क्यों नींद खुली। मालती लता की बेल खिड़की की सलाखों को छूते हवा में हिलती है, रह-रहकर। सब तरफ़ सन्नाटा है। सिर्फ़ हवा के बहने और उस बहने में पत्तों के बजने की आवाज़ है। और एक मीठी नशीली ख़ुशबू है, रात के ख़त्म होने की, सुबह के उगने की, अपनी सम्पूर्ण सम्भावनाओं में, करारा ताज़ा नया नकोरा। ऐसी ख़ुशबू मैंने पहले कभी चखी न थी, उम्मीद भरी। मेरी त्वचा पर ये एहसास तितली स्पर्श छोड़ता, मेरी गर्दन पर बालों को समेटता मुझे माथे पर चूम लेता है। मैं ठंडी सलाखों से अपना चेहरा सटाये गालों पर शीतलता लेती हूँ। मेरी साँस भाप बनकर मेरे चेहरे के सामने एक काँपता गोला बन जाती है। मैं चाहे तो छू सकती हूँ, बचपन का डाकनाम लिख सकती हूँ, उँगलियों से घुमावदार अक्षर खींच सकती हूँ, ऐसा जैसे स्कूल की मिशनरी नन्स ने स्कूल में हज़ारों बार प्रैक्टिस कराई थी, कभी-कभी उँगलियों पर रूल मारकर भी।

मैं हवा में अपना नाम लिखती हूँ फिर बचपने से मिटाती हूँ। मुझे क्लास का वो लड़का याद आता है जो कॉपी की मार्जिन पर मेरा नाम लिखता था। उसकी शक्ल मुझे पूरी तरह याद है, उसका यूनिफॉर्म, बैग सब। जबकि जो लड़की मेरे साथ बेंच पर बैठती थी, उसकी मुझे कुछ याद नहीं।

सिर्फ़ नारियल तेल की मीठी महक याद आती है जो उसके बालों से उठती थी। दो लम्बी चोटियाँ तेल लगी, करीने से सीटी हुईं। और मुझे स्कूल का समर हाउस याद है, लतरों और बेलों से ढका। अन्दर एक हरी आभा में डूबा संसार था, अजब जादुई अलग। और वो सैंड पिट याद है। तेज़ साँसों की धौंकनी सजाए हम एक कोने से दूसरे, भागते, हमारे पैर बालू में धँस-धँस जाते, उसकी बेड़ियाँ पड़-पड़ जातीं। मैं साँस भरती हूँ, फिर एक नर्म-गर्म गोला होंठों के आगे नाचता है। पहाड़ी के पीछे से सूरज उदय हो रहा है। मैं अपनी बाँहें ससारती हूँ। मैं पेन उठाती हूँ। जो

पहला शब्द लिखूँगी वही मेरे दिन के आगाज़ को तय करेगा। ये भ्रम, ये मायाजाल मेरे दिल को जकड़ता है। उँगलियों के पोरों पर फूँक मारती मैं लिखती हूँ, 'ॐ' आले से नन्हे गणेश जी मुझे देखते हैं। मुझसे पहले जो भी यहाँ रहा था, इन्हें छोड़ गया। आज भोर की इस बेला में गणेश जी मेरे राखनहार बन जाते हैं। जबकि इस तरह की धार्मिक रीतियों से मेरा कभी वास्ता न रहा फिर भी मैं हाथ बढ़ाकर एक बार उन्हें छूती हूँ फिर लिखना शुरू करती हूँ। मेरे भीतर कोई गठरी खुल जाती है, शब्द अरराकर निकल गिरते हैं, ऐसी तेज़ी से कि मैं सँभालूँ तो कैसे।

कोई मेरे दिल से पूछे

लल्लां कोट

सन् 1900 की बात है, कोई भूला-भटका मुसाफ़िर पेड़ की छाँव में सुस्ताने बैठा। कोसों चल कर आया था। कुछ दूर पर गाँव था जहाँ के लिए निकला था महीनों पहले। छाँव में बैठकर उसने झोले से रोटी निकाली, चमड़े का मशक धरती पर धरा और पेड़ के तने से ओठंग कर अधलेटा बैठ रोटी चबाने लगा। आसमान ख़ूब नीला था। रोटी का रस मुँह में घुल रहा था। थकान और पेट भरने की तृप्ति में निंदासा हो रहा था। अधलेटे उसे किनारे एक ज़रा सी ईंट-सी दिखी, मिट्टी में धँसी-गड़ी, एक कोने से जरा अपनी उपस्थिति दर्ज करती दुनिया।

खा-पीकर, जरा एक झपकी लेकर फिर उठा तो पेड़ की नीची शाख पर उसने पहचान का एक धागा बाँध दिया। लालपुर पहुँचना था दिन ढलने के पहले। कायस्थों का गाँव था, पासी, कोइरी, मुसहर, मुसलमान भी थे। पर दबदबा कायस्थों का ही था। बड़ी हवेली में सन्देसा पहुँचाने का काम था उसका।

तो ऐसे काशी से हरकारा चला था।

महीने-दो महीने बीत गए थे। काम पूरा करके उसे लौटना भी था फिर काशी, लेकिन उस पेड़ और उसके नीचे लखौरी ईंटों वाली छुपी दुनिया सपने में बारहा दिखती रही थी। लौटती में कुछ लोगों की जमात लेकर निकला। दो दिन उसी पेड़ के नीचे डेरा डाला। कुदाल-गैंती, खुरपी-फावड़ा लेकर मिट्टी एहतियात से कोड़ी हटाई गई।

क़ब्र निकली बस। कोई दबा ख़ज़ाना न निकला। तीन दिन बाद मुसाफ़िर हरकारा निराश-हताश काशी की ओर लौट चला। दो दिन मुफ़्त के ज़ाया हुए। लालपुर के साथी दो दिन और रुके। क़ब्र के चारों ओर की सफ़ाई की। अन्तिम दिन चमड़े का एक बटुआनुमा मिला जिसके भीतर जर्जर काग़ज़ सहेजा था। अरबी-फारसी-उर्दू में जाने क्या लिखा था। साफ़-सफ़ाई कर बटुए को सहेजे ये

लौट पड़े। बड़ी हवेली के बाबू साहब समझेंगे।

बाबू साहेब फ़ारसी-उर्दू जानते थे, पढ़े-लिखे थे। राजा साहब के दरबार में सारी लिखत-पढ़त, हिसाब-किताब का काम उनके जिम्मे था। काग़ज़ को एहतियात से खोल पढ़ना शुरू किया।

ललां पीर की कहानी थी, लायक शाह, लालन गाजी, सब एक थे।

हेरात इसफ़हान से पीर पंजाल रास्ते से मुगल सड़क होते दिल्ली पहुँचा। कई साल दिल्ली आने में ही लगे। रुकते-रुकाते, बसते-चलते, एक जत्थे से दूसरे। फिर दिल्ली में पड़ा रहा। फ़क़ीरों-सूफ़ियों की टोली का साथ कर लिया फिर दुनियावी बातों से बेलौस हुआ। दुनिया की माया इतनी ही थी कि आज यहाँ कल वहाँ। फिर गंगाजी मिल गईं तो घाट पर बसेरा हो गया। चिलम फूँकते, सूफ़ी गीत गाते दिन बसर होते रहे। मौला ने अपनी हिफ़ाज़त में रख लिया था। हिन्दुस्तानी सीख ली। कभी मलंगों का साथ रहता, कभी पन्थियों का, कभी अल्लाह के बन्दे सूफ़ियों का। फिर एक दिन मल्लाहों के संग निकल पड़ा। गंगाजी जहाँ ले जाएँ। पानी में बहते, बीच नदी से तट देखते दुनिया का माजरा समझ में आने लगा। पटना में जब नाव लगी तो उतर लिया।

गंगा किनारे डेरा डाला। कैप्टन जॉन गार्स्टिन की देखरेख में गोलघर का निर्माण हो चुका था। एक और गोदाम जो डच ईस्ट इंडिया कम्पनी ने बना रखा था उसको अंग्रेज़ों ने कलेक्टरेट के तौर इस्तेमाल करने का सोचा। उसी की मरम्मत का काम चल रहा था। उन्हीं दिनों मार्केस फ्रांसेस हेस्टिंग्स, गवर्नर जनरल को पटना आना था। जोर-शोर से तैयारियाँ चल रही थीं। बांकीपुर स्टेशन से शिविर तक साफ़-सफ़ाई और सजावट का काम किया जा रहा था। कोई कसर न छोड़ी जा रही थी। जहाँ दरबार लगना था उस रास्ते में हाथियों की कतार लगनी थी, सजे-धजे हौदे, सजे-धजे लोग, आलीशान तम्बू, आलातरीन खानों की सजावट, बेहतरीन चीज़ों की नुमाइश।

बहुत मज़दूर यहीं बसेरा किए थे। उसी किसी टोली में रह गया। कुछ दिन मजूरी भी की। ईंट-गारा उठाया। राजमिस्त्री का काम भी ख़ुदा का ही काम है, ये सोच रमा रहा। कोई बंगाली मिला वहाँ। रात

को बाउल गीत गाता, लालन फ़क़ीर के गीत—

मिलन होबे केतो दिने
आमार मोनेर मानुषेर सोने

गीत सुन आँखों से आँसू झरने लगते। उसके साथ निकल लिया। महीनों बाद कुशतिया पहुँचा, लालन फ़क़ीर के अखराह में। आख़िर अपना ठिकाना मिल गया। कुछ सालों में मन फिर बेचैन हुआ तो निकल पड़ा वहाँ से। लालन के गीत गाते अलाय-बलाय चलते इस लालपुर नाम के गाँव तक पहुँचा।

उनके गीत सुनकर गाँव के लोग शाम को बैठने लगे उनकी संगत में। एक झोंपड़ छवा दी गई। कोई खाना ला देता तो खा लेते। न लाता तो कन्द-मूल-फल खा लेते। अपनी धुन में रहते। आसपास बीस कोस तक लोग जानने लगे थे, आते, बैठते। लायकशाह अब लालन गाजी हो गए थे।

फिर ऐसे ही एक दिन शाम जब लोग आए संगत-संगीत की चाह में तो उनको मरा पाया गया। साँप काटे का ज़हर था शायद लेकिन शरीर तो नीला नहीं पड़ा था। चेहरा भी शान्त था। वहीं पेड़ के नीचे जहाँ मजलिस लगती वहीं दफ़न किया गया। हफ़्ते-भर में चटक लाल फूल क़ब्र पर खिले दिखे। बेजोड़ ख़ुशबू। मरने के बाद ख्याति और फैली। करामात ही तो थी। दुआ और मन्नत माँगने दूर-दूर से सब आने लगे।

फिर जाने कैसी हवा चली कि क़ब्र मिट्टी में दफ़न हो गई। महामारी हुई कि अंग्रेज़ों की मार हुई। गाँव के गाँव जला दिए गए। सब उजड़ गया।

अठारहवीं शताब्दी के पूर्वार्द्ध के दौरान ईस्ट इंडिया कम्पनी ने केवल एक सीमित सैनिक बल की ज़रूरत महसूस की थी। जब तक उसका मुख्य उद्देश्य वाणिज्य था सैन्य बल की सीमित ज़रूरत ही होती। कुछ यूरोपीय अधिकारी, जो या तो शाही सेना से या कम्पनी की वाणिज्यिक शाखा से लिये गए थे, उनका काम कम्पनी बहादुर के कारख़ानों और हितों की रक्षा करना था, और उन्हीं को इन कार्यों के लिए रखा गया था। लेकिन जैसे-जैसे कम्पनी ने राजनीतिक घुसपैठ शुरू की और फ्रांसीसियों के विरुद्ध अपने को खड़ा किया उन्हें एक बड़े सैन्य दल की ज़रूरत ज़्यादा महसूस होने लगी। सन् 1757 में प्लासी का युद्ध हो चुका था और क्लाइव के नेतृत्व में कम्पनी

बहादुर ने नवाब की अधिकांश सेना को दलबदल हराया था। युद्ध के बाद जब सन्धि हुई तब अंग्रेज़ों को बंगाल में कर-मुक्त व्यापार का अधिकार मिल गया था। सन् 1764 में बक्सर का युद्ध जीतने के बाद अंग्रेज़ों का बंगाल पर पूरी तरह से कब्ज़ा हो गया। इन दो युद्धों में हुई जीत ने अंग्रेज़ों की ताकत को बहुत बढ़ा दिया था और उनकी सैन्य क्षमता को परम्परागत भारतीय सैन्य क्षमता से श्रेष्ठ सिद्ध कर दिया। कम्पनी ने इसके बाद सारे भारत पर अपना प्रभाव फैलाना आरंभ कर दिया।

सन् 1843 में ईस्ट इंडिया कम्पनी ने सिन्ध क्षेत्र पर घमासान युद्ध के बाद अधिकार कर लिया। सन् 1839 में महाराजा रणजीत सिंह की मृत्यु के बाद कमज़ोर हुए पंजाब पर भी अंग्रेज़ों ने अपना शिकंजा कसा और सन् 1848 में दूसरा अंग्रेज़-सिख युद्ध हुआ। सन् 1849 में कंपनी का पंजाब पर भी अधिकार हो गया। सन् 1853 में आख़िरी मराठा पेशवा बाजीराव के दत्तक पुत्र नाना साहेब की पदवी छीन ली गयी और उनका वार्षिक खर्चा बंद कर दिया गया। सन् 1854 में बरार और सन् 1856 में अवध को कंपनी के राज्य में मिला लिया गया।

1857 का भारतीय विद्रोह, दो वर्षों तक विभिन्न क्षेत्रों में चला। इस विद्रोह का आरंभ छावनी क्षेत्रों में छोटी झड़पों तथा आगजनी से हुआ था परन्तु जनवरी मास तक इसने एक बड़ा रूप ले लिया। विद्रोह का अन्त भारत में ईस्ट इंडिया कंपनी के शासन की समाप्ति के साथ हुआ और पूरे भारत पर ब्रिटिश ताज का प्रत्यक्ष शासन आरंभ हो गया जो अगले 90 वर्षों तक चला।

ये सब यही समय था। इस दुनिया से नई दुनिया में प्रवेश का समय।

कई साल बीते फिर दुनिया बसी। लालपुर बसा। बड़ी हवेली लाल ईंटों की थी। गाँव लालाओं का था सो लालपुर नाम हुआ।

फिर औलाते-बाउलाते ये हरकारा पहुँचा फिर से लालन गाजी-लालन पीर को ज़िन्दा कर गया।

बाबू साहब सब कहानी लायकशाह, लालन गाजी की और अन्तिम दो पन्ने वफ़ात के बाद की कहानी उनके किसी शागिर्द की लिखी पढ़ चुके थे। मज़ार की साफ़-सफ़ाई हुई। गाँव के मौलवी साहब ने वहाँ एक डेरा जमाया। मजलिस जमने लगी, चादर चढ़ने लगा। दूर-दूर से लोग आने लगे। मन्नत के धागे से पेड़ रंगीन हो गया। लालपुर गाँव कब लालपुर से लालनपुर से लल्लां कोट हुआ अब किसी की स्मृति में नहीं है।

नाम रखाई बहार की—हीरा

अम्मा हमारी नाम रखने में बड़ी सुघड़ थीं। उदय का नाम उदय प्रताप हुआ। बाद में उन्होंने प्रताप उड़ा दिया। फिर हुईं मधुर जिनका असली नाम मधुर बाला था। रखना तो तय मधुबाला हुआ था पर जाने कैसे मधुर बाला हुआ। फिर प्रताप की तरह बाला ग़ायब हो गया। रह गईं सिर्फ़ मधुर। हम थे बहार। अब इस नाम की कहानी भी विचित्र है। बाप-जान हमारे उर्दू रिसाले ख़ूब पढ़ते थे। शायरी ग़ज़ल का शौक़ रखते थे। मौसीक़ी का भी शौक़ था। डॉक्टर थे लेकिन कला-साहित्य के पारखी। हमारी अम्मा-जान के गाने पर फ़िदा। ख़ैर, किसी ग़ज़ल का मतला पढ़ते बहार शब्द पर अटक गए। हम पैदा हो गए थे और हमारे नामरखाई पर अम्मा जी हलकान कर रही थीं कि ये ऐलान हुआ कि नाम तो बहार होगा। नन्ना इस नाम से दुखी तो हुईं फिर ख़ुद को समझाया कि चलो अर्थ तो अच्छा निकलता है। उसके बाद, अचानक चुप हुईं जैसे कुछ सोच रही हों फिर अचानक चहककर बोलीं, फिर नयन तारा हुई। मामी दुलार से एक़तारनी कहती रहीं, मेरी एक तारा, आँखों का तारा, नयन तारा। फिर ये नाम टूटते-जुड़ते नैन पर आकर अटक गया।

तो ऐसे हुए हम और ये हुई हमारी नाम की कहानी। और तुम हुई हीरा, हमारी हीरामणी।

माँ को इस तरह सुनना मुझे अच्छा लगता था। लल्लां कोट माँ का ननिहाल था। उनके जीवन का हाईपॉइंट। उनकी बहुधा कहानियाँ वहीं से शुरू और वहीं से ख़त्म होती थीं। और इस तरह लल्लां कोट मेरे दिल में एक ख़ास जगह बनाता गया। कवाफ़ी की कविता 'इथका' की तरह।

As you set out for Ithaka
hope the voyage is a long one,
full of adventure, full of discovery.
Laistrygonians and Cyclops,
angry Poseidon- don't be afraid of them:
you'll never find things like that on your way
as long as you keep your thoughts raised high,
as long as a rare excitement
stirs your spirit and your body.
Laistrygonians and Cyclops,

wild Poseidon- you won't encounter them
unless you bring them along inside your soul,
unless your soul sets them up in front of you.
May there be many a summer morning when,
with what pleasure, what joy,
you come into harbors seen for the first time;
may you stop at Phoenician trading stations
to buy fine things,
mother of pearl and coral, amber and ebony,
the sensual perfume of every kind-
as many sensual perfumes as you can;
and may you visit many Egyptian cities
to gather stores of knowledge from their scholars.
Keep Ithaka always in your mind.
Arriving there is what you are destined for.
But do not hurry the journey at all.
Better if it lasts for years,
so you are old by the time you reach the island,
wealthy with all you have gained on the way,
not expecting Ithaka to make you rich.
Ithaka gave you the marvelous journey.
Without her, you would not have set out.
She has nothing left to give you now.
And if you find her poor, Ithaka won't have fooled you.
Wise as you will have become, so full of experience,
you will have understood by then what these Ithakas mean.

मुझे भी लल्लां कोट जाना था एक बार, ये जानने के लिए कि मेरे लिए उसकी क्या अहमियत थी। मेरे लिए लल्लां कोट ही इथका था।

हम हमेशा अपने भीतर के शहर को खोजते हैं, उस शहर के कितने शहर होते हैं, जितनी बार हम आँखें खोलते हैं हमारी नज़र फिर-फिर और होती है और हमारे भीतर का शहर हमें देखता है ठहरकर। ये देखना और दिखना हमारी आत्मा तक भीगता है, धीमे-धीमे, पूरे रस में। जैसे पान का लाल मीठा रस घुलता है ज़ुबान पर, पत्तों से सत निकलता, रिसता एक होता।

अनवरत बारिश—हीरा

उन लम्बी निचाट दोपहरियों की स्मृति, मेरी नहीं माँ की, बरसाती नम शामों की, भारी खाने के बाद सौंफ चबाते सुस्ताने की, अनगिन कप चाय पीते रहने के दौरान बातों की, उस खोये समय के मर्म को पकड़ लेने की, उस एहसास को दोबारा जी लेने की।

वो बिच्छू अब भी मिट्टी से लीपी दीवारों पर रेंगता है। उसकी छाया सौ गुना बड़ी नज़र आती है। उसका डंक मारने को तना है।

जानती हो क्या होता था उन दिनों?

ऐसे ही कहानी हर बार शुरू होती, पापा तब किसी छोटी जगह पोस्टेड थे और दोस्तों ने डराया था, छोटे बच्चों को लेकर तुम कैसे ऐसी जगह रहोगी जहाँ न बिजली है, न ढंग का अस्पताल।

एक डिस्पेंसरी तो थी, सरकारी अस्पताल और डॉक्टर मिश्रा अपने कम्पाउंडर के साथ, जो बड़ा दुबला था और जिसकी एक आँख लगातार चिटकती जब वो घबड़ाता। फिर वो केरल वाली नर्स भी तो थी, तेल लगे फुग्गा घुँघर बाल। अस्पताल क्या था, एक बीमार-सी इकमंजिला जर्जर इमारत थी जहाँ न दवाइयाँ थीं न अन्य सुविधाएँ, बस रुई और बैंडेज के विशाल रोल्स जिसे वो नर्स अपनी माहवारी में इस्तेमाल करने ले जाती। माँ हँसती हैं, "सैनिटरी पैड्स कौन जानता था उन दिनों।"

फिर वो बात का सिरा वहीं छोड़ किसी और गली में घुस जातीं।

"तब हमारे घर 'वीमेन एंड होम' आता। अंग्रेज़ी पत्रिका थी, इंग्लैंड से आती थी।" उनमें टैंपन का विज्ञापन होता। ब्लैक एंड व्हाइट तस्वीर जिसमें एक लड़की वन पीस स्विम ड्रेस में पानी पर तैरती होती। नीचे लिखा होता, अब आप उन दिनों में भी तैर सकती हैं।

मैं टोकती, "हाँ लेकिन उन बिच्छुओं का क्या हुआ? बताएँ।"

"ओ वो बिच्छू, हर जगह होते, जूतों के भीतर, रज़ाई के नीचे, कपड़ों के बीच और एक बार तो पापा को बदलने के लिए दिये पाजामे के भीतर।"

"फिर?"

मेरी आवाज़ मेरे शरीर की तरह सिहर-सिहर जाती।

"तुम्हारे पापा का नसीब अच्छा था, बिच्छू पाजामे से फिसलता ज़मीन पर जा गिरा था, कुछ देर उलटा तड़फड़ाया था, फिर सीधा होते ही दीवार पर चढ़ता

खिड़की की झिर्री से ग़ायब हो गया था। बेचारा! शायद तुम्हारे पापा से भी ज़्यादा डरा हुआ जीव था उस वक़्त।"

माँ लम्बी साँस भरती हैं। दीवार पर साया बनता-बिगड़ता लहराता है।

उन दिनों बिजली नहीं थी और हर कमरे में लालटेन जलती। एक कमरे में पेट्रोमैक्स, कि अगर पापा को काम करना होता उसके लिए।

मुझे पापा की एक तस्वीर याद है। वो ऊपर की ओर देख रहे हैं। उनके काले चश्मे का फ्रेम उन्हें पढ़ाकू और संजीदा दिखा रहा है। वो बहुत ख़ूबसूरत दिख रहे हैं, एकदम बौद्धिक। उनकी एक भौंह ज़रा से प्रश्न में ऊपर तनी है। मेज़ पर एक तरफ़ पुराना-सा पेट्रोमैक्स रखा है। शायद वही पेट्रोमैक्स जिसका माँ अब ज़िकर करती हैं।

मैं उस फ़ोटो को निकालकर देखती हूँ। अब कोई नहीं। पापा नहीं। मेरे सर पर छत नहीं। आसमान मेरे ऊपर खुला है और लगातार बारिश होती है।

सड़कों पर साँझ उतर रही है। आसमान धूसर, मटमैला है। नीचे एक भूरी बिल्ली उदास आँखों से छज्जे को देखती, झाड़ियों में बिला जाती है। पंछियों का लौटना भी जैसे उदासी का ही कोई राग हो। जैसे ख़त्म होने को दोहराता हुआ। लौट जाना भी जैसे ख़त्म होना होता होगा। पेड़ों के पत्तों पर से अँधेरा गहराता है। कुछ देर में नीचे शाखों से होकर ज़मीन तक फैल जाएगा।

माँ की कहानियाँ हमारे बचपन की गलियों से होते उनके बचपन के नीम अँधेरों में रौशनी तलाशतीं गुम होने लगतीं। लल्लां कोट को याद करना उनके ख़ून में था। इस याद के सहारे उनके भीतर वही दुनिया महफ़ूज़ रहती थी। और उनसे मुझ तक जो रास्ता आता वो इन्हीं रास्तों की स्मृतियों से रौशन होता। मुझे लगता माँ नहीं मेरा बचपन लल्लां कोट में बीता है। जबकि वो जगह सिर्फ़ मेरी कल्पना में थी। ये भी हैरत की बात थी कि इतने वर्षों में हम कभी लल्लां कोट नहीं गए। माँ भी नहीं। जैसे न जाना उसको उसी समय में बचाए रखता, उसके विरूप स्वरूप के ख़तरे से बचाता। मैं पूछती हूँ कई बार, "क्यों नहीं गईं आप वहाँ? या कि सबसे अन्तिम दफ़ा कब गई थीं?"

माँ हर बार अजीब-सा मुस्कुरातीं।

"हम सब अपने-अपने जंजालों में फँसकर रह गए हीरा। वो दुनिया, वो समय बस दिल के भीतर बसा है।"

हाथ छाती पर धरे उनकी आँख भर जाती पर चेहरा मुस्कुराता रहता।

"चलेंगे एक बार तुम्हारे साथ।"

उनकी इसी बात को दिल में दबाए मैं लौटती रहती हूँ बार-बार उस दुनिया में। सब मेरी आँखों के सामने जीवन्त है, वो सब न देखी दुनिया फिर भी कितनी सजीव। सच है दिल के क़रीब होने के लिए आँखों देखने की क्या ज़रूरत।

और हर बार ख़ुद को अपनी उन पुरखिनों के सन्दर्भ में देखती चलती हूँ। जो मैं हूँ वो वे थीं। उनके समय से मेरे समय में, मैं कितना आगे आ पाई, या अब भी वो मेरी पीठ पीछे खड़ी हैं, एक क़तार में, देखतीं, तौलतीं, परखतीं। कभी स्नेह से, कभी कड़ाई से, कभी हिकारत से, कि हम जो इतना-इतना हो गए बबुनी लेकिन तुम अब भी, मोर बचवा, वहीं के वहीं खड़ी हो? आगे बढ़ो और पकड़ लो सब, लूट लो अपनी दुनिया।

वो मेरी पुरखिन औरतें प्रेम में पकी हुई औरतें थीं। कुछ-कुछ वैसी जैसे कुम्हार के चाक से निकले कुल्हड़ों को आग में ज़रा ज़्यादा पका दिया गया हो और वो भूरे कत्थई के बजाय झावाँ हो गए हों या कुछ सुग्गे के खाये, पेड़ों पर लटके उन डम्भक अमरूदों की तरह जिन्हें एक कट्टा खाकर फिर वापस छोड़ दिया गया हो और पूरा पकने के बाद भी वे वैसे ही क्षत, डालों पर उतरे स्वाद के साथ बचे रह गए हों। वो औरतें डर में थकी हुई औरतें थीं, कुछ-कुछ चोट खाये घायल मेमनों की तरह, जिबह में जाते बकरियों की तरह जिनकी फटी आँखों से लगातार बेआवाज़ आँसू बहते हों या कुछ उन जोकरों की तरह जो हर कलाबाज़ के करतब पर पाउडर पोते ठोस ज़मीन पर खड़े अन्दर ही अन्दर भय से थरथराते हैं।

इन औरतों ने पाया कि आख़िर एक वक़्त ऐसा आया कि भय और प्रेम इनके अन्दर एक हो गया।

तब उन औरतों ने एक जत्था बनाया, खड़िया हाथ में पकड़ी और लिखा प्रेम अर्थात् भय फिर लिखा भय अर्थात् शून्य और शून्य अर्थात् प्रेम अर्थात् मुक्ति।

आसमान में अक्षर उभरने लगे। हर अक्षर पर उनकी उँगलियों की पकड़ मज़बूत होती गई। आग की लपट ऊँची उठने लगी, भट्टी में शब्द पकने लगे। उन लपटों में आहुति देते एक सुर से गाया—

इदमग्नये जातवेदसे इदन्न मम।

ओ पवित्र अग्नि जो वर्तमान है हर सृजन में
ये मेरा शरीर, मैं समर्पित करूँ
अपनी आत्मा की गहराई से
इस अग्नि को ये शरीर जो अब मेरा नहीं
कस्मै देवाय हविषा विधेम

मैं इन्हीं औरतों की कड़ी हूँ। मुझमें मोहब्बत और भय समुचित मात्रा में है। मैं आज़ाद होना चाहती हूँ, इस शरीर से, इस मन से। मैं सिर्फ़ मैं बनना चाहती हूँ, अपनी मर्ज़ी की मालिक, अपने फ़ैसले लेने की अधिकारी, चाहे ग़लत हो या सही, अपने तरीक़े से जीवन जीने की आज़ादी। किसी भी शील से परे। किसी भी टैग के परे। मैं अच्छी औरत बुरी औरत नहीं बनना चाहती। मैं सिर्फ़ औरत रहना चाहती हूँ, जीवन शालीनता से जीना चाहती हूँ, दूसरों को दिलदारी और समझदारी देना चाहती हूँ और उतना ही उनसे लेना चाहती हूँ। मैं नहीं चाहती कि किसी कोटे से मुझे शिक्षा मिले, नौकरी मिले, बस में सीट मिले, क्यू में आगे जाने का विशेष अधिकार मिले। मैं देवी नहीं बनना चाहती, त्याग की मूर्ति नहीं बनना चाहती, अबला बेचारी नहीं रहना चाहती। मैं जैसा पोरस ने सिकन्दर को उसके प्रश्न "तुम मुझसे कैसे व्यवहार की अपेक्षा रखते हो" के जवाब में कहा था, "वैसा ही जैसे एक राजा किसी दूसरे राजा के साथ रखता है," बस ठीक वैसा ही व्यवहार मेरी आकांक्षाओं में है, जैसे एक पुरुष दूसरे पुरुष के साथ रखता है जैसे एक स्त्री दूसरी स्त्री के साथ रखती है, जैसे एक इनसान किसी दूसरे इनसान के साथ पूरी मानवीयता में रखता है।

मैं दिन-रात कोई लड़ाई नहीं लड़ना चाहती। मैं दिन-रात अपने को साबित करते रहने की जद्दोजहद में नहीं गुज़ारना चाहती। मैं अपना जीवन सार्थक तरीक़े से अपने लिए बिताना चाहती हूँ, एक परिपूर्ण जीवन जहाँ परिवार के अलावा मेरे ख़ुद के अन्तरलोक में कोई ऐसी समझ और उससे उपजे सुख की नदी बहती हो, कि जब अन्त आए तो लगे कि समय ज़ाया नहीं किया, कि ऊर्जा व्यर्थ नहीं की, कि जीवन जीया।

मैं प्रगतिशील कहलाने के लिए पश्चिमी कपड़े पहनूँ, गाड़ी चलाऊँ, सिगरेट-

शराब पियूँ, देर रात आवारागर्दी करूँ ऐसे स्टीरियोटाइप में नहीं फँसना चाहती। मैं ये सिर्फ़ तब ही करना चाहूँगी जब ये करना मेरी मर्ज़ी में होगा, सिर्फ़ किसी और के बनाए ढाँचे में फिट होने या मात्र फॉर द सेक तोड़-फोड़ करने के लिए नहीं। मेरे चुनाव मेरे अपने होंगे किसी और के थोपे हुए नहीं। मेरे रास्ते मेरे होंगे, उनके काँटे भी मेरे, फूल तो मेरे ही। पुरुष के ही बनाए मापदंड से ख़ुद को नहीं आँकूँ। मैंने अपनी मर्ज़ी का किया तो पुरुष मुझे ग़लत समझेगा तो मैं बुरी औरत ही सही वाला रवैया भी मेरा नहीं। ऐसा जैसे लो सिर्फ़ तुम्हें दिखाने के लिए मैं ऐसी बनी, विरोध करने के लिए मैं ऐसी बनी।

मैं अपनी मिट्टी ख़ुद गढ़ना चाहती हूँ, अपनी मिट्टी, अपना चाक और ख़ुद ही कुम्हार भी। बिना शोर-शराबे के, बिना हील-हुज्जत के। आराम से, शान्ति से, इज़्ज़त से। आप दबेंगे आपको दबाया जाएगा। आप लड़ेंगे आपको हराया जाएगा। मैं अपने आपको इस निरर्थक लड़ाई से ऊपर उठाऊँगी। ऐसे जीयूँगी जैसे जीवन ऐसे ही जीने के लिए बना था।

पतन का उतना ही मूल्य है जितना प्रगति का। दो छोर के हद हैं। और पतनशीलता को प्रगतिशीलता की बराबरी पर लाने का काम हम क्यों करें क्योंकि तब बहुत कुछ हमारी दशा सत्तर के दशक के ब्रा बर्नर्स-सी हो जाएगी। सिर्फ़ प्रतीक के नाम पर कुछ सनसनीख़ेज़ खिलवाड़-भर।

माया आंजेलू ने सत्तर के दशक में 'आइ नो व्हाई द केज्ड बर्ड सिंग्स' लिखी थी। किताब बेहद चर्चित हुई थी पर साथ ही साथ कई डेवियंट बिहेवियर को प्रमोट करने के लिए दुश्चर्चित भी हुई थी। इसी आसपास रैडिकल फेमिनिस्ट्स ने एक सिम्बॉलिक ब्रा बर्निंग का भी आयोजन किया था। वहाँ भी मज़े की बात ये हुई कि मिस अमेरिका पैजेंट में, 'औरत एक शरीर है', का विरोध करने के लिए एक भेड़ को ताज पहनाया गया, अपने ऊँची एड़ी वाले जूते, कॉस्मेटिक्स और ब्रा को आज़ादी के कूड़ेदान में डाला गया। सार्वजनिक ब्रा बर्निंग जैसा कुछ नहीं हुआ था पर जनचेतना में फेमिनिज़्म की दूसरी लहर जो साठ-सत्तर के दशक में शुरू हुई थी, का इससे ज़्यादा विज़िबल प्रतीक और कोई नहीं। जर्मेन ग्रीयर ने सत्तर में 'फीमेल यूनिक' और फिर दसेक साल बाद 'सेक्स एंड डेस्टिनी' लिखा तब जितने उनके समर्थक थे उतने ही डिट्रैक्टर्स थे। बेटी फ्रीदान ने 'द फ़ेमिनिन मिस्टीक' में औरत को अपनी पूर्णता अपने पति और बच्चों से परे पाने की घोषणा

की थी। सामाजिक संरचना बदल डालने की। ये सब तरीक़े थे, पहले क़दम थे अपने आपको पहचानने के।

फ़ेमिनिज़्म के इतने क़दमताल में मुझे सिमोन बोउआ की एक बात बहुत सही लगी, कि औरतें सदियों से अपने-आपको अब्नॉर्मल समझती रहीं, मेरी वोल्स्टनक्राफ्ट के अनुसार तो औरतों को पुरुषों सरीखा बनने की आकांक्षा रखनी चाहिए। तो पुरुष अगर नॉर्मल हैं तो हम स्वाभाविक रूप से अब्नॉर्मल। सिमोन का कहना था कि जब तक इस बेसिक प्रेमाइस से हम अलग नहीं होंगे हम एक क़दम आगे नहीं बढ़ सकते। शायद सिमोन बोउआ की यही बात मैं सोचती हूँ, अपने को पुरुषों के बनाए ढाँचे के हिसाब से मत मूल्यांकन करो। अलग हटो, दूर जाओ, अपने मापदंड ख़ुद बनाओ, अपनी ज़मीन ख़ुद तय करो।

साँस लेने भर से तुम बुरी औरत कैसे बन जाती हो। इसलिए कि किसी पुरुष ने कहा? तुमने ख़ुद को क्या कहा? यही कि साँस लेने से मैं जीवित रहती हूँ। अच्छा या बुरा ये मैं तय करूँगी। बुरी औरत का सैटायर भी अगर इस्तेमाल होता है तो कहीं किसी पुरुष दोहरी मानसिकता का भार अब भी हम ढो रहे हैं। जब माया आंजेलू ने बैड वोमन इस्तेमाल किया वो चालीस साल पहले की बात है।

और जब हर औरत अपना स्पेस तय करेगी कोई न कोई पैराडाइम शिफ़्ट तो अपने आप होगा। ये स्पेस पाने की पहली शुरुआत 'ऐसा' सोचना है। सोचो, फिर करो। अगर मैं ये सोचती हूँ, मैं ये चाहती हूँ, नहीं कहेंगे तो करेंगे कैसे? कोई दूसरा हमें कुछ देने नहीं आएगा। इसे संयत तरीक़े से लेना पड़ता है, स्वाभाविक बनाना पड़ता है। लम्बी लड़ाई है और हर कोई अपने तरीक़े से करता है। मेरी पुरखा औरतों ने अपने तरीक़े से किया, मैं अपने तरीक़े से और कोई कमज़ोर औरत जो थक-हारकर आत्महत्या कर लेती है, वो भी अपने तरीक़े से कोई विरोध तो दर्ज़ कर ही रही होती है। कहीं न कहीं कोई उससे सबक ले रहा होता है। बस सिर्फ़ एक बात बेहद ज़रूरी है एक जगह पर खड़े रहकर मार्चपास्ट न करते रहें। कुछ क़दम आगे भी बढ़ते चलें।

फ़ेमिनिज़्म दिखावे की चीज़ नहीं, न ही हर रोज़ छत से चिल्लाने वाली बात है। ये जीवन में हर रोज़ जीने की बात है, हर लम्हा, हर स्थिति में अपने को तैयार रखने की बात है। किसी भी औरत को कोई चीज़ प्लैटर पर नहीं मिलती। उसे हक़

की लड़ाई लड़नी पड़ती है। बचपन में घर से, स्कूल और कॉलेज में लड़कों की मनचलियों में, नौकरी की दुश्वारियों में।

जो ये कहते हैं फ्री हो जाओ, वो विक्टोरियन सोच को उसके सर पर खड़ा कर फिर पुरुषों की साजिश में स्त्री देह को फँसाने की साजिश में जुटे हैं। स्त्री की देह उसकी है, उस पर नियंत्रण उसका है, मर्ज़ी उसकी है। वो जिसके साथ रहे उसकी मर्ज़ी लेकिन इस आज़ादी के साथ एक ज़िम्मेदारी भी बनती है, ख़ुद के साथ की ज़िम्मेदारी। कोई भी आज़ादी बेलगाम हो, उसके परिणाम ख़तरनाक होते हैं। ये हमें समझना है कि जो आज़ादी हम जीत रहे हैं उसका सही उपयोग हम कैसे करें। उच्छृंखलता में कोई सफलता और वाहवाही कैसे हो सकती है। मैं हर उस औरत के साथ हूँ, बिना वर्ग-भेद के, जो ख़ुद्दारी से जीवन जीने में विश्वास रखती है। आसान नहीं है, पर जीवन ही कब आसान है?

मैं ही जिस दुविधा में अटकी हूँ उसे इस सोच के बरक्स कहाँ रखूँ, कैसे देखूँ।

बालिकावधू—नन्ना

किसी को नन्ना का नाम नहीं पता था।

याकि कम उम्र में वो कैसी दिखती थीं। सबने उनको तब देखा था जब उनके बाल सन-से सफ़ेद हो गए थे और चेहरा झुर्रियों से भरा, उनकी आँखें कठोर और भारी, उनका छोटे क़द का शरीर सतर पर दुबला। उनकी काया नाज़ुक और छोटी थी। ग्यारह साल की कमसिन उमर में इस विशाल हवेली में उनका आगमन एक पत्नी के बजाय एक माँ के रूप में सोचना भी मुश्किल था। ऐसा लगता था जैसे जन्म-जन्मांतर से वो बूढ़ी ही थीं। न! बूढ़ी भी नहीं बल्कि बेहद मज़बूत और ऐसी उम्र की जो शाश्वत हो, अनवरत काल तक एक मोड़ पर स्थिर ठिठकी हुई। उनकी काया इसी मोड़ पर रुकी रही लगभग चालीस सालों तक और एक दिन अचानक बेसान-गुमान, बिना किसी नाटक-नखरे के, बिना कोई सेवा-सँभाल कराए, न बहू न बेटी की, बस अचानक इस दुनिया से उठ गईं जैसे इस दुनिया की कभी हुईं ही नहीं।

उनकी कम उम्र की कोई तस्वीर ही नहीं थी। बड़े नाना की, जबकि ज़रूर थी। बड़े नाना ख़ूब लहीम-शहीम गोरे नारे, दबंग मूँछों वाले व्यक्ति थे। उनके बारे में हमें उन आदमक़द तस्वीरों से ही पता चलता था जो बड़े बैठक कमरे में लगी थीं। नन्ना बतातीं कि उनके बेटे ठीक उन पर ही गए थे जबकि बेटी उलट थीं। माँ पर गई थीं, छोटी और नाज़ुक, रंग ज़रूर माँ से बेहतर, खिला हुआ सा, फिर भी बाप सी रंगत कहाँ, पर हाँ, उन-सी मुस्कान भी तो थी। तो उस शानदार रोबीले इनसान की बस इतनी सी चीज़ इस दुनिया में बची थी।

बड़े नाना की पैदाइश सन् 1874 की थी। पुराने दशक की समाप्ति के साथ-साथ। उस साल अकाल पड़ा था। पहले सूखा पड़ा फिर अकाल। दो करोड़ से ज़्यादा लोग प्रभावित हुए थे। लेफ़्टिनेंट गवर्नर सर रिचर्ड टेंपल ने राहत प्रयासों की सफलतापूर्वक शुरुआत की थी। साढ़े चार लाख टन चावल बर्मा से आयात किया गया।

उन्हीं दिनों सड़क निर्माण अकाल राहत कार्यों की एक प्रमुख परियोजना बन गया। बर्मा में इरावदी घाटी राज्य रेलवे का निर्माण 1874 में शुरू हुआ। यहाँ भी कई अकाल प्रवासियों को रोज़गार के अवसर मिले। इसी राहत कार्य में उनके पिता का भी योगदान रहा। उन्होंने कई मज़दूरों को बर्मा जाने के लिए व्यवस्थित किया। इस कार्य के लिए बतौर इनाम ये छोटी-सी ज़मींदारी अता हुई। बड़े नाना इस तरह, जिसे कहते हैं, गोल्डन स्पून, बस उसी को लिये पैदा हुए थे। और इकलौते ही रहे जबकि बाप-जान की चाहत दर्जनों बच्चों की थी जो उनके साथ कन्धे से कन्धा मिला के चलते और भरे-पूरे परिवार के सुख में वो आकंठ डूब-डूब रहते। पर क़िस्मत को कुछ और मंज़ूर था। तीन-तीन शादियाँ कीं पर बाद की दोनों निपूती की निपूती रहीं।

ख़ैर, बड़े नाना ख़ूबसूरत शख़्सियत थे, दयालु और उदार-दिल थे, ज़मींदारी के काम-काज भलमनसाहत से चलाते। काम के पाबन्द पर न्यायसंगत। उनकी पहली पत्नी लीलावती, बहुत ख़ूबसूरत, गोरी प्यारी, पहले बच्चे को जन्म देते चौदह साल में ईश्वर को प्रिय हुईं। दूसरी बीवी, कुसुमलता देवी उनकी ठीक उलट थीं। झारखंड ओडिशा के उस आदिवासी इलाक़े से आती थीं और शायद कुछ आदिवासी ख़ून भी किसी पुरखे की मार्फ़त आया होगा। जो भाषा बोलतीं वो बांग्ला ओराओं की मिश्रित बोली लगती। दिखने में भी, उनकी रंगत गाढ़ी और नक़्श चौड़े थे। उनके पिता की अच्छी-ख़ासी ज़मीन थी जो बुरे वक़्त में लगभग बिक गई थी। हवेली

ढहने के कगार पर थी और पुश्तैनी आभूषण एक-एक करके गिरवी या बिक रहे थे। ऐसे हालात में, और कन्या की मामूली शक्ल-सूरत के मद्देनज़र ये विवाह छप्पर से गिरा ख़ज़ाना था।

विवाह के वक़्त कुसुमलता ग्यारह साल की थीं। गौना भी तुरत हुआ चूँकि इकबाल राय को तुरत ज़रूरत थी। कोई दूर की रिश्तेदार नवजात की देखभाल कर रही थीं, पर ये उपाय कुछ दिनों का ही था। घर को पत्नी से ज़्यादा माँ की ज़रूरत थी।

हवेली में प्रवेश करते ही कुसुमलता की गोद में नानू को डाल दिया गया। बच्चे ने चेहरा लाल करके और मुट्ठी भींचकर के अपना विद्रोह जताया। दो माह का बालक बहुत गोरा था पर दुबला, बीमार-सा। उसकी नीली नसें उभरी थीं जैसे अभी चटककर फूट जाएँगी। उसकी रुलाई में लेकिन कुछ भी कमज़ोरी नहीं थी। बच्ची कुसुमलता भय से अधमरी हुई।

जब उसकी माँ ने भावी दूल्हे की दौलत और रईसी का बखान किया था और साथ में बच्चे का ज़िकर भी, कुसुमलता गहने-साड़ी और रानी बेटी राज करेगी सुन फूली नहीं समाई थीं। बच्चे का ख़याल भी उसे ख़ुश ही कर गया था, आख़िर एक जीता-जागता गुड्डा खेलने को मिल जो रहा था। सिर्फ़ रायबहादुर की सोच उसके दिल में हौल उठाता पर गहना-गुरिया की ख़ुशी उस भय पर भारी पड़ती। लेकिन अब चीख़ मारते इस शिशु को देख वो सुन्न पड़ने लगी थीं, ख़ासकर जब किसी बड़ी-बूढ़ी ने ठंडी आवाज़ में कहा था, "बहू, बच्चे को चुप कराओ।"

उसने गोद में पैर फेंकते लाल चेहरे की रुलाई से साँस अटकाते बच्चे को देखा था, कैसे चुप कराए उसकी हवा तक न थी उसे। शायद उसके आतंकित चेहरे पर दया खाते, बच्चे ने हिचकी भरी और थककर चुप हुआ। उसने बच्चे को थाम ज़रा हिलाया, थपकी दी। किसी मामी-चाची ने उसाँस भरते हुए ऐलान किया, "अब हम निश्चिन्त लौट सकते हैं। ये नानू की देखभाल कर लेगी।"

उस दिन से फिर ऐसा ही हुआ। और इस तरह वो माँ पहले बनीं, बीवी बनने की बारी तो बहुत बाद में आई। विवाह के तुरत बाद किसी ज़रूरी मुहिम पर राय बहादुर निकल गए थे। किसी बड़ी ने बताया था किस तरह रोता बालक बहू की गोद में चुपा गया था। इस बात की आश्वस्ति पर तसल्ली कर वो निकल पड़े थे। घर में मालकिन है इस बात की तसल्ली।

दो महीने बाद अब लौटे तो देखा बच्ची-बीवी उनके बालक संग खेल रही है। कुसुमलता सुन्दर नहीं थीं और उनके मन में उसके साथ सोने की कोई हड़बड़ नहीं थी। उनके जीवन में अन्य औरतें थीं, प्रमुख उनमें अज़राबाई थीं, जिनकी शहद-सी किमख़ाब-सी आवाज़ के वो दीवाने थे और जिनकी नाज़ो-अदा में ये हुनर था कि किसी भी मर्द के दिल को खींच निकाले और अपने रेशमी गरारे के घुँघरू में बाँध चाकचौबन्द रखे।

ये बातें सबको मालूम थीं कि अज़राबाई की सुरीली-नखरीली आवाज़ में वो जादू है जो मर्द को भेड़ बना दे, औरत के हाथों मोम का पुतला बना दे। जैसे ये बात भी सबको पता थी कि कामरूप कामाख्या की औरतें अपनी आवाज़ और जादू का जाल कैसे फैलाती हैं। यही बात मन में रखकर कुसुमलता ने अपनी बेटी को शास्त्रीय गाने में पारंगत किया, रायबहादुर की नापसन्दगी के बावजूद।

अनसूया के जन्म तक कुसुमलता ने हवेली में अपनी जगह मज़बूत कर ली थी इतनी कि रायबहादुर भी उनकी सब बात मानने लगे थे। जबकि उस वक़्त भी बच्ची ही थीं, सोलह साल की पर ज़िन्दगी ने बहुत जल्दी बहुत कुछ सिखा दिया था। बाक़ी उनकी बुनावट भी कुछ ऐसी थी कि दबी-दबी रहना उनकी प्रकृति के ख़िलाफ़ जाता। पर ये सब पुरानी कहानियाँ थीं। इतनी पुरानी कि अब किसी की याद तक में बाक़ी न थीं। रायबहादुर भी अब पुरानी तस्वीरों में ही बचे थे। सिर्फ़ उनकी अर्जित ज़मीन, खेत, फलों के बागान, ये विशाल ढहती-सी हवेली और खेतों में काम करते खेतिहर ही बचे थे।

कुसुमलता सूखे फूलों वाले हार से सजे रायबहादुर की तस्वीर देखतीं और सोचतीं, उफ़्फ़ ये किसी और जनम की बात है। शायद किसी और के जीवन की बात हो। तस्वीर से उस रोबीले चेहरे की स्नेह-भरी आँखों को देखते ये ख़याल आता कि ओह ये क्या वही शख़्स है जिसके संग मैंने इक अन्तरंग दुनिया रची थी, स्नेह, दुलार, सान्निध्य। सोचकर हैरानी होती। इतने बरसों पहले की बात थी कि सच भी था का विश्वास कहाँ होता था। क्या मैंने इस इनसान के संग बिस्तर साझा किया था? क्या हम एक-दूसरे की देह में सुख तलाशते थे। क्या बेटी का जन्म बिना ऐसे सहवास के ही हो गया था? वो जो पादरी अरसे पहले आया था लोगों को क्रिस्तान बनाने, क्या कहता था, ईसा मसीह ऐसे ही पैदा हुए थे, बिन औरत-मर्द के संसर्ग के?

उनका बदन फिर किसी गुप्त हुलस के आवेग में हिलने लगता। अमौसी जो

उनके तलवे गर्म सरसों तेल से मल रही होती, उन्हें यूँ हँसता देख सिर डुलाती, मालकिन पुराने दिन याद कर रही हैं।

उसे पता था कि पुराने सुहाने दिन ही इनको अब ख़ुश करने के क़ाबिल थे। वर्तमान में तो उनकी हमेशा भृकुटी तनी रहती, उनकी आवाज़ तीखी फटकार से भरी। उनके ज़रा मोटे नक़्श अब किसी कठोर ताक़त से भरे-भरे, ग़ुस्से और हठ के रौद्र पीठ पर सवार दहकते। दूसरों की नादानियों के लिए उनके भीतर अब कोई सब्र न बचा था। उन्हें ये बात नाक़ाबिल लगती कि इतने बरस बाद भी हर माँग को उन्हें उच्चारित क्यों करना पड़ता है। उनके कहे बग़ैर चीज़ें क्यों होती नहीं चलतीं।

सन् 1926 में रायबहादुर का इंतक़ाल हुआ। ये वही समय था जब ज़मींदारों और पूँजीपति वर्ग के बीच साम्राज्यवादी उत्साह और राष्ट्रवादी आकांक्षाओं के बीच एक अजीब संयोजन प्रकट हो रहा था। प्रथम विश्वयुद्ध में रायबहादुर ने पूर्वी अफ्रीका, मेसोपोटामिया और मिस्र में भारतीय सैनिकों के आराम के लिए कुछ रुपये का योगदान दिया था, कपड़े, मोजे, शर्ट, मफलर, वास्कट, कम्बल, तम्बाकू, सिगरेट वग़ैरह भी। साम्राज्यवाद या राष्ट्रवाद के पूर्वव्यापी राजनीतिक आख्यानों को धता बताता वो समय अजीब विचलन का समय था। युद्ध के वर्षों के दौरान, भारत में स्व-शासन के लिए पहले से कहीं अधिक ठोस आन्दोलन हुआ। एनी बेसेंट और गंगाधर तिलक जैसे नेताओं ने 1916 में होम रूल लीग की शुरुआत की थी। रायबहादुर भी इसी दुविधा में अटके थे कि अंग्रेज़ों की फरमाबरदारी में रहें या स्वाधीनता संग्राम में कूद पड़ें। इसी ऊहापोह के समय वे ईश्वर को प्यारे हुए।

ज़मींदारी और घरेलू दायित्व का बोझ कुसुमलता पर औचक आ पड़ा। जिसे उन्होंने तेज़ बुद्धि और कठोर अनुशासन से सँभाला था। रायबहादुर से भी बेहतर और सुचारु। खेतिहर मज़दूर, अमला, कारकुन सब उनसे भय खाते। ये छोटे क़द की दुबली काया में क्या मज़बूत मन छिपा था। ऐसा नहीं कि आसानी से हुआ था। इस मर्दों के संसार में किसी औरत का राज चलाना कब आसान हुआ है। इंच-इंच क़दम-दर-क़दम उन्होंने इस हुनर को सीखा और कारगर किया। ये रस्ता ख़ून पसीने और तकलीफ़ से अटा पड़ा था और कभी जब वो मुड़कर पीछे देखतीं, उन सालों को, उन कठोर सालों को, उनकी देह हरारत और थकान से गिर-गिर जाती, उनकी आत्मा थकन से मुरझा जाती, उनका मन हार जाता, इतना कि अगली साँस न भीतर आए। फिर उन्हें मनोरमा दिखतीं और मनोरमा के बजाय नारायण दिखते,

प्यारे-दुलारे नानू। मन्नो नानू की ज़िम्मेदारी थी, अब चूँकि नानू नहीं तो और भी ज़्यादा उनकी हुई। मन्नो को सहेजना उनकी ज़िम्मेदारी। ये त्रास से भरा ज़िम्मा तो था पर बहुत कठिन नहीं क्योंकि बच्ची शरमीली, चुप्पी, आदर देने वाली और बिना माँग के चुपचाप समय निकालने वाली बच्ची थी। जैसे अपनी बदक़िस्मती से झेंपी-शरमाई मुँह छुपाई हो।

कुसुमलता उसको देखतीं और करुणा से दिल भर आता। किसी का जीवन इतना सूखा-नीरस बिन प्रयोजन। फिर कभी दिल ऐसे हौल से भर जाता। ये दो विधवाएँ इस घर में। ऐसा न हो कि फिर आँख मींच इस सोच को झटककर निकाल फेंकती। न फिर नौकरों को ग़ुस्से से बिन ग़लती के डाँटतीं, अनसूया को फटकारतीं?

तुम्हारा सिंदूर क्यों नहीं दिखता, ये कोई फ़ैशन है? ठीक से लगाओ, माँग भरकर। पति के लिए कोई ख़याल नहीं। बेफ़िक्र बेशऊर लड़की। बड़ी देर तक उनकी बुदबुदाहट चलती रहती।

फिर खेलावन को बुलाकर सत्यनारायण कथा के लिए पंडित को बुलवा भेजतीं।

पूजा की तैयारी में ये सब नष्ट ख़याल ग़ायब हो जाते। तुरत मन हल्का हो जाता। मंत्र-जाप करतीं, अपनी जीभ को दो बार काटतीं उस बुरे ख़याल के पछतावे में।

ख़ानदान—बड़ी नानी यानी नन्ना

उनका परिवार ख़ूब बड़ा था। रसोई ही ऐसी जगह थी जहाँ दिन-भर गहमागहमी बनी रहती। पाँच बजे सुबह से रात के बारह बजे तक चूल्हा जलता, बड़े देग और हाँडी खदबदाते, सिलौट पर मसाले कूटे-पीसे जाते और हर कोने से तलने-भूँजने उबलने-पीसने की आवाज़ आती। पकते खाने की ख़ुशबू राख और कालिमा से सनी चिमनी और खिड़की से होती हुई आँगन से गुज़रती और पिछवाड़े की सँकरी खिड़की से निकलकर गलियों में फैल जाती।

कोसी, जो महाराजिन थी, सबसे पहले रसोई में प्रवेश करती। उसकी कोठरी पिछवाड़े थी। उसका आदमी खेत में काम करता। शादी के कई साल गुज़र गए थे

पर बच्चे न हुए थे। जब दस साल की थी तब गनेसी की दुल्हन बन गौना कराकर आई थी। अब चालीस के पेठे को छूने आई थी। इतने साल इस घर में रहते यहाँ के नियम-मर्यादा और संस्कार उसके ख़ून में घुल गए थे। खाना पकाना भी उसने नन्ना के हूबहू पसन्द-सा सीख लिया था। उसी तरह के अनुपात में मसाले का इस्तेमाल, ख़ास खाने में ख़ास छौंक। अलबत्ता नन्ना को खाना पकाए बरस बीत गए थे फिर भी खाने की महक और उसे देखकर ही वो समझ जातीं कि खाना ढंग का पका है या नहीं। बड़े नाना की मृत्यु के बाद उन्होंने किसी और के हाथ का पका अन्न ग्रहण करना छोड़ दिया था। सुबह दही-चूड़ा खातीं। दिन में उबली दाल और दो फुलकी रोटी। कभी-कभी जब बेस्वाद से ऊबतीं तब एक मोटी खरखरी चटनी पीसतीं, धनिया पत्ता, हरी मिर्च और इमली की। गुप्त रूप से लहसुन के स्वाद के लिए मरी जातीं। अरहर दाल में लहसुन की छौंक की याद उन्हें पागल कर देती। सरसों के तेल में लहसुन की कलियों के पकने की ख़ुशबू। घर में उनकी इस लालसा की किसी को कानोंकान ख़बर न थी। लेकिन कई बार नानी, बड़ी मामी और बच्चे पाते कि आज नन्ना खाने के वक़्त कुछ ज़्यादा चिड़चिड़ी हो रही हैं।

धीरे-धीरे, बहरहाल, सबको उनके चिड़चिड़ेपन और अरहर दाल में लहसुन की छौंक का रिश्ता समझ में आने लगा।

कोसी बुड़बुड़ाती, "मालकिन को लहसुन की महक बरदाश्त नहीं होती।"

बड़ी मामी जवाब में कहतीं, "हाँ, हमको भी ये तीखा महक अच्छा नहीं लगता।"

अनसूया बहुत धीमे से फुसफुसातीं, "पर हमें तो याद है बचपन की, माँ तो लहसुन बड़े शौक से खातीं..."

फिर ख़ुद को चेतातीं, "हाँ, लेकिन जीभ का स्वाद भी तो बदल जाता है। जब उदय होने को था कितना हम कच्ची अमिया खाते थे, फिर मधुर के समय देखा न जाता था।"

फिर बड़ी मामी को विस्तार से बतातीं कि बच्चा रहने पर क्या-क्या पागल इच्छाएँ सवार हो जाती हैं। बड़ी मामी के चेहरे पर कोई पर्दा गिर जाता। वो सर डुलातीं, हाँ बीबी रानी, न बीबी रानी।

रात के घुप्प अँधेरे में उनको अनसूया की बातें याद आतीं। अपने सपाट पेट पर हथेली फिराते ऐसे गहरे अकेलेपन और दुख में गिरतीं जैसे बाहर आने का कोई रास्ता न बचा हो। रौशनी की एक बूँद तक न दिखती।

रात को नन्ना सिर्फ़ केला खातीं या मौसम रहा तो आम और काँसे के बड़े कटोरे में दूध। एक जर्सी गाय मेले से कुछ महीने पहले ही ख़रीदी गई थी। शाम को उसका ताज़ा दूध नन्ना के लिए दूहा जाता। शाम का भोजन वह अँधेरा होने के पहले कर लेतीं फिर इत्मीनान से बरामदे की चौकी पर लेट ज़रा चिड़चिड़ी आवाज़ में हुक्का माँगतीं। अमौसी उनकी ख़ासमख़ास घरवासिन बरामदे से आँगन पार करते रसोई में हबड़-तबड़ करती, कोसी को परे खिसकाती चूल्हे से अंगार उठाती। कोसी भिन-भिन करती और दोनों के झगड़ने की तेज़ आवाज़ आँगन तक फैलती, कभी-कभी मर्दाने तक भी। ये हर दिन की रिवायत थी और दोनों तब तक एक-दूसरे से भिनभिनातीं जब तक नन्ना की रोबदार आवाज़ उनको चुप न करा देती।

अमौसी आधी झुकी भागती आती। नन्ना ज़रा लालच से हुक्का झपट लेतीं। उनकी आँखें मुँद जातीं और पहले दो-तीन कश तक उनका ध्यान सिर्फ़ उसी पर होता। आख़िरकार उनकी आँखें अधमुँदी खुलतीं, वो मुस्कुरातीं फिर बच्चों की पुकार होती। उनकी आवाज़ अब पतली चिड़चिड़ाई नहीं बल्कि धीमी, धुएँदार, भारी होती। जैसे हुक्के के कश ने उसके सब नुकीलेपन को पोंछ दिया हो। आवाज़ भारी, रेशमी और हिज्जों पर टूटती-बिखरती फैलती, जैसे अपने भार से चूर हो। वो हँसतीं और उनका चेहरा सान्द्र हो जाता। फिर कुछ देर बाद शान्त-शिथिल पड़ जातीं। चुपचाप घर का कारोबार देखतीं अपने में लीन। सर्वेश्वर, उनके दामाद को खाना परोसा जाने लगता। बच्चे भी बैठ जाते। उसके बाद अनसूया और बड़ी मामी। खाना ख़त्म होने के बाद रसोई साफ़ करने की प्रक्रिया शुरू होती। हर कोने-अँतरे को धोया-साफ़ किया जाता। आँगन के कोने के कुएँ से बाल्टी-बाल्टी पानी लाया जाता, जब तक कि पूरी रसोई और सारे बासन धुल न जाते। फिर धुले बासनों, कड़ाही पर चूल्हे की राख मिट्टी का लेप लगाया जाता और सूखने को उलटकर रख दिया जाता, अगले दिन का खाना पकाने की तैयारी में।

ये लीपे बर्तन रसोई के बरामदे में करीने से क़तार से सजे होते। चूल्हे को भी लीपकर सजा दिया जाता। सब्ज़ियाँ टोकरी में रखी होतीं, दही जमाने को दूध मटकी में रस्सी से टँगा होता, बिल्लियों के उत्पात से दूर। रसोई की फ़र्श साफ़ चमकती होती। ये सब परिवार के खा उठने के बाद और नौकरों को उनका हिस्सा निकाल देने के बाद होता।

बच्चे इस सबके बहुत पहले से उबासी लेना शुरू करते। नींद-भरी आँखों से वो तारों को देखते, निंदासे-से ऊल-जलूल सवाल पूछते और जैसे किसी ने अचानक

कोई स्विच ऑफ़ कर दिया हो वैसे ढुलककर, क़तार से बिछे गद्दों पर कटे पेड़ की तरह गिर पड़ते ऐसी स्वप्नविहीन गहरी नींद में, जैसे सिर्फ़ बच्चे सो सकते हैं, दुनिया से बेख़बर, बेहोश, सुकून में। कोई नौकर आहिस्ते से आकर बाँस के फट्टे आड़े लगाकर मसहरी तान देता। बच्चे इस हलचल से कुलबुलाते, अस्फुट बुदबुदाते, फिर नींद में मुस्कुराते करवट लेते किसी गहरी गुफा में घुस जाते। कोई नींद से भारी उनके शरीर को हिलाता-डुलाता, उन्हें चादर ओढ़ाता। रात को सर्द हवा बहती और सुबह ओस की बूँदें गिरतीं।

बड़ी मामी भीतर सोती थीं। उनका एक निजी कमरा था। उस लम्बोतरे आँगन के सबसे दूर वाले कोने में। उनकी खिड़की से बग़ीचे का वो भाग दिखता था जो पुराने पेड़ों और झाड़-झंखाड़ के बेतरतीब फैलाव से अटा पड़ा था। दिन के सबसे रौशन धूप खिले समय में भी उस तरफ़ घनेरा छाया रहता। ज़मीन पर घास और जंगली लतर और जाने कितने अनाम जीव-जन्तु। रातों के नीरव सन्नाटे में कई बार दीवारों पर उनके खरोंचने की आवाज़ आती, जैसे ईंट और गारे के पोर-पोर में उनकी बेचैनी भरती जाती हो। कमरे के कोने वाली नाली से, खेतों में विचरने वाले मोटे चूहे झाँकते और उनकी आँखें लालटेन की रौशनी में सुर्ख़ चमकतीं। हर रात बड़ी मामी नाली के खुले मुँह को कपड़े से भरतीं और फिर भी किसी रात चूहा भीतर घुस आता और अन्दर रखे पौधों के पत्ते कुतर जाता।

बाहर की ठंडी, रूखी दुनिया का असर भीतर की रुत पर भी होता। बड़ी मामी का जीवन भी उचाट, नीरस और धीमे अवसाद से भरा था। नन्ना कई बार कन्हाई को हुड़कातीं, बाहर का झाड़-झंखाड़ आज साफ़ होना चाहिए। हर बार कन्हाई या तो भूल जाता या भूलने की ऐक्टिंग करता। सिर झुकाए निरीह बना उनकी डाँट सुनता और फिर वही करता, यानी कुछ नहीं करता।

उसको माफ़ किया जा सकता था क्योंकि किंवदन्ती थी कि साँप देवता नाक में सोने की नथुनी सोभे जब-तब अवतरित होते हैं पिछवाड़े के बरगद पेड़ के तले। जब-जब ये कहानी लुप्तप्राय होने को आती तब-तब फिर 'देखा' होता।

नौकरों की रिहाइश की तरफ़ ख़ूब कानाफूसी चलती। नाग देवता और बहूजी की क़िस्मत। हाय रे!। आख़िरकार साँप काटे से ही तो छोटे मालिक ख़त्म हुए थे और बड़ी मामी विधवा। गौने के वक़्त ही तो हादसा हुआ था। और पुत्र की असामयिक मौत के बाद ही तो बड़े नाना ने सोच रखा था कि घरजमाई करेंगे अनसूया के लिए जो उसी साल पैदा हुई थी ताकि ज़मींदारी का काम निर्बाध तरीक़े से चलता रहे।

नाग देवता के अलावा बरम देवता की कहानी भी प्रचलित थी। बरम देवता पश्चिमी कोने में पीपल पेड़ पर रहवास करते थे। घुप्प अँधेरी रातों में सुर्ख अंगारे-सी जलती एक जोड़ी आँखें कितनों ने देखी थीं, कि नै रे हो बाबा।

पीपल का पेड़ बरसों पुराना था और उसकी जड़ें ज़मीन में दूर तक फैली थीं। मामी का कमरा पश्चिमी कोने पर ही तो था और कई बार रात-बिरात उनको लगता कि कमरे की फ़र्श पर साँप की तरह रेंगती जड़ों के अंकुश में उनकी देह फँसती जा रही है। तरबतर हदस से उनकी नींद खुलती। जीवन में सुख की कोई हल्की किरण तक न थी।

बरम देवता नटखट देवता थे, दुष्ट एकदम। जो आते-जाते प्राणियों पर खेल-कुलेल करते। कभी तो ये निर्दोष क़िस्म की उछल-कूद होती पर कभी-कभार तकलीफ़ और हानि पहुँचाने वाली। और देवता का मन कब कैसा हो जाए, कौन जानता था। खेत पर जातीं औरतें शिकायत करतीं कि पीपल पेड़ से सटे रस्ते से गुज़रते ही पोटली में रखा खाना खट्टा हो जाता या बिगड़ जाता। या फिर उनके पिछवाड़े पर कोई कंकर आ लगता। बरम देवता को भरी-पूरी जवान देह वाली औरतें पसन्द आतीं। जहाँ तक औरतों की बात थी बरम देवता छेड़खानी और निर्दोष शरारत वाले देवता होते। पर पुरुषों की बात और थी। उनके सर पर बड़े पत्थर आ लगते या साँझ ढले लगता कि कोई डरावना जानवर हाँफते-गुर्राते पीछा कर रहा है। उसकी गर्म साँस गर्दन पर पड़ती और उनका ख़ून शिराओं में जम जाता, किसी गहरे आतंक से उनकी घिग्घी बँध जाती।

तो हर बार कन्हाई माफ़ी पा जाता। जितनी देर तक नन्ना का प्रलाप चलता, कन्हाई मूड़ी गोते, रह-रहकर सिर डुलाता और बुदबुदाता, "हज़ोर, मलकाईन।"

बड़ी मामी बग़ल में बैठी गुम ये नज़ारा देखतीं और अन्त में नन्ना उनको तसल्ली देतीं कहतीं, "मनोरमा, चिन्ता न कर बच्ची, मैं सफ़ाई करवाती हूँ।"

बड़ी मामी नीची नज़र में अनाम भय को छुपाए आज्ञाकारी बनी मुनमुनातीं, "ठीक अम्मा।"

और इस तरह कन्हाई की साँसत छूटती।

नन्ना मनोरमा की सौतेली सास ठहरीं। अपनी सास तो नारायण के जनमते ही स्वर्गवासिनी हुई थीं और बड़े नाना ने आनन-फ़ानन में दूसरी शादी की थी कि नवजात को देखने-भालने को माँ हो जाए।

सावन के शुक्ल पक्ष में कुल देवता कुँवर बाबा और कुल देवी बन्दी माता की पूजा होती तब बरम देवता को भी पूजा जाता।

सावन शुक्ल सप्तमी के दिन कुँवर बाबा की दिन में पूजा होती। पूजा का भोग पूजाघर में ही बनता। उसके बाद जो भी पहला सोमवार या शुक्रवार आता उस दिन रात में बन्दी माता की पूजा होती। पूजा में 18 जोड़ी दाल भरी हुई पूड़ी और गुड़ का खीर (रसिआव) चढ़ाई जाती। शृंगार की सामग्री—इत्र, नेल पॉलिश, आलता, लाल चूड़ियाँ, बिन्दी और सिन्दूर भी चढ़ाई जाती।

सबसे पहले सवा किलो अरवा चावल नीचे ज़मीन पर फैला दिया जाता। उसके ऊपर नई साड़ी बिछाकर बन्दी माता को रखा जाता और उनके गले में बन्दी माता की चाँदी की मूर्तियों की माला पहनाई जाती। ये चाँदी की मूर्तियाँ बेटे की शादी में ही बनतीं, बेटी की शादी में नहीं। माता के सामने घी का दिया जलाया जाता।

नौ जोड़ी पूड़ी और उसके ऊपर रसिआव रखकर बन्दी माता के चारों तरफ़ वृत्ताकार बना दिया जाता। नौ जोड़ी पूड़ी और रसिआव उस वृत्त के अन्दर एक साथ रख दिया जाता। एक नदिया दही उस वृत्त के बाहर रखा जाता और शृंगार सामग्री उस साड़ी के आँचल में अरवा चावल, हल्दी के साथ रखा जाता। बाद में बन्दी माता के चारों तरफ़ जल घुमा कर गिराया जाता फिर माता की आरती उतारी जाती और लोकगीत गाया जाता। दरवाज़े पर दाहिने तरफ़ बन्दी माता की दासी वृत्तियाँ माता को रखा जाता। उनकी पूजा अगली सुबह सूर्योदय से पहले जौ के आटे की लोई और गुड़ से होती। जौ की लोई में गुड़ भरकर बिना बेले तवे पर सेंककर प्रसाद रूप में ग्रहण किया जाता। उसी रात बन्दी माता के चारों तरफ़ चढ़ाई हुई नौ जोड़ी पूड़ी और रासिआव को उठा लिया जाता और प्रसाद रूप में ग्रहण किया जाता।

उसके बाद जो पहला शुक्रवार या सोमवार आता उस दिन काली माता की पूजा सादी पूड़ी, गुड़, चावल, चना, लौंग और इलायची के साथ की जाती।

इस तरह सावन का वार्षिक पूजन नागपंचमी से शुरू होकर काली पूजन पर समाप्त होता।

चन्द तस्वीरें-बुतां—हीरा

मैं बड़ी मामी को याद करती हूँ, मेरी मामी नहीं, माँ की मामी यानी मनोरमा, मन्नो, नारायण की मन्नू।

जब पाँच साल की थीं तब ब्याह हुआ था उनका। मैंने उनको नहीं देखा है। जब मैं पाँच की थी उनकी मृत्यु हुई, उनहत्तर साल की उम्र में। मैंने उनकी सिर्फ़ तस्वीरें देखी हैं, पुरानी पीली पड़ी तस्वीरें, किनारे से फटीं और कई बार बीच से मुड़कर दब जाने का एक तीखा निशान, जैसे वक़्त के सीने पर ज़ख्म के निशान हों।

उनकी सिर्फ़ चार तस्वीरें हैं।

पहली तस्वीर में वो बीसेक साल की हैं। सफ़ेद साड़ी में लिपटीं। चेहरा सिर्फ़ ज़रा-सा धुँधलाया दिखता, ज़रा हैरानगी-सा भाव, कि इस दुनिया की मैं नहीं। लगता सरककर फ्रेम से बाहर हो जाने की कोशिश में हैं। तस्वीर के ठीक बीच में नन्ना, माँ की नानी हैं। उनका लिबास भी कोरा सफ़ेद है। पर उनके चेहरे पर राजसी ठसक है, अमला-गुमला के ऊपर राज करने की अकड़। उनकी बाईं ओर नानी हैं, रंगीन फूलों वाली शायद सिल्क और ज़री की साड़ी, स्याह-सफ़ेद तस्वीर में भी उनके लिबास की अमीरी झलक रही है, उनके गहने दमक रहे हैं, उनकी कलाइयाँ जो गोद में दो नर्म कबूतर-सी दुबकी हैं, ढेर चूड़ियों से सजी हैं। नानी के बग़ल में नाना हैं। सूट-बूट साजे। रोबदार मूँछ उनके चेहरे की सबसे दर्शनीय चीज़ है।

दूसरे फ़ोटो में वो हँसती दिखती हैं। उनके बग़ल में हुक्का धरा है और पैरों के पास बराहिल का बेटा बिट्टन बैठा है। इस फ़ोटो में भी उनका लिबास कोरा सफ़ेद है। बस सर पर आँचल नहीं। गर्दन पर ढलकता घने बालों का जूड़ा दिखता है। पैंतीस की लगती हैं। माँ को ठीक मालूम नहीं तब उनकी क्या उमर रही होगी।

तीसरा फ़ोटो किसी बियाह का है। वो एक झुंड औरतों के साथ बैठी हैं। सब अजब भौचकपने से कैमरा देख रही हैं। फ्लैश हुआ होगा। उसकी रौशनी में सबकी आँखें फटी-सी दिखती हैं, जैसे सड़क पर हेडलाइट की चौंध से घबड़ाया कोई हिरन का बच्चा।

फ़ोटो नम्बर चार में वो बूढ़ी दिखती हैं। उनके चेहरे पर झुर्रियों का महीन जाल है। उनकी आँखों का भाव दिखता नहीं। जैसे उन्होंने सब दरवाज़े बन्द कर लिये हों और साँकल लगा ली हो और फिर उसकी चाभी किसी गहरे अन्तहीन अँधेरे

कुएँ में फेंक दी हो। मुझे उस कुएँ की याद आती जिसमें झाँको तो कुछ नज़र नहीं आता था। सिर्फ़ अँधेरे का एक गोला और कभी-कभी कुछ गाढ़ा जरा झिलमिलाकर कुछ हिल जाने का आभास या भ्रम मात्र। इस तस्वीर को देखकर मुझे उस कुएँ की याद बेसाख़्ता आती।

बहुत साल बाद किसी ममेरी मौसेरी बहन के साथ समय बिताते मुझे उनकी एक और फ़ोटो हाथ लगी। ये तस्वीर तीन विधवा स्त्रियों की थी एक साथ बैठीं, एक-सा भाव और एक-से लिबास में। जैसे किसी जाने-माने फ़ोटोग्राफ़र का लिया अद्वितीय पोर्ट्रेट। नन्ना, नानी और बड़ी मामी। माँ बार-बार कहती हैं, "वो घर विधवाओं की हवेली था। आँगन में सूखने को डली सफ़ेद कोरी साड़ियाँ पूरे दिन हवा में फड़फड़ाती थीं। जैसे घर से सब रंग किसी ने पोंछ दिया था।"

बू-ए-आशियाँ—हीरा

घर की एक महक थी। ये सोंधी महक कोने-अँतरों से होती, दीवारों को लाँघती छतों तक पहुँचती जहाँ से घुँघराले लतरों में शहतीरों से लटकती-लहराती चू जाती। ये कोई तीखी ख़ुशबू नहीं थी। बल्कि हल्की साँस-सी फ़िज़ाओं में डोलती। ज़रा नर्म ज़रा गर्म। चेहरे को सहलाती, गालों को दुलारती साँस-सी भीतर जाती और दिल की ज़मीन पर सो जाती ताकि हर धड़कन पर उसकी ख़ुशबू बढ़ती-घटती, बढ़ती-घटती और ऐसी जज़्ब होती कि हमारा रेशा-रेशा उसकी हवा में सिंच जाता।

लोग जो पहली दफ़ा घर आते, ज़रा बेचैन हो जाते। वो इधर देखते, उधर देखते, भीतर देखते, बाहर देखते उस काली चट अजगर-सी फैली चट्टान को जो मिट्टी को अपने पाश में जकड़े दम साधे पड़ा था, फिर वो नाक सिनकते-सुड़कते ज़रा शर्मिन्दा होते अपने अभद्र व्यहवहार के लिए।

हम जो इसी घर में रहते-साँस लेते इतने आदी हो गए थे कि बाहर जाते तो हमें लगता हम नंगे हो गए हैं, जैसे हमारे पैरों के नीचे धरती खिसक गई हो। बरसों बाद उस महक को याद करते मैं तेज़ साँस भरती और एक दिन एक मलमल की पोटली, जिसमें सूखे फूल और दालचीनी बँधी थी और जो किसी रिश्तेदार ने तोहफ़े में पकड़ाई थी, मेरा दिल एक क्षण को रुक गया था। मेरी साँस हवा में

अगली साँस के इन्तज़ार में काँपती पड़ी थी। मेरा दिल किसी बीते समय की कील में बिंध गया था।

ये ख़ुशबू टाइममशीन थी जिस पर सवार मैं उस समय में लौट सकती थी। महक, अफगान स्नो की और लक्मे टलकम पाउडर की, लैक्टो कलामाइन की।

माँ के पास एक पुराना सिंगारदान था। नीचे के खाने चारों ओर से लकड़ी की छड़ों पर तने थे। ऊपर का ताखा दो तलों का था। नीचे गोल टिन का बिस्कुट का एक डब्बा था। उसमें कशीदाकारी के डिज़ाइन बुक और रंग-बिरंगे रेशमी धागे अटे पड़े थे। माँ कई बार सफ़ेद मलमल के टुकड़े पर रेशम के नन्हे फूल काढ़तीं। उनके पास कई अंग्रेज़ी पत्रिकाएँ थीं जिनमें तरह-तरह की कशीदाकारी की डिज़ाइन, तरह-तरह के फूल काढ़ने के स्टिच और जाने क्या अल्लम-गल्लम नफ़ीस चीज़ें थीं। मैं कई बार पेटकुनिया लेटी उन पत्रिकाओं में डूब जाती, उस दुनिया की रंगीन चहक भरी ख़ुशी भीतर फैलती जाती। उन पुराने पन्नों की बोसीदा महक मेरे नाक में भर जाती। मेरी उँगलियाँ उन फूल-पत्तों-शाखों पर किसी भूले जादू-सी फिरतीं, जैसे ये रंग मेरे पोरों से होते हुए मेरे भीतर कोई जगमग बहार का मौसम खिला देते। उन पत्रिकाओं में चहकते विदेशी चेहरे मुझे आकर्षित करते।

अजनबी औरतें छापे वाली घेरदार फ्रॉक या कसी हुई नेवी स्कर्ट पहने, उनके तीखे नोक वाले जूते, उनके सुनहले बॉबकट बाल, उनके सफ़ेद पिनाफोर और कॉलर पर लेज़ी-डेज़ी स्टिच वाले फूल। उनको देखते मेरी आँखें सपनीली हो जातीं। मैं किसी और दुनिया की वासी हो जाती। धूप में अलसाए पड़े अजगर की तरह स्थिर और सुखी। मेरी आँखें मुँद जातीं और मैं इस उबाऊ नीरस दुनिया से निकल किसी रंगीन चमकती दुनिया में प्रवेश कर जाती। माँ आतीं किसी वक़्त और मुझे उन पेपर कटिंग और पत्रिकाओं के ढेर पर पट लेटे सोते पातीं। एहतियात से वो उन काग़ज़ों को मेरी छाती के नीचे से निकालतीं। मैं नींद और सपने में अस्फुट बुदबुदाती, पलटती और तुरत नींद की दूसरी माँद में गिर जाती।

माँ का कहना है कि ये सब घटनाएँ इसलिए मेरी स्मृति में बनी हुई हैं क्योंकि उन्होंने इन कहानियों को हँसते हुए कई बार दोहराया है। मैं पलटकर हर बार ज़िद के से स्वर में कहती हूँ, न ये सब बातें मुझे याद हैं, आपके कहने के अलावा भी, बस याद हैं।

अब उन्हें कैसे समझाऊँ कि उन रेशमी धागों के चटख रंग मेरी आँखों में अब तक भरे हैं, उनका मुलायम स्पर्श उँगलियों के पोरों पर अब भी उसी नरमी

से छपा है, उन काग़ज़ों की महक, उस गोल बिस्किट टिन पर सुनहले बेल सब मेरी आँखों में बसे हैं। आँख बन्द करूँ तो उसी समय में हूँ। सब वही दुनिया है मेरे इर्द-गिर्द। यहाँ तक कि ड्रेसिंग टेबल पर बिछा वो चौकोर गुलाबी चारखाने का कवर, ड्रेसिंग टेबल के गोल पाए, जो लगातार इस्तेमाल से चिकने और चमकीले हो चले थे और जिनके किनारे की लकड़ी काली खुरदरी हो गई थी। माँ ने ये छोटे नामालूम-से लगने वाले बारीक विस्तार मुझे कब बताए? उनको क्या ख़बर कि अब भी मेरा एक अजाना कोना उसी दुनिया में बसता, ज़िन्दा रहता है और मैं जब भी चाहूँ उस दुनिया में यूँ लौट सकती हूँ जैसे वो समय कभी बीता ही नहीं, वो दुनिया कभी ख़त्म ही नहीं हुई।

लेकिन मैं उनसे बहस में नहीं पड़ती। अगर उन्हें ये सोचने में अच्छा लगता है कि उनके दोहराने से वो दुनिया मेरे भीतर बची हुई है, तो यही सही।

मुझे ये ख़याल आता है कि मेरा जीवन वो है जो मैंने जिया। लेकिन इसके अलावा मेरा जीवन वो भी उतना है जितना दूसरों के देखने में है। और इस तरह मेरे जीवन में वो कई धागे एक-दूसरे में इन सब तत्त्वों के घुले-बिने हैं। कुछ तो ऐसे भी जिनकी मुझे भी कोई ख़बर नहीं। और कई बार जो मेरा अपना मोटा दृढ़ रस्सा है वो मुझसे दूर निकल जाता है और दूसरों के देखे रेशे मुझे बेहतर परिभाषित करते हैं। शायद इसीलिए दूसरों की मेरे बारे में स्मृतियों का दोहरावन इन रेशों को मज़बूत करता जाता है। और जब मेरी स्मृति कभी मुझे धोखा देगी तो दूसरों की याद में मेरा जीवन फिर भी बचा रहेगा। तो, इस तरह मेरा जीवन सिर्फ़ मेरा नहीं। ये उतना ही दूसरों का भी है और इस तरह वो हर बार अपनी बुनावट, रंग-रूप बदलता चलता है। इसलिए कई बार मैं ख़ुद से हतप्रभ हो जाती हूँ। कई बार वो अजानी चीज़ मेरा कॉलर पकड़कर मुझे पेट में ऐसा घूँसा मारती है कि मेरी जान निकल जाती है, मेरा दम फूल जाता है, मेरी साँस चढ़ जाती है। इसलिए भी जीवन अब भी जीने लायक बचा हुआ है, सबके बावजूद या इन्हीं की वजह से।

जीवन, मैं ख़ुद को बाँहों में भरती बुदबुदाती हूँ, रहो सदा मेरे साथ। फिर पागलों की तरह हँसती हूँ। आईने में मेरा अक्स मुझे हैरत से देखता है। रात किसी स्याह चादर-सी तनती है। चुमकी आज जल्दी निकल गई है। मुझे अपने लिए कुछ खाने का इन्तज़ाम करना है। रसोई में सादा-सा दाल-चावल पकाने की क्रिया मुझे

सन्तोष से भर देती है। मेरे मन में सिर्फ़ इतना है कि कैसे संयम और तरीक़े से खाना पकाऊँ। पकती हुई दाल की ख़ुशबू हवा में उठती है। बाहर खिड़की से, पेड़ की पत्तियों के बीच एक पूरा चाँद उगता है। अचानक मैं नितान्त अकेलेपन से भर उठती हूँ।

ज़रा-सा संगीत—हीरा

कल का दिन अजीब रहा, सुबह हरे रंग का छतनार गमला टूट गया। गमले पर सुन्दर हल्के सफ़ेद फूल रँगे थे और हरा ऐसा लगता था कि उसमें समन्दर की लहरें छिपी हैं, महाबलीपुरम के तट पर जैसी दिखती हैं, शोर टेम्पल से, हरा, ऐसा जिसमें बहुत-सा आसमान का नीला और बादलों का सफ़ेद हो। वो टूट गया। टूटा ऐसा कि उस लाल जाने कौन सी जानवर की शक्ल का गमला भी टूटा। फ़र्श पर पौधे, मिट्टी और टूटे ग़मलों का संसार था। एक चिड़िया भौचक कुछ देर देखती रही फिर निस्संग उड़ गई। रात किताबों की अलमारी टूटी। जैसे मेरा दिल टूटा होगा। जैसे कोई भूचाल आया होगा। आवाज़ से दौड़कर गई फिर दिल थामकर लौटी। सुबह उठते पहला ख़याल दुख भरा यही आया कि किताबें फ़र्शनशीं रहीं रात भर। मज़े की बात कि छूटी चीज़ें आगत की तरह ज़हन में अपनी महफ़ूज़ जगह बनाए रखती हैं। जैसे वो सब साबुत हों किसी और संसार में, हमारे आसपास ही। किताबों की अलमारी साबुत-सलामत है, किताबें क़रीने से सजी हैं। आँखें बन्द करूँ तो हैं। आँखें बन्द करूँ तो संगीत भी है। थलेनियस मंक का संगीत, कब का सुना और बरसों भूला हुआ। भूले थे तो ऐसे कि था का भान नहीं और याद आया तो ऐसे जैसे हमेशा साथ था, कभी गया नहीं। थलेनियस मंक की 'जस्ट यू जस्ट मी' सुनते लगता है ऐसे पियानो बजाते वो क्या सोचता होगा। किसी तन्द्रा के भारीपन में, कोहरे में दिखते छोटे, भारी पत्थर का संगीत। "हर संगीतकार अवचेतन में एक गणितज्ञ होता है।" एक लय में स्मृति के तार बनते हैं, जैसे पीछे-पीछे और कभी आगे कोई भीतर-भीतर चलता होगा, ज़रा-सा संगीत, पत्तों से छनता शोर और मेरी आत्मा में किताब, सपने में अन्तिम पन्ने के पहले शेष हमेशा जारी है।

हारमोनियम—हीरा

इस सम्मोहित कर देने वाली तन्द्रा में मन अकसर लौटता है। यही चाहती थी न मैं। लेकिन इतनी आवाजाही मुझे कहीं का नहीं होने दे रही है। माँ की आवाज़ बार-बार मुझे अतीत में खींच लिये जाती है।

हारमोनियम गहरे रंग की लकड़ी से बना था और इतना पॉलिश किया गया था कि चम-चम चमकता था। माँ कहतीं कि उनके पास ये बचपन से था। असल में यह उनकी नानी का था। फिर उनसे उनकी माँ को मिला और अब उनको। ये परिवार की धरोहर थी और उनको विरसे में मिला था। फिर छोटी मौसी पीछे पड़ ही गई थीं इसे ले लेने के लिए जब वो उमर में छोटी थीं और इस तरह बेधड़क ज़िद कर बैठी थीं। फिर माँ ने उन्हें दे दिया था। हारमोनियम उनके पास ही रहा, उनकी मौत तक। जब वो मरीं और सारे संस्कार पूरे हुए तो सबने उनकी एक-एक कोई चीज़ ली, उनकी याद में। माँ ने तब बड़े संकोच से पूछा था, क्या हारमोनियम मैं रख सकती हूँ?

जब भी ये कहानी कहतीं, माँ की आवाज़ भारी हो जाती। इतने साल हारमोनियम धूल खाता उपेक्षित पड़ा रहा किसी कोने में। उसका कवर टेढ़ा हो गया था नमी और ताप से और भाँथी इतनी सख़्त कि न चलाया जाए न ही कोई आवाज़ निकले।

माँ बोल रही थीं, मेरा दिल टूट गया था हारमोनियम को इस खस्ताहाल में देखते। नैन शमशाद बेगम की तरह गाती थीं। उनकी आवाज़ भरपूर और भारी थी, शहद-सी गाढ़ी और जब वो अपनी आवाज़ को खोलकर उन्मुक्त छोड़ देतीं उसके भीतर मौजूद तीखी चाह और लालसा वातावरण में जैसे तिरने लगती। जीतेन बाबू के घर में इस तरह की उन्मुक्तता के लिए कोई जगह नहीं थी। उनकी माँ संस्कारी विधवा थीं जो गाने-वाने को पाप समझती थीं।

"अरे वो कबीर भजन नहीं गा सकती क्या? वो हैरत से पूछतीं। और नैन के चुप लगा जाने पर हैरान-हिकारत से तौलतीं-परखतीं। जीतेन बाबू बिलकुल अपनी माँ का विचार रखते। बेचारी नैन, बेचारी, बेचारी नैन।"

फिर माँ एकदम से चुप लगा जातीं और किसी घर के काम में अनावश्यक रूप से मशगूल हो जातीं।

माँ फिर एकदम से उठ जातीं।

नैन मौसी बड़ी ख़ूबसूरत थीं। पुरानी ब्लैक एंड व्हाइट फ़िल्मों की हीरोइन-सी, बोट नेक के गहरे रंग के छापेदार ब्लाउज़ और हल्के रंग की फूलों वाली साड़ी और काजल रँगी खिलखिलाती आँखें। उन ब्लैक एंड व्हाइट तस्वीरों में भी उनकी आँखों की चमक साफ़ दिखती थी।

"ऐसी कम उम्र में जाना?" हैरत और दुख-भरी आवाज़ में यह पंक्ति कहते हुए माँ नैन मौसी की कहानी ख़त्म करतीं। उनकी बाबत हर बात वो यूँ ही ख़त्म करतीं।

पापा एक चेतावनी-भरी भौंह उठाते अचानक से बशीर भाई के घर चल रही ईद की तैयारियों पर बात करने लगते।

मीठी बच्ची—नैन

नैन दुनिया की सबसे ख़ूबसूरत बच्ची थी। ख़ूब गुलाबी रंगत, छोटी-सी उठी नाक, काली-चमकती आँखें। किसी से घर में उसका मिलान न था। न अनसूया, न सर्वेश्वर, न कुसुमलता, न राय साहब।

दोपहर जीवन—नैन

कोई रह-रहकर पुकार रहा है, नैन...नैन। आवाज़ घर की छत से गूँजती, कोने-अँतरों से होती बाहर झाँकती है, ज़रा इधर-उधर की ताका-झाँकी फिर अलस भाव से कोनों में उतर जाती है। तब तक फिर एक पुकार पहली के पीछे-पीछे भागती, बेसबब उतरती आती है। इस बार आवाज़ तेज़ और तीखी है और उसके बाद तो खिड़की से किसी बट्टू की तेज़ी से बाहर हुलकती-हाँफती आती है। इस बार उसकी पहुँच पीछे की क़तार से नीबू के पेड़ के पार उस चट काली-पथरीली चट्टान के विस्तार तक है। नीबू की ग़मक हवा में भरी है, नीची टहनियों पर लदी टँगी, नीचे गिरने को बेताब। आवाज़ इतनी तीखी, दोपहर को दो भाग में काट दे, नीबू को फाँक-फाँक कर दे, गर्म धरती को चीर दे।

उस आवाज़ की भरी-पूरी बुनावट थी, अपना वज़न था। दोपहर लम्बी तानकर सो रही थी। समय भी अपने अलग वजूद में उपस्थित था। नैन ने अपनी आँखें मूँदी, अपने कान बन्द किए। अभी उसे भीतर नहीं जाना था। उस पुरानी-ढहती दीवार के साए में बैठे उसे नीबू के पेड़ धूप में पीले-हरे दिख रहे थे। नीबू की ताज़ा खट्टी महक उसकी त्वचा पर फैल गई थी। घास पर गिरा एक सूखा बेर उसने उठा लिया था, उसका छिलका पका, खुरदरा, सूखा था। एक बकरी झाड़ियों से झाँककर मिमिया रही थी, कान खड़े कौतुक में। उसके पास की घास हरी नर्म थी। बकरी उसे खाना चाहती होगी।

समय थम गया था। साल फिसल रहे थे, उलटी चाल। वो फिर बच्ची थी, घर की दुलरुआ। गाढ़ी नीली फ्रॉक, काला रिबन, चमकते मोतियों का हार जो बाबू लाये थे। यहाँ बैठे उसे वो बच्ची दिख रही थी। उसके तलुओं पर घास की गड़न थी, पीठ पर दीवार की टूटी ईंट की चुभन, ज़रा-सी धूल कुहनियों पर, जब वो लेटी थी, बाल पर सूखे तिनके। उसे वो बच्ची दिख रही थी। उसकी छाती भर जाती है, जैसे किसी अनाम अनुभूति से फटकर रेशा-रेशा बिखर जाएगा।

छोटी बच्ची अपने भाई संग झाड़ियों में छिपी बैठी, हौले एहतियात से टहनियों, झाड़ों और पत्तियों को हटाती है, तिनकों और ज़रा से गड्ढे में तीन अंडे, तिनकों से ढके, टूटे काँच और गुलाबी ऊन के धागे से सजे।

"इन्नी", लड़का फुसफुसाता है, "यही दिखाने का वादा किया था, वो हरियाली चिड़िया, देखा, जिसके पंख पर धारियाँ चिकत्ती हैं, ये अंडे पर हल्का सा रंग दिखता है, यही धारियाँ बनेंगी।"

नैन नज़र गड़ा-गड़ा देखती है, पर सफ़ेद चिकने अंडे पर कोई रंग की झलक नहीं दिखाई पड़ती।

"देख पाईं इन्नी?" लड़का ज़ोर दे रहा है, "देखो, इधर ज़रा बाईं तरफ़।"

नैन अब भी नहीं देख पाती और ख़ुद से न देख पाने की शर्मिन्दगी में नहाई चुपा जाती है।

"इन्नी-इन्नी।"

लड़के की भौंह प्रश्न में उठी है, फिर ज़रा दया भाव से उसके कन्धे पकड़, उसको दिखाता है।

"अब? अब दिखा?"

झुककर उसकी ऊँचाई तक आता है। धूप की किरण ने कुछ खेल दिखाया

है। हरी पत्तियों से छनकर आती रौशनी सफ़ेद अंडे पर ज़रा-सा रंग झलकाती है।

नैन की साँस हैरत-भरे अजूबे से खिंच जाती है। उसका शरीर इस जादू से सिहर-सिहर जाता है और कुछ कहे उसके पहले ही वो झिलमिल करता रंग एक पल में ओझल हो जाता है।

"देखा, देखा, देखा।"

नैन एक पाँव से दूसरे पाँव कूद रही है, फिर तुरत मुरझा भी जाती है, लेकिन अब रंग ग़ायब हुआ।

लड़के ने उसे बाँहों से थाम एहतियात से झाड़ियों से रास्ता बनाया। और जब उसके फ्रॉक पर काँटे अड़े तो उसी एहतियात से उन्हें छुड़ाया भी, फिर हाथ थाम उसे ढहती दीवार के साए में ले चला।

"यहाँ बैठो कुछ देर।" अपनी फैली हथेलियों पर एक कच्चा आम बढ़ाया, "लो, ये लो।"

माँ रात-भर ग़ुस्से और चिढ़ से भरी रहीं।

"ये देखो, इस लड़की को? घुटने छिले, हथेलियाँ चोटिल, बाल और फ्रॉक में इतने काँटे फँसे हुए? घर बैठकर चुपचाप कशीदाकारी नहीं कर सकतीं?"

लड़की दीवार की छाया में बैठी कच्ची अमिया कुतरती सी-सी करती रही। ऊपर धूप चटक चमकती रही। उसने अंडे की सफ़ेद सतह पर रंग की धारी देख ली थी और उससे भी अहम बात ये थी कि भाई उसकी बग़ल में, घास पर लेटा, उसके साथ था। दोपहर की धूप उसकी आँखों में अलस-भरी उतरती है।

"इन्नी, इन्नी।"

कोई बुला रहा है। उफ़, इतनी बार!

नैन बेमन से कपड़े झाड़ती उठती है, साड़ी से तिनके और घास हटाती, कुछ देर बे-इरादा खड़ी रहती है, फिर घर की तरफ़ मुड़ जाती है।

नन्ना बरामदे में हुक्का पीते, खटिया पर बैठी हैं।

"देखो, लड़की इतनी अनमनी क्यों है।"

अनसूया चुप, मुँह सीये बैठी हैं।

नन्ना की आवाज़ तीखी धारदार उठती है।

"अरे पर एक न एक दिन पूछना तो पड़ेगा ना। यूँ आँख मूँदे शुतुरमुर्ग की

तरह बैठे रहने से बात सँभल तो नहीं जाएगी।"

अनसूया धीमे से बुदबुदाती हैं।

"पूछूँगी, पर अभी नहीं। ज़रा उसे ठहर तो लेने दें।"

नैन दरवाज़े पर ठिठकी थी, फिर धीमे क़दम नन्ना के बग़ल में जा बैठी। उनकी परिचित तम्बाकू और धुएँ की महक गोल-गोल अलस घूमती उस तक पहुँचती है। अचानक से हवा में खुनक है।

अनसूया साड़ी के आँचल से थामे गर्म गिलास उस तक बढ़ाती हैं। गिलास से भाप उठ रहा है।

"चाय।"

नैन उनको ख़ाली नज़रों से देखती है।

"मुझे लगा शहर में रहकर ये चाय की आदत तो तुमने डाल ही ली होगी।"

जितेन को चाय ख़ूब पसन्द थी। नैन को शिद्दत से नापसन्द। लेकिन आज उसने हाथ बढ़ाकर गिलास थाम लिया फिर इतना गर्म था कि तुरत साड़ी के आँचल से लपेट लिया। शाम ढल रही थी। साया लम्बा गिरता था। नैन आँचल से लपेटे चाय के गिलास को थामे यूँ ही बैठी रही। चाय पहले गुनगुनी हुई फिर ठंडी।

नन्ना ने हल्का टहोका मारा। नैन जैसे किसी खुमार से जागी। अचकचाकर गिलास परे रखा और तीखे चिड़चिड़ेपन से बिना किसी ख़ास को सम्बोधित करते कहा, "मुझे चाय से नफ़रत है।"

वो घर जो था लल्लां कोट—नैन

वो बहुत छोटी-सी जगह थी। उस चट पथरीली ज़मीन के टुकड़े पर मुट्ठी-भर घर। एक तरफ़ एक नदी बहती थी और उसके इर्द-गिर्द ज़मीन ख़ूब उपजाऊ थी। जाति के हिसाब से घरों के जुटान थे, ब्राह्मण, कायस्थ, राजपूत, भूमिहार। फिर बनिया, कुर्मी, कोइरी। और उसके बाद बाहरी घेरे में चमार, दुसाध। हमारा घर सबसे बड़ा था। सबसे ऊँचाई पर भी। गाँव के सबसे महत्त्वपूर्ण परिवार का हक़। इस ऊँचे स्थान से पूरा गाँव दिखता, नदी दिखती, फ़सल से हरे-पूरे खेत, दूर तक क्षितिज तक। घर के पीछे काली-पथरीली चट्टान की दुनिया थी, खाए-पीए-अघाए

अलस अजगर-सी। बीच-बीच में सूखी भूरी धरती। कुछ झाड़-झंखाड़ और उसके पार नीबू के पेड़, एक क़तार से जिसके पीछे वो ढहती इमारत थी जिसे भूलकर नया घर बनाया गया था। वो घर छोटा और मामूली-सा था, शायद नाना का तब का बनवाया हुआ जब उनका रसूख बना न था।

उस घर का सिर्फ़ ढाँचा बचा था। पश्चिमी दीवार तो पूरी तरह नष्ट थी। उत्तरी दीवार कन्धे की ऊँचाई तक बची थी। पूर्वी छत तक ऊबड़-खाबड़, उठती-गिरती दक्खिनी दीवार में मिल जाती। दक्खिनी दीवार ही समूची खड़ी थी, गर्व से सतर। उसमें एक छोटी खिड़की भी जड़ी बची थी, लगभग एक ताखे-सी। एक जली-सी शहतीर ऊपर से उठती फ़र्श तक आती। कोई चाहता तो एक पैर जमाकर किसी कुशल नट के हुनर को अपनाते ऊपर तक पहुँच सकता था। उदय भैया खड़े-खड़े ये खेल करते, शहतीर पर पैर जमाए, दोनों हाथ डैने-से फैलाए, जैसे कोई चिड़िया ठीक उड़ान से पहले, वो कुछ-कुछ उन मूर्तियों-से दिखते जो पुराने ज़माने के पानी वाले जहाजों पर मस्तूल पर ख़ुदी होतीं। वो बहुत ध्यान से, एहतियातन और धीमे-धीमे पाँव जमाते आगे बढ़ते, उनका चेहरा एकाग्र होता, उनकी आँखें आधी मुँदीं तिरछी। मैं नीचे खड़ी अपना दिल हाथ में थामे गिड़गिड़ाती, "भैया, मत चढ़ो, नीचे आ जाओ भैया...भैया।"

उदय भैया चढ़ता जाता जैसे उसने मुझे सुना ही नहीं हो और फिर मैं चुप हो जाती कि कहीं मेरी पुकार से विचलित होकर उसकी एकाग्रता भंग न हो, वो गिर न जाए। फिर एक बार ऊपर पहुँचकर मुझे बुलाता, "इन्नी, अब आ जा।"

वो हाथ बढ़ाकर मुझे बुलाता। मैं आँखें बन्द कर नकार में ज़ोर से मुंडी डुलाती। एक बार ख़ूब इसरार करके उसने मुझे चढ़ा लिया था। मैं शहतीर पर चकमक बैठी, उसकी लकड़ी को दोनों हाथों भींचे, धड़धड़ाते दिल को अपनी कनपटी पर ड्रम बजाते, लगभग सुन्न अवस्था में चली गई थी। मेरे कानों में नगाड़ा बजता रहा और मेरे सुनने-देखने की शक्ति ख़त्म हो गई थी। बाद में भैया ने बताया था कि मैं जड़ हो गई थी और उसके बहुत तीव्रता से चिल्लाने और उसकी बढ़ी उँगलियों को, जो इंच-भर दूरी पर थीं, को पकड़ने में असमर्थ। मेरी उँगलियाँ शहतीर पर ऐसे कस गई थीं कि मुझे नीचे उतारने के लिए उसे उनके कसाव को हल्का करने की मशक़्क़त करनी पड़ी थी।

तब मुझे पता नहीं था पर बड़े होने पर मालूम चला कि मुझे ऊँचाई से डर लगता है। मुझे कई अन्य चीज़ों से डर लगता है। सबसे बड़ा भय वह था कि मेरे

पति को मेरे मन में होने वाली हरेक चीज़ की जानकारी न हो जाए।

वो हमेशा पूछता रहता है, "नैन, क्या सोच रही हो?"

ऐसा नहीं था कि उसे जानने की इच्छा थी कि मेरे मन में क्या चल रहा था। बस इतना कि ये जान लेने से उसके पास मुझे नियंत्रित करने के हथियार आ जाते।

जब हम बिस्तर में साथ होते, देह को भोगते तब भी वह लगातार पूछा करता, "नैन, क्या सोच रही हो।"

जैसे कोई ऑक्टोपस मेरे भीतर अपने जाल फैला रहा था। जैसे अपने अंग को मेरे भीतर डाल देना काफ़ी नहीं था, अब वो मेरे दिल-दिमाग़ को भी भेदना चाहता था और मेरी देह नफ़रत से सिकुड़ जाती। हरेक पोर, त्वचा, सारे अंग घृणा के आवेग से टभकने लगते, जैसे कोई लहर बार-बार थपेड़े मारे, और जितना ही वो मेरे भीतर धक्के लगाता मेरी देह उसी ताक़त से उसे बाहर फेंक देना चाहती। जैसे ये कोई मन का खेल था। उसके हर ज़ोर का मुक़ाबला मेरी देह उसी ज़ोर से करती। अन्दर-बाहर, अन्दर-बाहर। हम तलवारबाज़ी करते दो प्रतिद्वंद्वी थे, अपनी शमशीर भाँजते। ये ताज्जुब ही था कि उसे मेरी नफ़रत का ज़रा अन्दाज़ा न था। उलटा मेरी ताक़त, मेरी कराह को वो उत्तेजना समझता। उसकी उत्तेजना इससे और बढ़ जाती। जितना मैं उसे बाहर ठेलती उसकी कामुक उत्तेजना अपने चरम पर पहुँचती जाती। उसकी देह पसीने और काम से चमकती। अजीब-सी गन्ध आती। मेरा शरीर भी अपने प्रतिरोध में दग्ध हो जाता जिसे वो तुष्टि और दर्प से देखता जैसे उसने मुझे जीत लिया हो। मैं भौचक होती कि उसे एक क़तरा भी समझ नहीं, अन्देशा नहीं। मैं किस क़दर नफ़रत में होती उसका कोई अन्दाज़ा नहीं। और इस बात से मुझे बेइन्तहा तकलीफ़ होती। मेरी त्वचा सिकुड़कर भाग जाना चाहती।

मेरी उँगलियों के पोरों से त्वचा पीछे तन जाती, मेरी उँगलियाँ किसी जानवर के पंजे में तब्दील हो जातीं।

वो मुझे हर जगह छूता, मुझे उलट-पलट कर, जैसे मैं कोई खिलौना होती। रात के नीम अँधेरे में वो शिकारी था, एक खेल ही तो था शिकार का। उसके बदन से अजीब-सी जानवर-गन्ध उठती और मैं उबकाई से भर उठती, जब मेरा चेहरा वो अपनी काँख में घुसेड़ देता। "मुझे सूँघो, मेरा स्वाद लो।"

उसकी आवाज़ भारी हो जाती और मैं छटपटाकर भाग जाना चाहती।

"मुझे अपने मुँह में लो," उसकी आवाज़ अधिकार से आज्ञा देती।

"मेरे साथ अपने खेल खेलो," वो कराहता, नोचता-खसोटता, उसका स्पर्श मेरे शरीर पर रूखा, भारी और तकलीफ़ देने वाला होता जाता। मैं इधर-उधर होकर छूटना चाहती और फिर इस छूट जाने को वो खेल समझकर और कामुक हो जाता, अपना सर झटककर हँसता।

मैं तब उसका क़त्ल कर सकती थी, तकिए से उस चेहरे को दबाकर दम घोंट सकती थी, उसकी छाती पर सबसे तेज़ चाकू से प्रहार कर सकती थी। मैं उसे झटककर उसकी गिरफ़्त से निकलकर हमेशा के लिए भाग जाना चाहती थी। मैं चाहती थी कि ये शरीर का खेल जल्दी समाप्त और मैं जितना हो सके उतनी दूर अपने घुटनों को छाती से सटाये सो जाना चाहती थी, दूर-दूर उससे ख़ूब दूर और एक बार जब ये समाप्त होता मैं किसी मुर्दा शरीर-सी उठती, अपने को साफ़ करती, बिस्तर के अपने कोने में जा घुसती और तुरन्त एक गहरी नींद में गिर जाती। सपने से रहित कड़ी नींद। किसी मरे हुए की नींद।

सुर-संगीत—नैन

उसके चेहरे में एक सपनीला तत्त्व था, उसके नक़्श मुलायम, घुलते-मिलते से, भाव की चहकती नदी में डूबते-उतराते और उँगलियाँ तानपूरे पर सम्मोहक तरीक़े से खेलतीं।

उसकी आवाज़ भी झरने की तरह सरल प्रवाह में सुरों संग अठखेलियाँ करती, जैसे लल्लां कोट के काले पहाड़ों पर झरनों का संगीत। उसकी आवाज़ हमेशा मुझे वहाँ ले जाती, उन ढहती दीवारों के साए में, नीबू के क़तार-क़तार पेड़ों की तरफ़, उन अलस्त पथरीले चट्टानों तक, उस प्यारी-सी नदी तक जो पहाड़ों से किल्लोलें करतीं समतल पर ठहर बहतीं। उसकी आवाज़ में यही गुण था मेरे लिए। मालूम नहीं दूसरों के संग भी ये जादू होता था कि नहीं। पर मेरे लिए ये चाभी थी जो जंग खाये कपाटों को खोलकर मुझे आज़ाद करती थी।

भुवन।

मैं उसका नाम अपनी जीभ पर बताशे-सा घुलता महसूस करती, उसे गटक लेती और फिर वो मेरे अन्दर वास करता। मैं किसी अनाम एहसास से सिहर-सिहर जाती।

अब तुम मेरे अन्दर हो।

ये मैं ख़ुद को गुनगुनाती थी और फिर मुझे लगता कि उसका बदन मेरे भीतर है, उसका एक हिस्सा मेरे भीतर है, जैसे उसका शिशु मेरे गर्भस्थ हो।

फिर मैं ऐसी शर्मिन्दगी से नहा जाती कि किसी ठंडी काँप से बदन ज्वर में तपता-सिहरता हो। मैं अपना चेहरा ठंडे पानी से धोती, फिर अपना बदन। फिर भी वो बात मेरे भीतर गुप्त रूप से बजती रहती। आईने में मेरा शरीर तमतमाया लाल दिखता, मेरी आँखें जंगली कौंध से चमकतीं। एक औरत जो व्यभिचारी हो, कम-से-कम सोच में, विचार में।

बाहर दिन लम्बे होते जाते। घाम उन सँकरी गलियों में कोड़े फटकारता गुज़रता और दरवाज़े के फाँकों से भीतर, किसी साँप की तरह रेंगता आ जाता। दरवाज़े बन्द होते थे और खिड़कियाँ भी मज़बूती से। गर्म हवा की तेज़ी से लकड़ी के फट्टे कराह उठते। लू किसी पगलाई बिल्ली सी चीखती, घरों के कोनों से गुज़रती, किसी दरार किसी फाँक की तलाश में सर धुनती।

घर के भीतर सब जो भी कर रहे होते उसे छोड़कर ठंडे फ़र्श पर गिर जाते। गर्मी ने उनकी सब ऊर्जा उड़ा दी होती और दिन के कुछ घंटों के लिए उनको मार देती। मक्खियाँ सरों के ऊपर भनभनातीं, टेबल और कुर्सियों पर, बिस्तरे पर, गर्मी के नशे में लड़खड़ातीं—उड़तीं इधर से उधर। कोई अलस हाथ उनको भगाने को उठता फिर शिथिल गिर जाता। ख़ुद को पंखा करने तक की ताक़त ख़त्म हुई होती। पसीना नंगी त्वचा पर नन्हीं नदी बनाता बहता, घुटनों के पीछे, जाँघों के बीच, गर्दन के पास, कान के पीछे, होंठों के ऊपर, नाभि के बीच, कन्धे के नीचे। नंगी पीठ पसीने का गीला निशान फ़र्श पर छोड़ती जहाँ सब ठंडक की उम्मीद में धराशायी होते।

पिछवाड़े, रसोई के बग़ल वाले बरामदे में दोपहर के भोजन के बाद के जूठे बर्तन खरकटे पड़े होते। नल से गिरता पानी कब का सूख चुका होता फिर भी बग़ल का गीला टुकड़ा किसी दाग-सा अलग दिखता। वो पालतू बिल्ली जूठे बर्तनों में मुँह मारती इधर-उधर सूँघती अचानक सामने की दीवार पर दबे पाँव कूद जाती, फिर पूँछ उठाए छत के खपड़े पर पंजे टिकाती ओझल हो जाती, इस बात से दुखी कि दोपहर को मछली तो बनी थी पर उसके लिए कुछ बचाकर न रखा गया। गर्मियाँ वैसी ही थीं जैसे बरसों से हर साल होती थीं। पर फिर भी कोई चीज़ थी जो बदल गई थी। इन दिनों, इन रुतों की बुनावट बदल गई थी।

और इन दिनों कोई ख़ुशी न थी, ग़म एक कम्बल था जिसे उसने ओढ़ा था—नैन

नैन ने अपना पल्ला एक तरफ़ फेंका, अपनी बाँहें पसार दीं और एक मुखड़ा गुनगुनाने लगी, बीच में रुककर करवट ली और चुप हुई। उसकी साँस भारी थी। कुछ पल बाद उसने मुखड़ा फिर उठाया। उसकी आवाज़ नटखट हुई फिर शोख, फिर रुकी, अपनी ही आवाज़ के जादू में फँसी और चाहा कि ख़ुद को गाते सुने। उसकी आवाज़ फिर उठी और छत तक उड़ी, फैली और हवा में समा गई, भव्य जादू में। उसकी नसें सिहरने लगीं, उसकी छाती फटने लगी जब उसने ख़ुद की आवाज़ सुनी, दिव्य और मधुर, साफ़ सुर के भराव के साथ गूँजती-फैलती। कमरे की दीवार काँपी, खिड़की के शीशे काँपे, कमरे की गर्म हवा क्षण-भर को थमी। नैन ने अपना शरीर शिथिल किया, उसे खोला, बन्द-बन्द, गिरह-गिरह। उसके हाथ-पाँव चित्त फैल गए। कितना हल्का था सब, कितना रौशन, कितना आज़ाद। वो दीवारें ग़ायब हुईं, वो छत भी, ये घर, ये माहौल, सब विलीन हो गए। नैन किसी ऐसी दुनिया में पहुँच गई जहाँ सिर्फ़ रौशनी थी, ख़ुशी और सुकून, एक आह्लाद।

उसने अपनी आवाज़ के खम को जाँचा, पहले हल्के रुकते हुए दुविधा में, फिर ज़रा आश्वस्ति और विश्वास से। उसने मुखड़ा दोहराया एक बार, हिम्मत आती गई जैसे पाँव-पाँव सीढ़ी चढ़ रही हो।

ये क्या हल्ला-तमाशा मच रहा है?

दरवाज़ा इतनी ज़ोर से और कितनी हिंसा से ठेला गया। एक बुज़ुर्ग औरत, अब भी सतर और तनी, ग़ुस्से से चिनचिनाती खुले दरवाज़े में जड़ी है।

"और इस तरह लेटना? ये बेशर्म अश्लीलता से, रंडी हो क्या?"

उनकी आवाज़ चाबुक की मार थी। नैन हड़बड़ाकर उठती है। जैसे कोई स्विच बन्द किया गया हो ऐसे ही उसका गाना बन्द होता है।

जो कमरा अभी एक पल पहले इतना रौशन और भारहीन था, अब कैसे भारी, वज़नी और गाढ़ा हो गया। जैसे कोई आँधी खाई उपज आई हो। बुज़ुर्ग औरत अब भी दरवाज़े में जड़ी खड़ी थी, कुछ जवाब के इन्तज़ार में। सन्नाटा लम्बा खिंचा

और होश में आते हुए नैन ने साड़ी समेटी, पल्लू एहतियात से सर पे लिया और उनके सामने स्कूली विद्यार्थी-सी खड़ी हो गई। नैन नटखट-हुड़दंगी, नैन शैतान, नैन मास्टर, जो सब लड़कों को उनके खेल में हरा सकती थी, नैन सर झुकाए, हाथ बाँधे खड़ी थी उनके सामने।

नैन मास्टर, तुम्हारी गुड्डी सबसे ऊँची है आसमान में, सबसे। नैन मास्टर के पास लट्टू है, लड़ाका लट्टू, इतने निशान, इतने खरोंच, युद्ध विजेता। कितने लट्टुओं को मार गिराया है उसने, कभी-कभी तो क्या सफ़ाई से अगले की लट्टू—दो भाग में चीरकर रख दी है। जब वो रस्सी लपेटकर झटके से लट्टू फेंकती है, आह क्या तीखी साफ़ नाच होती है, कैसे गोल-गोल घूमता लट्टू रंगों का नाचता धब्बा हो जाता है। जैसे कोई शानदार बाँका टुंडा मुर्ग़ा जिसके पंख इंद्रधनुष के रंगों से चमकते हैं। नैन मास्टर किसी को भी हरा सकती है, किसी को भी पीट सकती है। कोई छेड़े, उसकी भरपेट कुटम्मस कर सकती है।

नैन हाथ जोड़े खड़ी इनके सामने, ये दुबली-चिम्मड़, उससे आधी क़द-काठी की औरत, कि वो सुनाएँ उसे सज़ा। अम्मा जी ने सफ़ेद पर भूरे बॉर्डर की साड़ी पहन रखी है, कलफ़ लगी कड़कड़ी। उनका पतला सूखा चेहरा एक तरह की क्रूरता में खिंचा है। ऊपर पंखा आवाज़ करता धीमे घूम रहा है और कमरे में भारी हवा व्याप्त है जैसे सब डूब गया हो गाढ़े-नीले पानी में, अलस्त और चिपचिपा। एक अजीब गन्ध फैल रही है जिसने सब हँसी, सब सुख सोख लिया है। एक पल ख़ुशी थी, अब नहीं है। कितना अमूर्त, कितना मायावी।

नैन ने बाद में कई दफ़ा सोचा। अगर उसने जितेन से ये बात साझा की होती, क्या वो समझता या हैरान देखता, ये औरत कह क्या रही है। जितेन को लगता ये औरत, ये सुन्दर, नाज़ुक-सी औरत जो उसकी पत्नी थी, उसके बाल कैसे घुँघराले उसकी पतली गर्दन पर झुक आते; ये औरत जो उसमें एक आदिम वासना जगाती थी, जिसे वो नोच-खसोटकर गप्प से खा जाना चाहता था, उसे चूर करके अपने शरीर में समा लेना चाहता था। ये औरत उसमें कोई कोमल तत्त्व नहीं जगाती थी बल्कि उसे देखते ही उसके भीतर कोई आदिम पुरुष जाग उठता, उसकी कामना कितनी जंगली थी ये तक उसे नहीं पता था। ये औरत जिसका नाज़ुक बदन, जिसकी तिरछी आँखें, चितवन, जिसके भरे रस होंठ, सब कोई गुप्त संकेत था उसे दबा देने का, उसे झुकाकर तोड़ देने का, उसे बाँहों में भरकर चूर-चूर कर देने का, उसकी रक्षा करने के बजाय उसे जीत

लेने का। यही औरत, उसकी स्त्री फिर ऐसी भी औरत थी जो दिमाग़ से ज़रा झक्की, सनकी थी। उसे देख-देख जितेन हैरान होता। ये उसका रह-रह कर बच्चों-सा किसी मामूली बात पर उल्लसित हो जाना, किसी बच्चे-सी हँसी हँसना और फिर कभी किस उदासी में घंटों विरागी आँखों से बाहर तकते चुप-चुप समय बिता देना। जैसे अवसाद का कोई कम्बल ओढ़कर वो लापता हो गई हो। और ऐसे लापता होने में उसकी उपस्थिति बेमतलब हो जाती। इस दुनिया से उसे वो बाहर निर्ममता से फेंक देती। फिर उसे न छूने देती। अगर वो सोने की ज़बरदस्ती करता तो लकड़ी के कुन्दे-सी जड़ पड़ जाती। उसका चेहरा बन्द हो जाता, भावहीन और बदन कठोर। आँखें गहरे कुएँ की तरह अन्धकार में डूबीं, सारी रौशनी को सोखतीं और फिर जितेन बाहर छटपटाता रह जाता।

ये बातें वो किसी से बाँटना चाहता था पर बाँटता किससे? माँ से कुछ कहने का तो प्रश्न ही नहीं उठता था। कोई संगी-दोस्त नहीं थे जिनसे इतनी अन्तरंग बात कही जाती। उसे इस बात की बेचैनी होती, अनमना वो बेचैन फिरता, जैसे किसी ने उसे घर से निकाल दिया हो और भीतर जाने का रास्ता उसे दीखता न हो। कई बार ग़ौर से उसकी नज़र नैन पर पड़ती। वो नाटक करता बेपरवाही का पर कमर के कटाव का हिस्सा साड़ी से ज़रा दिखता, उसकी कुहनी के गड्ढे, उसके गले की उभरी नाज़ुक हड्डी, कभी उसकी उँगलियाँ, कभी एड़ी का कोना, उसके बच्चे-से छोटे पाँव। सब उसे पागल किए रहते। और इस औरत को इसकी ख़बर तक नहीं, सोचते उसका दिमाग़ ख़राब होने लगता, उसे अचम्भा होता कि उसके भीतर कामना के उमड़ते ज्वार को न तो वो देख पा रही, न समझ पा रही, न उस खेल में बराबरी की हिस्सेदार बनने की कोशिश कर रही।

आरामकुर्सी में बैठे उसका दिमाग़ इन्हीं घुर्पेंच में उलझा रहता। माँ देखतीं, बेटा अनमना बरामदे में बैठा है। उसे बाहर ठेलतीं, "जाओ, दोस्तों से मिल आओ, क्लब में ब्रिज खेल आओ, कोई सिनेमा-नाटक देख आओ।"

वो बार-बार इसरार करतीं, उसके चेहरे पर स्पष्ट किसी द्वंद्व से बिलकुल नासमझी जताते हुए कहे चली जातीं, "तुम्हारे पिता तो दस के पहले कभी घर में दाख़िल नहीं हुए। दफ़्तर के बाद क्लब चले जाते, ब्रिज खेलते, एकाध पेग पीते। कहते थे ये भी काम का ही हिस्सा है, अहम लोगों से मिलते-जुलते रहना, समझ रहे हो न बाक़ी एडवोकेट और जज लोगों से राब्ता बनाए रखना।

"मैं घर में तुम्हारी और तुम्हारी बहन की देखभाल में रहती, घर सँभालती,

गृहस्थी चलाती, परिवार और रिश्तेदारों से नातेदारी का ध्यान रखती। हमारे समय तो भई ऐसे ही चलता था। आदमी बाहर का काम देखते, परिवार के लिए कमाई करते और औरतें घरबार, बच्चे देखतीं। हमारे काम एकदम परिभाषित थे, लड़ाई-झगड़े, तनातनी की कोई जगह न बचती।"

उनके टोन में ये बात निहित रहती कि अब घर में यूँ नहीं होता। उन्हें नैन ज़रा भी नहीं सुहाती और जितेन को ये बात भी समझ नहीं आती। जबकि कहीं धुँधलके में एहसास था कि घरों में इसी तरह की सास-बहू कहानियाँ चलती रही हैं, पुश्तों से। इसी तरह ईया का व्यवहार रहा था माँ की तरफ़ और उसी ढर्रे पर माँ नैन को बरतती थीं। ये कोई व्यक्तिगत मोहब्बत-नफ़रत की बात न थी। वो इसी तरह का व्यवहार रखतीं जो कोई भी उस घर की बहू बन आती। सिर्फ़ ये कि नैन जैसी थी उसमें ये बात ज़रा तीखेपन से उभरकर आती थी। एक स्त्री जो बहू थी, उसे इस व्यवहार को सर झुकाए, आँख मूँदे मानना था। उसके बारे में इतना संवेदनशील क्या होना भला। दुनिया हमेशा से ऐसे ही चलती आई है। ये कोई और दुनिया की ठहरीं भला?

राजरानी को देखो क्या मज़े ले-लेकर अपनी सास की बदसलूकी की कहानियाँ दोहराती, जैसे कोई प्रहसन में भाग ले रही हो। कई बार अपने शरीर पर मार के नील निशान भी ऐसे ही हँसकर दिखाती, "जानती हो अम्मा, बूढ़ी ने जब मारा तो मुझसे ज़्यादा चोट तो उन्हें ही आई, जब कड़छी फेंकी मेरी तरफ़ तो पैर फिसला और धड़ाम से गिर पड़ीं गीले फ़र्श। एक महीने तक बिस्तर पर पड़ी रहीं। फिर सेवा कौन किया, मैंने ही तो। उनकी कमर और टाँगों की मालिश करती रही जब तक बेहतर न हो गईं।"

नैन हैरत से कहती, "फिर तो तुम्हारी ख़ूब तारीफ करती होंगी?"

"आप भी न भाभी! वो डायन कभी मेरे लिए दो हौले बोल कहेंगी कभी। जब उनके कपड़े बदलवाती, मालिश करती, तलवे मलती, शौच सहारा देकर ले जाती, तब भी मुझे कोसती रहतीं।"

"फिर तुम्हें दुख न होता? तकलीफ़ न होती", नैन फिर भी न छोड़ती।

राजरानी हँसना रोककर चुप हो जाती, संजीदा।

"कोई फायदा है दुखी होने का? ये तो ऐसे ही रहना है। इसमें दुख मनाना अपना ही नुक़सान करना है। अपना भी समय आएगा, तब हम राज करेंगी घर पर।"

फिर ज़रा शातिरपने से फुसफुसाती, "भाभी, अम्मा तुम्हें ज़्यादा तंग तो नहीं करतीं?"

नैन को समझ न आता कि क्या जवाब दे। उसे राजरानी की मंशा समझ न आती। ईमानदारी से अपने दुख की तफ़्सील सुना दे? पर क्या भरोसा कि सारी बातें अम्मा जी तक न पहुँच जाएँ!

अन्त में समझदारी से हँसकर कहतीं, "अरे राज बीबी, ऐसी कोई बात नहीं।"

"और भैया?"

राजरानी आँख मारती राजदारी से चहकती और इस एक शब्द में ऐसी द्विअर्थी अदा होती कि नैन लहक जाती। फिर शरमाने के बजाय तनकर चुप हो जाती।

भाभी से कोई भी अन्तरंग चुहल की बात निकलवा लेने में नाकामयाब राजरानी तिनक जाती। उसे ऐसी बातों में ख़ूब रस मिलता। उसका तोंदियल पति जो सुख उसे दे नहीं पाता उसका खमियाज़ा वो अश्लील चुहल से पूरा करती। भाभी के इस रवैये से तिनक राजरानी उठकर माँ के पास बैठ जाती।

अम्मा मुझे लगता है भाभी ज़रा-सी वैसी-सी हैं, अजीब-सी। मालूम नहीं भैया को ख़ुश भी रखती हैं कि नहीं। भैया कितना तो अनमना दिखता है। ख़ाली सुन्दर होने में क्या रखा है। सुघड़ पत्नी भी तो बनना है कि नहीं, क्यों अम्मा?

उसे अपनी सारी जलन डाह याद आ जाती। नैन की सुन्दरता उसका जी जला डालती। उसे याद आ जाता जब नैन ब्याह होकर आई सब बड़ी-बूढ़ियों ने एक ही राग अलापा था, ऐसी सुन्दर बहू! इस घर के तो भाग खुल गए। कौन है ऐसा इस घर में। बहू के रौशन चेहरे ने घर को जगमगा दिया है। ये बातें उसके दिल में फाँस-सी अटक गई थीं और वो कोई मौक़ा न छोड़ती नैन को नीचा दिखाने में। और ये वो बड़ी चतुराई से करती कि किसी को भी ज़रा अन्देशा न हो। अपने घर के संयुक्त परिवार में रहने की सारी चालबाज़ियाँ और जुगत जो उसने सीखी थीं, उन्हें काम में लाकर अंजाम देती। ऊपर-ऊपर लगता उसका नैन पर कितना मीठा स्नेह है। भीतर ही भीतर वो राख हुई जाती। पहले से ही स्वार्थी स्वभाव और अब ससुराल में अपनी जगह बनाए रखने की जद्दोजहद उसे कई चालबाज़ियाँ और चतुराई सिखा गई थी। वो ऐसे मीठे बोल बोलती कि भीतर छुपे तीर किसी को दिखाई न देते। वो चीज़ों को अपने हिसाब से मोड़ना सीख गई थी, लोगों को हेरा-फेरी से अपने मनोनुकूल करवा लेने की कला भी उसे ख़ूब आ गई थी। और जब वो ऐसा नहीं कर पाती तब सब्र से अनुकूल मौक़े का इन्तज़ार करती।

नैन के साथ भी यही करती। जब तक वो मौक़ा न आता, ख़ूब मीठे-मीठे मनुहार करती, उसके लिए गजरे लाती, उसके लम्बे बालों को तेल लगा चोटी

बनाती, उसकी हथेलियों पर मेहँदी सजा देती, पाँवों पर आलता। और सारे समय उसके दिल में कुचक्र चलता रहता।

राजरानी मायके बहुधा नहीं आती थी। बार-बार मायके आना अच्छा नहीं माना जाता था। पर जब कभी मान-मनुहार से पति और सास को मना लेती फिर ससुर और जेठ से आज्ञा मिल जाती उसे पीहर जाने की। और जब आती तो महीना-भर तो कहीं नहीं गया था। ये समय सुख का समय होता। ज़िम्मेदारियों से मुक्त दिन भर आराम करते फ़रमाइश करते बतियाते रहने का सुख। अम्मा बैठतीं, आसपास के नाते-रिश्तेदार आ जाते, बूढ़-पुरनियाँ आ जातीं। उसे पता था कि नखरे उठाने को घर तत्पर है। छोटे-छोटे सुख जैसे मलाई का दोना मँगवा लेना, मसालेदार कचौरी बनवाना, सुबह समोसा और गरमागरम जलेबी का नाश्ता कर लेना, या फिर रंग-बिरंगी चूड़ियाँ ख़रीदना, चाँदी के सुन्दर काम वाली बिछिया, चोटी में लगाने को लाल फुँदने वाले नाड़े ख़रीदवाना।

ऐसा नहीं था कि ये छोटी ख़्वाहिशें ससुराल में पूरी नहीं होतीं। पर वहाँ उसे अपनी इच्छाओं को ढक-छुपाकर ऐसे जताना पड़ता जैसे कोई और इनको चाह रहा हो। कई बार भतीजे-भतीजियों के मुँह से कहलवाना पड़ता। वो बड़ी चालाकी से इन इच्छाओं के बीज उनके दिल में डालतीं कि कुछ वक़्त बाद उनको लगता ये उनकी ही फ़रमाइश थी।

उसे इस बात का भयंकर रोष होता कि तमाम मुन्हीं इच्छाओं के लिए भी उसे ऐसे शातिरपने का खेल रचना पड़ता। पर वो जानती थी कि सबसे छोटी बहू होने के नाते उसे मुँह सीकर रहना है, मलकियत उस तक आते वक़्त लगेगा, हाँ ये बात और होती अगर बिपिन बिहारी ही काम के सिलसिले दूसरे शहर जाते। पर जैसी उनकी नौकरी थी उसमें ये बात भी नामुमकिन ही लगती।

बिपिन बिहारी डिग्री कॉलेज में पढ़ाते थे। जितना उनका शरीर गोल-मटोल था उतनी ही आवाज़ जनानियों-सी हल्की। वो अंग्रेज़ी पढ़ाते थे। और उनकी शख़्सियत ऐसी थी कि गर कहा जाता कि संस्कृत के प्रोफ़ेसर हैं तो कुछ भी अजीबोग़रीब न लगता। लेकिन बिपिन बिहारी अंग्रेज़ी पढ़ाते और अपने छात्रों को शेक्सपियर, एच. डब्ल्यू. लॉन्गफ़ेलो पढ़ाते, उनको 'पैराडाइज़ लॉस्ट' और 'पैराडाइज़ रीगेंड' पढ़ाते। पढ़ाते-पढ़ाते उनकी आवाज़ उत्साह और जोश में तीखी पतली हो जाती और छात्र अपनी हथेलियों के ओट में मुँह दाब उबासियाँ भरते और शिद्दत से घड़ियों को देखते कि कब समय हो और वो क्लास से मुक्ति पाएँ।

बिपिन बिहारी साहित्य के आदमी थे, उनकी अभिरुचि कला में थी। उनका बेडौल शरीर और उनकी पतली आवाज़ उनके भीतर के कलाप्रेमी को ठीक-ठाक तरीक़े से ढक देती। जब नितान्त अकेले होते तो ये ज्ञान उनको शर्मिन्दगी में डुबा देता। क्लास में तो जब वो पढ़ाते, उनका आत्मविश्वास बुलन्दी पर होता। अज्ञानी छात्रों के सामने वो समृद्ध साहित्य की बारीक परतों को खोल रख रहे थे। उनके लिए किसी अनोखी दुनिया की खिड़कियाँ खोल रहे थे। पर अपनी पत्नी के साथ साझेदारी का एक भी सूत्र उनके हाथ न आता था। जब राजरानी पीहर जातीं, बिपिन बिहारी की छाती से मानो मनों बोझ उतर जाता।

राजरानी अपने मायके में राज करती। जब आती सब उसकी मर्ज़ी से होता। घर में अब तक कोई बच्चा न था जो लगातार खाना, दूध, सूसू के लिए उनको दिक करता। उसे यहाँ आकर संयुक्त परिवार की हज़ार ज़िम्मेदारियों से निजात मिल जाती। उसका बहुत समय नैन की निगरानी में बीतता—खाना कैसा पकाती है, अम्मा की कितनी बात मानती है, गृहस्थी चलाने का हुनर है या नहीं, उसके सिंगारदान में क्या-क्या है आदि, आदि। एक बार तो उसने उसकी अलमारी भी खोल ली, उसकी रेशमी और अन्य क़ीमती साड़ियाँ, जो वो दहेज में लाई थी, का मुआयना करने।

नैन इसी बीच कमरे में आई थी और राजरानी बिना झेंपे, ढिठाई से कहती गई, भाभी आपके पास कितनी सुन्दर बनारसी साड़ियाँ हैं, ख़ास ये फ़ीरोज़ी हरी।

उसने अपनी हथेलियाँ उसके रेशम पर फिराई थीं, फिर उठाकर अपने कन्धों पर डाला था। आईने में इधर से उधर घूम-घूम नाज़-नखरे से ख़ुद को निहारा था, ब्रोकेड के बॉर्डर पर उँगलियाँ फिराई थीं और उसके हाव-भाव में लालसा की ऐसी लपक थी कि नैन बेमन से बुदबुदायी थी, "रानी बीबी, अगर आपको इतना पसन्द है तो रख लें।" जबकि ये साड़ी दीदी की दी हुई उसकी बेहद प्रिय साड़ी थी।

राजरानी का चेहरा खिल उठा था। उसने मुँहपुराई के लिए दबी आवाज़ में एकाध बार, 'अरे न भाभी, ऐसे कैसे' कहा था। ये लगभग हर बार का हाँ-ना का मनुहार खेल था, जिसमें राजरानी की न धीरे-धीरे हाँ में बदल जाती और आख़िरकार नैन उसे राजरानी के कन्धों पर फैला कहतीं, देखिए आप पर कितना जँच रहा है।

देखने वाले को लगता कि नैन ही ज़ोर-ज़बरदस्ती कर साड़ी पकड़ा रही है।

नैन को साड़ी पकड़ाते ऐसा महसूस हुआ जैसे दीदी के उष्म हाथों के स्पर्श को अपने से बिलगा रही है, जैसे उन्होंने उसका माथा सहलाने को हाथ बढ़ाया ही

था कि उनको किसी ने खींच लिया हो। आँखों के पोपटे चिनक गए, आँसू जल गए जबकि नैन को गहना-गुरिया से ऐसा कोई ख़ास मोह तक न था। लेकिन ये साड़ी कितनी प्रिय थी!

नील रतन नीलांजना—नैन

भुवन यही फुसफुसाया था उस दिन।

नील रतन नीलांजना, नीली आँखों और नीली साड़ी वाली लड़की।

उसकी आवाज़ रेशम की छुअन थी। अपने भीतर एक ताप महसूस हुआ। प्रकट में उसने ऐसा दिखाया जैसे ये सुनाई ही न पड़ा हो या भुवन ने कहा ही नहीं हो। वो हारमोनियम की भाँति चलाने लगी थी। उसकी आवाज़ तमतमाई हुई साफ़ और सच्ची थी। उसे मालूम था कि उस दिन उसका गायन ताज़े पानी की तरह कलकल करता बहता था।

देर साँझ को जितेन ने उसे देख टोका था, "कोई बात है क्या?"

"क्यों? ऐसा क्यों कहा।"

"नहीं बात क्या। बस कि तुमने ये रेशम की साड़ी पहन रखी है, इसे तो बाहर जाती हो तब पहनती हो ना।"

कोई अपराधबोध का काँटा रहा होगा कि जितना बोलती उससे ज़्यादा सफ़ाई पेश की उस वक़्त, "नहीं, बस साड़ियों को हवा-धूप दिखा रही थी, नैप्थलीन की गोलियाँ डाल रही थी, कीड़े न लग जाएँ, तो बस। पहन लेने का मन हुआ।"

ये कहते उसका चेहरा ज़रा लाल हो आया।

"ये साड़ी दीदी ने दी थी, उन्हें मालूम था ये मेरा पसन्दीदा रंग है, मेरी आँखों से मैच करता।"

ज़रा दर्प से उसने बात ख़त्म की थी।

ये मोरपंखी रंग सच उसकी आँखों से मैच करता था। हरी-भूरी। जाने किस पुरखे से उस तक आया था। पारिवारिक किंवदंती के अनुसार कोई पुरखा था जो बेचैन आत्मा था। टिककर ज़मीन से जुड़े रहना उसके बस में नहीं था। वो लम्बी

यात्राओं पर निकल पड़ता था और लौटता जब तो पत्नी ने एक नये बच्चे को पैदा कर रखा होता। अपनी पिछली रहवास के दौरान का फल। और जैसे ही दोबारा पत्नी गर्भ से होती ये निकल पड़ते। और ऐसी ही कई यात्राओं के बाद किसी एक सफ़र से लौटे तो अकेले न थे। साथ में एक स्त्री थी, वो भी विदेसी।

'नेपाली थी हो', जैसी फुसफुस हँसी से इस कथा का स्वागत होता।

"पर नेपाली की आँखें कंजी कहाँ होती हैं, छोटी-तिरछी होती हैं, नहीं?"

कोई बीच में टुभक पड़ता।

"सही, पर इसकी थी, कंजी आँखें। कोई फिरंगी बाप रहा होगा।"

अहम बात ये थी कि नंदा देवी नेपाली को इस घर में दूसरी औरत का दर्जा मिला और धीरे-धीरे कब उनकी जगह घर में ऐसी मज़बूत होती गई कि किसी को विद्रोह का अवसर ही न मिला। पुरखे महाशय और पहली पत्नी स्वर्ग सिधार गए इनके पहले और उसके बाद घर के कारोबार का ज़िम्मा इन्होंने ही चलाया, अपने और सौत के बच्चों की देखभाल परवरिश शादी-ब्याह सब। नब्बे साल की पकी उम्र में गईं और बाद के सालों में नेपाली में दिन-भर फ़रमाइश करतीं जिसे कोई समझता न था, न उनकी शिकायत न फ़रमाइशें।

कैसे छुपाएँ राज़-ए-ग़म

किताबों वाला पुराना कमरा—लल्लां कोट

कमरा सीली महक से भरा था। एक दीवार उन लम्बी खिड़कियों से विभाजित थी जो अमूमन बन्द रहतीं। हवा एक किताब से दूसरे तक टहलती, धूल के कण के साथ ऊपर छत की शहतीरों तक उठती उस झरोखे से बाहर निकल जाती जिसमें जाली लगी थी और नीले शीशों का पट था जिसका बन्द ख़राब हो गया था और हवा के झोंकों से चरमराकर ज़रा खुल जाता था। खिड़कियों पर भी उसी तरह के नीले शीशे जड़े थे जिन पर नीले और हरे का काम था। कमरा इस तरह हमेशा नीले रंग और रौशनी में नहाया रहता। जैसे किसी पानी के तल पर हों या ग्रीन हाउस के भीतर। हम पाँचों में से सिर्फ़ सबसे बड़े और सबसे छोटे ने किताबों की मोहब्बत पाई थी। बाक़ी सिर्फ़ इसलिए वहाँ बैठते ताकि वो कल्पना कर सकें कि उस तालाब के हरे पानी में बैठे हैं जो पहाड़ी के ऊपर उस समतल चट्टानों के बीच किसी नगीने-सा जड़ा था। इतना सुन्दर कि भयावह। डरा देने वाला सौन्दर्य।

इतना अपने में सम्पूर्ण कि अजीब आशंका जगाता। वो जगह इतनी शान्त और इतना निर्जन थी और इतनी समूची कि उसके गिर्द अजीबोग़रीब कहानियाँ बन चुकी थीं, अजीब डराने वाले मिथक, कि कोई अप्सरा अपने पृथ्वी के प्रियतम को खोजते-पाते यहाँ गिर पड़ी थी। गाँव के लोग कहते कि पूनम की रात उस अप्सरा के घुँघरुँओं की आवाज़ छम-छम ऐसी लय में गूँजती, इतना मीठा सुर कि अगर कोई इनसान उसे सुन ले तो एकदम मोहब्बत में पड़ पागल हो जाए।

रात को किसी की हिम्मत नहीं पड़ती उस तरफ़ जाने की। उदय ने एक बार बेवकूफ़ाना दिलेरी से रात को उस तरफ़ जाने का प्लान बनाया था फिर नन्ना को जाने कैसे भनक लग गई थी और उसे फिर दो दिन सामने वाले कमरे में रखा गया था, जब तक कि उसका दिमाग़ ठिकाने न आ गया।

नन्ना उदय के लिए ज़्यादा ही परेशान रहतीं। इस परिवार का वही एकमात्र पुरुष सदस्य। बड़े नाना और नारायण कब के गुज़र चुके थे। सर्वेश्वर जो घर के

दामाद थे, शहर में रहते जहाँ उनका छोटा अस्पताल चलता। उदय उनका बड़ा बेटा जिसे प्यार से सब अम्मू बुलाते, और चार बेटियाँ। यही इस घर के चिराग थे अब। ये परिवार शुरू से शापित था। इसका कोई भविष्य न था, इसमें अजीब हौलनाक मौतें लिखी हुई थीं। जाने किसकी नज़रे-बद लगी थी। फिर ऐसी सूरत में नन्ना का इस तरह परेशान रहना अजब बात तो न थी।

तो उदय, फिर मधुर, फिर बहार, फिर तारा और अन्त में नैन। तो सब इस किताबों वाले कमरे में बैठते, बहुत संजीदगी और गम्भीरता से। शीशा जड़ी अलमारी से भारी-भरकम किताबें निकालते, सामने मेज़ पर रखते और एक-दूसरे को देखते अजब हैरानी से। खिड़कियों से रौशनी झरती और कोई अचानक फुसफुसाता और ये ध्वनि उनके सर के ऊपर गोल नाचती उनके कानों के पास थिर होती भीतर प्रवेश पा जाती।

अनसूया बच्चों को खोजती फिर थकी आवाज़ में किसी को कहतीं, "नैन को बुलाओ।"

वो हमेशा नैन को खोजतीं। जैसे नैन उनके सब बच्चों का पर्याय हो। नैन उनका ख़ास बच्चा थीं उसी तरह जैसे उदय नन्ना का। सर्वेश्वर जब गए तब नैन कितनी छोटी थी। उनका जाना भी कितना आकस्मिक था। एक दिन थे अगले नहीं। ख़ुद डॉक्टर होने के बावजूद अपने धड़कते दिल के बीच बड़े होते सूराख को नहीं समझ पाए। दिल कब इस सूराख के पार हो गया पता ही नहीं चला। उनके बड़े भाई जो नामी-गिरामी सर्जन थे, सालों तक दुख मनाते रहे इस बात का। लेकिन उनके दुख की कोई कनी उनकी भावज तक नहीं पहुँची जिन्हें पति के हिस्से का एक भी पैसा कभी न मिला। जबकि अच्छी-ख़ासी ज़मींदारी थी।

अलबत्ता नन्ना हर बार उसाँस भरकर कहतीं, "उनकी इस कंजूसी के बरक्स भाई के अनाथ हुए बच्चों की शादी का भार उठाकर उन लोगों ने कुछ हद तक उस नाइंसाफ़ी की भरपाई तो की।"

बच्चे, अपने भविष्य से अनभिज्ञ, अछूते कि जीवन बिन बाप का कैसा होता है या कि उनके कोई सरपरस्त नहीं, इस पितृसत्तात्मक समाज में ऐसे किसी का न होना कितना बड़ा अभिशाप है। नन्ना के कठोर और रोबदार रुतबे के बावजूद। इन सब घटनाओं का होना जैसे किसी बड़ी घटना के घटित होने का स्टेज सेट किया जा रहा हो।

बहनापा—हीरा

हमारा जीवन अटूट डोर से बँधा है। अपने ख़ानदान की हर स्त्री की कहानियाँ मैंने सुनी हैं, मुझे ज़बानी याद हैं। माँ के पास ख़ज़ाना है, यादों का, कहानियों का, अपनी और सुनी हुईं, सब। उनमें स्मृतियाँ सहेज लेने की क़ूवत है। हमारे स्टोर में टिन का एक विशाल बक्सा है। उसे सुनहरे किनारी वाले लाल कपड़े से मढ़ दिया गया है। ऊपर उसे कसने की गाँठ ऐसी है कि आसानी से न खुले। बरसों की धूल, उम्र से अटी-कसी। मुझे हमेशा ऐसी गाँठों को देखकर भय होता है। कोई भयंकर विषाक्त महक, जैसे, उसके दरारों से बाहर फट पड़ेगी।

मैं हमेशा माँ के क़रीब रही हूँ। पापा से ज़्यादा क़रीब। लेकिन पापा को हमेशा ज़्यादा प्यार किया है मैंने। किसी दिल तोड़ देने वाली शिद्दत से। कई बार माँ को मैं बरदाश्त नहीं कर पाती। बावजूद उसके जब भी मैं तकलीफ़ में रही हूँ, मैं उन तक ही जाती हूँ। शायद औरत वाली कोई बात होगी, कोई बहनापे का भाव। उनको मेरे माहवारी वाले दर्द का मालूम रहता है, उनको मेरे गर्भपात की ख़बर होगी, मेरे शरीर में होते बदलाव की, स्तनों में उभरते गाँठों की, मेरी हार्मोनल दिक़्क़तों की, मेरे पहले शारीरिक संसर्ग की, उसके चरम सुख की, मेरी प्रसव पीड़ा की। उनको मालूम होगा किसी पुरुष का साथ कैसा होता है, कैसा उसे छोड़ देने पर लगता है, कैसे मोहब्बत को नफ़रत में बदलते जाने को महसूस करना होता है। ये सब वो जान जाएँगी, बिना मेरे कुछ बताए।

उन चुप्पियों से जान जाएँगी जो हमारे बीच पनपती हैं, मेरे चेहरे के भाव पढ़ लेंगी, मेरी आवाज़ के बदलते सुर को पकड़ लेंगी, मेरी माहवारी के दौरान ज़रा टाँगों को फैलाकर चलने से जान जाएँगी, उन ख़ून के धब्बों को देख लेंगी जिनको मैं बहुत जतन से अपने सफ़ेद स्कर्ट पर छुपाती फिरती, या सैनेटरी पैड्स को कूड़ेदान में, सबकी नज़रें बचाकर डालती, या फिर जब मेरे स्तन खिलने लगे तो किसी अनजान शर्मिन्दगी में मैंने कन्धे सिकोड़कर बैठना सीख लिया। ये सब उनको पता होगा। वो मेरी बाहरी और भीतरी दुनिया, दोनों से वाक़िफ़ होंगी। स्त्री होने का जो तार हमारे बीच खिंचा है, हमें एक-दूसरे से जोड़ता-बाँधता, एक से दूसरे अनुभव के बीच पुल बनाता, माँ बेटी होने के परे, स्त्री होने का संग हमें हमेशा एक करता।

सोने वाले कमरे में एक बड़ी-सी तस्वीर फ्रेम की हुई है, नन्ना, नानी और माँ। ब्लैक एंड व्हाइट की सीमित रहस्यमयी दुनिया। फ़ोटो खींचने वाले ने नेपथ्य को

धुँधला कर दिया था जिससे कि तीनों औरतें बहुत सफ़ाई और तीखेपन में उभरती दिखती हैं। नन्ना का चेहरा मज़बूत और कठोर है। नाक से होंठ तक गहरी लकीर ऐसी है जो होंठों को नीचे खींचती नाराज़गी के भाव को दिखाती है। लेकिन उनकी आँखें कितनी तरल और गहरी हैं, उनकी आँखों के गिर्द धुआँ-सा, जैसे पुँछ गया काजल हो। उनकी आँखें, ठीक कैमरा को देखतीं, देखने वाले को गड़प से खींच लेती हैं। उनमें अब भी आग जलती है। तस्वीर के वक़्त शायद वो सत्तर पार थीं। उनके मुक़ाबले नानी बहुत नाज़ुक दिखती हैं, ज़रा खोई-खोई गुम सी। उनके सामने के दाँत बाहर को निकले हुए हैं। उनके बाल घुँघराले हैं। बहुत बाद में, बुढ़ापे में, जब उनके सब दाँत गिर गए और डेंचर बन गया, उनका चेहरा एकदम बदल गया। हम सब हैरानी से समझे कि उनका चेहरा कितना सुबुक था, उनके नक़्श कितने तीखे। माँ बिलकुल उनके जैसी थीं। हम बार-बार नानी की तरफ़ भागते आते, उनके गाल सहलाते और फुसफुसाते, "नानी आप कितनी सुन्दर हैं।"

उनके होंठ जो उम्र-भर उनके निकले दाँतों पर विरूपता से खिंचे होते, अब कितनी ख़ूबसूरती और नाज़ुकी से उनके मोतियों-से क़तारबद्ध दाँतों के डेंचर पर मीठी मुस्कान में गिरते। कितने दुख की बात थी कि नाना ने उन्हें कभी इतना सुन्दर नहीं देखा।

नन्ही तितली, हमारे पड़ोसी की बेटी घंटों उनके पास बैठी, उनके सफ़ेद सन- से बालों को छूती, मिन्नतें करती, "बूढ़ी नानी, आपके बाल झाड़ दूँ, चोटी बना दूँ।"

सम्मोहित वो उनके रेशमी, सफ़ेद बालों को उँगलियों में फँसा खेलती, फिर थककर नींद के नशे में गिरती। कोई उसे गोदी उठा घर पहुँचा देता।

खैर, तस्वीर पर अगर लौटें, तो सिर्फ़ माँ हैं जो कैमरा की तरफ़ नहीं देख रहीं। वो कोने से कहीं बग़ल में देख रही हैं, संजीदा चेहरे पर अचानक ज़रा-सी स्मित की रेख। माँ बताती हैं कि उस दिन उस फ़ोटोग्राफ़र को बुलाया गया था और सब भाई-बहनों की उसी काट में तस्वीर खींची गई थी।

मैंने वही तस्वीर मधुर मौसी के घर देखी है। बस उस तस्वीर में माँ की जगह मधुर मौसी हैं, सीधा कैमरा पर नज़रें टिकाए मुस्कुराती हुई। बड़ी नानी इसमें भी सतर और रोबदार लग रही हैं, नानी खोई-झेंपी-गुम।

उदय मामा के पास उनकी कॉपी है इस तस्वीर की।

माँ से पूछती हूँ, "लेकिन बड़ी मामी कहाँ हैं? गुज़र गई थीं क्या उस वक़्त तक?"

माँ याद करने की कोशिश करती हैं लेकिन उनकी याद धोखा देती है। फिर सन्दर्भ तलाशने की कोशिश करती हैं।

शायद ये तस्वीर उस साल खींची गई जिस साल नैन का शगुन हुआ था? न, न शायद मधुर दी? या उदय भैया की पत्नी प्रेमलता भाभी का अबॉर्शन? सीढ़ियों से गिर गई थीं और कितना ख़ून बहा था।

ये बात कुछ अजीब है—माँ का इस तरह कोई तारीख़ भूल जाना, या जान-बूझकर किसी और कहानी के रास्ते बच निकलना। अमूमन वो इन मामलों में स्पष्ट रहती हैं। क्या छुपा रही हैं, मैं सोचती हूँ।

नैन मौसी के बारे में कोई बात तो है ऐसा आभास मुझे हमेशा होता आया है। लेकिन बड़ी मामी? उनका क्या? पता नहीं। काश माँ मुझसे सब साझा करतीं। कोई अँधेरा कोना, कोई छिपी-ढकी कहानी, कोई स्कैंडल शायद, सब मुझसे बाँटतीं। काश कि मैं उस समय में भी होती जैसे इस समय में हूँ। काश कि सब समय मेरा होता, भूत-भविष्य, वर्तमान। सारी ख़ानदानी बातों की मैं दृष्टा होती या फिर उन सब के भीतर जीती, सबकी रूहों के भीतर, उनकी आवाज़ में, उनके सनकपने में, उनकी तकलीफ़ और चोटों में, उनके सुख और उमंग में, उन कमरों के अँधेरे कोने-अँतरों में जहाँ अजीबोग़रीब जुनून और पागलपने की बातें घटीं जो घटनी न थीं। उस नगीने-सी झील की बातें जिसके बारे में कोई बात नहीं करता। शायद माँ को भी सब बातें नहीं मालूम। शायद वो भी उन घटनाओं के बारे में सिर्फ़ कयास ही लगाती हैं। शायद वो ज़्यादा व्यावहारिक हैं। जो बीत गई सो बात गई।

शायद इसलिए कई बातें उनके परे हैं। जीवन को उन्होंने जिस भी रूप में है, स्वीकृति दे दी है। जीवन की एक गति होती है। वो मेरी इस भूख को नहीं समझेंगी जो भीतर ही भीतर खा रहा है और किसी विशाल गोले-सा फैलता-बढ़ता जाता है।

माँ, नैन मौसी को क्या हुआ था? उस नगीना झील की क्या कहानी है? कोई उसके बारे में बात क्यों नहीं करता? क्या भूतिया चीज़ हुई थी? नन्ना लल्लां कोट यूँ अचानक छोड़कर क्यों निकल गई थीं? सब समेट-समाट कर? सारी ज़मींदारी बराहिल के हाथ मटियामेट क्यों हो गई? उस पुरानी पीली पड़ी तस्वीर में सबसे किनारे बैठी लड़की कौन है जिसका चेहरा तस्वीर से फाड़ दिया गया? माँ, माँ मुझे बताएँ माँ।

मैं सोचती हूँ ये सब सवाल कब पूछूँ, मैं देखती हूँ उन्होंने अपना चेहरा बन्द कर दिया है, अपनी आवाज़ बन्द कर दी है।

मैं बहुत थक गई हूँ माँ। माँ, मेरी आँखें मुँद गई हैं, मेरा दिल इतना भारी हो

गया है कि मुझे ज़मीन पर गिरा रहा है। माँ, इन सब बातों का अर्थ क्या है? मेरा जीवन, मेरा उन घटनाओं से जुड़ा तार, मेरा इन घटनाओं की तलाश में मारा-मारा फिरना। जैसे सब मिट्टी हो, सिर्फ़ मिट्टी। किसी बात का कोई अर्थ न हो। माँ, मैं इतना-इतना थक गई हूँ।

क्या मेरे जीवन में ऐसा कोई न होगा जो मेरे ठीक बग़ल में खड़ा वही देखेगा जो मैं देखती हूँ, वही महसूस करेगा जो मैं करती हूँ, उसकी नसों में भी वही ख़ून दौड़ेगा जो मेरी नसों में दौड़ता है, मेरा दिल और उसका एक ही सम पर धड़केगा। नहीं, ऐसा शायद कभी नहीं होगा। कभी नहीं। इसलिए कि ऐसा होना नियत ही नहीं। मैं चाहे कितना भी चीख़ूँ, चिल्लाऊँ, हाथ-पैर पटकूँ। खरोंचों के निशान मेरे शरीर पर ताज़े ही रहेंगे। इससे कोई निजात नहीं। हवा मुझे छूती निकल जाती है। मैं कितने अवसाद में हूँ। माँ, मुझे फिर से छोटा बच्चा बना दें। मुझे मासूम बना दें, मुझे अबोध-अनजान बना दें, मुझे मुक्त कर दें। इस लोहे-सी सीकड़ी से आज़ादी दे दें। मैं मुक्त-मुक्त-मुक्त होना चाहती हूँ।

जिस दिन नागिन झील का पानी जल गया—उदय

उस पहाड़ी की चढ़ाई कभी आसान नहीं थी। बहुत तीखी कुछ जगहों पर और कहीं-कहीं पत्थर जो ग़लत दबाव से लुढ़क जाते नीचे। हर क़दम पर अगले की स्थिरता जाँचे बिना क़दम रखना ख़तरे से ख़ाली न था। हमें सख़्त मनाही थी उस तरफ़ जाने की।

लल्लां कोट चारों तरफ़ से नीची पहाड़ियों से घिरा था। पथरीला चट। काला चट्टान ऐसे पसरा था जैसे कोई विशाल मगरमच्छ धूप खाने निकला हो। गर्मियों में इन पहाड़ियों से गर्मी ऐसी फुँकती कि जैसे सब सीझ रहा हो। रात को और सर्दियों में कँपकँपाने वाली ठंड पड़ती। इन पहाड़ियों से घिरी जो वादी थी, एक कटोरी के तल-सी, उसकी ज़मीन उपजाऊ थी। उसमें अन्न और सब्ज़ियाँ इतनी अदबदाकर उगतीं कि सब कुछ असल जैसा नहीं लगता। ऐसी उपजाऊ मिट्टी कहाँ से आई? उस पतली नदी की धार से तो नहीं जो पहाड़ियों से बहती नीचे आती थी। पानी का बहाव इतना कमज़ोर था कि उसमें अपने साथ कुछ बहा लाने की ताब न थी।

इतनी कमज़ोर कि यही काफ़ी था कि कुछ पानी अपने साथ लिये आती। लेकिन कहीं से ताज़ा भरी-पूरी मिट्टी आती जो लगातार की उपज के बावजूद मरती न थी। पहले रबी उगाया जाता फिर खरीफ। बीच में दाल और बाजरा। फिर सब्जी, टमाटर, मूली और कई तरह की शाक-सब्ज़ियाँ और खेतों के किनारे मूँगफली भी।

कोई अगर ऊपर से देखता तो गाँव उसको सीढ़ियों पर बसा दिखता। बाहरी तल उन धूसर राखीले पहाड़ों का था, फिर कुछ समतल पठारी हिस्सा था, काला, गाढ़ा, फिर पेड़ों की क़तार थी, फिर सब्ज़ियों के खेत थे और ठीक बीच में हरे खेत की जगमग थी।

नगीने-सी नागिन झील उन पहाड़ियों में से एक के ऊपर थी। आप चढ़ाई के बाद ऊपर पहुँचते फिर उतराई पर आते और अचानक आपके सामने, बीचोबीच से ज़रा हटा सा, ये हरे साफ़ पानी का तालाब। चारों तरफ़ सिर्फ़ चट काले पत्थर। कोई पेड़, कोई घास, कोई झाड़ी, कुछ नहीं। बस एक तरफ़ एक टूटी-फूटी आधी गिरी पत्थर की खँडहरनुमा इमारत जिसके ऊपर एक गुम्बद बना था। कोई पुरातन मंदिर का अवशेष, या गड़रियों के सुस्ताने की जगह। एक तरफ़ पत्थर काटकर सीढ़ी बनाई हुई थी, अनगढ़। पानी इस तरफ़ उथला था। पानी के हरे में काले की छाया थी। तल इस अँधियारे में रहस्यमय था, ओझल, न दिखता हुआ। किसी को मालूम नहीं था कि पानी कितना गहरा था। कोई पानी में घुसा नहीं था। किसी ने तैरकर उसकी चौड़ाई नहीं नापी थी। पानी शीतल था और आसमान उसमें सफ़ेद फाहे बादलों संग डुबकी मारता था।

ये वही दिन था जिस दिन सब नष्ट हुआ था। जबकि दिन धूप भरा, ख़ुशनुमा करारा था। जैसे हवा काटो तो दिन भरभराकर टूट-बिखर जाएगा। जैसे शीशा। और जाने इस दिन की हवा में क्या बात थी कि हम सब ज़रा पगलाने लगे थे। बिना कुछ कहे-बोले हम एक साथ किताबों वाले कमरे से उठे थे और दबे-पाँव बाहर हो लिये थे। घर एकदम चुप और शान्त था उस वक़्त। दोपहर के समय ने हमें थिर होकर एक क़तार में बाहर जाते देखा। हम नीबू के पेड़ों को पार करते, टमाटर के खेतों को पीछे छोड़ते चट्टानों के पहले स्तर तक पहुँचे थे। हमारे पैरों में साधारण जूते थे जिनके तले इतने पतले थे कि हर रोड़ा, हर पत्थर हम महसूस कर सकते थे। झाड़ियों और पत्थरों को थामते, हर ज़र्रा महसूस करते हम ऊपर चढ़ते गए थे। हमारा दम फूल रहा था। साँस अफ़रा-तफ़री में किसी दमे के मरीज़-सा उखड़ता भीतर-बाहर करता। हम फिर भी चढ़ते चले गए।

आसमान अचानक गाढ़ा हो गया था। काले बादल फैलने लगे थे। रौशनी ग़ायब हो चली थी। हम उन नीची पहाड़ियों की पहली उठान तक पहुँच गए थे। हम अब भी चुप चल रहे थे। बिना बोले एक-दूसरे का हाथ थामते, खींचते, ठेलते, सहारा देते चढ़ते चले थे। झाड़ियाँ अब ग़ायब हो गई थीं, घास और छोटे पौधे जो दरारों की ज़रा मिट्टी में पनप ज़ाते हैं, वो भी अब नहीं दिख रहे थे। आसमान गाढ़ा नीला राख-सा हो चला था। हम उस नगीने झील तक पहुँच चुके थे। पानी कितना थिर था। और उतना हरा भी नहीं था जैसी हमने उसकी अनवरत कहानियाँ सुनकर कल्पना में देखा था।

पानी था बस ऐसे जैसे सदियों से था, स्थिर और शान्त। हमारे सामने प्रस्तुत, बिछा-सजा हुआ। टूटी गुम्बद वाली इमारत हमारे पीछे थी, धूसर आसमान में फ्रेम की हुई ज्यों एक तस्वीर। हवा अब तेज़ चल रही थी। हमारे कपड़ों को उड़ाती, हमारे शरीर पर दबाती। हमारे बाल हवा में थपेड़े खा रहे थे, हमारे चेहरे को चाबुक-सा मार रहे थे। हमारी आँखों में तेज़ हवा की वजह से आँसू भर रहे थे कि सब यक-ब-यक धुँधलाने लगा था। हम बुत बने खड़े थे और किसी तूफ़ान की तरह अचानक कोई अजीब-सा दुख, कोई अवसाद सा भाव, जिसे हम ठीक-ठीक समझ भी नहीं पाते, उसने हमें ऐसे जकड़ लिया, ऐसे निरुपाय कर दिया कि हमारे शरीर से जान निचुड़ गई और हम चुपचाप बैठ गए। हम सब। चुप गुम। फिर जाने कितनी देर बाद कोई एक उठा। जाने कौन। उठकर उस गुम्बद के भीतर चला गया। उसके बाद जाने फिर कब कोई और उठा। तेज़ हवा पानी में इस तरह भँवर पैदा कर रही थी जैसे पाताल लोक का द्वार खुल रहा हो। जैसे कोई पानी को मथ रहा हो।

आख़िर में किसी ने धीरे से कहा, "हमें घर लौटना चाहिए।"

फिर कोई घबड़ाई सी हँसी में बुदबुदाया,"घर पर हमें ख़ूब मार पड़ेगी।"

फिर कोई बीच में टुभका।

"सब तुम्हारा प्लान था भैया।"

और आगे कोई कुछ भी कहता बादल गरजने के शोर में सब आवाज़ें दब गईं। बिजली ज़ोर से तड़की, एक पल को सब चमक गया फिर गाढ़ा अँधेरा फैल गया।

भीगे-सिहरते-ठिठुरते-डरे हम उस खँडहर के तले एक-दूसरे को पकड़े डर और ठंड से काँपते रहे। हमारा कलेजा मुँह को आ रहा था। ओर-छोर कुछ दिखता न था। हवा और झटास हमें चाबुक की तरह फटकार रही थी। घर लौटने का अब

कोई उपाय न था। पानी उबल-उबलकर किसी जानवर की तरह फुफकार रहा था। जैसे आकर हमको लील जाएगा।

एक बार फिर बिजली ज़ोर से चमकी। आसमान रौशन हुआ, एक पल को। और उस एक पल की रौशनी में हमने देखा कोई पानी में चित्त पड़ा है। छोटा नाज़ुक सा बदन और बाल चेहरे के चारों ओर पानी की सतह पर फैले।

जब तक हम समझते कि हमने क्या देखा, क्या हुआ, एक बार फिर घनघोर अन्धकार था, बादल के गरजने की आवाज़ थी, पानी की तेज़ झटास थी। और इस भयानक रात ने आख़िरकार हमसे हमारी चेतना छीन ली।

उस तालाब के बीचोबीच एक फूल था—लल्लां कोट

देर दोपहरी के बाद शाम के ज़रा पहले ये पता चला कि बच्चे कहीं दिख नहीं रहे। न किताबों वाले कमरे में, न छत पर और न केसर संग। केसर माली जो बच्चों को बारहा आम के बग़ीचे और केले के झुरमुट तक ले जाता, उसे बुलाया गया। बच्चे कई बार उस तरफ़ जाते और ट्यूबवेल की मोटी धार में देर तक नहाते फिर घास या पुआल पर निंदासे लेटे मौसम के फल खाते, कभी आम, लीची या जामुन।

कभी भी पीछे जब बच्चे ग़ायब होते केसर की ढुँढ़ाई होती, बच्चे आप ही मिल जाते। इस बार तुरत केसर भी न मिला।

नन्ना ग़ुस्सा होती रहीं, ज़ोर-ज़ोर से बोलती रहीं, बरामदे में नाराज़ छोटे क़दमों से कुड़ुक मुर्ग़ी की तरह चलती रहीं। उनका ग़ुस्सा और उनकी चिन्ता हर बीतते पल पर बढ़ती जाती। अमौसी को डाँट पड़ी हुक्का ठीक से न भरने के लिए, अनसूया पर इसलिए कि उन्हें उतनी चिन्ता नहीं हो रही थी जितनी होनी चाहिए थी, कि वो बच्चों पर नज़र तक नहीं रखतीं।

कैसी माँ हो तुम? बच्चे कहाँ हैं तुमको ख़बर तक नहीं।

बड़ी मामी उनको शान्त करने की कोशिश करती रहीं पर उन्हें उन्होंने परे झिड़क दिया।

सर्वेश्वर शहर गए थे अपने अस्पताल। वे सिर्फ़ शनिवार या रविवार लल्लां कोट आते। शहर लगभग सौ मील की दूरी पर था। उन्हें बस फिर इक्का लेना

पड़ता, कभी चलना भी पड़ता, अगर गाड़ी ख़राब हुई हो तो।

जैसे-जैसे शाम गहराने लगी और बादल घिरने लगे, नन्ना का शरीर घबड़ाहट में निचुड़ने लगा। किसी हरकारे को शहर दौड़ाया गया सर्वेश्वर तक ख़बर पहुँचाने और उन्हें बुला लाने के लिए। जवान लोगों के झुंड बनाकर चारों दिशाओं में बच्चों की खोज में लगाया गया। बारिश झमाझम हो रही थी, बिजली रह-रह कड़कती, घुप्प अँधेरे में हाथों को हाथ न सूझता। पानी से बचाव के लिए चिमचिमी ओढ़े, साफ़े से चेहरा बाँधे, बोरे लपेटे, हाथों में पेट्रोमैक्स और लालटेन लिये गाँव का चप्पा-चप्पा छान मारा गया।

खोजी दस्ता भीगा, थका, निराश-हताश लौटा। बड़े घर की शहतीरों और छतों से जैसे चिन्ता और घबड़ाहट चू रही हो। बीमार पीली रौशनी में घर निस्तेज था। रात का खाना नहीं पका, चूल्हा नहीं जला। सामने के सहन के अलावा घर अँधेरे में डूबा था। किसी को हिम्मत न थी आलों पर रखे पेट्रोमैक्स और लालटेन के शीशों को साफ़ करके रौशनी बाली जाए। अनसूया अब जाकर निढाल बिस्तर पर गुड़ी-मुड़ी लेटीं आँसू बहातीं। बड़ी मामी उनके बग़ल में बैठ कभी उनके तलुवे सहलातीं, कभी सर में तेल मलतीं। दो साल की नैन को दुलारी सँभाल रही थी। अनसूया उससे बेख़बर बेहोश थीं। नन्ना अलबत्ता एकदम लकड़ी की तरह कड़ी सतर बैठी थीं। हर हड्डी, मांस-मज्जा में। उनका पूरा शरीर कसा-तना था किसी अबोले तनाव से, किसी उम्मीद की लौ से, अपने मज़बूत इरादों और हौसले से उन्होंने अपने बदन को जैसे जोड़-तोड़ बिठाया हुआ था।

उनका शरीर इस इन्तज़ार में तना था कि अन्तिम खोजी दस्ता बच्चों को साथ लिये लौटेगा, कि सर्वेश्वर घर लौटेंगे और इस चिन्ता, इस तनाव से उनको मुक्त कर देंगे ताकि फिर वो अपने कमरे में बिस्तर पर ढहकर फूट-फूट कर, चीख़-चिल्लाकर रो सकें। उनको पता था कि एक बार अगर वो इस कठोर नियंत्रण को खो देंगी फिर ख़ुद को सँभालना मुश्किल हो जाएगा। फिर वो अनसूया से भी बुरी स्थिति में पहुँच जाएँगी। दुख में सर तक डूब जाएँगी।

पूरी रात ऐसी ही कटी। सब जैसे थे वैसे ही रहे। रात-भर नन्ना उसी कुर्सी पर अकड़ी बैठी रहीं। बड़ी मामी कब अनसूया के पैताने लुढ़क गई थीं, उनको ख़बर न थी। अजीब डरावनी, मनहूस माहौल में रात बीती। सुबह सर्वेश्वर पहुँचे। जो बस उन्होंने

ली थी वो आँधी-वर्षा की वजह से आगे न जा पाई थी। अन्तिम बीस मील वो पैदल चले थे, चिन्ता और तकलीफ़ को सर और काँधे पर ढोये, क़दम-दर-क़दम, कीचड़-कादो में बिन देखे पैर रखते।

दूर से घर ख़ाली लग रहा था, निर्जीव। हर सुबह की गहमागहमी से ख़ाली और उन्हें समझ आया कि बच्चे रात तक नहीं लौटे। उनका दिल बैठ गया, उनके थके क़दम रुक से गए। किसी ने उन्हें देखा और चिल्लाया, "छोटे मालिक आ गए।"

नन्ना बहुत कठिनाई से अकड़े शरीर को खींचकर बाहर आईं, कमज़ोरी से गिर पड़तीं, खम्भे का सहारा लिया।

कोई झपटकर कुर्सी लाया और सर्वेश्वर उसमें ढह गए।

"क्या हुआ, कैसे?"

सूखती ज़ुबान पर जीभ फेरते उन्होंने पूछा। आवाज़ कंठ में फँस गई। कोई चाय ले आया और उन्होंने झपटकर लगभग एक साँस में गर्म चाय सुड़क ली। बदन में थोड़ी शक्ति का संचार हुआ।

"बुधुआ, रामजीत, केसर तीनों को बुलाओ। हम फिर निकलेंगे खोजने। किसने उनको अन्तिम दफ़ा देखा था? कब? कहाँ?"

दुलारी को बुलाया गया। उसने बच्चों को मूढ़ी और गुड़ दिया था, दोपहर के भोजन के बाद। उस वक़्त ऊपर थे, किताबों वाले कमरे की बात कर रहे थे।

दुलारी अपना सर खुजाती है।

"उदय बाबू पानी के बारे में कुछ कहते थे, हरे पानी के बारे में।"

नन्ना चौंककर ऊपर देखती हैं।

"क्या? कल तुमने ये बात नहीं कही, अरे खूसट।"

सर्वेश्वर झटके से उठ गए हैं।

"चलो चलो।"

अनसूया बेहोशी से उठकर बड़ी मामी का सहारा लिये बाहर आती हैं, रोती हुई—"हम भी साथ चलेंगे।"

सर्वेश्वर एक पल को थमते हैं फिर पत्नी के पास आते हैं।

"अनसूया, तुम यहीं रुको, बच्चों के लिए गरम खाना बनवाओ। मैं उनको लेकर ही आऊँगा, तसल्ली रखो, भरोसा रखो।"

फिर नन्ना की तरफ़ मुख़ातिब हुए—"माँ, अनसूया का ध्यान रखिए। मैं बच्चों को लेकर आता हूँ।"

मालूम नहीं कितना समय बीता, लेकिन पल-पल बीता और आख़िरकार चौकीदार के चिल्लाने की आवाज़ आई।

"मालकिन बच्चे मिल गए।"

सारी ख़ुशी, सारी तसल्ली उनके मिल जाने की लेकिन कपूर की तरह उड़ गई। चार गए थे, सिर्फ़ तीन लौटे थे। एक बच्चा अब भी खोया हुआ था।

सर्वेश्वर तुरत लौट गए थे। बड़ी हवेली की औरतें उनसे ग़ायब बच्चे की बाबत कुछ जानकारी नहीं ले पाई थीं।

सर्वेश्वर का चेहरा चिन्ता-थकान और दुख से भारी था। उनके पैर सूज गए थे और उनका दिल पत्थर की तरह भारी था। भारी और भावहीन निस्पन्द। अब तक ये दिल धड़क रहा था यही हैरत की बात थी। जब उनका शरीर मृतप्राय महसूस हो रहा था, उनका दिल तब भी उनकी नसों में ख़ून दौड़ा रहा था। डॉक्टर थे। शरीर के विज्ञान को समझते थे। तब भी ये बात हैरतअंगेज़ और अविश्वसनीय थी कि जो दिल दुख से इतना भरा हो वो कैसे धड़क सकता था। जैसे सिपाही जो युद्ध में शापित होते हैं आगे बढ़ते जाने को।

दो कुशल तैराकों को इस बार साथ लिया गया। उस नगीने झील का पानी जो अब तक कुँवारा, अनछुआ था आख़िर किसी ने उसमें प्रवेश किया। सर्वेश्वर को साम-दाम-दंड-भेद सबका इस्तेमाल करना पड़ा उनको पानी में हेलने के लिए राज़ी करने में। ये आसान नहीं था और सर्वेश्वर जानते थे कि इससे कोई फ़ायदा नहीं होने वाला है। कुछ अच्छा होने की सम्भावनाएँ अब ख़त्म हो गई थीं। बच्ची अब कभी नहीं मिलती। कभी नहीं। इस कभी नहीं वाले एहसास ने उनके मुँह में राख भर दी। उनके पैर भारी लोहे के सीकड़ों से किसी ने जकड़ दिये थे और अजीब-से अँधेरे ने उनके बदन को लपेट ढक दिया था।

बच्ची के निष्प्राण शरीर को उठा घर लाने का ख़याल मात्र ही उनके शरीर में सिहरन और बेइन्तहा दुख पैदा कर रहा था। काश कि इस सारे मामले में वो कोई बाहर वाले होते। उनके अधीन जो कुछ भी था वो सब लुटा देने को तैयार थे अगर कोई इतना आश्वासन दे देता कि आज का दिन किसी और तरह से ख़त्म होता। उनकी आँखों के सामने अनसूया का रोता, मायूस चेहरा आया। कैसे इस दुख को

सहेगी, कैसे? दूसरे बच्चों के ऊपर इस दुर्घटना का क्या असर होगा, इस आघात को कैसे बर्दाश्त कर पाएँगे। ये सब विचार एक के बाद एक गड्डमड्ड उनके दिमाग़ में तेज़ी से चक्करघिन्नी खाते रहे। और एक बार भी उनको उस ग़ायब बच्चे का ध्यान न आया। एक बार भी बच्ची किस दहशत से गुज़री होगी, के बारे में सायास ख़याल को झटक दिया परे और फिर चौंककर सोचा कि अब से मैं उसको गया हुआ समझकर ही सोच रहा हूँ। ओह इस ख़याल को आने ही नहीं देना है, किसी अन्धविश्वास के पतले तने तार से लटके सोचते रहे, अगर न सोचा तो ये घटना होने से टल जाएगी। न सोचना ही उसके घटित होने को टाल देगा। बस कोई दुर्घटना ही न हुई हो।

उस काले चट्टान पर ऐसे हताश गिरे-बैठे देखते रहे अपने कीचड़ सने जूतों को। धूप उनकी गर्दन और पीठ पर चाबुक मार रही थी। कोई और दिखता न था। एक अकेला चील या बाज़ उस नीले आसमान में ऊपर-ऊपर उड़ता चला जाता था। पानी कितना स्थिर और शान्त-सुन्दर था। कोई एक तरंग तक न थी।

दोनों आदमियों ने अपने कपड़े उतारे, जाने क्या रक्षा कवच मंत्र-सा बुदबुदाते, एक-दूसरे का हाथ थामे पानी में पहला क़दम रखा। झील उतनी बड़ी नहीं थी। एक किनारे से दूसरे तैरकर जाने में ज़्यादा वक़्त नहीं लगता। दोनों पहले घुटने भर पानी में थे, फिर पानी उनकी छाती तक आया। एक अजीब घबड़ाई-सी हँसी हँसकर अपने उद्वेग को छिपाते एक ने दूसरे से ज़ोर से कहा, "ओह ये पानी कितना ठंडा है।"

सर्वेश्वर उनको पानी के भीतर गहरे जाते देखते रहे, साँस रोके, जैसे किसी ने फन्दा गले पर कस दिया हो किसी प्रत्याशित आतंक में। ज़रा देर पानी में रहने के बाद दोनों ज़रा आराम से हुए और पानी में उन्होंने गोता लगाया। उनके काले-रूखे पैर और पीले तलवे पल भर को सतह पर चमके फिर ग़ायब हुए। वो साँस लेने बार-बार सतह पर आते और जो कठिन कार्य उनको सौंपा गया था, बावजूद कितनी कहानियों, किंवदंती और मिथक के जो उन्होंने इस झील की बाबत सुन रखा था, बावजूद उस भय और आतंक जो इन मिथकों और लोककथाओं के ज़रिये इस जगह की बाबत उन तक आया था, अचानक इस शीतल साफ़ जल ने उनका मनोबल बढ़ा दिया और उनके भीतर इस नीले-हरे पानी और ऊपर साफ़ नीले आकाश ने यक-ब-यक अत्यन्त हर्ष का भाव पैदा किया। उनके भीतर का भय आसमान में पंछी बन, उनके शरीर से निकल, उड़ गया और अचानक ऐसी ख़ुशी हिलोर लेने लगी कि बाद में सोचने पर, उस समय की नज़ाकत के सन्दर्भ में लगभग ईश-निन्दा सी बात थी।

उनके चेहरों पर धूप बरस रही थी। उनके बालों पर पानी इंद्रधनुषी रंग उकेर रहा था। उनका काला-चिकना शरीर अपनी सम्पूर्णता में, लय में पानी से एक हो गया था। झील का पानी जिसने शुरुआत में उनका पानी में प्रवेश करना रोका था, भारी और गाढ़ा हुआ था, आतंक और रहस्य की एक बू उठी थी, अंग के हर हिलने पर प्रतिरोध किया था, अचानक पतला बह जाने वाला हो गया। उन्होंने महसूस किया कि उनका शरीर एकदम हल्का हो गया है, पानी उनके कन्धों, बाँहों और जाँघों से फिसल-फिसल जा रहा था। उनकी उँगलियाँ खुल गई थीं और पानी उनके बीच रेशम-से स्पर्श सा बह रहा था, उनके पैर उस पानी को मक्खन-सा काट रहे थे। पानी के साथ आख़िरकार वो एकमेव हो गए थे। पानी ने उन्हें स्वीकार कर लिया था, समेट लिया था। अब वो गंगा के डॉल्फिन मछली की तरह तैर रहे थे। उन्होंने लम्बाई-चौड़ाई नापी, उन्होंने सतह देखा, तल देखा। लेकिन कोई बच्चा कहीं न दिखा। झील के तल पर चिकनी चट्टान थी। कोई घास-पौधा न था। बस एकाध जगह कोई पानी वाली लतर थी जो पानी में नृत्य करती डोलती थी। इन लताओं ने उनके चेहरे का स्पर्श किया, उनके पैरों को सहलाया अपनी मखमली छुअन से।

बहुत-बहुत बाद में उनमें से एक ने अपनी पत्नी को कहा था, उस पानी में तैरना ऐसा था जैसे तुम्हारे भीतर प्रवेश करना। चिकना, कोमल, गीला और उष्म। तब लगा था मैं राजा हूँ, मुझ-सा अमीर कौन। और बेचारे छोटे मालिक, किनारे निढाल टूटे बैठे इस आशा में कि किसी करामात से बच्ची ज़िन्दा मिल जाए।

बच्ची कभी नहीं मिली। एक फूल अचानक उस झील के बीचोबीच खिल गया था।

घर पर वो चार थे—लल्लां कोट

एक छोड़कर बाक़ी बच्चों को एक कमरे में ले जाया गया। पूरब तरफ़ वाला बड़ा कमरा जो सुबह की धूप से भरा रहता। उस कमरे की लम्बी खिड़कियाँ बग़ीचे की तरफ़ खुलतीं और माली के गाने की ख़ुशनुमा आवाज़ आती रहती। माली निराई करते, पानी पटाते, गुलाब की झाड़ी की छँटाई करते कुछ न कुछ गाता ही रहता था। पूरे गाँव में सिर्फ़ बड़ी हवेली में इस तरह का बाग़ था। क़रीने से सँवारा हुआ। वरना तो हर जगह जंगली फूल बेतहाशा खिलते, टेसू, पुटुस, गुलमोहर, चम्पा। पर

इस तरह सजा-सँवरा बाग़ लगवाना राय बहादुर का जुनून था। गोरे साहब के बँगले से, जहाँ उनका आना-जाना होता था, ये शौक़ पाल लाये थे। तब से बगीचा इसी तरह ख़ूबसूरती से सजा था।

बच्चे सन्निपात में बौराते थे। उनका बदन तेज़ बुख़ार में तपता था, वो हाथ-पैर फेंकते, चादर हटाते जाने किस डर से चीख़ते। उनका चेहरा भय से सिकुड़ जाता। उनका बदन एक पल पसीने से नहा जाता दूसरे में भयानक कँपकँपी से ऐंठने लगता।

नन्ना और बड़ी मामी रात-भर बच्चों की टहल करती रहीं। एक चारपाई उनके बिस्तर के बग़ल में लगा दी गई थी ताकि अनसूया उनके बग़ल में रह सकें। सब बीमार एक कमरे में थे। इस सारी स्थिति को सँभालने का एक ही उपाय था, मन और दिल को बन्द कर, व्यावहारिक तरीक़े से बीमार बच्चों की सेवा-शुश्रूषा करना। नन्ना में इतनी क़ूवत थी कि सब चीज़ों की बागडोर फिर थाम लें। बिस्तर, चादर, कम्बल सब निकाले गए। एक मेज़ पर उबला जौ का पानी, अरारोट के बिस्किट, सूती साड़ी फाड़कर बनाई गई पतली पट्टियाँ, जिनसे तेज़ बुख़ार में बच्चों का माथा पोंछा जा सके, तौलिए उनके पसीने को पोंछने के लिए, टेलकम पाउडर, बुख़ार की महक दूर करने के लिए, सब रखे गए।

खिड़कियों के लकड़ी के पल्ले खोल दिए गए थे और शीशे के पल्ले बन्द। हर बिस्तर के पैताने साफ़ चादर तह लगाकर रखे गए थे ताकि पसीने से भीगने के बाद तुरत बदले जा सकें। उनके बहते पसीनों में अजीब-सी गन्ध थी। अनसूया बुदबुदातीं, ये सब उस भूत-पिशाच का गन्ध है जो निकल रहा है। फिर अचानक उनको खोई बच्ची याद आ जाती। एक बिस्तर जो उसके लिए लगा, अब भी उसका इन्तज़ार कर रहा था। उसे देख उनके भीतर से ऐसी दिल तोड़ देने वाली हूक उठती जो चीरते हुए उनकी चेतना को नष्ट कर देती और वो नीम बेहोशी में गिर पड़तीं।

दो साल की नैन टुकुर-टुकुर देखती, माँ उसके पास नहीं हैं। दुलारी और नन्ना उसको सँभाल, सुला रही हैं।

घर स्तब्ध और हताश खड़ा था। सारे नौकर-दाई दबे पाँव चलते, बाहर दालान में या पिछवाड़े आँगन में गुड़मुड़ इकट्ठा होते और दबी आवाज़ में अफ़सोस ज़ाहिर करते। आज कोई अनुशासन नहीं था। कोई रोक-टोक, कोई आदेश न था। आज उनको उनकी मर्ज़ी पर छोड़ दिया गया था। आज वो आज़ाद थे, कनफूसियाँ करने को आज़ाद, कल्पना के घोड़े दौड़ाने को आज़ाद। किसी ने उनसे बात की थी जो तलाश में पानी में गया था।

चुकमुक बैठे वो लापता बच्ची के बारे में कहते, बच्चों के सन्निपात की बात कहते, उस आतंक की बात कहते और कल्पना में अपने बच्चे को खोता सोच सिहर-सिहर जाते।

और इस सारे समय सर्वेश्वर अपने कमरे में बैठे रहे, अकेले। बीच-बीच में बच्चों को देखने, उनका बुख़ार मापने, दवाई देने के अलावा वो अकेले बैठे सोच और दुख में डूबे रहे। बच्ची को खोजने के लिए अगला उपाय क्या करें ये उनके दिमाग़ में अट नहीं रहा था, जैसे सोचने-समझने की शक्ति सुन्न हो गई हो। कोई ऐसा नहीं था जिससे सलाह ली जा सके।

घंटे बीते, सूरज पश्चिम को गया, छाया लम्बी हुई और सर्वेश्वर अब भी अपने डेस्क पर बैठे रहे चुप, गुम। उनके हाथ-पैर ठंडे पड़े, उनका दिल भी।

उधर अनसूया नीम बेहोशी से जागतीं और लगता कोई मुट्ठी में उनके दिल को भींचे लिये जा रहा है। और इस कष्ट से छुटकारा नहीं। उनको बच्ची का नर्म-नाज़ुक शरीर अपनी बाँहों में महसूस होता, उसका मीठा वज़न अपनी गोद में और उनकी भिंची रुलाई निकल जाती कि ये महसूस करना अब सिर्फ़ कल्पना में ही होगा। बच्ची खो गई है हमेशा के लिए। अब सिर्फ़ कल्पना में उसको गोद में भरकर चूम पाएँगी, सिर्फ़ स्मृति में उसका प्यारा चेहरा देख पाएँगी। एक गहन लालसा से उनका जी किया कि एक बार उसका चेहरा अपने हाथों में थामकर उसका माथा सहला दें, उसकी चोटी बना दें, उसको कहें कि बाँहें उठाओ मैं तुम्हें फ्रॉक पहना दूँ, उसके नाख़ून काट दें, उसकी एड़ियों से धूल मलकर निकाल दें, उसे बिस्तर में सुला उसकी आँखें चूम लें, कि एक बार उसकी चमकती आँखें, उसका उनकी तरफ़ देखता प्यारा चेहरा देख लें, एक बार उसकी मनपसन्द कहानी सुना दें, सुलाते हुए।

अब ये सब कभी न होगा, कभी भी नहीं। इस जीवन में नहीं। अब भी उसे मृत सोचने की ताक़त न थी। उसके मरते वक़्त अकेले छूट जाने, उस कष्ट की, बिछड़कर अकेले, डरे हुए मरने की, कि कोई हाथ थामने वाला न हो ऐसे वक़्त में, तसल्ली देने वाला हाथ साथ न हो, कसकर सीने से चिपटा लेने वाला न हो। ये सब सोचकर, उसकी तकलीफ़ यंत्रणा और घबड़ाहट सोचकर उनका दिल चीथड़े-चीथड़े होता रहा। उसे अकेले और अँधेरे से कितना डर लगता था। सिर्फ़ छह साल की ही तो थी। सिर्फ़ छह। इस उम्र में तो बच्चे माँ का आँचल पकड़े डोलते हैं। तारा लेकिन हमेशा की बहादुर बच्ची थी। हमेशा बग़ीचे में किसी पेड़ के

पीछे छुपने का खेल खेलती, हमेशा बाहर भागती। अब मेरी बच्ची जहाँ भी दुनिया देखने गई थी, लौट आओ, लौट आओ।

"मेरी बच्ची, मेरी प्यारी बच्ची, मेरी आँखों का तारा बच्ची।" दुख की लय में बुदबुदाती अनसूया झूम रही थी।

"बस मेरा बच्चा कैसे भी वापस आ जाए, एक बार। मैं सहेज लूँ बस, दुनिया से छिपाकर सीने में समेट लूँ, बस एक बार, एक बार।"

शायद वो जीवित है। कहाँ मिला उसका शरीर। डूबी होती तो पानी में मिल न जाता। अचानक उम्मीद की एक नन्ही किरण भक्क से जल उठी। शायद तूफ़ान में भटक गई हो, किसी चरवाहे-गड़रिये ने उसे अपने पास रख लिया हो। सर्वेश्वर को ये ज़रूरी बात बतानी होगी कि खोज ज़ारी रखें। अफ़रा-तफ़री में उठीं सर्वेश्वर के पास गईं।

"सुनो, वो मरी नहीं है, ज़िन्दा है, ज़िन्दा। खोज ज़ारी रखनी होगी। हम खोज लेंगे उसे। तुम खोज लोगे उसे।"

सर्वेश्वर उनका कन्धा थामकर बिस्तर तक ले गए।

"अनसूया, हम खोज रहे हैं।"

अनसूया को उन्होंने कसकर पकड़ लिया, अपनी छाती से सटा लिया। उनके भीतर से अचानक एक बवंडर उठा, चुप रुलाई की तीखी हूक!

उनका शरीर काँपने लगा, दोनों के शरीर दुख की एक लय में काँप रहे थे, दोनों ने एक-दूसरे को ऐसे थाम रखा था कि इस थामने से हौसले की कोई लहर उनको लपेट ले। उनका चेहरा आँसुओं से भीग गया था और हमेशा की नाज़ुक-कोमल अनसूया ने अपने पल्लू से पति के आँसू पोंछे, जैसे दुलार से माँ बच्चे को दिलासा देती हो।

इस बार अनसूया की आवाज़ मज़बूत थी, हम उसे ढूँढ़ निकालेंगे।

उनके दिलासे वाले स्वर में इतना गाढ़ा विश्वास था कि एक पल को सर्वेश्वर भूल गए कि बच्ची को लापता हुए बीस घंटे से ऊपर हो गए हैं। वो इतनी छोटी और कोमल है कि उसे अपने को सुरक्षित रखना नहीं आता। अगर ज़िन्दा बची तो भूख-प्यास या जंगली जानवर से बचना कठिन होगा। किसी दूसरे गाँव के चरवाहे के हाथों बचा लिये जाने की सम्भावना बहुत कमज़ोर थी। और अगर ऐसा हुआ भी होता तो अब तक उसकी गुमशुदगी की ख़बर दूर तक फैल गई थी और कोई

न कोई उसे वापस लिये आता। लेकिन इस पल में ये क्रूर सच्चाई उन्होंने भुला दी। अनसूया के उम्मीद और विश्वास से हिम्मत पाते उन्होंने मज़बूत आवाज़ में दोहराया—"हाँ, उसे हम खोज लेंगे।"

फिर इसी हिम्मत और ऊर्जा से उन्होंने पुकारा।

"कोई चाय दे जाओ, मुझे फिर बाहर निकलना है।"

बच्चे पूरबी कमरे में अब भी पड़े थे। फिर जैसी बच्चों की फ़ितरत होती है अपनी असाधारण सहनशक्ति और तुरत ठीक होने की क़ूवत से जल्द अच्छे हुए और कमोबेश उसी वक़्त अपने-अपने कमरों में लौट गए।

कभी कोई उनसे पूछता, उस रात क्या हुआ था, सब ऐसे चुप लगा जाते, गुम हो जाते कि दोबारा पूछने की हिम्मत न पड़ती। ये भय होता कि फिर सन्निपात में न चले जाएँ। ऐसा लगता था तीनों ने कोई गुप्त सन्धि न बोलने की कर रखी थी।

सर्वेश्वर ने उदय को अपने स्टडी में बुलाया था, उसके ठीक होते ही। सामने खड़े बालक के कन्धे पर हाथ रखते उन्होंने संजीदगी से उसे समझाया था क्यों उस रात की पूरी घटना विस्तार से जानना ज़रूरी है।

"अगर तुम कुछ बताओगे तभी बच्ची को खोजने के सुराग मिल पाएँगे। तुम चाहते हो न बच्ची लौट आए हमारे पास?...कुछ भी याद हो बताओ, डरो मत, कोई छोटी बात, कब आख़िर देखा उसे? उसने कुछ कहा था? कुछ बोलो उदय।"

उदय सर झुका चुप रहा। जैसे किसी ने उसकी ज़ुबान चुरा ली हो।

"तुम उसके बड़े भाई हो न? प्यार करते हो न? बहन मिल जाए ये नहीं चाहते क्या?"

सर्वेश्वर ने हर बात आज़मा ली लेकिन उदय चुप का चुप रहा।

अब सर्वेश्वर की आवाज़ में ग़ुस्सा झलकने लगा।

उदय की आँखें अचानक उलट गईं, उसका शरीर चेतनाहीन हो गिर गया।

इसके बाद सर्वेश्वर के भीतर एक डर बैठ गया। वो ज़्यादा बार इस तरह पूछ-ताछ नहीं कर सकते थे। बाक़ी तीनों का भी यही हाल था।

नन्ना ने समझाया था।

"तुम उदय और बाक़ियों को भी खो दोगे। बच्ची अब नहीं है। ईश्वर उसकी आत्मा को शान्ति दें। जीवित बच्चों को मरे के पीछे न गारत करो।...बच्ची के अन्तिम संस्कार कर देने चाहिए। अब वो इस जहाँ में नहीं है।"

नन्ना के चेहरे पर अजीब भाव-शून्यता फैल गई।

कर रहा था ग़मे-जहां का हिसाब

तस्वीर वाली लड़की—हीरा

और इस तरह बच्ची वही लड़की थी जो छींटदार फ्रॉक में, नन्ना के पैर के पास बैठी है, इतनी प्यारी, मधुर, बहार, नैन के साथ। उस पुराने पीले पड़ गए फ़ोटो में ही सिर्फ़ उसकी उपस्थिति बाक़ी रही।

ये तस्वीर तब की है जब पूरा परिवार शहर गया था। उसके लापता होने के कुछ महीने पहले। फ़ोटोग्राफ़र ने औरतों और बच्चों को सलीके से व्यवस्थित किया था। नन्ना और बड़ी मामी के बीच में नानी, तारा, मधुर, बहार, नैन उनके पैरों के पास बैठी हैं उनके फ्रॉक सामने सलीके से फैले हुए। उदय और सर्वेश्वर पीछे खड़े हैं।

ये फ़ोटो कुछ अजीब तरीक़े से मुझ तक पहुँचा। मैं कुछ पुरानी किताबें खोज रही थी और माँ ने वादा किया था कि उदय मामू के घर से वो किताब ले आएँगी। उदय मामू ख़ानदान के सबसे पढ़े-लिखे बुद्धिजीवी थे। जब अठारह बरस के थे तब इंग्लैंड पढ़ने गए थे। लौटे तो अंग्रेज़ी उच्चारण और अंग्रेज़ गर्लफ्रेंड कैथरीन के साथ। उनकी कैथरीन से दोस्ती का कुछ ज़्यादा नहीं बना। फिरंगी बीवी उन दिनों आम बात नहीं थी। अगर मामू ने इस मामले में परिवार से विद्रोह भी करने की हिम्मत दिखाई होती तो भी बहनों का सरपरस्त होने की भावना इतनी मज़बूत थी कि ऐसा कोई क़दम वो उठा नहीं पाए। पिता का साया नहीं था। बूढ़ी होती नन्ना थीं, माँ थीं और तीन बहनें थीं जिनकी शादी होनी थी। बेचारे मामू की क़िस्मत में विद्रोही होना न लिखा था।

ख़ैर, जो भी हुआ, मामू इस मामले में क़िस्मतवर रहे कि ताउम्र उन्हें कैथरीन का स्नेह और दोस्ती मिलती रही। कैथरीन ने ऑक्सफोर्ड के किसी डीन से शादी की और मामू का विवाह मैट्रिक पास एक लड़की से हुआ, जिससे उन्होंने अन्तत: प्यार करना सीखा और फिर ऐसी मोहब्बत से उनके संग जीवन बिताया कि सब हैरत में रहे।

ख़ैर, किताबों पर लौटें, माँ ने मामू को ठेल-ठाल राज़ी कर लिया था कि लाइब्रेरी में जाकर किताब खोजेंगे और मिल गई तो किसी कारकुन के मार्फ़त मुझ तक पहुँचवा देंगे। 'एरिक मारिया रीमार्क' की 'आल क्वायट ऑन द वेस्टर्न फ्रंट' किताब आ गई थी। मैंने प्यार से उसका कवर छुआ था। गाढ़े हरे लगभग ख़ाकी रंग का मोटा दस्ते-सा जिल्द। पहला पन्ना भूरा पड़ गया था उम्र से और हरी स्याही में एक नाम लिखा हुआ था। मेरे नाना का, सर्वेश्वर। तारीख़ पड़ी थी 1935 की। उनके हस्ताक्षर में एक लयकारी थी। अन्तिम अक्षर र की लोच अपनी जगह से आगे कटान लिये बढ़ी थी। मेरे अन्दर सिहरन हुई। नाना से एक तरह से रूबरू होने का ये पहला मौक़ा था। उत्तेजना में मैंने किताब बन्द कर दी थी और अपने स्नायुओं को शान्त करने टहलने निकल गई थी। नाना जब गुज़रे थे माँ बहुत छोटी ही थीं। उनको अपने पिता की स्मृति बहुत फीकी-सी थी। माँ के बचपन की कहानियों से चलें तो बहुत व्यावहारिक, बहुत गम्भीर, कलाप्रेमी, साहित्यानुरागी और अनुशासित व्यक्ति थे। ऐसा व्यक्ति जो ख़ुद की ज़मींदारी के बावजूद घरजमाई होकर रहा। मैं कल्पना करती, ज़रूर वो अन्तर्मुखी रहे होंगे और पूरी गृहस्थी पर दबदबा रखने वाली नन्ना की छत्र-छाया में ही रहे होंगे। ज़रूर उनकी प्रकृति बहुत सरल और सादा रही होगी। जिस तरह अपनी पत्नी के घर में बिना तोड़-फोड़ के घुल-मिल गए थे, ये कोई बहुत परिपक्व इनसान ही कर सकता था।

मैं अपने जीवन के दोनों पुरुषों से दूर थी अभी। और ऐसा होने पर अपने आपको फिर से खोज पा रही थी, ख़ुद को क्लेम कर पा रही थी। छोटे-छोटे निस्संग क़दमों से मैं पीछे हट रही थी, अपने भीतर प्रवेश कर रही थी। मैं ख़ूब किताबें पढ़ रही थी, संगीत में डूब रही थी और एक बार जब माँ से बात कर रही थी तभी अचानक उन्हें नैन मौसी का गाया एक गीत याद आया जिसे वो ख़ूब गाती थीं।

"कैसे था उसका मुखड़ा?"

उन्होंने ज़रा-सा गुनगुनाया था, गीत के बोल याद नहीं थे, धुन अलबत्ता याद थी, गुनगुनाकर धीमे फिर उनकी आवाज़ बुलन्द हुई।

इतने साल उन्होंने गाना बिलकुल छोड़ दिया था फिर भी अब भी उनके सुर पक्के थे। ज़रा खसखसा, पर किसी सुर पर बिखरता फिर उड़ान भरता उनका सुर अब कितना मीठा था।

मैं उनका गुनगुनाना एक पल को सुनती रही फिर धीमे से कहा,

“आज मुझसे बोल बादल।”

महादेवी वर्मा का गीत था और नैन मौसी कितने भाव से इसे गाती थीं। उसमें बिछोह का ऐसा भाव होता जैसे उनकी आवाज़ दीवारों से टकराकर चूर-चूर बिखर जाएगी।

माँ लगभग ख़ुद से बुदबुदाती हैं, “काश ये सब कोई लिख देता। सब जीवन जो हमने जिया, हम और हमारे माँ-बाप, हमारे बुज़ुर्ग सारे। नहीं तो सब स्मृतियों से विलुप्त हो जाएगा एक दिन। ऐसे ही जैसे ये गीत मुझसे खो गया था। ऐसे भूली कि कुछ याद न था, जबकि मैंने ही उसे सिखाया था, धुन बनाई थी और नैन कितने मिठास और दर्द से इसे गाती थी।”

मैं उनको सुन रही थी, पर चुप रही। माँ को पता था मैं किस मानसिक स्थिति से गुज़र रही थी। उसके बहुत विस्तार की कहानियाँ नहीं थीं उनके पास पर उन्हें एक मोटा-सा अन्दाज़ा तो था ही। मैं उनको तारिक़ के बारे में बता सकती थी लेकिन जानती थी कि निर्मल उन्हें बहुत प्रिय था, अपने बेटे से भी ज़्यादा। मैं माँ के इस प्यार को बिट्रे नहीं कर सकती थी। और निर्मल के प्रति जो मेरा विश्वास था उसे। मैं उससे अब भी बेहद प्यार करती थी और कई बार सोचती कि इस प्यार के बावजूद तारिक़ मेरे जीवन में क्या कर रहा है। लेकिन जब मैं तारिक़ के साथ होती मैं किसी और दुनिया में पहुँच जाती। मैं उससे ऑब्सेस्ड थी। कई बार मेरी समझ में ये नहीं आता कि क्यों पागल हो रही हूँ उसके लिए। उससे दूर जाते मैं किसी प्यासे की तरह उसकी चाह करती। उसकी आवाज़ सुनने के लिए मैं उससे झगड़ा तक मोल ले सकती थी, कुछ भी कर सकती थी।

बाद में रात को चित लेटे ऊलजलूल ख़यालों से ख़ुद को दुखी करते अचानक एक कौंध में बात आई। परिवार की कहानी और कोई नहीं मैं ही लिखूँगी। इसी तरह ख़ुद को मुक्त कर पाऊँगी, उन सारी स्त्रियों के समक्ष खड़ी हो पाऊँगी। उनके बरक्स ख़ुद को देखूँगी।

तो, उस दिन मैं घंटे-भर ताज़ी हवा में टहल आई। दही और कुछ फूल ख़रीदे, पार्क में बेंच पर कुछ देर बैठी, बच्चों को खेलते देखा, माँओं और आयाओं को घास पर बैठे उनकी निगरानी करते देखा। मैं अपने में, जितना रह सकती थी, रही। और जब लौटी, अपने लिए बिना चीनी की काली कॉफ़ी बनाई और तब जाकर मैंने अपने को सौगात दी और किताब उठाई।

1935 की तारीख़ लिखी थी, भीतर फ़्लैप पर, पेंसिल से। पन्ने ज़रा खुरदरे,

भारी और हल्के पीले-से थे। अन्दर के पन्नों पर मार्जिन पर टीप लिखे हुए थे, बहुत महीन शब्दों में। कोई प्रश्नचिन्ह, कोई विस्मयबोधक साइन, और बीच के किसी पेज में एक कामकाजी-सा किसी औरत की चिचरीकारी, बनाते-बनाते ही छोड़ देने-सा अधूरा प्रयास। मैंने कुछ पन्ने और पलटे और एक जर्जर काग़ज़ गिर पड़ा। कोनों से फटा, पीलियाआ हुआ। मैंने उसे सावधानी से फैलाया। उस पर कुछ अंक, कुछ शब्द लिखे हुए थे। स्याही धूमिल पड़ चुकी थी और अक्षर मक्खियों की तरह झुंड में चिपके से थे, गोल और नुकीले, बाहर को निकलते, और हर बार अन्तिम अक्षर किसी कटाव में या तो ऊपर उठते या नीचे डुबकी मारते। कोई अनाज का हिसाब-किताब-सा लगता था, माप-तौल, रेट और फिर जैसे ही मैंने आगे के पन्ने पलटे, किताब के पन्नों से उठती ग़मक को सूँघा, किताब बीच से खुल गई और एक उलटी रखी तस्वीर दिखी। मैंने उसे पलटा। ग्रुप फ़ोटो था, मामू और नाना पीछे खड़े, नन्ना, नानी और बड़ी मामी कुर्सी पर बैठीं और उनके पैरों के आगे मधुर मौसी, नैन मौसी और माँ। एक बच्ची और थी जिसे मैं पहचान न पाई।

नाना ख़ूब रोबदार दिख रहे थे, मामू के चेहरे पर 'बच्चा होकर भी बड़ा हूँ' का भाव था। तीनों औरतें मुस्कुरा रही थीं। लड़कियाँ सब इस ज़रूरी मौक़े के हिसाब से संजीदा चेहरा सजाए बैठी थीं। माँ का चेहरा कितना गोल-गोल प्यारा था, मधुर मौसी का भी। नैन मौसी नटखट, शैतान की पुड़िया लग रही थीं, उनके गाल के गड्ढे कितने मीठे थे। और वो बच्ची जिसे मैं पहचान न पाई, कैसी चमकीली आँखें थीं उसकी। मैं बहुत गहराई से एक-एक चेहरा निहारती रही। जो कपड़े उन्होंने पहन रखे थे, वो जूते और मोज़े, नाना की टाई। पीछे खिड़की थी और किसी पेंटिंग का ज़रा-सा दिखता कोना। पीछे का बैकग्राउंड धुँधला। कुर्सियाँ जिस पर वे औरतें बैठी थीं वो नक़्क़ाशीदर विक्टोरियन कुर्सियाँ थीं। नाना का हाथ कुर्सी की पुश्त पर था और उनकी उँगलियों में कोई अँगूठी दिखती थी। सामने की तरफ़ शायद पॉकेट वाच। मैग्निफ़ाइंग ग्लास से मैं घंटों तस्वीर के डिटेल्स देखती रही।

अन्त में मैंने मैग्निफ़ाइंग ग्लास उस चेहरे पर डाला जिसे मैं पहचान नहीं रही थी। कौन थी ये। कोई रिश्तेदार? कोई दूर की चचेरी-ममेरी बहन, कौन?

मेरा मन किया माँ को फ़ोन करके पूछूँ लेकिन बहुत देर हो गई थी। उदय मामू को फ़ोन करूँ? माँ की तरह उनके पास भी असंख्य कहानियाँ थीं। लेकिन

पता नहीं कितना मुझे बताते। फिर कितना अरसा हुआ था उनसे मिले या बात किए हुए। और अब मुझे झिझक और झेंप हो रही थी।

माँ उदय मामू के कितने क़िस्से सुनाती थीं। कितने डैशिंग थे और कितने सजीले ख़ूबसूरत। नाना की तरह नहीं जो कम क़द के साँवले रंग के थे। मामू लम्बे-पतले थे। शायद उदय मामू अपने नाना की तरह हुए, रायबहादुर। उनका रंग गेहुँआ था और आँखें चमकीली। कुछ निंदाई-सी जैसे नींद के नशे में हों। उनकी आवाज़ ख़ूब गहरी थी और हँसी तो ऐसी जो सुन ले वो भी हँस पड़े।

माँ मुस्कुराती कहतीं, "हम सब में सबसे सुन्दर दिखने वाले वही थे। हालाँकि नैन भी बहुत प्यारी थी।"

बात के इस मोड़ पर मैं उनको सटाकर कहती, नैन मौसी होंगी प्यारी लेकिन आप सबसे ज़्यादा एलीगेंट हैं।

"तुम ऐसा इसलिए कहती हो कि मैं तुम्हारी माँ हूँ और तुम मुझसे प्यार करती हो, हीरा।"

"आपसे करती हूँ प्यार लेकिन अगर नहीं भी करती तब भी यही कहती।"

और ये बात सही भी थी। माँ सचमुच बहुत स्टाइलिश थीं। मैं समझ सकती थी पापा क्यों माँ के पीछे दीवाना हुए। माँ अब भी बहुत अच्छी लगती थीं। वो औरों से बहुत अलग थीं और बहुत-बहुत ख़ास। मुझे इस बात तक पहुँचने में बहुत वक़्त लगा था।

उनके साथ इस तरह का सौहार्दपूर्ण सम्बन्ध मुझे आश्वस्ति देता था। उनसे कुछ भी साझा कर सकने की हिम्मत। काश मैं उनके काबिल बन सकती, ऐसी बेटी जिस पर उन्हें गुमान हो।

मैंने किताब सहेजकर सिरहाने रख दी थी। रात बहुत हुई थी और मुझे सो जाना चाहिए था।

जीवन बीतता जाता है और हम भी साथ-साथ बीतते हैं। कभी-कभी किसी मोड़, किसी घुमाव से हम हतप्रभ हो जाते हैं, कभी हम तैयार होते हैं किसी भी घटना का सामना करने में। मेरे भीतर एक स्थिरता आकार ले रही थी। कोई बीज जो बड़ा होकर मुझे किसी और दिशा ले जाएगा।

पतझड़ के लाल पत्ते—उदय

वो अठारह बरस का था जब पढ़ने के लिए बाहर गया। ये आसान इरादा नहीं था किसी ऐसे युवक के लिए जिसने अपने पिता को खो दिया था और जो अपने परिवार में एकमात्र पुरुष था, जिसके कन्धों पर परिवार की ज़िम्मेदारी थी, बहनों की शादी और स्त्रियों की देखभाल का ज़िम्मा था। शायद इतनी भारी ज़िम्मेदारी से कहीं भाग निकलने का भी कोई छुपा जज़्बा हो।

कुछ चीज़ें आपके साथ जीवन-भर साए की तरह चिपक रहती हैं। पिता की मौत ऐसा ही वाक़या था। वो चाहता था कि इस घटना को मजीद भूल जाए। नगीन झील वाली घटना से भी कहीं ज़्यादा।

पिता क्यों इतनी जल्दी गए? ये बात उदय को कभी जज़्ब नहीं हुई। डॉक्टर थे, उन्हें तो अपने शरीर का हाल ज़्यादा मालूम होना चाहिए था। क्या उनको कोई अन्देशा ही न हुआ कि उनका दिल अब जवाब देने वाला है?

लल्लां कोट के घर में उनकी सब स्मृतियाँ दफ़न हैं। लल्लां कोट छोड़कर जाना कितना मर्मांतक होगा उनको मालूम था। उन्होंने अपनी माँ से बात की, नन्ना से बात की। माँ को भावनात्मक रूप से राज़ी कर लेना आसान था। लेकिन नन्ना अडिग रहीं। ख़ानदान का पूरा दारोमदार उदय के जवान होते कन्धों पर था। उसका लियाकत से पढ़ाई करना बहुत ज़रूरी था। सर्वेश्वर के डॉक्टर होने पर उन्हें कितना गर्व था वही जानती थीं। अब उदय की बारी थी।

उदय भी जानता था कि उसके लिए पढ़ाई ही एकमात्र रास्ता था। किताबों में उसका दिल ख़ूब रमता था। ज्ञान की खोज की चाहत उसमें ख़ूब थी। जिज्ञासा भी कूट-कूटकर थी। जितनी आसानी से उसकी रुचि दार्शनिक लेखों में होती उतना ही दिलचस्प उसे गणित के प्रमेय लगते। पढ़ना हमेशा रुचिकर था। समस्या सिर्फ़ लल्लां कोट छोड़कर जाने की थी। छोड़ने के भाव से ही पेट में अजीब हूल उठने लगता। यहाँ सबके साथ होना कितना सुकून भरा था। माँ, नानी-मामी के दुलार तले बाबू बना रहता। यहाँ तक कि छोटी बहनें भी उसके आगे-पीछे उसके नखरे उठाने को तत्पर रहतीं। घर भर और नौकर-चाकर के बीच दुलरुआ बाबू था। अगर आगे की पढ़ाई लल्लां कोट में ही हो पाने की व्यवस्था होती तो जीवन सम्पूर्ण हो जाता। फिर किसी और बात की चाह न होती।

जो एकमात्र दुखद घटना थी वो याद से बच्ची की तरह ही हमेशा के लिए गुम हो गई थी। शायद मन का ये औज़ार था कि इस हादसे की यंत्रणा को इसी तरह सँभाला जा सकता था। कोई तरीक़ा था जिससे सब पुँछ गया था। किसी ने बाद में कभी बच्ची का नाम न लिया, न कभी उदय का रोल उस सारे कांड में क्या था का ज़िक्र हुआ।

विट्ठल चाचा के घर रहना भी एक अजीब अनुभव था। उन्हें वो छोटा बाबू कहता। छोटा बाबू दूर-दूर रहते लेकिन स्नेह का कोई डोर उनसे उदय तक ज़रूर आता। सरोज चाची ने उसे ख़ूब-ख़ूब दुलार दिया। उदय हमेशा से उनका दुलारा था। जब बहू बनकर आई थीं तो शगुन के तौर पर उदय को उनके गोद में डाला गया था। उदय बड़ा सुन्दर गदबद बच्चा था, निंदासी आँखें और चमकीले माथे पर गिरते रेशमी काले बाल। उस वक़्त छह महीने का था।

छोटा बाबू शहर के सबसे नामी वकील थे। सरोज चाची को उदय को देखते वही एहसास होता था जब पहली दफ़ा उनकी गोद में हाथ-पाँव फेंकते वो बच्चा हँस दिया था, ऐसा लगा था सब शुभ-शुभ ही होगा। और सचमुच ऐसा ही हुआ। अपनी जेठानी से भी उनका बड़ा स्नेह का सम्बन्ध था। अनसूया दूर के रिश्ते की बहन थीं और उनकी सिफ़ारिश पर ही सरोज का ब्याह विट्ठल से हुआ था। सरोज ख़ुद मामूली नक़्श की गोल-मटोल-सी थीं जबकि विट्ठल बहुत गोरे, लम्बे और ख़ूबसूरत थे।

सर्वेश्वर की मौत के बाद सरोज हमेशा जेठानी के पीछे खड़ी रहीं। स्नेह देती रहीं। अब जब तय हुआ कि उदय पढ़ने उनके पास शहर आएगा, तो दिक़्क़त के बजाय उन्हें ख़ुशी हुई। वैसे भी सरोज का स्वभाव बहुत स्नेहिल था।

इस घर में भी लेकिन लड़कियों की तादाद ज़्यादा थी। विट्ठल और सरोज के भी चार लड़कियाँ थीं। सरोज फिर से पेट से थी और सब उम्मीद लगाए बैठे थे कि इस बार लड़का होगा। ऐसे में उदय का आना सरोज को शुभ संकेत लग रहा था।

दो मंज़िलों में पसरा ये शानदार घर गहमागहमी से भरा था। नीचे के तल पर एक तरफ़ विट्ठल का ऑफ़िस था। क़ानून की किताबों से अटा पड़ा। बग़ल के छोटे कमरों में पेशकार और क्लर्क बैठते। दिन-भर केस के काग़ज़ात तैयार करते। पीछे के कमरे में कुर्सियाँ और बेंच लगे थे जहाँ मुवक्किल इन्तज़ार करते अपनी बारी का। उनका रास्ता पेशकार और मुंशी के ज़रिये आख़िरकार विट्ठल तक पहुँचता। सामने बगीचा था जो कि भीड़-भाड़ की वजह से रेलवे स्टेशन-सा लगता या कोई

बस अड्डा। मुवक्किल मुसाफ़िरों की तरह थके-हारे झोले-पोटली उठाए दूर-दराज़ जगहों से आते। उनके लिए यहाँ एक रौशनी की किरण होती, उन सारी क़ानूनी लड़ाइयों के गड्ढे से निकालने की आख़िरी उम्मीद। ज़्यादातर ज़मीन-जायदाद के मामले होते, कभी दीवानी, कभी-कभी आपराधिक मामले भी। पहले तल से भी गजर-बजर आवाज़ें आती रहतीं। घर के चारों ओर एक बालकनी का घेरा था जिससे नीचे की अफ़रा-तफ़री दिखती, थकी आवाज़ों में लोगों के अपने व्यक्तिगत मसलों की बहस की पेचीदगियाँ तैरती आतीं। दबी फुसफुसाती अवसाद-भरी आवाज़ों में।

ऊपरी मंज़िल निचली मंज़िल से एकदम फरक दुनिया थी। वहाँ एक शान्त स्थिरता थी। उदय को एक अलग कमरा दिया गया था, कोने वाला, बग़ीचे की तरफ़। एक छोटा-सा बरामदा था जिसमें उसके लिए मेज़ और कुर्सी लगा दी गई थी। वहाँ सुबह-सुबह की धूप गिरती थी और ये उम्मीद की जाती थी कि सुबह की धूप उदय में पढ़ने की ऊर्जा पैदा करेगी।

सरोज ने उदय के लिए कमरा बड़े प्यार से व्यवस्थित किया। किताबों की एक अलमारी, कपड़े रखने को अलगनी, एक बेंत का रॉकिंग चेयर। साथ लाया बक्सा एक तरफ़ दीवार से लगाकर रखा गया। उसे फिर लेस के मेज़पोश से ढक दिया गया। मीना, जो बड़ी थी उसने उस पर एक गुलदान रखा जिसमें उसका बनाया कपड़ों का गुलदस्ता था, जो उसने स्कूल में बनाना सीखा था। इसे भाई के कमरे में सजाना ही इस बात का परिचायक था कि उदय का स्थान उसकी निगाहों में कितना ख़ास था। ये गुलदस्ता उसकी बनाई सबसे ख़ास चीज़ थी और उदय को ख़ुश करने के लिए मीना इतनी आतुर थी कि बिना दो बार सोचे उसने उसे उदय के कमरे में सजा दिया।

उदय को इस तरह के दुलार और नखरे की आदत थी, फिर भी जिस तरह सरोज चाची और बहनों ने उसके लिए अपना दिल खोल दिया था ये उसके लिए बहुत राहत और स्नेह का बायस था। उसने भी अपनी तरफ़ से चाची के लिए छोटे काम कर देने और उनको ख़ुश रखने की सारी कोशिशें रखीं। प्यार से उन्हें वो सरू चाची कहता, जानता कि ऐसे पुकारने से चाची ख़ुश हो जातीं।

दोपहर में अपनी चचेरी बहनों के संग बैठकर उन्हें मजे के क़िस्से सुना हँसाता रहता। शाम को सब उसे दिक करते।

"भाई, भूत की कहानी आज रात सुनाना।"

"कौन सी?" उसकी आवाज़ रेघा कर आती।

"वही जिसमें भूत के ख़ूब लम्बे हाथ हैं," पारो, जो सबसे छोटी थी, तुतलाकर कहती। उसकी आँखें भय और रोमांच से कटोरियों की तरह फैल जातीं।

"उस दिन आपने सुनाया था न जिसमें उसके हाथ लम्बे-लम्बे-लम्बे होते जाते थे, सुनाएँ न अममू भैया।"

वो ज़िद करती जबकि डर से उसका बदन काँपने भी लगता।

छत पर शाम से सलीके से चौकियाँ बिछ जातीं जिस पर सफ़ेद चादर बिछा दी जाती। सिरहाने और पैताने बेंत के डंडे को फँसाकर उन पर मसहरी तान दी जाती, छत की ज़मीन पर पानी का छिड़काव कर दिया जाता और दिन-भर की गर्मी को पानी से उड़ा डालती। शाम से ठंडक हो जाती।

छोटा बाबू छत पर सोते, बच्चे भी। मीना और चाची अमूमन भीतर सोते। कभी-कभी जब ठंडी हवा चलती और भीतर भयानक उमस होती तब ये दोनों भी छत पर आ जातीं। दोनों अपने को भागलपुरी चादर से ढक लेतीं। चाहे कितनी भी गर्मी हो। जवान-जहान लड़कियाँ इस तरह बिन बदन ढके कहाँ सोती हैं खुले में ऐसे।

प्राग में लड़की—हीरा

मैं ऐसे काँप रही थी जैसे कड़ी धूप में बेहोशी का आलम हो। मैं पूरी रात जागती और दिन-भर ऊँघा करती। हमेशा भूख लगी होती लेकिन जब मैं खाना पकाकर अपने लिए परोसती तो मेरी भूख मर जाती।

मैं उस गिलहरी को देख रही थी जो दिन-भर मेरे खिड़की के सिल से उस पेड़ तक भागती फिरती, जिसकी शाखें मेरे कमरे की दीवारों को छूती थीं। अगर मैं खिड़की के पल्ले खोल देती तो पेड़ भीतर घुस आता, उसकी शाखों पर बसी चिड़ियाएँ भी भीतर प्रवेश कर जातीं। प्रकृति से मेरा जुड़ाव था, मेरा एकमात्र तार। मैं पेड़ों के नाम भूल चुकी थी, फूलों को नहीं पहचानती थी, चिड़िया, कीड़े, पौधे, पत्ते, कुछ भी तो नहीं जानती थी। लेकिन भूरी गौरैया को जानती थी, जोड़े में ये आते, बालकनी में पड़े अन्न के दानों को चहचहाते हुए खाते। मुझे मालूम था उनका आना और जाना उनकी मर्ज़ी पर था। उनके जीवन में कोई दुविधा, कोई

गिल्ट या पश्चात्ताप नहीं था। या ऐसा मुझे लगता था। ऐसा सोचना मुझे सुकून देता था कि कोई प्राणी ऐसा है जिसके जीवन जैसा निश्चिन्त जीवन मेरा हो ऐसी कितनी तीव्र इच्छा मेरे भीतर थी। फिर वो लाल छाती वाली मैना थी, वो राख के रंग के कबूतर थे। कबूतर बहुत फ़र्श गंदा करते और लगातार गमले में आड़ी-तिरछी तिनकों के बेशऊर घोंसले में अंडे देते रहते। उनका मेरे घर में घर बना लेना मुझे अच्छा नहीं लगता।

कबूतर बुरा शगुन होते हैं, ऐसा माँ कहतीं। तुम्हें अपनी बालकनी में जाली लगा देना चाहिए। पर फिर तो गिलहरी भी नहीं आ पाएगी और मेरे गौरैया, मैना, और वो बड़ी नयनहीन सी काली चिड़िया, बित्ते भर की, जिसका नाम मुझे नहीं पता।

अपने दुख और अवसाद में मैं जीवनानन्द दास को पढ़ने लगती और उनके लयात्मक गद्य के दुख को अपनी आत्मा में उतरता महसूस करती। प्रकृति, पेड़, चिड़िया के उनके वर्णन मुझे किसी धूप नहाए ख़ास एहसास से भर देते जो मुझ तक सिर्फ़ किताबों के पीले पन्नों के मार्फत ही आते। मुझे एक गाँव दिखता जिसमें पेड़ों के बागान होते और उन पेड़ों पर बहुत सारी चिड़िया होतीं और इस कल्पना से ही उनके किरदारों की तकलीफ़ कहीं नेपथ्य में चली जाती।

मेरा बालकनी में बैठना उस दुनिया को जिलाये रखना था। ओह अगर मैं पट लेट सकती, मेरा चेहरा झरे पत्तों के रेशम स्पर्श की छुअन में धँसा, उन रुखड़े शाखों के पुराने स्पर्श से भरा कि आँखें मूँदकर उस मखमल अँधेरे को महसूस करना जो दुलार भरे आगोश में लपेट ले, इस क्रूर-कठिन जीवन को एक बार भूल जाऊँ, बस एक बार। मैं इन बातों को किसी से साझा नहीं कर सकती थी। मैंने निर्मल को खो दिया था, पर तारिक़ को भी कहाँ पाया था। इस पूरे कारोबार में सिर्फ़ इतना हासिल हुआ था कि ख़ुद को खो दिया था। मैं चाहती थी कि भीतर के सब रेशों को खरोंचकर बाहर निकाल लाऊँ, अपने सामने फैलाकर उनका एक-एक धागा परखूँ। क्या मैं अपनी माँ से कमतर थी, अपनी नानी से, अपनी माँ की नानी से? कौन थी मैं सचमुच अगर मैं उनकी जगह होती, मैं ज़िन्दगी का निबाह कैसे करती। उनको जान जाऊँगी तभी ख़ुद को जानूँगी न। मुझे उनकी सब कहानियाँ जाननी हैं, उनका सारा जीवन, उनके एक-एक पल और फिर उस सन्दर्भ में मैंने अपने जीवन का क्या किया ये जाँचना है मुझे। ऊपर रौशनदान से रौशनी झर रही है। उसकी जाली का पैटर्न सामने दीवार पर बन रहा है, उन ताखों के बग़ल में। महीन कशीदाकारी हो जैसे। मैं सम्मोहित देखती हूँ, फिर उठाकर उस पर अपनी उँगलियाँ फिराती हूँ।

उस कारीगर की उँगलियाँ मेरी उँगलियों में अब वास करती हैं। जैसे मैं नन्ना, नानी और माँ की त्वचा के भीतर करना चाहती हूँ।

मैं सोचती हूँ उस कारीगर ने किस तरह इसे बनाया होगा। जिस पेंटर ने फिर दीवारें रँगी उसने सफ़ेद में ज़रा फ़ीरोज़ी मिलाकर रौशनदान की जाली को रँगा होगा। कैसी नीली आभा है। दूसरा कमरा हल्का फ़ीरोज़ी है। ज़रूर कुछ रंग बच गया होगा जिसका इस्तेमाल उसने मजे से यहाँ कर दिया।

बाक़ी सब दीवारें सफ़ेद हैं। दीवार खुरदरी सफ़ेद। और किसी दूसरे रंग की यहाँ जगह नहीं। रौशनदान से फ़ीरोज़ी आभा काफ़ी है।

मुझे लगता है शायद बाहर से अमरूद के पेड़ का कुछ हरा भी कमरे में चुपचाप चला आया है। वही पेड़ जो सामने पोर्च पर एक तरफ़ ख़ुशहाल खड़ा है और पड़ोस के बच्चों को लगातार ललचाता रहता है। हरियल तोतों के झुंड को भी जो सुबह-सुबह जाने कहाँ से उड़ते आते शाखों पर उतरते हैं। जब हमारे घर मेहमान आते हैं तो हरियल तोते भी उन्हें दिखाने का एक अजूबा होता है। कई बार लोगों ने तोतों को पिंजरे के बाहर देखा ही नहीं है इतने सारे तोते! वो हैरत से भरकर बोलते हैं, इतने आज़ाद, मुक्त आवारा!

ये पापा-माँ का घर है। वही घर जहाँ वो रिटायरमेंट के बाद बसे। उसके पहले नौकरियों में वो अनेक शहरों में उन बड़े सरकारी बँगलों में रहे जो अंग्रेज़ों ने अपनी सुविधा और ऐयाशी के लिए बनवाए थे और जिन्हें बाद में बड़े दुख से छोड़कर उन्हें जाना पड़ा था। वे घर जिनकी छतें ख़ूब ऊँची थीं, जिनके बरामदे बहुत चौड़े, जिनकी खिड़कियाँ लकड़ियों के हरे शटर्स से बनी होतीं, जिनमें बड़े लिविंग रूम होते जिसमें वो पार्टियों में डांस करते, जहाँ उन्होंने अपने ठंडे मुल्क की याद में फ़ायर प्लेसेस बनाए थे, जिसकी ज़रूरत साल में पन्द्रह दिन की ही होती पर पन्द्रह दिन घर की याद जिलाये रखने को काफ़ी थे, बाक़ी समय इन मुफस्सिल शहरों की लू भरी गर्मी में उसमें फूल सजा दिए जाते, इतने बड़े बाथरूम होते और शीशे के पैनल वाले दरवाज़ों से ड्रेसिंग रूम या पाउडर रूम जैसी दुनिया होती और पिछवाड़े के दरवाज़ों पर बेतहाशा लतर चढ़े होते।

आख़िरकार ये सारी ऐयाशी, ये सुख-सुविधाएँ जानी ही थीं और पापा-माँ को अपने छोटे घर में रहना बहुत नागवार नहीं गुज़र रहा था। ये घर बाबा ने बनाया था। बाबा जो मस्तमौला इनसान थे। द्वितीय विश्वयुद्ध में बर्मा फ्रंट पर लड़े और

लड़ाई के बाद जब लौटे तो किताबें लिखने लगे। सामान्य ज्ञान और अर्थशास्त्र की किताबें। उनका जब जी चाहता, झोला उठाए निकल पड़ते, ग़ायब हो जाते महीनों के लिए। बहुत व्यावहारिक और दुनियादार नहीं थे, बस अपने मन के थे। शायद मैं उनके जैसी हूँ। मेरे पिता भी उनकी तरह ही थे। स्वप्नदर्शी। बहुत ही शानदार इनसान जिन्होंने हमारे लिए दुनिया की सारी खिड़कियाँ खोल दीं। ये हमारी कमी थी कि हम ठीक से उन खिड़कियों के बाहर न देख पाए, या उन खिड़कियों से बाहर की उन मजेदार दुनियाओं में प्रवेश नहीं कर पाए, या उन दुनिया ने अपनी जंगली पुकार से हमें खींच न लिया। ये सब हमारी कमी थी। या फिर ये माँ से मिला व्यावहारिक होने का तत्त्व था जो हर बार सर उठाकर हमें रोकता रहा, हमारे पैरों में जंजीर बाँधता रहा।

और मुझे संज्ञान होता है कि जैसे मैं अपने परिवार की सारी औरतों के तत्त्वों से बनी बढ़ी हूँ उसी तरह ख़ानदान के जो पुरुष हैं उनका भी कितना कुछ मेरे भीतर पनप बढ़ रहा है। मैं उन सबका मिश्रण हूँ।

मैं चुप सोचती हूँ। माँ एक कप गरम हॉर्लिक्स लाती हैं मेरे लिए। उनको लगता है गरम हॉर्लिक्स मेरे सब दुखों की दवा है। मैं हॉर्लिक्स परे हटाती चिड़चिड़ी आवाज़ में चाय की फ़रमाइश करती हूँ।

मैं यहाँ हूँ अपनी सारी दुविधाओं का सामना करने। निर्मल के बारे में सोचते ही दिल दुखने लगता है। मैं उसे अपने जीवन में वापस चाहती हूँ। फिर तारिक़ मेरे सामने तनकर खड़ा हो जाता है। तारिक़ मेरे जीवन में किसी सुहाने रुत-सा है। ये रुत बीत जाएगा। ये एहसास मुझे अपनी हड्डियों के भीतर महसूस होता है। ये बात तारिक़ भी जानता है।

कई बार उसने मुझसे कहा है, एक दिन तुम मुझे आसपास नहीं देखोगी। लेकिन जब वो ऐसा कहता है, उसकी आवाज़ का रेशम मोहब्बत में लिपटा मुझ तक आता है।

मैं तब प्राग में बैठा किसी चेक लड़की के हाथों को थामे उसकी मोहब्बत में मुब्तिला रहूँगा।

मैं ज़ोर से हँसती हूँ, पर कहीं गहरे जानती हूँ कि वो मज़ाक़ नहीं कर रहा है, सच कह रहा है। एक दिन ऐसा होगा पर अभी तो मैं उसके जुनून में पागल हूँ, रात को उसकी यादों से काँपती दिन में पसीने बहाती ख़ुद को किसी लड़की-सा महसूस करती हूँ जिसे पहली बार प्यार हुआ है। मैं अपनी उँगलियों को फैला

धीरे-से अपने चेहरे पर रखती हूँ, फिर एकदम हौले से चेहरे पर फिराती हूँ, उसने अपनी उँगलियाँ मेरे चेहरे पर रख दी हैं। मेरे कानों के नीचे गर्दन तक एक रेशम स्पर्श धड़क जाता है।

मैं अपने इन एहसास को किसे बताऊँ? माँ को नहीं, किसी दोस्त को नहीं, निर्मल को तो हरगिज़ नहीं। फिर सिर्फ़ तारिक़ बचता है जिसे बता सकती हूँ। मैं किसी दलदल में फँसती जाती हूँ और सर बाहर रखे साँस लेने तक की क़वायद भारी पड़ रही है। मैं इतना थक रही हूँ, मेरा शरीर शिथिल पड़ता जा रहा है।

कितने लोग ये महसूस कर रहे हैं जो मैं इस वक़्त कर रही हूँ। मैं ख़ुद से पूछती हूँ। कोई कह दे कि आधी दुनिया इसी दोराहे पर खड़ी है, मैं सुकून में हो जाऊँगी क्या? मेरी भूख मर गई है। मेरा वज़न कम हो रहा है, मेरे गले की हँसली उभर आई है। माँ किसी मुर्ग़ी जो अपने बच्चे की फ़िक्र करती है, उसी तरह मुझे अपने में समेट लेना चाहती हैं, कभी हॉर्लिक्स, कभी सूप, कभी बालों में तेल। मेरा मुँह राख से भर गया है, मेरे बाल झड़ रहे हैं, मेरी त्वचा रूखी हो गई है। जब मुझे सबसे अच्छा दिखना था मैं सबसे ख़राब हो चली हूँ।

लेकिन निर्मल तो हमेशा मुझे ख़ूबसूरत समझता था। चाहे मैं सजी-सँवरी रहूँ, चाहे बेरुख। लेकिन अब वो कहाँ था मुझे छेड़ने के लिए, मेरे नखरे उठाने के लिए, मुझे ये कहने के लिए, यू लुक गुड एनफ़ टू ईट। माँ मेरे बारे में क्यूरियस थीं, कुछ नाराज़ भी। मेरी चिन्ता करते हुए साथ-साथ मुझे जज भी कर रही थीं, लगातार क्रिटिकली मुझे नापते-तौलते-भाँपते। मेरे जीवन में क्या ग़लत हो रहा है उसकी चिन्ता करते हुए वो किसी बेसबब इंतज़ार में भी थीं जब मैं उन्हें सब खोलकर बताती।

उन्हें इसकी हवा तक न थी कि निर्मल मुझे छोड़कर जा चुका है। अगर उन्हें पता चल जाता तो फ़िक्र से वो पागल हो जातीं।

लाल मिट्टी—हीरा

मैंने इस अकेली दूर-दराज़ दुनिया में छह महीने बिताए हैं। यहाँ का ज़र्रा-ज़र्रा मैं पहचानती हूँ। हर फूल, हर पत्ते का नाम मुझे मालूम है। चुमकी जानती है कि इस तरह के जानने की दुनिया में मैं स्वस्थ हो रही हूँ, ठीक हो रही हूँ। उसे नहीं पता कि

मुझे क्या साल रहा है। लेकिन अस्पताल से लौटने के बाद मैं बेहतर हूँ, ये समझती है वो। मैं ख़ाली हो गई हूँ, साफ़ हो गई हूँ। मुझे बाहर देखता देखकर कहती है—

हमेशा ऐसा नहीं था। सामने जो लाल मिट्टी है, मैदान है, तब जंगल था। पाँच कोस चलने पर पचास तरह के जानवर दिखते।

उसकी आँखें जाने कहाँ दूर देख रही हैं। मेरी नानी बताती हैं साल में एक बार बड़ा शिकार होता था। शेर, बाघ, चीता, लोमड़ी, भालू, चीतल, साँभर, भैंसा हिरण, किसी का भी शिकार कर सकते थे।

आप आसमान की तरफ़ देखते तो आपको हर तरह के पक्षी दिखाई देते, बाज़, चील, मैना, गौरैया, सारस, राम चिरइया, कठफोड़वा, मर्मर, बटेर, बुलबुल, चकवा, तीतर, चाहा, बगेरी, क्या नहीं!

लेकिन अब सब बदल चुका है। चुमकी दुख में सर डुलाती है। मैं उसे कहती हूँ।

"मुझे अपने बड़ों से मिलवाओ, गाँव के बुज़ुर्गों से। क्या उनसे मिल सकती हूँ?"

वो हामी भरती है लेकिन कितने दिन बीत जाते हैं कोई सुनगुन नहीं। लेकिन धीरे-धीरे मेरा बदन एक सम पर आने लगता है। मेरी माहवारी फिर से शुरू हो जाती है। अब दर्द नहीं होता। जैसे उस बहाव ने भीतर का सब धो-पोंछ दिया हो। मैं ठीक से सोती हूँ, अच्छे से खाती हूँ। माँ ख़ूब चिट्ठियाँ लिखती हैं मुझे, लम्बी, सबकी सूचनाओं से भरी। यहाँ फ़ोन अमूमन काम नहीं करता। उनकी समझ से ये बात बाहर है कि इस तरह दुनिया से कटकर रहने से मैं क्या हासिल कर लूँगी। वो मुझसे और ज़्यादा चिट्ठियाँ लिखने के मोलभाव करती हैं या फिर जो क़स्बा पास में है वहाँ ज़्यादा जाकर उन्हें फ़ोन करने की मिन्नतें करती हैं, वो बार-बार दोहराती हैं, पापा तुम्हारी बहुत चिन्ता करते हैं। जैसे वो आसपास हों। जबकि उनको गए साल के भी ऊपर हो गया। बस माँ ने शायद इस बात को माना ही नहीं कि अब पापा नहीं हैं।

वो ये भी जानना चाहती हैं कि मन्दार में मैं क्या कर रही हूँ। और इस तरह इतने वीराने में रहने की इजाज़त निर्मल ने मुझे क्योंकर दी है। बिलकुल भी सेफ़ नहीं है। उस पर नक्सलों की दुनिया और पानी भी कॉनटैमिनेटेड, ख़राब।

मैं कहती हूँ, "माँ निर्मल काम से साल-भर देश से बाहर है, अफ्रीका और लातीन अमेरिका। और मैं अपना रिसर्च कर रही हूँ।"

"पर तुम अपना रिसर्च पेरू या बोस्तवाना, या जहाँ कहीं भी वो है, उसके साथ रहकर क्यों नहीं कर सकती?" उनकी आवाज़ में ऐसा बोलते एक अजीब-सी उम्मीद है। जैसे जानती हैं कि मेरे और निर्मल के बीच सब सही नहीं लेकिन उनके ऐसा बोलने से सही की उम्मीद जागी रहती है।

"मधुर तुम्हारे बारे में पूछ रही थीं। उनकी बड़ी बेटी बिम्मी केन्या में है।" उनकी आवाज़ में ढेर सारे प्रश्न हैं। मैं उन प्रश्नों को परे सरकाती कहती हूँ—"क्या निर्मल का नम्बर उन्हें दूँ, वो अभी ब्राजील में है माँ।"

मैं डोरिस लेसिंग की 'अफ्रीकन लाफ़्टर' पढ़ने लगती हूँ।

"पिछले हफ़्ते ही मैं उन दो औरतों की कहानी पढ़ रही थी जो गोबी के रेगिस्तान को पार कर गई थीं। ये तब की बात है जब मिलिटरी ने वहाँ सड़क नहीं बनाई थी। अपनी यात्रा के दौरान वो एक ख़ूबसूरत दीवारों से घिरे बग़ीचे में पहुँचीं। यहाँ हर तरह के फूलों और फलों के पेड़ थे, पौधे थे, पानी के फ़ौवारे थे। जैसे मीलों के सपाट सूने वीराने में बहिश्त का एक टुकड़ा। जब कुछ महीनों बाद वे लौटीं तो किसी छोटे-मोटे छापामार युद्ध ने इस बहिश्त को ध्वस्त मटियामेट कर दिया था। जो बचा था बस टीले पर जले ठूँठ पेड़ और गंदे पानी के नाले।"

माँ फ़ोन रखती हैं। हैरान, परेशान। उनके फ़ोन रखने के अन्दाज़ से मैं समझ जाती हूँ। कितनी बातें अधूरी हैं उनकी तरफ़ से।

मैं हँसती हूँ। गोबी रेगिस्तान की यात्रा करती वो औरत होना चाहती हूँ। अचानक मैं मंगरू को पुकारती हूँ।

"मंगरू, चुमकी किसी इंद के बारे में बता रही थी। क्या मुझे ले चलोगे?"

वो एक पल के लिए चुप है। फिर धीरे-से कहता है, "ठीक। आज से तीन दिन बाद तैयार रहिएगा।"

मंगरू दसवीं पास है। पास के मिशन स्कूल में उसकी पढ़ाई हुई है। मैं मिशनरीज़ ऑफ़ चैरिटी, आवर लेडी फातिमा की सिस्टर स्टेला से मिलने गई थी। यहाँ ग़रीब आदिवासी बच्चों के लिए स्कूल है, एक छोटा-सा डिस्पेंसरी है, औरतों को कुछ हस्तकला सिखाने का सेंटर है, चटाई, दरी, लकड़ी और बेंत के सामान, मोतियों के झुमके और माला। ये सब बेहद सुन्दर हैं। मिट्टी के रंग के, बारीक काम से सजे।

मुझे सिस्टर स्टेला अच्छी लगी थीं। जबकि मुझे मालूम था कि वे बच्चों के लिए बहुत कुछ नहीं कर पाई हैं, ख़ासतौर पर बच्चे जो स्कूल से निकलते हैं, उनके लिए। शायद 'धार्मिक कनवर्ज़न' उनका मुख्य उद्‌देश्य रहा होगा या फिर

अब बाहर से आने वाला फंड चुक गया है। शायद दुनिया में किसी की भलाई की अब कोई भावना ही नहीं बची है।

मुझे 'ग्राह्म स्टाइनस' की कहानी याद आती है। एक हौल दिल में समा जाता है। इतने सालों से मयूरभंज में लेपरसी से बीमार लोगों के बीच काम करते रहे फिर ऐसी बीभत्स मौत दोनों बच्चों के साथ। कोई क्यों इस तरह मरता है? क्यों उनके क़ातिल इतने क्रूर हुए?

पर मुझे सिस्टर स्टेला पसन्द हैं। लम्बी-चौड़ी, गोल-मटोल, ममतालु। उनकी साँस से हल्की-सी ख़ुशबू नारियल की आती है। उनको देखते ही समन्दर के उस तट का ध्यान आता है जहाँ लहरें बार-बार लौटती हैं, हवा तेज़ चलती है और नारियल के पेड़ झूमते हैं। ये कितनी मज़ेदार बात है कि लोग आपको जाने कैसी यात्राओं पर लिये चलते हैं बिना जाने कि उन्होंने आपको किस दुनिया के दर्शन करा दिए हैं।

जब मैं ख़ुद की संगति से थक जाती हूँ, तब उनके पास चली जाती हूँ। हम उनके छोटे से पार्लर में बैठते हैं। वो सिस्टर ईडिथ को हिदायत देती हैं, "कोई डिस्टर्ब न करे।"

पीछे से क्लास चलने की धीमी आवाज़ें आती रहती हैं। हमारी बातचीत का सुकून-भरा पार्श्व संगीत। वो मुस्कुराती बोलती जाती हैं। और मैं सम्मोहित उनकी आवाज़ की लय पर उनकी ठुड्डी के मस्से पर उगे दोनों बालों को काँपता देखती हूँ, ख़ासकर जब वो अपना सर पीछे फेंककर ज़ोर से हँसती हैं। और बातचीत के दौरान इस तरह से वो कई बार हँसती हैं। उनका पूरा शरीर हास्य और उत्साह में सिहरता हिलता है। उनके भीतर कितनी हँसी है। मैं ईर्ष्या से सोचती हूँ लेकिन ये ईर्ष्या डाह वाली नहीं, ज़रा लालसा वाली है। वो मेरे बारे में ज़रा-सा भी जिज्ञासु नहीं हैं। उन्होंने आज तक नहीं पूछा कि मैं शहर छोड़कर इस बैकयार्ड क़स्बे वाले गाँव में क्या कर रही हूँ। मैं यहाँ तो फ़िट नहीं होती। टेढ़े अँगूठे की तरह मैं उलझी-मुड़ी दिखाई देती हूँ। मैं यहाँ क्यों हूँ इसका कोई तार्किक जवाब, सच में, मेरे पास भी नहीं है।

मैं ख़ुद को उनकी नज़र से देखती हूँ। एक औरत जो इस क़स्बेनुमा गाँव में दो कमरे के मकान में रह रही है, शायद लिख रही है, रिसर्च करने आई है, पर सच्चाई में ऐसा कुछ नहीं कर रही। बस या तो आदिवासियों में घुलने-मिलने की कोशिश करती है या फिर सबसे अलग-थलग रहती है। किसी भी और बेहतर जगह जाकर यही सब किया जा सकता था, नहीं? या जैसे माँ कहती हैं, पेरू या बोस्तवाना भी

वो जगह हो सकती थी। मन्दार का ये निहायत पिछड़ा क़स्बा ही क्यों?

पर ये सब वो मुझसे नहीं पूछतीं। बस चाय पेश करती हैं, नाज़ुक बोनचाइना के टी-सेट में और कुछ किचेन में बेक किए ताज़े मफ़िन हैं। मैं उन्हें कुतरती, चाय के छोटे घूँट भरती बाहर बरामदे को ताकती हूँ, जिसे कोई औरत रगड़कर साफ़ कर रही है, और उसके पार लाल मिट्टी का विस्तार, धूप में लहलहाया हुआ।

मुझे यहाँ क्या ले आया है, मुझे भी नहीं पता। बचपन में कभी दो साल हमने सिमडेगा में बिताया था। तब मैं राँची के स्कूल में पढ़ती थी। पापा का तबादला वहाँ हुआ था। तब से लाल मिट्टी हमेशा मेरे साथ रही। नाख़ूनों के भीतर। फिर किसी ने दफ़्तर में ज़िक्र किया था, कोई सी.एस.आर. के तहत प्रोजेक्ट स्किल डेवलपमेंट का, आदिवासी बच्चों के लिए। कुछ तस्वीरें दिखाई थीं। हँसते बच्चे, कम्प्यूटर सीखते बच्चे, आई.टी.ई. ट्रेनिंग करते बच्चे। मन्दार के सबसे क़रीब जो बड़ा क़स्बा था, लगभग शहर, वहाँ। मेरे भीतर कुछ दरक गया था। उन चेहरों से कैसा अपनापा लगा था। ये सब मेरे अपने। मेरी आँखें भर आई थीं। फिर जब निकलने का तय किया उसी सहयोगी की मदद ली थी। यहाँ मन्दार में सब सेट करने में उसी ने मदद की थी। हैरत से पूछता भी रहा था, वहाँ क्यों जाना चाहती हो? मैं क्या बताती। बस कि घर की याद आ रही है, या कि दुबककर अपने को खोजने जा रही हूँ, कुछ लिखने या रिसर्च करने का तो बस बहाना था, दुनिया के सामने भाग जाने का औचित्य पेश करना भर।

सिस्टर स्टेला केरल की बात करती हैं, फिर जब वो एक बार रोम गई थीं, वैटिकन, तब की बात, फिर यह कि बच्चे आजकल पढ़ने में नहीं रमते, अन्धविश्वास और बीमारी और बहुत सारे अन्य दुख। फिर भी ये हँसने को कितनी बातें खोज लेती हैं।

मैं उन्हें ममता से देखती हूँ। मेरे भीतर से कोई अन्तरंग सखा-भाव निकलता है और उन्हें समेट लेता है। वो शायद समझ जाती हैं क्योंकि बीच वाक्य में वो रुकतीं, झुकतीं मेरे घुटनों को थपथपा देती हैं।

"सब ठीक हो जाएगा माई चाइल्ड! एवरीथिंग विल बी ऑलराइट।"

उनकी आँखें जैसे मेरे भीतर की गुप्त बातों की थाह तक पहुँच जाती हैं। मैंने उन्हें कुछ नहीं बताया लेकिन फिर भी वो सब जानती हैं, सब।

मैं पार्लर से बाहर निकलती हूँ। बरामदे में रंगों का विस्फोट है, गुलाबी, नारंगी, बेतहाशा खिले बोगनवेलिया।

रास्ते के दोनों तरफ़ सफ़ेद रँगी ईंटों का घेरा है। उनके बीच में लाल मोरम धूप से गरम है। एक झुंड बच्चे, सफ़ेद शर्ट और ख़ाकी शॉर्ट्स और स्कर्ट में मैदान में खेल रहे हैं। पीटी टीचर खेल पीरियड ख़त्म होने की सीटी बजाते हैं सारे बच्चे छितर-बितर हो जाते हैं, हो-हल्ला-उधम मचाते। मैं उस तरफ़ निकल जाती हूँ जहाँ औरतें हैंडीक्राफ़्ट का काम करती हैं। मुझे वहाँ से बाँस का अचार लेना है। उसकी तीखी तेज़ गन्ध मुझे बचपन में ले जाती है जब स्कूल से आकर तेज़ भूख में चावल में बाँस का अचार सानकर मैं बड़े गस्से मुँह में भर लेती। माँ अचार के तेज़ महक पर हमेशा नाक सिकोड़तीं। सेंटर पर औरतें काम में मसरूफ़ हैं। कुछ की पीठ पर बच्चे बँधे हैं। नींद में बच्चों का सर पीठ पर ढलक रहा है।

मैं जहाँ रहती हूँ वहाँ से मिशन स्कूल कुछ दूरी पर है। तेज़ धूप से बचने के लिए मैं छतरी तानकर तेज़ चलती हूँ। सड़क भी क्या सिर्फ़ कच्चा रास्ता है। दोनों तरफ़ कुछ ठिंगने पेड़। दूर कुछ झोंपड़ियाँ दिखती हैं, एक औरत बाहर आती है। उसने घुटने तक भूरे रंग की साड़ी बाँध रखी है। कमर पर हाथ धरे, आँखें मिचमिचाए मुझे देखती है, फिर पहचानकर चिल्लाती है, "जोहार दीदी।"

मेरा मन उसके घर के भीतर जा देखने का है। कैसे रहते हैं ये लोग। मैं एक मिनट झिझकती, उसकी तरफ़ बढ़ती आती हूँ। ये वही औरत है जो कभी-कभी सूखी मछलियाँ, बतख़ के अंडे या कुकुरमुत्ते, रुगड़ा लेकर हमारे घर आती है।

"अच्छा तुम यहाँ रहती हो?"

वो सर हिलाती मुस्कुराती है। मैं जवाबी मुस्कुराती हूँ। पीछे से एक बच्चा झाँकता है। लड़का है या लड़की? फिर नाक में रिंग दिखता है। उसकी नाक बह रही है जिसे वो उलटी हथेली से पोंछती है।

"पानी पिलाओगी?"

वो भीतर पानी लेने ग़ायब हो जाती है। अँधेरे में अन्दर का ज़रा-सा कुछ दिखता है। एकदम साफ़ चमकता हुआ। फ़र्श गोबर से लीपा हुआ है। साफ़ महक है घर की। झोंपड़ी के बग़ल में खेत में सब्ज़ियाँ उगाई हुई हैं। दो बकरियाँ दिखती हैं, पत्ते चबातीं, अपने कान खड़े करतीं अचानक कूदकर पीछे भाग जाती हैं। एक लड़का तेज़ पैडल मारता साइकिल से सर्राटे से इस तरफ़ आ रहा है। दीना है, मिशन में काम करता है। मेरे पास साइकिल रोकता, पैकेट पकड़ाता है। हाँफता हुआ बोलता है, "सिस्टर ने दिया है आपके लिए।"

छोटा भूरा लिफ़ाफ़ा है जिसमें कुछ काग़ज़ हैं। साथ ही सिस्टर का सन्देश

कि जब मैं शहर जाऊँ तो ये पैकेट उनकी भतीजी को दे दूँ जो माँ के शहर में रहती है।

औरत भीतर से पानी का गिलास लिये बाहर आती है। काँसे के गिलास को उसने मल-मलकर चमका रखा है। काँसे के एक कटोरे में मूढ़ी भी लाई है। उसके इस स्वागत से स्नेह की उष्मा आती है। वो औरत और दीना दो मिनट अपनी भाषा में कुछ चुहल करते हँसते हैं। फिर दीना साइकिल पर सवार होकर निकल जाता है मिशन की ओर।

सागौन के पेड़ के नीचे उसने दो मोढ़े रख दिए हैं। हम दोनों बैठकर बातें करते हैं। उसका नाम सगरी है। अपने तीन बच्चों की बात कहती है जो पैदा होने के कुछ महीने के भीतर ही मर गए। फिर चौथे की बारी में वो मिशन के अस्पताल गई फिर ये लड़की हुई। कि इस बार उसे बहुत ख़ून बहा। और ये कि मिशन अस्पताल की नर्स दीदी बहुत अच्छी है पर वो डागदर बाबू नहीं जो हफ़्ते में तीन बार अस्पताल आता है।

मंगरू ने तीन दिन कहा था। मैं घंटों का हिसाब रख रही हूँ।

अतीत में बचपन—हीरा

मुझे लल्लां कोट जाने की उत्कट इच्छा है। हमेशा से रही है। बचपन से जब से माँ ने किताबों वाले कमरे की बात बताई है। मेरे मन में एक दृश्य बना है बड़े घर का, उस गाँव का।

एक बार मैं राजगीर-नालन्दा गई थी। जब हम गाँवों से गुज़रे, सड़क छोड़कर हम गाँवों वाली सड़क पर निकल गए थे। सुनहले पुआल के ढेर, मिट्टी के घर, पेड़, औरतें, बूढ़े-बुज़ुर्ग, घरों के आगे चौकियों पर बैठी धूप सेंकते। और मेरे भीतर अजीब-सा एहसास करवटें ले रहा था। जैसे मैंने काल-यात्रा कर ली हो। एक अजीब-सा जुड़ाव महसूस कर रही थी जैसे इस धरती से मेरी नाल जुड़ी हो, कि मेरे पुरखे इसी ज़मीन पर चलते थे। लल्लां कोट यहाँ से बहुत दूर नहीं है, जा सकती थी लेकिन लौटने की हड़बड़ी थी। कोई ऐसा काम था जिसे टाला नहीं जा सकता था। दिन ढलने लगा था। धूप की किरणें तिरछी गिरने लगी थीं। एक बार मन हुआ

था गाड़ी रोककर मुट्ठी-भर धूल हाथों में भर लूँ। अजीब एहसास था। जैसे वर्तमान के बजाय अतीत में चली गई हूँ। और आँखें फिर से खोलूँगी तो कोई और समय होगा। धूप का रंग भी अलग था, अलौकिक। मन में अचानक एक सुख और फिर एक तीखी उदासी के भाव ने सराबोर कर दिया। फिर एक उत्कट इच्छा हुई जिसका कोई छोर न था। अपने इस भाव का ज़िक्र मैंने कई बार माँ से किया है।

फिर एक दिन अचानक उदय मामू का फ़ोन आया, यों ही अचक्के। उनकी आवाज़ कितनी भारी रेशेदार थी, उसमें कितना धुआँ, कितनी ख़राश थी। मेरे मन में बचपन में उनसे ज़रा आतंकित होने का भाव फिर उपजा।

"अगले हफ़्ते मैं लल्लां कोट जा रहा हूँ। कुछ खेतों की बिक्री के काग़ज़ात वग़ैरह की बाबत।" फिर एक क्षण को रुके, "तुम चलोगी मेरे साथ?"

मैं हैरत में बेवक़ूफ़ी-भरा कुछ बुदबुदाती हूँ, "कल बताऊँ तो चलेगा?"

"कल तक बता देना।" उनकी आवाज़ गहरी है। उन्होंने फ़ोन रख दिया है।

मेरे भीतर भूचाल है। शायद उनसे उस तस्वीर के बारे में बात करने का मौक़ा मिलेगा। उस किताबों वाले कमरे को देखने का मौक़ा मिलेगा, उन काले चट्टानी पहाड़ों को देखने की सहूलियत होगी, वो बग़ीचे, वो घर, वो सारी चीज़ें जो माँ इतनी मोहब्बत से मुझे बताती रहीं और जो मेरी काल्पनिक दुनिया में कितनी बड़ी जगह घेरते रहे अब तक। पर भीतर ही कहीं एक रोमांच के साथ भय भी था। जाने किस चीज़ का भय। शायद इस अचानक होने की सम्भावना से उपजा द्वंद्व। मैं फिर बाहर टहलने निकल गई, कुछ सब्ज़ियाँ ख़रीदीं, पार्क में बैठकर बच्चों को खेलते देखा, फिर लौटकर निर्मल को एक ख़त लिखा, जानते हुए कि कभी उसको भेजूँगी नहीं।

मैं उस रात ठीक से सो नहीं पाई थी। सुबह माँ से बात की।

"माँ क्या मैं उदय मामू के साथ लल्लां कोट चली जाऊँ?"

माँ हँस दी थीं।

"मैंने ही उनको ये सुझाव दिया था। तुम्हें फ़ोन किया उन्होंने?"

अच्छा तो ये माँ की कारस्तानी थी। मैं भी हँस पड़ी थी और अचानक मेरे भीतर से सब संशय निकल गया था।

मैं अकेली थी। किसी से पूछने या बताने की दुनिया नहीं थी। निर्मल बाहर था और ऐसा नहीं था कि हम रोज़ बात कर रहे थे। एक-दूसरे को मेल ज़रूर लिख रहे थे लेकिन वो बेहद औपचारिक मेल थे। उनमें कुछ भी अन्तरंग-आत्मीय नहीं था। मुझे कई बार इतना ग़ुस्सा आता कि लगता चीख़-चीख़कर ख़ुद को हल्का

कर लूँ। लगता था कोई पत्थर की दीवार थी जिसके पार कुछ नहीं जा रहा था। कभी-कभी मैं उसकी नज़र से देखती ख़ुद को। एक औरत जो शादी-शुदा और वो भी ख़ुशहाल जीवन और प्रेम-भरा जीवन, उसे दरकिनार कर किसी दूसरे पुरुष के प्रेम में फँस गई। उसे कौन माफ़ करता, ख़ुद मैं भी नहीं करती। लेकिन तारिक़ के साथ होना कितना सही लगता, कितना सही कि निर्मल की नाराज़गी मुझे बेजा लगती। क्या वो मेरा अन्तरंग सखा नहीं था जो ये समझ जाता कि तारिक़ के साथ होना मेरे किसी एक हिस्से के लिए साँस लेने जैसा ज़रूरी था। मैं कभी निर्मल को छोड़ना नहीं चाहती थी। मैं तारिक़ के साथ हर वक़्त नहीं होना चाहती थी। शायद मैं ख़ुदग़र्ज़ थी जिसे सब चाहिए था। निर्मल अपनी ठंडी आवाज़ में यही कहता था। मैं चाहती थी कि वो 'आन्ना कारेनिना' पढ़े, 'मादाम बोवरी' पढ़े। मैं उसे सारे एहसास परत-दर-परत बताना चाहती थी कि कुछ देर किसी का साथ अच्छा लगने का क़तई मतलब नहीं कि उसके लिए मेरे प्यार में कोई कमी हो गई थी। बल्कि इसके उलट तारिक़ के साथ बिताये पल के बाद मेरे मन में निर्मल के लिए अजब दुलार उमड़ता। जैसे दोनों के साथ होना, दोनों के लिए मोहब्बत बढ़ाता हो।

उसकी तकलीफ़ मैं समझ रही थी पर मैं उसकी समझाइश चाहती थी। मैं चाहती थी कि वो मुझे बाँहों में भरकर मेरे बाल सहलाये, मेरे भीतर के सब संशय को दूर कर दे। मुझे अपने साथ रखकर भावनाओं के इस दलदल से निकाल लाये। ओह शायद मैं ख़ुद नहीं जानती थी कि मैं चाह क्या रही हूँ। किसी पारम्परिक रूप में मैं बुरी औरत थी, मक्कार, ख़ुदग़र्ज़, लूज़ कैरेक्टर। मैंने अपने पति को धोखा दिया। लेकिन जब मैं अकेली होती, अपने साथ एकदम नंगी पारदर्शिता में, अपने एक-एक रेशे को उघाड़कर अलग करती, जाँचती, अपने हरेक एहसास को छीलती, कुरेदती, बाहर लाती, उन वक़्तों में मुझे लगता मैं सिर्फ़ ऐसी औरत हूँ जो अपने भावनाओं के अधीन है, ऐसे भाव जो मेरे नियंत्रण में नहीं हैं।

भावनाओं के अनजान भूगोल में मैं भटक रही थी और मुझे रास्ता सूझता न था। निर्मल का यों चले जाना मुझे कितना अकेला कर गया था, अकेला और अधूरा। मैं उसकी उष्म देह छूकर सुकून पाना चाहती थी। इन दिनों जब तारिक़ फ़ोन करता, मैं उसका फ़ोन नहीं उठाती। मेरे भीतर का फूल मुरझा गया था। मैं दिन, घंटे-मिनट जोड़ती जिसके बाद उसे वापस फ़ोन कर सकूँ। ऐसा करके ख़ुद को पनिश कर रही थी। या शायद अपने को टेस्ट? कि जब निर्मल लौटे तो उसके बाद मेरे जीवन में तारिक़ के लिए कोई गुंजाइश न बचे।

मुझे उसके बिना जीने की आदत बनानी थी। शायद दोनों के बिना। ख़ुद के साथ रहना सीखना था। इस नामालूम-से क़स्बे में भाग निकलना अपने को उस परिस्थिति से हटाकर ऐसे स्पेस में ले आना था जहाँ से आगे बढ़ने की दुनिया का रास्ता जाता हो। मुझे अपना दग्ध हृदय याद आता है जब एक बार मैंने तारिक़ के मेल्स देखे थे जो उसने किसी लड़की को लिखे थे। पूछने पर कहा था, "शी इज़ नोबॉडी।" वो मेल छेड़छाड़ भरा ख़त था। मैं ग़ुस्सा हुई थी, पागल हुई थी, डाह और बिट्रेयल से मर रही थी।

उसने कहा था, "पर ऐसे लहज़े में तो मैं सबसे बात करता हूँ।"

मेरा दिल किसी जलते हुए काग़ज़ की तरह राख हो रहा था। पहले उसका चेहरा कठोर हुआ था, फिर वो चुप हो गया था फिर एकदम ठंडी आवाज़ में उसने कहा था, "तुम जो सोचना चाहती हो सोचो।"

फिर निकल गया था बिना एक बार मुड़कर देखे। मुझे लगा किसी ने ज़ोर का एक घूँसा मुझे मारा हो और मेरे भीतर की सब हवा निकल गई हो। पूरा दिन तकलीफ़ और चोट के साए में बीता था। मैं इस बात से आहत थी कि ऐसी दुलार-भरी छेड़छाड़ वह किसी के साथ भी कर सकता है। मुझे लगता था उसका ऐसा लहज़ा सिर्फ़ मेरे लिए है। या कि मैं तकलीफ़ में हूँ और उसे कोई परवाह नहीं। दिन-भर मेरे भीतर आग भड़कती रही। शाम तक मैं एक ख़ाली खोल थी। निर्मल तीन दिन के दौरे के बाद लौटा था। मेरे थके-फीके चेहरे को देख उसने मुझे बाँहों में समेट लिया था, मेरे बाल सहलाये थे, मेरे लिए सूप गरम किया था। निर्मल के दुलार में भीगती मैं सारे समय यही सोचती रही कि तारिक़ ने फ़ोन नहीं किया। किसी ने मुझे चीर दिया था, मेरा दिल दुखता था, मेरे शरीर से रक्त बहता था। निर्मल मुझे बच्चे की तरह चम्मच-चम्मच सूप पिलाता रहा। और इस पूरे वक़्फ़े में मेरा दिल रेज़ा-रेज़ा बिखरता रहा।

लौटना फिर—हीरा

ये फिर तय हुआ कि मैं पहले उदय मामू के घर जाऊँगी, एक दिन रुकूँगी फिर हम गाड़ी से लल्लां कोट रवाना होंगे। मैंने अपनी तैयारियाँ कर लीं, कुछ कपड़े पैक

किए, एक नोटबुक, कुछ अल्लम-गल्लम, एरिक मारिया की वो किताब। अलस्सुबह बस शहर पहुँची। बस अड्डा तब तक सोया पड़ा था। छोटे चाय के ढाबे उबासी लेते हुए उठ रहे थे। मालिक छोकरों को आवाज़ दे-देकर उठा रहे थे। कुछ लोग बेंचों पर सोये पड़े, कम्बलों से सर निकाल भौचक उनींदी आँखों से इस शोरगुल पर ज़रा जगते फिर कुनमुनाकर मूड़ी गोत दोबारा नींद में ढुलक पड़ते। ये दिसम्बर की सर्द सुबह थी और सुबह के कुहासे को चीरती फीकी किरणें गिरने लगी थीं।

शहर एक ख़ुशनुमा धूप की आगोश में था। मैंने उतरकर लम्बी साँस भरी, सुबह को अपनी छाती में समो लिया। इस छोटे से शहर के बस अड्डे में भी एक पूरी अलग दुनिया थी। बहुत कुछ मैं अपने बचपन की उस दुनिया में पहुँच गई थी जब हर छुट्टी हम बस से रात-भर का सफ़र करते। बस घाटी के तीखे मोड़ों पर नशे में जैसे झूमती चलती। ये पहाड़ी रस्ते सँकरे और कुछ जगहों पर तीखी घाटी के मोड़ पर घूमते। मुझे इन रस्तों पर हर बार उल्टी होती और जो कुछ भी मैंने उस दिन खाया होता, सब बाहर आ जाता। मेरा सिर खिड़की की सलाखों से बार-बार टकराता। नींद के झोंकों में गिरती सुबह तक पाती कि उस तरफ़ बड़ा-सा गूमड़ निकल आया है। फिर कभी बीच रात में घाटी पार कर किसी तयशुदा ढाबे पर बस रुकती।

सारे मुसाफ़िर उतरते, उनकी चाल अब भी घूमती बस की भाँति टेढ़ी लचकदार होती। जैसे लचकदार रास्तों ने उनके शरीर पर क़ब्ज़ा कर लिया हो। एक-एक कर वे ढाबे के बाहर चारपाइयों पर बैठते और आलू-पूड़ी या सब्ज़ी-पराँठा ऑर्डर करते। ढाबे वाले छोकरे स्टील के गिलासों को पानी भर चारपाई के निवाड़ पर अड़ा-टिका देते, गरम भाप उड़ाती सब्ज़ी परोसते, तुरत आग से उतारी पूड़ियाँ थाली में डालते, मोटे आलू के करारे पराँठे और पास के गाँव के घर में निकाला गया देसी मक्खन उस पर पिघलता जाता। गरम खाने की वजह से थालियाँ इतनी गर्म हो जातीं कि उनको हाथ में उठाना कठिन हो जाता। कोई प्याज़ और हरी मिर्च की पुकार करता, कोई मिर्च और आम के अचार की।

और अन्त में सब खीर की फ़रमाइश करते जिसके लिए वो जगह मशहूर थी। छोटे दानों वाली बासमती जिसके पकते ही ख़ुशबू सब ओर फैल जाती। कटोरे भरकर गाढ़ी गरम खीर परोसी जाती। हम भूखे हापुस-हापुस खाते। ढाबे की रौशनी के परे सब अँधेरा होता, जिसे देखते भी हम भय महसूस करते। पेड़ों पर पत्तियाँ सरसरातीं और आसमान में तारे इतने साफ़ चमकते कि देखकर आँखें चौंधिया

जातीं। ये रौशनी में नहाया ढाबा जैसे रेगिस्तान में नख़लिस्तान हो। हम खा-पीकर फिर बस पर सवार होते। इस बार बस सीधे एक रफ़्तार चलती और कुछ ही देर में सारी सवारी भरे पेट नींद के हिचकोलों में गिरतीं। हमारी बग़ल से जंगल के जंगल, गाँव के गाँव अँधेरे में गुज़रते जाते।

और इस भागती बस के भीतर, नीम नीले अँधेरे में, शायद सिर्फ़ मैं जगी होती, ड्राइवर और खलासी के सिवा। खिड़की के ठंडे शीशे से नाक सटाये मैं फटी आँखों से बाहर का अँधेरा पीती। मेरा दिमाग़ ख़्वाब बुनता जाने कहाँ से कहाँ उड़ जाता। माँ के झकझोरने से नींद टूटती, "उठो, हमारा अड्डा आ गया।"

मैं भौचक अकबकाहट में उठती, मेरी आँखें अब भी नींद से गर्म अधमुँदी होतीं। और आज मैं इतनी बड़ी, उसी तरह बस से सफ़र करती यहाँ पहुँची हूँ। जैसे बचपन और आज में कोई फ़ासला ही न हो। बीच के साल बस यूँ ही किसी ने मिटा दिये हों।

सुबह की महक करारी थी। कुछ रिक्शावाले अब भी गुदड़ी-कम्बल ओढ़े रिक्शे की सीटों पर गुड़ी-मुड़ी बैठे थे। और जब मैंने व्हाइट हाउस कम्पाउंड कहा, तो उनमें से एक धीमे से कम्बल झटकारता उठा, बड़ी जम्हाई ली और बोला, "सौ रुपये"

बाक़ी रिक्शेवाले उसकी ढिठाई पर मुस्कुराए। मैं भी मुस्कुराई, फिर मोलभाव किया, "पचास।"

उसने कहा, "अस्सी।"

'पचहत्तर,' कहते मैंने अपना सामान अन्दर डाला। सुबह की हवा मेरे चेहरे को छू रही थी। सड़क के किनारे नालों की सफ़ाई हो रही थी। बड़े झाड़ू से सड़क का कचड़ा हटाया जा रहा था, दुकानों के शटर बन्द थे। ठीक सड़क के बीच कूड़े का ढेर था। वहीं बग़ल में एक गाय जुगाली कर रही थी। सीटी बजाता, साइकिल के हैंडल से दूध के कैन लटकाए एक छोकरा सर्र से गुज़र जाता है, अख़बार वाला 'प्रभात ख़बर' के बंडल कैरियर पर बाँधे पैडल मारता हमारे साथ-साथ कुछ देर चलता है। किसी मोड़ से मुड़ते ही शहर की कचर-मचर अचानक ख़त्म हो जाती है। सामने खुला मैदान है, कच हरे घास से सजा और एक तरफ़ पीले फूल बेशुमार लहलहाये हुए हैं। सुबह के उनींदे में शहर जाग रहा है। आगे एक क़तार से यूक्लिप्टस के पेड़ हैं। मेरे अन्दर ख़ुशी भरती है।

जीसस एंड मेरी कॉन्वेंट स्कूल दिखता है, फिर एक किराने की दुकान, एक छोटा-सा मैदान और तुरत फिर बड़ा-सा सफ़ेद गेट। रिक्शेवाला उतरकर दो बार

ऐलानिया घंटी बजाता है। मैं उसे सौ का नोट पकड़ाती मुस्कुराती हूँ, "फुटकर रख लेना।"

वो मुझे मुस्कुराकर धन्यवाद करता है फिर मुस्तैदी से सामान उठाकर सामने के पोर्च पर रख देता है।

उदय मामू सारे हड़बोंग सुनते बाहर आते हैं। ड्रेसिंग गाउन पहने, मुँह में पाइप फँसाए मामू एकदम अरिस्ट्रोकैट और हैंडसम लग रहे हैं, हमेशा की तरह। उम्र ने उनको और भी शानदार बना दिया है। मैं झुककर उनके पाँव छूती हूँ। उनकी आवाज़ भारी है, "ख़ुश रहो। जीती रहो।"

घर, जैसा कि मुझे याद था, बहुत बड़ा और शानदार है, अब भी, मामू की तरह। सामने का लॉन तरतीब से है। बग़ल में और पिछवाड़े, बग़ीचे हैं, फलों के। मामी एक साल पहले गुज़र गई थीं। मामू अकेले हैं इस घर में। साथ में रसोइया, ड्राइवर, घर की देखभाल को एक मियाँ-बीवी का परिवार।

चाय आई बड़े सलीके से, फिर नाश्ता लगा, बढ़िया क्रॉकरी, सफ़ेद झक्क नैपकिंस और चमकते हुए कटलरी के साथ। मामू अपने में थे पर छोटी हरकतों से उनका मेरे ऊपर ध्यान झलक रहा था। माँ कहती थीं कि सब बहनें उनके रुआब में रहती थीं। ये कहते उनकी आँखें हँसते हुए झपक जातीं।

"अब भी, जब हम बड़े हो गए उनका रुआब हमारे भीतर से गया नहीं।"

मैं कहती, "है न मज़ेदार बात कि मामू इतने ख़ास और प्रमिला मामी कितनी साधारण फिर भी दोनों साथ कितने ख़ुश रहे।"

माँ उसाँस भरती कहतीं, "हाँ सो तो है। भैया हमेशा उनकी मोहब्बत में रहे, उनके सिवा किसी और को न देखा। जीवन और प्रेम सच में एक रहस्य ही है।"

नन्ना ने उन्हें कैथरीन से ब्याह करने की अनुमति नहीं दी। हमें लगता था कि वो हमेशा बिनब्याहे रह जाएँगे। लेकिन देखो! कैथरीन एक बार भारत आई थी। प्रमिला भाभी उनके साथ लगभग रूड थीं। भैया ने इस बात को भी दिल से नहीं लगाया।

कैथरीन बहुत सोफिस्टिकेटेड थीं। मैं तब छोटी थी और उनके लाल बाल और हरी आँखों से सम्मोहित। जब वो आई थीं तब हम इत्तेफ़ाक़न वहीं थे। कैथरीन के पति कुछ महीने पहले गुज़रे थे और मन बहलाने को यहाँ भारत आई थीं। वो बहुत समझदार पढ़ी-लिखी ख़ूबसूरत महिला थीं। उदय मामू की सही जोड़ीदार। उनकी आँखें बुद्धिमत्ता से चमकती थीं। ख़ूबसूरत से ज़्यादा बेलौस तरीक़े से वो आकर्षक थीं।

उनकी शख़्सियत शानदार थी, वो लगातार सिगरेट धौंकतीं, जिन पीतीं, कविता और जीवन की फ़िलॉसफ़ी पर बातें करतीं, सर पीछे फेंककर ज़ोर से हँसतीं। मामी को ये सब ख़ूब नागवार लगता। उन पर तरस खाकर माँ रसोई में उनकी मदद करने लगतीं जबकि कैथरीन मामू के साथ स्टडी या लिविंग रूम में बैठकर लगातार बातें करतीं। मैं उनके आसपास मँडराती, कभी हौले से उनके बाल छू लेती, कभी बाँहें। वो हँसते-हँसते अचानक उदास हो जातीं। उनकी आँखें कहीं दूर देखतीं खो जातीं और दुख अपने चीथड़े हवा में फड़फड़ाने छोड़ देता। अब भी मुझे बहुत सफ़ाई से उनके कपड़े याद हैं, काले पतलून और भूरी कमीज़ या कभी फूलोंवाली फ्रॉक। वो हमेशा सफ़ेद सैंडल्स पहनतीं जिनसे उनके गुलाबी नाख़ून झलकते।

स्टडी में उनकी एक तस्वीर है, कैमरा की तरफ़ देखते हँसते हुए। धूप से उनके बाल सुर्ख हेलो की तरह उनके चेहरे को फ्रेम किए हुए हैं। उनकी हँसती आँखों के कोनों में लाफ़्टर लाइंस हैं।

एक और तस्वीर है, ऊँचे कैबिनेट पर रखी हुई। मामी हैं। साड़ी उन दिनों के फ़ैशन के हिसाब से पहनी हुई। गले में जड़ाऊ नेकलेस है, बाल ऊपर खींचकर जूड़ा बनाया हुआ। एकदम संजीदगी से कैमरे की तरफ़ देख रही हैं। मैं सोचती हूँ ये दो औरतें मामू के जीवन में। मामी गाँव से थीं, थोड़ी देहाती, अनुदार और छोटे दिल वाली। मामू ने उनमें क्या ही देखा होगा। फिर भी उन्होंने भरपूर जीवन जीया उनके साथ, हमेशा दूसरों के सामने उनकी तारीफ़ की, उनकी ओछी हरकतों पर पर्दा डाला। अपनी दिलदारी से दुनियादारी निभाते रहे और सबसे ज़रूरी ये रहा कि किसी भी बात को दिल से नहीं लगाया, न कैथरीन से ब्याह वाली बात पर नन्ना को दोषी ठहराया, न मामी के औसतपने को हिकारत से देखा। जो जीवन मिला उसे भरपूर प्रेम से जीते रहे। मुझे स्टडी में कैथरीन की तस्वीर देखते पूछते हैं, "तुम्हें कुछ याद है इनकी?"

"हाँ मामू, अच्छी तरह।"

वो बाहर देख रहे हैं। उनके नक़्श तीखे और साफ़ हैं। बहुत कुछ माँ जैसे। मेरी तरफ़ मुड़ते हैं—"वो बहुत अच्छी दोस्त है मेरी।"

"जी।"

वो चुप हैं फिर कुछ देर, फिर कन्धे झटककर कहते हैं, "यूँ अकेले जीवन जीना कठिन है।"

मैं संकोच-भरी चुप्पी और सस्पेंस में इन्तज़ार करती हूँ। शायद अपने दिल का

हाल बाँटें? लेकिन वो चुप मुड़कर शेल्फ़ से एक किताब निकालकर उलटने-पुलटने लगते हैं। मैं अब भी इन्तज़ार में हूँ लेकिन जैसे वो मुझे भूल गए हैं।

"हम कल सुबह-सवेरे निकलेंगे," वो अचानक कहते हैं, "तुम कुछ देर आराम कर लो।"

मैं आज्ञाकारी बच्ची की तरह उठकर गेस्ट रूम जाती हूँ। बिस्तर पर लेट जाती हूँ। सामने की दीवार पर बड़ी-सी पेंटिंग है। अमृता शेरगिल का रीप्रोडक्शन। कुछ औरतें एक घेरे में बैठी हैं। उनके पैरों के पास टोकरी में शायद फूल या कोई शाक सब्जी....मैं उनके चेहरे देखती हूँ, गाढ़े गहरे मासूम सादा उदास चेहरे। एक तरफ़ एक छोटी लड़की है। उसकी चोटी उसकी पीठ पर गिरती है। उस लड़की का चेहरा मुझे खींचता है। मैं उससे जुड़ाव महसूस करती हूँ। बड़ों के बीच मैं भी वही लड़की हूँ। बड़ों की सब कहानियाँ सुनने की चाहत रखती हुई। मुझे नहीं पता उदय मामू से उस रहस्यमय लड़की की बाबत कब पूछूँ। माँ ने कहा था उन्हें सब याद है, सब, सिर्फ़ उन्हीं को। वो कीपर ऑफ़ मेमोरीज़ हैं, स्मृतियों के रखवैया। ऐसा कहते उनका चेहरा अचानक अजीब उदासी से भर गया था।

मेरा यहाँ आना अपने भीतर ही उतरना था। जैसे समय में पीछे जाने से जीवन में आगे जाने का तरीक़ा मेरे काबू में आ जाएगा। दोपहर मैं सोती रही, उठी तो अचानक भारी मन से। शाम की हवा उदास थी और मेरे भीतर उल्लास की जगह एक अजनबीपन ने जगह बना ली थी। पर्दा हवा में फड़फड़ा रहा था। उठकर मैंने खिड़की बन्द की थी।

फिर ठंडे फ़र्श पर अपने पाँव जमाते मैं कुछ देर यों ही बैठी रही। शायद घंटे भर। शीत मेरे तलुवे से उठकर मेरे भीतर फैल गया था, मेरे पैर, जाँघ, त्वचा, नाभि में। मैं जड़ हो गई थी, मैं उदास थी। इस उल्लास का ऐसे नष्ट होना। किसी ने दरवाज़ा खटखटाया था।

"चाय तैयार है।"

"आती हूँ।"

हॉल पीले रौशनी में आमंत्रित कर रहा था। कितनी उष्मा थी। फ़ायर प्लेस में एक लकड़ी का कुन्दा जल रहा था। मामू ने मुस्कुराते हुए अपने बग़ल की कुर्सी थपथपाई।

"आओ यहाँ बैठो, मेरे पास। तुम्हें कुछ दिखाना है।"

उन्होंने एक लिफ़ाफ़ा बढ़ाया। मैंने लिफ़ाफ़ा खोला। उसमें तस्वीरें थीं, पुरानी,

सीपिया रंगों वाली, उम्र से जर्द पड़ीं। मैंने उन्हें बाहर निकाला और लल्लां कोट मेरे सामने था। बड़ी हवेली, बड़ा घर। तस्वीर में घर सामने से दिख रहा था, बड़ा-सा पोर्च, सँकरी-ऊँची खिड़कियाँ, गोल खम्भे और एक तरफ़ बहुत से पेड़।

मैंने दूसरी तस्वीर आगे की। मामू की आवाज़ संजीदा थी।

किताबों वाला कमरा।

मेरी बाँहों पर रोमांच के दाने उभर आए। तो ये था वो कमरा जिसके बारे में माँ कितना बताती रही थीं। मैंने उस पर निगाह अच्छे से डाली। पूरी दीवार किताबों की अलमारी थी। तस्वीर एक तरफ़ ज़रा कटी हुई थी फिर भी फ्रेंच विंडो की झलक मिल रही थी जिससे रौशनी झरती थी भीतर। ये अलमारी लकड़ी की थी जिसमें शीशे जड़े थे। छोटे खाने किताबों से ठसाठस।

तीसरी तस्वीर खेत की थी। पीछे नेपथ्य में काला चट्टानी पहाड़। मैंने सर उठाया। मामू मुझे इस तरह रमा देख स्नेह से मुस्कुरा रहे थे।

"तुम्हारी पीढ़ी के जितने बच्चे हैं सिर्फ़ तुम हो जिसे लल्लां कोट में दिलचस्पी है। बहार, तुम्हारी माँ ने बताया था तुम कितना जाना चाह रही थी। बाक़ी लोग अमेरिका यूरोप घूमना चाहते हैं, तुम लल्लां कोट।"

मैंने अपना रोमांच और उत्साह धीमा करते कहा, "हाँ मामू, मधुर मासी का बेटा किसू, किसलय जापान में है, कावासाकी में; बिम्मी केन्या में; बुलु, मेरी फुआ का छोटा बेटा स्वीडन में। उसने तो स्वीडिश लड़की हेल्गा से शादी की है।"

"हाँ", वो जोड़ते हैं, "नव्या कैलिफोर्निया में है, लालन लन्दन में, किकी नाइजीरिया में।"

हम एक-एक करके परिवार के उन सब सदस्यों को याद करते हैं जो विश्व के विभिन्न भूगोलों में फैले हुए हैं। एक-एक करके नाम गिनाने के बाद मैं हँसती हूँ, और मैं, मैं कल लल्लां कोट में होऊँगी। मैं जल्दी से बात का रुख़ मोड़ती हूँ ताकि वो निर्मल को याद कर उसके बारे में न पूछने लगें। हम रात का खाना चुपचाप खाते हैं, कम-कम। मैं देखती हूँ उनका प्लेट लगभग ख़ाली है। उनकी देखा-देखी मैं भी कम-कम खाती हूँ। रात की हवा ठंडी और तीखी है। हमें ख़ूब सुबह उठना है। कुछ मिनट मैं बाहर बरामदे में खड़ी होती हूँ। रात के अँधेरे को पीती हूँ, गाढ़ा और गीला। रातरानी की महक से हवा भारी है। कमरे में लौटते बिस्तर में घुसती हूँ। रात लल्लां कोट मेरे सपने में आता है। बहुत समय बाद मैं ख़ुश हूँ।

भीतर यात्रा—हीरा

सुबह का सफ़र चुप्पी में बीतता है। मामू ने आँखें बन्द कर सीट की पुश्त से सर टिका दिया है। मैं भी अपने में हूँ। ख़ुद से बातें कर रही हूँ, निर्मल से, तारिक़ से, माँ से। फिर थककर मैं भी आँखें मूँदकर सर पुश्त से टिका देती हूँ।

"उठो बेटा!"

मैं फिर बारह साल की हूँ। उलटी हथेली से नींद पोंछती मैं जाग जाती हूँ। गाड़ी किसी ढाबे के सामने रुकी है। शीशे के मोटे, धारीदार ग्लासों में हम गरम चाय पीते हैं। पीछे सरसों के लहलहाते खेत हैं। किसी ने मोहब्बत से मिट्‌टी के गमले क़तार से सजाए हैं। सब में गेन्दा खिल रहा है अदबदाकर। बर्तन धोता छोकरा जिज्ञासा से मुझे ताकता है। उसकी आँखें चमकीली हैं और गाल फटे हुए। वो मुझे किसी की याद दिलाता है। मैं अपने झोले से सन्तरे निकालकर बढ़ाती हूँ। उसका चेहरा अचानक खिल जाता है।

आगे का नज़ारा अब बदल गया है। घर मिट्‌टी के झोंपड़े हैं। खेतों में काम करते लोग दिख रहे हैं। खेतों के किनारों पर पेड़ क़तार में खड़े हैं। गाँवों से गुज़रते पुआल के ढेर दिखते हैं, चरते हुए मवेशी, औरतें जो बीच में काम रोककर, कमर पर हाथ डाल हैरानगी से देखती हैं, बच्चे हो-हल्ला करते कुछ देर गाड़ी के पीछे दौड़ते-भागते आते हैं, उल्लास से चीख़ते। अचानक गाड़ी मुख्य सड़क छोड़कर कच्ची-सी सँकरी गली में उतर जाती है। मामू बुदबुदाते हैं, "इतने बरसों में कुछ भी तो नहीं बदला। जैसे समय रुक गया हो।"

एकाध सरकारी स्कूल, एक अदद डिस्पेंसरी के अलावा विकास का कोई चिन्ह नहीं। रोड के बग़ल में चाँपाकल दिखते हैं और बीच-बीच में कोई हरे रंग की बेढंगी इमारत जिस पर सामूहिक केन्द्र जैसा कुछ लिखा है। मैं शहर सोचती हूँ जहाँ मेरी रिहाइश है। उस दुनिया और इस दुनिया में जैसे दो समय समाये हैं। मामू मुझे देखते कहते हैं, "हमारे देश में शहरों का ढाँचा है सचमुच के शहर नहीं हैं। चमकते शीशे के हाइराइज़, नियॉन के जलते-बुझते लट्‌टू, सामान से अटा पड़ा मॉल, नई चमचमाती मेट्रो—यह सब है लेकिन भौतिक रूप से शहर कहाँ है? गड्ढों वाली सड़क, अराजक ट्रैफ़िक, मूल सुविधा की अनुपस्थित चीज़ों, ग़ायब होती संस्कृतियों के बीच कहाँ है शहर? ये तो हमारे भीतर की कोई जगह है जो हमें जीने

की आफ़ियत देती है। हम जी रहे हैं का भ्रम जिलाए रखती है।"

मैं सहमति में सर हिलाती हूँ।

ये ईंट और शीशे के शानदार शहर अपने वजूद में जीते हैं। इतनी ऊँची इमारतें कि कोई भी आतंकित हो जाए। फिर ठीक उन इमारतों के बग़ल में धूल खाई गलियाँ, मंगलवारी हाट की चकर-पकर, रिक्शे और ऑटो की रेलमपेल, किराने की छोटी दुबकी दुकान, ज़मीन पर पसरी रेहड़ियाँ, फल और सब्ज़ी, मछली और मीट बेचतीं, छोटे स्लम की दुनिया। जैसे ये दुनिया उस चमकती मॉल वाली दुनिया को मुँह चिढ़ा रही हो। मिनी ब्रूअरी, मैनहट्टन स्काई लाइन की नकल उतारती इमारतें, शानदार गाड़ियाँ। लेकिन जो रेलमपेल की दुनिया है वही उस अमीर दुनिया को चमचमाता रखने के लिए ज़रूरी है। फिर यह नई चलन का संसार पुराने संसार को भी साथ लिये चलता है। पॉश सोसाइटीज़ वाले अपनी बड़ी गाड़ियों से उतरकर शनि देवता के मन्दिर में दिया जलाने आते हैं, डिज़ाइनर कपड़े और काले चश्मे धारे।

मैं बोलती जाती हूँ।

"शहर इस दुविधा को रोज़ जीता है। पैसा, शानो-शौकत, लम्बी-महँगी गाड़ियाँ, ऊँची इमारतें, सुन्दर सजे-धजे पार्क, मेट्रो। ये सब एक भ्रम को पोसते हैं। हमें लगता है विदेश में रह रहे हैं। और फिर लाल बत्ती पर भीख माँगते बच्चे, किताब और पॉर्न मैगज़ींस बेचते, हर कोने में कुकुरमुत्ते-सा उगा स्लम। हमारी इकोनॉमी का एक छोटा माइक्रोकॉज़्म। एक ही साथ अश्लील तरीक़े की अमीरी और ग़रीबी।"

उदय मामू बोतल से पानी का घूँट भरते मुझे काटते हैं, "लेकिन यह सिर्फ़ परिवहन के साधनों या अन्य आवश्यक बुनियादी ढाँचों का सवाल नहीं है। बात बस इतनी सी है कि हमारे शहरों में वैश्विक शहरों के सभी प्रतीकों की भारी कमी रही है। हमारे पास कुछ संग्रहालय, थिएटर, पुस्तकालय या अन्य सांस्कृतिक केन्द्र हैं। कोई गतिशील रचनात्मक आउटलेट नहीं हैं जो शहरों को उत्प्रेरित कर सकें और इन्हें नई ऊर्जा से भर सकें। ऐसे सार्वजनिक स्थान भी नहीं हैं जहाँ शहर की आत्मा अपने भय और ख़ुशी, दर्द और दुःख को व्यक्त कर पाए, जहाँ ये जीवन के सार का जश्न मना सकें। औद्योगिक क्रान्ति के बाद जीवन का शहरी ढाँचा औपनिवेशिक ब्रिटेन के बचे हुए हिस्सों से एक साथ ढले हुए पेंच की तरह है, लेकिन इसमें हमने शहरी संस्कृति और जीवन जीने के तरीक़े के बारे में कुछ नहीं सीखा है। बड़ी संख्या में लोग गाँवों से महानगरों में चले गए हैं, लेकिन कई

अन्तरंग आन्तरिक और बाहरी विस्थापनों के बावजूद गाँवों ने अपनी आत्मा नहीं छोड़ी है। परिणामस्वरूप वे बड़े शहरों में अपना जीवनयापन करने के बावजूद वही जीवन जीते हैं जो वे अपने गाँवों में जीते थे। इस दृष्टि से बड़े शहरों की ग्रामीण वास्तविकता में कोई बुनियादी अन्तर्विरोध नहीं है।

"क्योंकि अन्तत: जहाँ भी जगह होती है, वहाँ किसी न किसी धार्मिक अनुष्ठान और भजन-मंडली के लिए ठिकाना तुरत बन जाता है। हम अभी भी मानते हैं कि कुछ चमचमाते मॉल, कुछ काँच की इमारतें जिनमें बड़े बहुराष्ट्रीय कार्यालय हैं, और बारह मल्टीप्लेक्स आधुनिक क़स्बों और शहरों की वास्तविकता का निर्माण करते हैं। लेकिन ऐसा नहीं है।"

उदय मामू गला खखारते कहते हैं, "यहाँ शहर कहाँ हैं? शायद पूरे देश में शहर कहीं नहीं है। तुम्हारे शहर के बारे में तुम्हारा क्या ख़याल है?"

मैं सावधानी बरतती हूँ, "मेरा शहर? पहाड़ियों से घिरा, पथरीली ज़मीन और कीकर के स्क्रबलैंड से बना, दिल्ली और जयपुर के ऐतिहासिक शहरों के बीच, हाई वे पर एक बिन्दु-सा शहर मेरा।

"इतने सारे मिथकों और किंवदन्तियों को अपनी तहों में समेटे हुए मेरा शहर शान से खड़ा है या चरमराते इंफ्रास्ट्रक्चर की मार से औंधा गिरने को तत्पर है, ये कौन जानता है? रात के अँधेरे में, सुनसान सड़कों पर, शहर धीरे-धीरे जागता है। बीते हुए लम्हों की याद में पुराने ज़माने का ताना-बाना झूम उठता है। कुछ पुराने दिनों में कुतुब, तुग़लकाबाद की ओर किसी तेज़ तीर की तरह एक सवार चाँदनी रात में अपने घोड़े की सवारी करता है।

"किसी शहर को देखने के लिए रात का समय सबसे अच्छा होता है। यह वह समय है जब सब कुछ स्थिर है। स्ट्रीट लैम्प की पीली रोशनी और छायांकित गलियों का अकेलापन। मानो शहर साँसें थाम लेता है, रुक जाता है ख़ुद को देखने के लिए, बीते हुए हर पल को देखने के लिए। यह ऐसी अँधेरी चाँदनी रातों में है कि किसी स्थान का इतिहास उसकी नींद से उठता है, उसके अस्तित्व की सारी हास्यास्पदता को हिला देता है और अपनी सारी महिमा, रोमांस और संस्कृति में ख़ुद को पुनर्जीवित करता है। दिन के समय शहर का तेज़ रफ़्तार पागलपन आपको झकझोर कर रख देता है। शहर अपनी कल्पना में एक शहर है। किसी दिन यह अपनी सम्पूर्णता में होगा। अपनी आत्मा के मूल में शहर शहरी सभ्यता के अपने शिखर तक पहुँच जाएगा। तब तक यह शहर कल्पना में ही एक शहर है।"

मामू मेरे पैशन पर मुस्कुराते हैं। इतना ज़्यादा उनके सामने मैंने पहले कभी नहीं बोला है।

"तुम बिलकुल अपनी माँ पर गई हो। बहार भी हमेशा इतने ही जुनून और आवेश में रहती है।"

"अच्छा? फिर मुझे उनके बारे में बताइए," मैं इसरार करती हूँ।

"बाद में," कहकर वो चुप हो जाते हैं।

"ठीक, पर भूलिएगा मत।"

मैं खिड़की के शीशे से सर टिकाकर सो जाती हूँ। कुछ देर बाद गूमड़ का एहसास होता है।

सूरज अब अपने तीखेपन पर है। गाड़ी गरम हो गई है। सड़क पर कोई सर पर हरे चने की बड़ी-सी गठरी लादे चल रहा है।

दीना ड्राइवर दबी आवाज़ में कहता है, "बेबी जी, आपने होरहा खाया है?"

मुझे याद है हरे चने की झाड़ को खुली आग में पकाना और फिर उँगलियों से फली को खोलना। उँगलियाँ राख से काली पड़ जातीं, हमारे होंठ भी। कैसे भूल सकती थी मैं। मैं हैरान थी। इस तरह भूले रहना और अब इस तीखेपन से उस स्वाद को याद करना जैसे कल ही खाया हो। कितनी अजीब बात है न। स्मृति के खेल भी कितने न्यारे हैं।

धूप अब तिरछा गिर रही है। दिन ढलने का वक़्त हुआ। सड़क अब कच्ची मिट्टी वाली है और गाड़ी के पीछे धूल का गुबार उठ रहा है। हम लगभग पहुँचे ही हैं। गाड़ी अन्तिम मोड़ पर मुड़ी है। नज़ारे अब बदल गए हैं। धरती पर काली चट्टान छितराई हुई है, जैसे किसी दैत्य हाथ ने मुट्ठी भरकर बिखेर दिया हो। पेड़ सघन हैं लेकिन बौने। लगभग ज़मीन से सटे। उनकी छाया धरती पर गाढ़ी गिरती है।

गाड़ी गड्ढों पर ख़ूब उछल रही है। अचानक सामने दृश्य खुल जाता है। हम लल्लां कोट में प्रवेश कर रहे हैं। मैं सीधी बैठ जाती हूँ। ऐसा लगता है हम वादी में प्रवेश कर रहे हैं। मैं शीशा नीचे करती हवा के बड़े घूँट भरती हूँ। हवा कितनी ताज़ी है। मेरी आँखें अचानक भर जाती हैं। मामू मेरी पीठ थपथपाते हैं। एक तरफ़ इशारा करते हैं, 'देखो उस तरफ़ खेत हैं। अब भी वही लोग खेती कर रहे हैं जिनके पुरखे बरसों पहले करते रहे, हमारे पुरखों के खेत।'

एक तरफ़ झोंपड़ियाँ हैं। दलित बस्ती। हम आगे बढ़ गए हैं। दिखता है कि गाँव संकेन्द्रित वृत्त में बसा है।

मैं याद करने की कोशिश करती हूँ कि माँ ने क्या-क्या बताया था लल्लां कोट के बारे में और उनकी सुनाई बातों से मेरे मन ने जो कल्पना की थी वो इस वास्तविकता से कितना फ़रक़ है। मेरी कल्पना में ये जगह रहस्यमय और अपने में छुपी-दबी थी, हरियर और फलती-फूलती-सी थी, धूप और छाँव में नहायी हुई थी। बाहरी दुनिया से एकदम महफ़ूज़। अब सामने से दिखती ये छोटी सिकुड़ी हुई सी लगी। जैसे सारी भव्यता मेरे मन की उपज थी। बहुत हरियाली भी नहीं थी। खेत अलबत्ता सुनहरे दिख रहे थे। पश्चिम तरफ़ एक टुकड़ा हरियाली का था। उसके एक तरफ़ नदी की धार थी जो हरियाली के बीच बल खाती चट्टानों में खो गई थी। ये लल्लां कोट मेरी कल्पना से अलग था। जैसे किसी सपने से वास्तविकता के ठोस धरातल पर गिरना हो। मेरे कंठ में अवरुद्ध रुलाई का एक गोला अटका था और तुरत ही एहसास हुआ था कि ये सब बिलकुल ऐसे ही होना था। और इस तरह होना ज़्यादा सच था, ज़्यादा वास्तविक था और ज़्यादा सार्थक। गाड़ी घर के सामने रुक गई थी।

ये घर वही तस्वीर वाला घर था। एक तरफ़ केले के पेड़ों का झुरमुट था। घर का सामने वाला हिस्सा अब भी भव्य था। जबकि घर अब लगभग सूना था। फिर भी मामू ने मेरा भाव पढ़ते कहा, “इस घर को सँभाले रखना मेरी ज़िम्मेदारी है। मेरे पुरखों से मुझे जोड़ता तार है।”

फिर साँस भरकर बोले, “मालूम नहीं, मेरे बाद इस घर का भी क्या बनेगा।” उनके हाथ लाचारी में फैल गए थे। अब इस जगह में किसी की दिलचस्पी नहीं।

मामू के कोई बच्चा न था। ये खेत, ज़मीन, शायद बराहिल के हाथ जाएँगे जो पीढ़ियों से इसे जोत रहे हैं। शायद यही सबसे सही भी है। घर से, गाड़ी रुकते ही, कोई भागता हुआ बाहर आता है। पोर्च के एक तरफ़ सूर्यघड़ी है, टूटी फूटी, मौसम की मार खायी, पर फिर भी शान से खड़ी, अब भी समय बताती। ड्राइव-वे के दोनों तरफ़ मालती लता की झाड़ है। पोर्च की छत बहुत ऊँची है और कुछ कबूतर हमारी आहट पा पागलपने में डैने फड़फड़ाते उड़ जाते हैं। अन्दर नीम अँधेरा-सा है। मैं आँखें फाड़ देख रही हूँ, बहुत बड़ा हॉल है। पुराने भारी नक़्क़ाशीदार फ़र्नीचर हैं, दीवार पर विशाल पेंटिंग हैं।

“इस तरफ़ हुज़ूर। हमने दक्खिन वाले कमरों को तैयार किया है। उत्तर वाले

कमरे सर्द और नम रहते हैं।" रामरुख की आवाज़ में माफ़ी है। फिर वो व्यस्त हो जाता है सामान उतारने और कमरों में पहुँचाने में। मेरे कमरे में ठीक बीचोबीच बहुत ऊँचा नक़्क़ाशी किया जहाज़-सा पलंग है। सफ़ेद धुली चादर, सफ़ेद तकिया और सफ़ेद मसहरी। एक तरफ़ ड्रेसिंग टेबल, एक कुर्सी। खिड़की से बाहर का बगीचा दिख रहा है।

मामू संजीदगी से कहते हैं, "तुम्हें मेरी नानी का कमरा मिला है।"

अच्छा तो ये कुसुमलता देवी का कमरा था, नन्ना का। पलंग की नक़्क़ाशी पर उँगली फिराती उस पर ख़ुदे हुए लतर और फूल को ट्रेस करती हूँ। इसी तरह उन्होंने जाने कितनी बार इन लतरों पर उँगली फिराई होगी। मुझे लगता है मैं उनको छू रही हूँ, कि मैं नन्ना हो गई हूँ। वो और मैं इस पल में एक हैं। दीवार पर लटकी तस्वीर से वो मुझे देखती हैं रुक्षता से।

घर सपना—लल्लां कोट

रात मुझे देर तक नींद नहीं आती। चित लेटे मैं जाली वाली मसहरी के पार छत ताकती हूँ और कल्पना करती हूँ अस्सी या सौ साल पहले ये कैसी दुनिया रही होगी। मेरी हथेली चादर पर फैली है, उँगलियाँ छितरी हुईं। चादर के खुरदरेपन को रेशा-रेशा महसूस करती हुई। खिड़की के बाहर रात की मधुर हवा बह रही है। जाने कब मैं सोती हूँ। सुबह की दुनिया रात की दुनिया से एकदम अलग है। घर के बीच बड़ा-सा आँगन है। कमरे उसके चारों तरफ़। एक तरफ़ रसोई है। मैं शॉल ओढ़कर इधर-उधर टहलती हूँ।

बेला, रामरुख की बेटी, मेरे पीछे-पीछे डोलती है। उसकी आँखें मेरे पहनावे के चौंध में फटी हुई हैं।

"आप इसे पहनकर सोते हो?" वो मेरे ढीले क़मीज़ को छूती पूछती है। फिर मेरे बाल छूती है।

"कितने मुलायम हैं," वो साँस भरती है।

मैं आँगन में मोढ़े पर बैठ दुर्गी, रामरुख की बीवी को देखती हूँ जो नाश्ते की तैयारी कर रही है। चाय बहुत गाढ़ी मीठी और अदरक के टुकड़ों से सजी पेश होती

है। मैं काँसे के गिलास को हथेली से थाम उसकी गर्मी लेती हूँ। ऊपर से सुबह की धूप छिटक रही है। मेरे भीतर ख़ुशी है।

मामू बाहर आते कहते हैं, "आज मैं व्यस्त हूँ। तुम घूमो-टहलो, ठीक है न।"

मैं छोटी बच्ची बन हँसती हूँ, "हाँ मामू।"

दुर्गी लगातार बोल रही है। हज़ार सवाल, मेरे बारे में, माँ के बारे में, मधुर मौसी के बारे में, मेरे पति के बारे में—"वो क्यों नहीं आए बेबी आपके संग।" उसकी आँखें धूप से चौंधिया रही हैं।

"वो बाहर गए हैं, विदेश।" मैं धीरे से शरमाई बीवी-सी बोलती हूँ।

"अच्छा, परदेस? सात समन्दर पार?"

दुर्गी बात को समझती हुई सिर डुलाती है।

"हाँ, मेहरारू को तो घर में रहकर आदमी का इन्तज़ार करना होता है।" गाँव की कुछ औरतें झुंड बनाकर आई हैं मुझे देखने। ख़बर फैल गई है कि बिटिया आई है, बहार बिटिया की बेटी। वो एक-एक दो-दो के झुंड में आती हैं, मेरे घुटने छूती हैं, मेरे बाल, फिर स्नेह से मुस्कुराती हैं। चुकू-मुकू ज़मीन पर बैठ आपस में बतियाती हैं, मुझे निहारती हैं। दुर्गी फिर आदेश देती है, "जाओ सब जनी, बिटिया अब आराम करेंगी।"

मैं थक गई हूँ। बेला एक कटोरी में तेल गरम करके लाती है और मेरे बाल मालिश करने लगती है। अपनी शॉल को परे हटाकर मैं आँखें मूँद लेती हूँ। उसकी उँगलियाँ जादू करती हैं, बालों और सर की त्वचा को दबातीं, खींचतीं, कभी हौले कभी तेज़ चम्पी करतीं, गर्दन की खिंची मांसपेशियों को ढीला करतीं। मैं माँ को याद करती हूँ। आँगन के एक तरफ़ ओट किए हिस्से में चाँपाकल के ठंडे पानी से नहाती फिर जल्दी से धूप वाले कोने में भागी आती हूँ। बहुत से कमरे बन्द पड़े हैं। मैं किताबों वाले कमरे के बारे में पूछती हूँ। दुर्गी को चाभी नहीं मिल रही। दोपहर हो आई है। दुर्गी ने गुटबेसनी बनाई है, बेसन के भपाए गट्टों की सब्ज़ी। मसाला ख़ूब तीखा है। साथ में मोटा लाल उसना चावल है और धनिया पत्ता, लहसुन, मिर्च का कुच्चा। भरपेट खाकर मैं अलस नींद में गिरना चाहती हूँ। मामू शाम को लौटते हैं। हम हॉल में बैठे चाय पीते यूँ ही बतियाते हैं।

लैम्प की पीली रौशनी में दीवार पर अजीबोग़रीब छाया बन रही है। फ़ायर प्लेस में लकड़ी का एक कुन्दा जल रहा है। मेरे गाल पर उसकी गरमाहट है। मामू अपने बचपन की बात कर रहे हैं। मैं उनकी आवाज़ के नशे भरे सम्मोहन में हूँ, भारी,

सांगीतिक, पुरानी स्मृति के मोह से भरा, भारी। कुछ देर बाद मेरे घुटने छूकर कहते हैं,

"जाओ सो जाओ, थकी हो।"

रात मैं नन्ना को सपने में देखती हूँ। वो हुक्का पी रही हैं और मुझे देख मुस्कुराती हैं। कहीं पीछे से निर्मल के टेरने की आवाज़ आती है। कोई नाइजीरियाई औरत अपने रंगीन साफ़े में भव्य, निर्मल से सटकर हँसती है। निर्मल हँस रहा है। मैं कोने में सिहर रही हूँ। नन्ना मेरी तरफ़ हुक्का बढ़ाती हैं। मैं लपककर थाम, भरपूर कश खींचती हूँ, मीठे तम्बाकू की ख़ुशबू। धुएँ के काँपते परदे के पार निर्मल और वो औरत विलीन हो जाते हैं।

बेला मुझे झकझोर कर उठा रही है।

"बेबी जी, उठिए, चाय लाए हैं।"

चाय पीकर उठती हूँ। ड्रेसिंग टेबल पर नज़र जाती है। शीशे के सामने बैठ मैं दराज़ छूती हूँ। उम्र और सालों से बिन इस्तेमाल के पड़े-पड़े सख़्त और अकड़ गई है उसकी लकड़ी। मैं ज़ोर लगाकर खींचती हूँ और झटके से दराज़ खुलकर एकदम बाहर आ जाता है। सारा सामान फ़र्श पर गिरा पड़ा है। पुरानी चूड़ियाँ, टूटे हुए पेन, पुराने पोस्टकार्ड रिबन से बाँधे हुए, सूखे बेरंगत सिन्दूर का डब्बा, बाल घुँघराले करने को प्लास्टिक के गुलाबी रोलर्स, काली माँ की एक मुड़ी-तुड़ी तस्वीर, सफ़ेद ऊन का गोला जो अब पीला पड़ गया है, एक सफ़ेद पत्थर का छोटा सा मूसल, एक गुच्छा जंग खाई चाभियाँ, नवताल ताला। मैं एक-एक करके चीज़ों को अलग रखती हूँ, पोस्टकार्ड अलग, बाद में पढ़ने के लिए। क्या अलग-अलग चीज़ें हैं। मालूम नहीं नन्ना ने ये सब क्यों रख छोड़ा था। शायद किसी और की चीज़ें हों। कुछ चीज़ें तो पक्का उनकी नहीं थीं। सब एहतियातन वापस रखती हूँ। पोस्टकार्ड लेकर खिड़की के पास बैठती हूँ। सारे मुड़े, फीके पड़े, एकदम पुराने हैं।

> प्यारी नानी,
>
> मैं ठीक हूँ। मेरी चिन्ता न करें। यहाँ सब अच्छा है। सरोज चाची और छोटा बाबू बहुत दुलार देते हैं। पर मैं लल्लां कोट और आप सबको बहुत याद करता हूँ।
>
> उदय

प्रिय नानी,

मैं कल निकलूँगा। मेरी छुट्टियाँ जल्दी शुरू हो रही हैं इस बार। पन्द्रह दिन हैं मेरे पास। माँ को मैंने अलग से ख़त लिखा है। नैन के घर से कोई कारकुन आया था। शायद घर आने के पहले मुझे वहाँ जाना पड़े। हम घर पर इस बारे में बात करेंगे। आप ज़्यादा मत सोचिएगा और माँ का ख़याल रखिएगा।

उदय

प्यारी नानी,

मैं नहीं जानता आपको ख़त क्यों लिख रहा हूँ जबकि आमने-सामने बैठकर बात करना ज़्यादा उचित होता। मैं परेशान हूँ और समझ नहीं पा रहा कि इस मसले से कैसे निकला जाए। आप जानती हैं इन सब बातों से प्रमिला कितना परेशान हो जाती है। उसके लिए ख़ानदान की इज़्ज़त सबसे महत्त्वपूर्ण है। फिर उसका स्वास्थ्य ज़रा नाज़ुक रहता है और मैं उसे इन सब झमेलों से बचाए रखना चाहता हूँ। आप यहाँ होतीं तो हम मिलकर कोई हल निकाल लेते। माँ मधुर के घर गई हैं। उसकी बच्ची को डायरिया हो गया है। माँ को लगा उन्हें इस वक़्त वहाँ होना चाहिए। आप उस बड़े घर में बिलकुल अकेली हैं, ये बात मुझे चिन्ता में डालती है। जैसे ही फ़सल की कटाई हो जाए आपको यहाँ आ जाना चाहिए। बराहिल बाक़ी काम देख लेंगे।

उदय

मैं पोस्टकार्ड एक तरफ़ रखकर सोचती हूँ, मसला क्या था? क्या नैन मासी की कोई बात थी? मुझे बिम्मी के बचपन का डायरिया सोचकर हँसी आती है। अब उसे बच्ची कहो तो तुनक जाती है। बड़ी जर्नलिस्ट है अब। हमारे लोग पूरी दुनिया में फैले हुए हैं।

बाक़ी के तीन पोस्टकार्ड बज्जिका में लिखे हुए हैं। शायद फ़सल के बिक्री का हिसाब-किताब, या कोई खेत-ज़मीन का सौदा। शायद तीनों बराहिल ने लिखे

होंगे। ड्रेसिंग टेबल में एक दराज़ और है। पर तमाम कोशिशों के बावजूद वह जाम का जाम रहा। थककर मैं लेट गई हूँ।

बाक़ी का दिन आँगन में बीता। औरतें फिर आई थीं। सब हैरत और जिज्ञासा से मुझे देखतीं, पूछतीं। माँ की, मौसियों की बाबत जानना चाहतीं, सबके बच्चे और उन बच्चों की शादी या कहाँ वे रह रहे हैं, कितना पैसा कमाते हैं, सब जानना चाहतीं। मुझे आँखें फाड़े हैरत से सुनतीं। सात समन्दर पार के क़िस्से में ज़्यादा दिलचस्पी होती। मुझे सिन्दूर न लगाने, चूड़ियाँ-बिछिया न पहनने के लिए स्नेह से टोकतीं। मेरी बाँहें छूकर आपस में फुसफुसातीं, "कैसी डंडे-सी बाँहें हैं, जैसे मैं वहाँ ग़ायब थी और मेरे बारे में वो खुलकर मेरे ही सामने बात कर सकती थीं।"

"बियाही जनाना को सिन्दूर लगाना चाहिए, काँच की चूड़ी पहननी चाहिए।" कोई मेरे कान में पहने गए चाँदी के ऐन्टीक बुंदे छूकर कहता है, "हीरा बेबी आपको ख़ाली सोना पहनना चाहिए। ये सस्ती चीज़ें तो हम जैसे लोगों के लिए हैं।"

कोई दर्जन-भर लाल काँच की चूड़ियाँ लाया है। सरसों तेल लगाकर मेरी कलाई में पहनाया जा रहा है। उनको नहीं पता कि वो मेरे स्पेस में दख़लंदाजी कर रही हैं। पता नहीं क्यों ये सब करना मुझे सुहा रहा है। उदय मामू अचानक आते हैं। औरतों को देख खखारकर रुक जाते हैं। सब औरतें हड़बड़ाकर आँचल मुँह पर धर खड़ी हो जाती हैं। मामू सिर्फ़ ये देखने आए हैं कि मेरा ख़याल रखा जा रहा है कि नहीं। आश्वस्त हो फिर लौट जाते हैं।

दिन में चावल, अरहर की दाल और आलू-बैगन-बड़ी की तरकारी खाती हूँ। कितनी तृप्ति है इस खाने में। फिर कमरे में लौट सो जाती हूँ। नन्ना तस्वीर से मुस्कुराती हैं। मुझे उनकी बहुत स्मृति नहीं। बस इतनी कि बहुत गम्भीर-कठोर औरत थीं। उनके हुक्के से आती मीठी ख़ुशबू याद है, उसका गुड़गुड़ाना याद है और उनकी चमकती, सारी दुनिया को भेदती आँखें याद हैं। मैं बिस्तर पर पाँव फैलाये आराम से हूँ। कोने में रखी अलमारी दिखती है।

इसे बाद में देखूँगी ये सोचते तुरत नींद में गिर जाती हूँ। शाम को मामू ऐलान करते हैं कि कल गाँव दिखाने ले जाएँगे—"तैयार रहना।"

मैं मुस्कुराती हूँ, "जी मामू।"

रात को हम कविताओं पर बात करते हैं, रिल्के और जाक प्रीवेर, फ्रैंक ओ हारा और फिलिप लारकिन। उनको बहुत कविताएँ याद हैं और कई पंक्तियाँ बहुत प्रभावशाली तरीक़े से रीसाइट करते हैं। अंग्रेज़ी साहित्य के प्रोफ़ेसर जो थे। हम

आन्तरिकता और भाव की सघन परतों की बात करते हैं, स्मृति के होने-खोने की बात करते हैं। वो लन्दन में बिताए दिनों को याद करते हैं। मैं कैथरीन के बारे में पूछती हूँ और पूछते ही लगता है ये अनावश्यक घुसपैठ है।

वो इतनी देर ख़ामोश हो जाते हैं कि मैं शर्मिन्दगी और झेंप में पहलू बदलने लगती हूँ। उठ जाऊँ सोचती हूँ। फिर अचानक वो बोलते हैं, "तुम्हारी पीढ़ी मेरे और कैथरीन के रिश्ते को बेहतर समझेगी। मेरी पीढ़ी तो समझ न सकी। नानी को फिरंगी बहू ऐक्सेप्टेबल ही नहीं थी। कुफ्र था। मैं फिर भी विद्रोह करके शादी कर सकता था लेकिन मेरी ज़िम्मेदारियाँ बहुत थीं। फिर वो वक़्त ऐसा था कि कर्तव्य सर्वोपरि था। ये बात कैथरीन को समझाना नामुमकिन। वो आहत थी, जैसे मैंने विश्वासघात किया हो। हमारे दिल टूट गए थे।

"And my whole heart under your hammer."

वो डिलन टॉमस को कोट करते हैं। उनके भीतर इतनी गहरी उदासी है कि मेरा जी चाहता है कि उन्हें बाँहों में भर सारी उदासी पोंछ दूँ।

"फिर?" मैं थमकर कहती हूँ।

"फिर कुछ नहीं। मैं लौट आया। कैथरीन वहीं लन्दन में रह गई। फिर भी हम सम्पर्क में बने रहे। वो मुझे, इन सबके बावजूद, लम्बी चिट्ठियाँ लिखती रही। मैं भी। नानी ने शादी प्रमिला से तय कर दी। शादी हो गई। मैंने भी नियति को स्वीकार कर लिया। कैथरीन कई बार भारत आई, रुकी हमारे पास। मैं हमेशा उसे प्यार करता रहा और इस प्यार में मैंने प्रमिला के प्रति प्यार को समाहित कर लिया, जैसे इसके बाद प्रमिला मेरे प्यार की और ज़्यादा हक़दार हो गई हो। तुम समझ रही हो न?"

एकदम, मैं बिलकुल समझ पा रही थी। यही क्या मैं भी नहीं महसूस कर रही थी। तारिक़ को प्यार करना निर्मल को और ज़्यादा प्यार करना ही तो था। मुझे तीव्र चाहत हुई उन्हें तारिक़ के बारे में बताने को। मुश्किल से मैंने ख़ुद को रोका।

मामू ने कुर्सी की पुश्त से सर टिकाकर आँखें मूँद ली थीं। उनकी आवाज़ कहीं दूर से आ रही थी, "मैं साहित्य, कला, फ्रेंच सिनेमा, रेनेसां पेंटिंग, संगीत पर कुछ भी बात कर सकता था कैथी से। वो मुझे जीवन्त करती थी। उसके साथ होना किसी हलचल भरे तूफ़ान के केन्द्र में होना था। इतनी वाइब्रेंट, ज़िन्दादिल, पर साथ-साथ स्थिर, सीरीन। हम घंटों बिना बात किए भी एक-दूसरे की संगत का सुख उठा सकते थे। प्रमिला ये सब बिलकुल नहीं थी। ख़ैर, कैथी के साथ का

रिश्ता भी अपनी उम्र पाता गया। हम लवर्स से कब दोस्त बने फिर बाद के वर्षों में सिबलिंग्स। उसके साथ मैं अपने चरम दुख के एहसास बाँट सकता था बिना वलनरेबल हुए। हम अब भी गाहे-बगाहे बात करते हैं। उसका पति बॉब कुछ साल पहले गुज़र गया। प्रमिला भी गई इस संसार से। हम दोनों अब अकेले हैं। मैं सत्तर का हुआ, कैथी छियासठ। अपने दिल पर हाथ रखते मुस्कुराते हैं, वो यहाँ रहती है, मेरे साथ। अगर हम लन्दन में रहते तो विवाह कर लेते। लेकिन अब शादी का भी क्या प्रयोजन। हम बात करते हैं, ख़त लिखते हैं। अगर उसे कहूँ तो फ़ौरन आ जाएगी। प्रमिला का जाना अब किसी सूखते घाव की स्मृति-भर है।

"मेरा जीवन पतझड़ की तरह है, दिन पीले पत्तों की तरह एक-एक झड़ रहे हैं। वो आती है, कुछ दिन। फिर लौट जाती है। मैं अकेला रह जाता हूँ।"

मैं उनका चेहरा देखती हूँ। कितना तीखा सुबुक। मामू कितना माँ से मिलते हैं। एक-से नक़्श। क्या हम सब इतने एक-से हैं? दिल के मामलों में भी। लेकिन माँ कहाँ ऐसी हैं, हमेशा पापा की मोहब्बत में रहीं, हमेशा। मेरा गला अवरुद्ध हो गया है। काश माँ, मैं आपके जैसी होती। निष्ठा आख़िर क्या शै है। किसी के साथ कल्पना में सो लेना भी सचमुच के सो लेने जैसा ही धोखा है। हमारे भीतर विश्वासघात के बीज गहरे दबे होते हैं। रायबहादुर इकबाल राय की तस्वीर हमें अपनी ऊँचाई से देखती है। क्या उन्होंने अपनी पत्नी से प्यार किया? उनके जीवन में अन्य स्त्रियाँ कौन थीं?

इस घर ने क्या-क्या जीवन नहीं देखा है। मामू इशारा करते हैं, "जाओ सो जाओ।"

मुझे उन पर बहुत दुलार उमड़ता है, "आप ठीक तो हैं न?"

मुझ पर जैसे उनकी वेल बीइंग का भार आ गया है। रात तकिए को भींचकर अपने घुटने मोड़कर निर्मल को याद करती हूँ। उसका उष्म शरीर मेरे शरीर को गरमाहट से भर देता हुआ। हम एक-दूसरे के आलिंगन में अन्तरंगता और दुलार के गरम घेरे में हैं।

फिर नगीन झील—लल्लां कोट

हम खेतों के किनारे-किनारे मेड़ों पर चल रहे हैं। दिन बहुत ख़ुशनुमा और खिला-

खिला-सा है। पूरी वादी किसी कटोरे-सी सामने फैली हुई है। अलग रंग, अलग हिस्सों पर। बीच में हरे खेत। बाहरी किनारों पर हरा, काली चट्टानों में घुलता-मिलता है। मामू इशारे से मुझे अपने खेत का फैलाव दिखा रहे हैं। हम पत्थरों की तरफ़ बढ़ते जाते हैं। मामू के पीछे-पीछे मैं चलती जाती हूँ। कच्ची-सी पगडंडी पत्थरों के बीच ऊबड़-खाबड़ दिखती है। हम धीरे-धीरे उस पर चलते चढ़ाई पर पहुँच हाँफते हैं। चढ़ाई बीच-बीच में तीखी है। झाड़ों, टहनियों को थामकर हम ख़ुद को ऊपर खींचते हैं।

"मामू!" मैं पीछे से चीख़ती हूँ, "आपके लिए इतनी चढ़ाई क्या ठीक है?"

वो मुड़कर गम्भीरता से देखते हैं फिर बिना कुछ कहे चढ़ते जाते हैं, रुक-रुककर ठहर-ठहर कर। मैं हाँफ रही हूँ। उनसे कहीं ज़्यादा। वो इस उम्र में भी मुझसे ज़्यादा चुस्त हैं। कुछ देर बाद चढ़ाई कम होती समतल हो जाती है। सामने पूरा पठार फैला है अपनी शानदार भव्यता में। नीले आसमान के बरक्स पत्थर बहुत गाढ़ा काला है। और सामने उस पत्थर में तालाब है, जैसे नगीना जड़ा हो। एक तरफ़ दो अधटूटे खम्भे हैं। मैं भौचक हूँ। मामू का चेहरा अजीब-सा है।

"जानती हो, जाने कितने साल जैसे युग बीत गया हो, अब आया हूँ और सब कुछ वही है। कुछ भी तो नहीं बदला। इतने सालों में कभी हिम्मत नहीं पड़ी।" वो धीरे-से पत्थर की ज़मीन पर पालथी मारकर बैठ जाते हैं। हवा में अजब-सी खुनक है। रोमांच, भय, उत्सुकता, रहस्य, जैसे कुछ घटित होने वाला है। अजब अलौकिक-सी फ़िज़ा।

"तुमने 'पिकनिक ऐट हैंगिंग रॉक्स' देखी है?"

"हाँ देखी है, कई साल पहले। अब सिर्फ़ जामफिर का संगीत याद है, सम्मोहित करने वाला पैन पाइप।"

"ये हमारा पिकनिक ऐट हैंगिंग रॉक्स था।"

वो काँपने लगते हैं। मैं उन्हें कसकर पकड़ लेती हूँ, जैसे माँ बच्चे को।

"हमारी एक और बहन थी, तारा, तुम नहीं जानती होगी। अजीब भयानक रात थी। मेरी ही ग़लती थी। मेरी वजह से गई वो।"

उनकी आवाज़ इतनी धीमी थी कि मैं सुन नहीं पा रही थी ठीक से।

"हम पानी के क़रीब गए थे। पानी के ठीक बीच में एक फूल तैर रहा था सतह पर। अचानक अँधेरा छा गया था, हमारे जीवन की सबसे अँधियारी भयानक रात। बारिश होने लगी थी और ये जो खँडहर दिख रहा है, ये खम्भे? तब एक छत-सी

भी थी। हम बारिश से बचने यहीं भागे थे। मैंने उस दिन के बारे में कभी किसी से बात नहीं की, आज इतने सालों बाद।

"हम कितने डरे हुए थे उस दिन, उस तूफ़ान और झमाझम रौद्र बारिश से डर रहे थे, गहराती शाम के अँधेरे से डर रहे थे, भूत-जिन्न की कल्पना से डर रहे थे, नानी को बिना बताए घर से निकलने की डाँट से डर रहे थे, इस मनाही वाली जगह माँ और नानी के लाख मना करने के बावजूद आ जाने की उद्दंडता से डर रहे थे, घर में हमारी लाख ढुँढ़ाई होने की चिन्ता और उसके बाद के नतीजे से डर रहे थे। बादल गरजता जा रहा था, बिजली कड़क रही थी और बार-बार झील के सतह पर भयानक नृत्य-सा करती गिर रही थी। मैंने बहनों को साथ किया, मधुर, बहार और तारा, लेकिन कब तारा छूट गई पता ही नहीं चला। एक पल हम सबके साथ थी और दूसरे नहीं थी। बस बिजली के पानी पर गिरने और टेढ़े-मेढ़े तरीक़े से सतह पर निशान बनाता विलीन होता एक पल था, जमा हुआ, फ्रोजेन। ऐसा लगता था कि पानी किसी दैत्य की तरह बढ़ा आ रहा है हमें लील जाने के लिए। मेरे भय की कोई सीमा न थी। मैंने कई बार सोचा है उस रात के बारे में। शुरुआत में तो जैसे दिमाग़ ने उस रात को ईरेज कर दिया था। शायद कोपिंग मैकनिज़्म होगा। हम सबने अलग-अलग तरीक़ों से उस रात के हादसे को टैकल किया। हम सब डरावने सपनों से ग्रसित रहे बहुत दिन। मधुर बिस्तर गीला करने लगी। तुम्हारी माँ तो चुप लगा गई। मधुर बहुत बोलने लगी जैसे बहुत बोलकर उस घटना को पीछे धकेल देगी। मुझे दौरे पड़ने लगे। सब अजीब तरीक़ों से प्रभावित रहे।

"फिर बाबूजी ने उस रात के बारे में पूछना छोड़ दिया। शायद तारा को पा लेने की उम्मीद ख़त्म हो गई थी। फिर कई साल बीते जब मैंने उस रात के बारे में एक बार भी नहीं सोचा। किसी कोने में दबा-छुपाकर मैंने ताला बन्द किया और चाभी दूर बीहड़ में फेंक दी। लेकिन इधर कुछ सालों से फिर से सोचता रहा हूँ।"

वो मुड़कर मुझे देखते हैं।

"पानी कितना शान्त है न। पर अब भी यहाँ कोई नहीं आता। कितना ख़ूबसूरत है लगभग सम्पूर्ण। लेकिन जाने इस जगह पर क्या शाप रहा कि हमेशा उजाड़ सुनसान ही रहा।"

वो उठकर पानी के किनारे जाते हैं।

"मामू, ज़्यादा नज़दीक न जाइए," मैं ज़रा सहमकर कहती हूँ। वो चुकूमुकु बैठ जाते हैं और अपनी हथेलियों को जोड़कर पानी उठाते हैं फिर धीरे-से उँगलियों

के बीच से बह जाने देते हैं। ऐसा वो बार-बार करते हैं। सम्मोहित-सी मैं भी उनकी बग़ल में बैठ पानी छूती हूँ। पानी एकदम साफ़ और शीतल है। चट्टान पर कुछ गहरे-छिछले गड्ढे हैं जिनमें सूखे बीज और चिड़िया के बीट हैं।

तो तस्वीर वाली लड़की तारा थी।

"मामू, मैंने उसे देखा था।"

मामू चौंककर मुझे देखते हैं।

"कौन? तारा?"

"उसी किताब में, नाना वाली किताब में जो आपने मुझे भेजी थी, उसी किताब में एक तस्वीर थी, उनकी।"

"मैं कई बार सोचता हूँ उस रात आख़िर क्या घटा था? कहाँ ग़ायब हो गई तारा, पानी में डूब गई या कोई जंगली जानवर उठा ले गया या फिर किसी खाई-कन्दरा में विलीन हो गई, या रात के अँधेरे में औड़ाते-बौड़ाते कहीं भटक गई? बिना कोई निशान छोड़े कहाँ ग़ायब हो गई? अजीब रहस्य रहा।

"इट इज़ सच आ डैम फकिंग मिस्ट्री।"

उनके इस तरह के शब्द इस्तेमाल करने पर मुझे हँसी आ जाती है। मेरी हँसी पर वो भी हँस पड़ते हैं। फिर जेब से दो सन्तरे निकालते हैं। हम सन्तरे छीलते हैं और एक-एक फाँक रस लेते खाते हैं, छिलके और बीज को एहतियात से एक गड्ढे में डालते। फिर हम अपनी उँगली चाटते हैं।

"अगर यहाँ मिट्टी होती तो सन्तरे के पेड़ उग जाते।"

"फिर यहाँ का शाप मिट जाता और तारा ज़िन्दा हो जाती, इस सन्तरे की मीठी ख़ुशबू में।"

लेकिन तारा है न ज़िन्दा, देखो झील के बीच तैरता वो फूल।

"वो तो है, वही केन्द्र में जो फूल। लेकिन अचानक ये फूल कहाँ से आ गया?" जब हम आए थे तब तो नहीं था। एक बार फिर मामू पानी के पास जाते हैं, अपने हाथ पखारते हैं, फिर चेहरा। फिर पॉकेट से कुछ निकालते मुझे बुलाते हैं। एक छोटा चाँदी का ब्रेसलेट है, बच्चे का।

"ये तारा का था। उसकी यही स्मृति अब मेरे पास बची है, एकमात्र निशानी। मैंने ये किसी को नहीं दिखाया, न माँ को न बाबूजी को, न नानी को। उस दिन कभी मुझसे सटी होगी और ये निकल आया होगा उसकी कलाई से।"

उन्होंने धीरे-से उस ब्रेसलेट को पानी में छोड़ दिया।

“हमेशा शान्ति से रहो”, वो हौले से बुदबुदाते हैं। फिर मेरे कन्धे थामकर कहते हैं, “बेबी, हीरा, मेरी जान मेरी बच्ची चलो घर चलें।”

नीचे उतरना चढ़ाई की बनिस्बत मुझे आसान लगा। धीमी हवा बहने लगी थी और धूप हमारे चेहरे पर थी। घंटे-भर में हम घर पहुँचे, थके पर उत्फुल्ल।

शाम को उन्होंने वाइन की एक बोतल निकाली। पूरी शाम तक हमने दो बोतल वाइन ख़त्म की। आज रात तारे कितने चमकीले हैं। हम सुरूर के सुकून में साथ बैठे रहे। फिर मैं उठी। मामू ने मुझे छाती से लगाया, दुलार से मेरा माथा चूमा।

“अच्छे से सोना।”

मैंने सुना, ‘अच्छे से सोना तारा।’

पर शायद सुरूर की वजह से मैं कन्फ़्यूज्ड रही होऊँगी। वो मुझे तारा क्यों कहेंगे? मैं दरवाज़े तक पहुँचकर हल्का मुस्कुराती हूँ। किसी फूल की जंगली महक तिरती मुझ तक आती है। मेरी आँखें झपक रही हैं। आज माँ मेरे साथ हैं। उनकी प्यारी महक मेरे साथ है। आधी नींद में एक विचार कौंधता है। कल मामू से उस पोस्टकार्ड की बात पूछनी है जो मामू ने नन्ना को लिखी थी। फिर मैं नींद से बेहोश हो जाती हूँ।

इतनी किताबें—हीरा

अगले दिन मैं किताबों वाले कमरे में हूँ। अलमारी में किताबें ठसाठस भरी हैं, इतनी पुरानी और गर्द खाई कि निकालकर देखना मुश्किल काम है। पश्चिमी दीवार पर अलमारी कुछ बेहतर स्थिति में है। शायद इस तरफ़ खिड़कियों से देर तक धूप अलमारी पर गिरती है। उत्तर तरफ़ हालत और ख़राब है, सफ़ेद कीड़े, चींटियाँ और दीमक लगे हैं। छुओ तो भरभराकर गिर पड़ेंगे। ओह शुरू करने के पहले ही मैं हार गई हूँ। बेला मदद को तत्पर है पर गर्द का महीन गुबार छत तक फैल गया है। हम तीनों खाँस रहे हैं।

फिर भी कुछ किताबें समूची, हम निकाल पाए हैं। पुराने अंक ‘इम्प्रिन्ट’ और ‘सारिका’ के। कुछ वीमेन एंड होम, टाइम, कुछ नक़्शे, डिक्शनरी, थेसारस। एडिथ व्हारटन का ‘हाउस ऑफ़ मर्थ’, हमेट का ‘एडवेंचर्स ऑफ़ सैम स्पेड’, फोर्ड का

'गुड सोल्ज़र', डोरोथी सेयर्स का 'क्लाउड ऑफ़ विटनेस', चार्ल्स डिकेंस का पिकविक पेपर्स एक और जिसका कवर ग़ायब है और जीन रीस की 'आफ़्टर लीविंग मिस्टर मेकेंज़ी' आधी फटी हुई।

मैं ख़ुशी से पूरा दिन यहाँ बिता सकती थी। नीचे के ताखों पर पुराने दस्तावेज़ और फ़ाइलें धूल खा रहे थे। कुछ मढ़े हुए बही-खाते भी थे।

एक ख़ज़ाना और मिला। एक नोटबुक जिसमें पेंसिल और पेन से चिचरीकारी की हुई थी। शायद मधुर मौसी की नोटबुक थी। एक कॉलेज मैगजीन भी दिखी, मगध महिला कॉलेज की पत्रिका। इस पर माँ का नाम लिखा था, बहार। किसी डिज़ाइन वाली किताब के पीले फटे पन्ने थे, एम्ब्रोयडरी कशीदाकारी की किताब थी, अंग्रेज़ी पत्रिकाएँ थीं जिनमें पुलओवर और स्वेटर के डिज़ाइन थे और पन्नों से अंग्रेज़ ख़ूबसूरत जवान, नीली आँखों और गुलाबी रंगत में टरटल नेक स्वेटर पहने मुस्कुराते थे और दुबली बॉब हेयर वाली औरतें लाल नुकीले जूते और फ्रॉक में पोज करती थीं।

इन सब पर तारीख़ पचास और साठ के दशक की थीं। कविताओं की कुछ किताबें थीं फिर महादेवी की 'दीपशिखा'। बच्चों की ढेरों पत्रिकाएँ थीं, फटी और बहुत पढ़ी हुईं। कमरा नम था। मैंने मामू से इल्तिजा की कि रामरुख से कमरे की सफ़ाई कराई जाए और किताबों को धूप-हवा दिखाई जाए।

"इस बार या अगली बार तुम कुछ किताबें ले जाना चाहो...?" मामू पूछ रहे हैं।

हम दोनों हालाँकि जानते थे कि कोई अगली बार नहीं होना है। इस बार ही हो गया बहुत बड़ी बात थी। मैंने कुछ स्कूली कॉपी और कुछ ठीक हालत वाली किताबें उठाईं। ले जाने वाली किताबों को एक तरफ़ रखा। बेला को कहा, उन्हें झाड़-पोंछ देने को। कुछ ही घंटों में कन्धे और गर्दन अकड़ गए थे और धूल से छींक पर छींक आ रही थी। थकी थी लेकिन सन्तोष था। माँ से बात करने की तीव्र इच्छा हो रही थी, उनको सब बाँटना चाह रही थी, सब दिखाना, उनकी बचपन की सब कहानियाँ, इस घर की बातें, लल्लां कोट की सब यादें, उनके भाव जब वो इन कॉपी के मार्जिन पर आँखें और चेहरे उकेर रही थीं, पन्द्रह की उम्र में ये जो डायरी उन्होंने लिखी थी जिसमें महादेवी, निराला और पन्त की कविताएँ लिखी गई थीं, उनकी पसन्द की किताबें जिस पर उन्होंने अपना नाम लिख रखा था। ओह काश कि इस वक़्त माँ साथ होतीं, यहीं, मेरे संग।

मुझे सब बताती चलतीं, वही बातें जो अलग-अलग समयों में अलग-अलग

बरसों में टुकड़ों में, तितर-बितर कई बार मुझे बताती रही थी। एक बार फिर ये सब देख लेने के बाद सुनना, सारी बातों को सन्दर्भ देता, उसे एक ठोस वास्तविकता में सच कर देता, मेरे मन में सब साफ़ और सच्चा हो जाता। और इन चीज़ों को इस तरह देखना मुझे कहीं ज़मीन दे रहा था। मेरी ज़िन्दगी अकेली नहीं थी। किसी तार से जुड़ी थी जिसका सिरा अतीत में मेरे पुरखों से निकलता था। कि हम सब जाने कितने भावनात्मक उद्वेलनों का शिकार हुए, कितनी तकलीफ़ें और चोट सीने में दफ़न जीते रहे, फिर भी जीते रहे, जीते रहे शान से, दिलदारी और अमीरी से। और इसी अमीरी ने हमारे जीवन को अर्थवान और मूल्यवान बनाया, कि जीने की इस गरिमा में मानव-जीवन की महानता निहित है। ये जीवन का तार पीढ़ी-दर-पीढ़ी खिंचा है और जो मैंने उनसे पाया वही अपने बच्चों को विरसे में दूँगी। यह आत्मनिरीक्षण का समय था, चिन्तन का समय था, शान्ति का समय था।

लल्लां कोट से लौटने के बाद ही मैंने मन्दार जाने का निश्चय किया था। कुछ महीने वहाँ रहने का। निर्मल को मैंने मेल किया था। बताया था कि असल देहात है, नेट कनेक्शन तक नहीं है और मोबाइल भी आता-जाता है। कि वो मुझे मेल किया करे और मैं शहर गाहे-बगाहे जाती रहूँगी तो वहीं से मेल वग़ैरह देख लिया करूँगी। जाने के पहले मैंने उसे फ़ोन करने की कोशिश की थी लेकिन बात नहीं हो पाई थी। तारिक़ ने साथ चलने की तजवीज़ रखी थी।

"रानी, हम कुछ दिन अच्छी संगत में दिन बिताएँगे।"

मैंने कठोर होकर मना किया था।

"मैं वहाँ पहुँचकर तुम्हें कॉल करूँगी।"

उसने मुझे अटपटी निगाहों से देखा था और आगे ज़ोर नहीं दिया था।

जो दवा के नाम पे ज़हर दे

जंगल का जादू तिल-तिल—हीरा

मंगरू सुबह आता है, बरामदे में यूँ ही बेमतलब डोलता है, एक बीड़ी सुलगा एकाध कश लगाने के बाद मसलकर पुटुस की झाड़ी में फेंक देता है। फिर ज़ोर से कहता है,

"हम आज जाएँगे।"

मैं अपने डेस्क पर बैठी लिख रही हूँ। वो सारी कहानियाँ जो मामू ने मुझे बताई थीं। अभी सब मन में, दिमाग़ में ताज़ा हैं। मैं बाहर आती हूँ।

"हाँ, कहाँ, इंद न?"

वो सर खुजलाता कहता है, "शाम को तैयार रहिएगा। इंद रात को लगता है।"

पूरा दिन मैं उत्सुकता और उम्मीद में गुज़ारती हूँ। शाम को जींस और कुर्ता पहनती हूँ, स्कार्फ गले में लपेटती हूँ, कन्धे पर झोला है। मंगरू समय से आ जाता है। किसी जर्जर टेम्पो में हम लगभग बीस किलोमीटर चलते हैं फिर आगे पैदल की दुनिया है। रात की शुरुआत है। किसी कच्ची राह में हम मुड़ते हैं जिसके दोनों ओर पेड़ हैं। पेड़ों की क़तार सघन होती जाती है हर बढ़ते क़दम के साथ। हम आधे घंटे चल चुके होंगे। अँधेरा गाढ़ा है, हवा पत्तियों के बीच सरसराती गीत गाती है। फ़िज़ा नम और रेशम है हमारे चेहरे पर। मैं जादू की दुनिया में प्रवेश कर चुकी हूँ। कभी-कभी मंगरू की क़मीज़ पकड़ लेती हूँ जब आगे सूझता कुछ नहीं है। उसके क़दम एक बार भी लड़खड़ाते नहीं। पेड़ों की सघनता कुछ क्षीण हो रही है और दूर रौशनी का घेरा-सा दिखता है। चाँद अपने पूरे शबाब पर है। पेड़ों के बीच खुली जगह दिख रही है।

मैं औरतों के संग बैठी हूँ। कुछ से मेरी पहचान है। चुमकी आती है बीच-बीच में मुझे देखने कि सब ठीक है या नहीं, मुझे कुछ चाहिए तो नहीं। वो बहुत सुन्दर लग रही है। बालों में उसके फूल सजे हैं। कोई एक गुच्छा सफ़ेद फूल लाकर मेरे बालों में खोंस देता है। हवा इतनी ताज़ी है कि मैं घूँट-घूँट पी रही हूँ, सबको देख रही हूँ, हँस रही हूँ, ख़ुश हूँ जबकि सब ख़त्म हो रहा है। जंगल का जादू तिल-तिल

ख़त्म हो रहा है। कैसे हम आज में जीएँ। कैसे ये जीएँगे। ये सब आज के दिलेर खोजी यात्री हैं, किसी यात्रा पर निकल पड़े हैं नई दुनिया तलाशने।

अगले दिन मैं काग़ज़ का बंडल निकालकर लिखना शुरू करती हूँ—

आज के मुसाफिर

ये मंगलवारी हाट का दिन था। लाल मोरम की ज़मीन रात की वर्षा से भीगी थी। सागौन के पत्तों से पानी अब भी टपटप चू रहा था। नीली चिमचिमी को रस्सी से बाँधकर थोड़ा आड़ बना दुकानें सज रही थीं। एक पेड़ के तने से लाल चींटों की मोटी क़तार व्यस्त सिपाहियों-सी मुस्तैदी से काली लकीर खींचती थी। नीचे ज़मीन पर भुरभुरी मिट्टी के टीले में फिर अचानक से बिला भी जाती। चींटे किसी के पाँव पर चढ़ गए तो तिलमिलाकर उछलने का औचक नृत्य भी दिख जाता।

मंगरू टोपनो, शिबू कुजूर, बालू, बिरसा, सब के सब बझे थे। रुगड़ा निकालेंगे और छोटी मछली, कुकुरमुत्ता, केकड़ा पकड़ेंगे बजार के बाद। जंगल में आग जला पकाएँगे। हँड़िया के संग ख़ूब पकेगा छनेगा। पर पहले कमाई तो हो ले। फेंटे में बाँसुरी खोंसे मंगरू छन-छन इन्तज़ार करता है। इतवरिया और फूलटुसिया हथेलियों से मुँह दाबे हँसती-छनकती मुड़-मुड़ के देखती हैं। बालों में लाल टेसू के फूल कान के पीछे लटक-लटक जाते हैं। पाँवों के कड़े काले बादल में बिजली की चमक। मंगरू के दाँत भी चमकते हैं, बिजली की कौंध-से।

हाट की भीड़ बढ़ रही है। ज़मीन पर बिखरी हैं चीज़ें—टोकरी, रस्सी, सूप, दौरी, सींक के झाड़ू, बालों का नाड़ा, सीप मोती के हार, जड़ी-बूटी, सूखी मछली, सुतली से बँधे साग के गट्ठर, जंगली डंठल, पत्ते के दोने में भुने हुए फतिंगे और भूरे चींटे, मोटे रस में पगी बेडौल देहाती चींटी सनी मिठाइयाँ, घड़ियाँ, काले रंगीन चश्मे, छींटदार कपड़े और न जाने क्या-क्या। गाँव के गिरजे का पादरी फादर जॉन एक्का अपने उजले चोग़े को उठाए, सँभाले गुज़र जाता है। पिछले इतवार ही तो मारिया कुजूर के बच्चे का बपतिस्मा कराते बच्चे ने पेशाब की

धार से नहला दिया था। बच्चे को लगभग गिरा ही दिया था फादर ने। तब प्रभु ईशु की दयानतदारी कहाँ ग़ायब हुई थी। औरतों का झुंड मुँह बिचकाता है।

भनभन-भनभन आवाज़ इधर-उधर घूमती है इस छोर से उस छोर। तेज़ तीखी, मोलभाव करती, हँड़िए के नशे में झगड़ती, उकसाती, दबे-छिपे हँसती-किलकती और फिर दिन ढलते थकी-हारी, बेचैन थरथराती, बुझती ढिबरी के काँपते-सिमटते लौ-सी। अँधेरा होते ही सब सिमटता है। अलाव की रौशनी में चौकोर गुमटियों के उजाड़ पड़े निशान, काग़ज़ की चिन्दियाँ, पत्तल और कुल्हड़। रेजगारी की छनछनाहट, नोटों की करकराहट। कुछ बुझे उदास चेहरे, धूसर मिट्टी में सने पैरों के तलवे, रबर की चप्पलें और जंगल के सूने-सन्नाटे में खोते-पाते अकेले रास्ते। जंगल का जादू कहीं बिला गया है। सच कहीं बिला गया है। जंगल अब कुछ नहीं देता। पानी सूख गया है। पत्थर से आग निकलती है। जानवर सब भी कहीं लुक-छिप गए हैं। कोई शिकार बरसों से नहीं हुआ है। तीर और भाले किसी और ही समय के खिलौने हैं। सिंगबोंगा, सूरज देवता भी रूठ गया है तभी आग बरसाता है। मुंडा, खड़िया, ओराँव, सब आसमान ताकते हैं। पानी टप-टप चूता है आसमान से लगातार। अँधेरा परत बनाता है इतना कि हाथ को हाथ न सूझे। गाँव के लड़के अब अँधेरा पीते हैं। दिन-भर, रात-भर। और कुछ जो करने को नहीं। इतना घुप्प अँधेरा है कि सपना तक नहीं दिखता। मंगरू बाँसुरी बजाए तो भी नहीं।

हाट की दुकानें हर मंगलवार घटती जाती हैं। ट्रक पर हर हफ़्ते आलू-प्याज़ और बीड़ी के बंडल के साथ दो-तीन लड़के भी निकल जाते हैं पैर लटकाए, थोड़ी सी लाल मिट्टी नाख़ूनों में दबाए। एकाध लड़कियाँ भी, कलाई और माथे के गोदने को छुपाए, शहर में चौका-बर्तन और मजूरी करने। गाँव का जंगल सच में बिला गया। अब तो पूरा शहर ही जंगल है जहाँ आदमी ही शिकार करता है और आदमी ही शिकार होता है।

लाहा पाहिल धरती लोसोत गे
थो थोले तहेकान

सेकाते धरती रोहोर एना
लोसोत हावेत लागित पंखी राजा
होये माय बेनाव केत
ओना हादार होये तेगे रोहोर एना

शुरू में धरती दलदल थी फिर इतनी सूखी कैसे हुई धरती, सूखे सो पक्षी राजा ने बनाई हवा और उसकी फूँक से सूखी धरती

रेलवे स्टेशन पर नीरव शान्ति है। शेड के ठीक बाहर एक अकेला पेड़ दोपहरी की गर्म हवा में धीरे-धीरे डोल रहा है। लाल ईंटों का जालीदार घेरा और सबसे ऊपर सफ़ेद धारी के भीतर क़ैद पेड़ की पत्तियाँ किसी उदास गीत की संगत में उड़कर नीचे गिर रही हैं। शाम तक कुरमुरी पत्तियों से ज़मीन ढक जाएगी। बूढ़ा चितकबरा कुत्ता पंजों पर सर टिकाए सुस्त-उदास आँखों से गाहे-बगाहे मुआयना कर लेता है। फिर गहरी उसाँस भर आँखें मूँद लेता है। जब ट्रेन आएगी, चितकबरा जाग उठेगा। तब उसकी स्फूर्ति देखने लायक होगी। शायद कोई सवारी ट्रेन की खिड़की की सलाखों के पार पावरोटी का कोई सूखा बुसा टुकड़ा, या फिर भुरभुरी नानखटाई ही फेंक दे। मालगाड़ी के पीछे पाइप से मोटे पानी की धार हरहरा के बह रही है। कोने पर के लकड़ी की गुमटी में शीशे के बोइयामों में किसिम-किसिम की रंगीन गोलियाँ, लेमनचूस और बिस्कुट सजे हैं। ढीठ मक्खियों का जमघट है जो हटाए जाने के बावजूद पल-भर में ही बोइयामों पर दोबारा जम जाती हैं। बुड्ढा दुकानदार भी आदतन, सोते-ऊँघते, रह-रह झाड़न चला देता है मक्खियों पर। तीन-चालीस की डेली पैसेंजर आएगी तो उसमें भी हरकत आ जाएगी। फ़िलहाल, किसी भी गाड़ी के आने में बहुत वक़्त है, बहुत। छिटपुट सवारियाँ स्टेशन के एकमात्र लकड़ी के बेंच पर पाँव समेटे नींद के चपेटे में झुक रही हैं। इन सबसे दूर एक औरत खड़ी है, पीले मारकीन की चादर में बादुर जैसे बँधे सात-आठ महीने के बच्चे को पीठ पर सँभाले। उसके खड़े होने की भंगिमा में एक आतुरता है, बेचैनी है, डर और घबड़ाहट है।

उसकी कलाइयों पर फूल गुदे हुए हैं। ठीक बीचोबीच टेढ़े-मेढ़े अक्षरों में, बिलकुल न समझ में आने वाली लिपि में लिखा है—भउआ कच्छप। और भउआ कच्छप, खड़ा है वहीं बग़ल में, अपनी नई टेरेलीन की कमीज़ में, तेल चुपड़े बालों में, कन्धे पर झोला लटकाए। हाथों में वही बाँसुरी पसीज रही है, जिससे उसने पिछले इंद में झुमकी को रिझाया था। जब कच्चा महुआ चुआया था, जब भात सड़ा के हँड़िया बनाया था, जब नाचते-झूमते, रात-भर बेसुध गीत गाया था, जब बाँसुरी की तान पर झुमकी, बालों में टेसु के फूल सजाए जंगली लतर बन झूल गई थी। सरहुल में लाल पाड़ की साड़ी, घुटनों तक सजा के कमर में हाथ डाल लड़कियाँ और लड़के लय में नाचे थे, जैसे समन्दर में लहर उठती हो, ज्वार-भाटा उठता-गिरता, जैसे अजगर जंगल में सरपट सरकता हो।

घोटुल में बिताई रात, साथी सखियों के संग। जंगल जब संगी था। रात जब महुए की मादक सुगन्ध थी।

अब जंगल संगी नहीं है। अब गाँव भी संगी नहीं है। अब इंद नहीं है, सरहुल नहीं है। अब पोखर में मछलियाँ नहीं हैं, पेड़ों पर फल नहीं हैं। अब खेत बंजर हैं, अब जंगल भागता-छिपता है, काले पत्थर वाली चट्टान दरकती है, धरती अब आग उगलती है।

गुलाबी टीन के बक्से पर फूलपत्ती लहरदार है। पैसा जोगा के ख़रीदा है। झुमकी और भउआ की समूची अमानत, सारी जमा-पूँजी। झुमकी बार- बार पैरों से छुआती है बक्से को। आश्वस्त होना चाहती है कि टीन का बक्सा उसी का है, उसी के पास है। मुड़ के निहारती है, लम्बा सलोना भउआ। बच्चे के हाथ उसके बालों को अनजानते टटोलते हैं, उसकी कच्ची दूध-सी महक, उसके भोलेपन की महक, उसके बदन का गुनगुना भार पीठ पर।

झुमकी और भउआ कौन-सी ट्रेन पकड़ेंगे, कौन जाने पर पकड़ेंगे कोई-सी भी ट्रेन आज ही। गाँव छोड़ चल पड़े हैं आज के मुसाफिर नई दुनिया की खोज में।

एक दिन बाद मैं अगला हिस्सा लिखती हूँ—

जालफँसी चिड़िया

कहाँ जा रहली हैं मेवा, सोलवाँ सिंगार करके
जा रहलीयों बोबी

सगुनिया इतराकर छनक पड़ती है। नाइलॉन की फूलदार साड़ी का फेंटा कसकर बाँधा है उसने। पीछे से कमर का सलोना-साँवला-चिकना हिस्सा दिप-दिप करता है, धूप में चमकती-फिसलती अलकतरे की सड़क पर पानी की आभासी छाया जैसा। बिरवा, लम्बा-छरहरा तेल-पानी सा चिकना, चौड़ी छाती और लम्बी-पतली टाँगों वाला, हँसता है, हँसता है, हँसता जाता है। पुलिया के नीचे पानी बहता है कलकल-कलकल। दूर पेड़ों की छाया साँझ ढले सिमटती-सिहरती है धीमे से फुसफुसाती हैं पत्तियाँ। अँधेरा उतरता है पत्तियों पर, टहनियों पर, तनों पर, जड़ों की मिट्टियों पर, बिरवा की खुली मुट्ठियों पर, आँखों पर। जंगल अब सिर्फ़ आँखों में बन्द सपना है। ऐसा सपना जहाँ लौटकर जाना मना है। ऐसा सपना जिसे देखना मना है। लौटना है फिर उस बीहड़ से इस बीहड़ में, जहाँ दुख एक नंगा तार है, मन जिसके इर्द-गिर्द चौकन्ना चहलक़दमी करता है। रात-रात टाल पर चित्त लेटे आँखें देखती हैं अनगिनत तारे, एकदम चकमक, पत्थर-सी चकमक, जंगल में रात, बाघ की चमकती-जलती आँखें, पानी में चहलती केवई मछली का दप-दप रौशनी मारता चोंइयाँ। दिल फटता है तेंदू पत्ते-सा। गाँव-घर-गोतिया सब छूटा, सब छूटा, साँस छूटी, तार छूटा, छूटा रे सब छूटा।

ढाबे पर सुबह-सवेरे आलू के टाल के टाल छीलते उँगलियाँ सिकुड़ जाती हैं, पोर-पोर बन जाता है एक और उबला-सिकुड़ा आलू। चाय की देगची खौलती है दिन-भर। मोटे शीशे के धारीदार गिलास में ख़ूब ऊपर से ढारा हुआ झागदार-फेनदार चाय। सुड़ुक-सुड़ुककर स्वाद लेकर पीता है। कड़ाह और देगची सहित बर्तनों का ढेर है, नल के

पास वाले चबूतरे पर। मक्खियाँ भिनभिनाती हैं जूठे खाने पर, नाली में बहता है चावल का दाना, तरकारी से निकाली गई अधखाई हरी मिर्ची, गोल मिर्च के दाने, रोटी के कच्चे टुकड़े, कोयले का टुकड़ा जाने क्या-क्या? तेल और घी से करियाई कड़ाही पर मज़बूत हाथ मारना होगा। आज क्या हर दिन। इतना मज़बूत कि क्या जंगल में लकड़ी काटी होगी कभी, नंगे बिवाई लगे रूखड़े तलवों से नापी होगी कड़ी धूपजली मिट्टी और काले अजगर-सी पसरी अलस्त चट्टान पर जलाया होगा चाम। जला तो अब भी रहे हैं, दिन-रात फूँक रहे हैं, हाथ-गोड़ सब पेर रहे हैं कि लौटेंगे एक दिन। पर कहाँ लौटेंगे-क्यों लौटेंगे, किसके लिए लौटेंगे? गाँव अब बूढ़ों का गाँव हुआ, बीमार झुरझुर बूढ़ों का, लम्पट लौंडों का, ताड़ी के नशे में धुत्त अधेड़ों का, मिरमिराही औरतों का, बकझक का, बवाल का, भूखे पेट का, सूखी धरती का, लम्बी-बेकार दोपहरी का, सटके-चिपके पेट का, मकड़जाल चेहरे की झुरियाई त्वचा का, सूखे ठूँठ ठठ का। अब गिनने-गुनने से क्या फ़ायदा। सूरज कौन घड़ी किधर चला इसका हिसाब सुबह के नाश्ते की थालियाँ और दोपहर के भोजन के बरतन धोते रहने से जोड़ता है बिरवा।

सुगनिया भी करती होगी रेज़ा मजूरी। कैनाल पर पुल का काम होता है। लाल मिट्टी और बालू में पैर धँसा ढोती होगी गारा-सीमेंट। कुछ दिन में कमर की लचक लचक जाएगी तब तक गिलट का कड़ा चमकेगा पैर में, कमाई से पैसे बचा देखेगी सलीमा, बॉबी, बिरवा के संग गुनगुनाएगी गीत सरहुल के, हँसेगी खिलखिल तब तक। कौन जाने कब बिरवा आलू छीलते-छीलते, नाख़ून का पोर दुखाते-दुखाते कोई नया सपना देख ले और उस सपने में सुगनिया भी हो कहीं इधर-उधर चकमक-चकमक करती।

कलाई के गोदने में फूल है, पत्ती है, साँप है। माथे पर ठीक बीचोबीच तीन बुन्दी है, आँख के कोये जहाँ ख़त्म होते हैं वहाँ भी और पैरों पर जहाँ कड़ा रगड़ाता है वहाँ भी। लेकिन सुगनिया अब शरमाती है गोदने

से, छुपाती है। मिटा देना चाहती है जंगल का नामोनिशान। शहर की रंगीनी भौचक करती है, तरह-तरह के रिबन, क्लिप, बिन्दी, चूड़ी, आलता, नेलपॉलिश, कनबाली, हार, न जाने क्या-क्या। इत्र-फुलेल मह-मह करते हैं। जंगल के रात की महक से कहीं ज़्यादा मादक, नशीला। ठीक-ठीक उस पुल बाबू जैसा जो जाने कैसे-कैसे अपनी कंजी आँखों से ताकता है। बिरवा की काली कूट आँखें तब जंगल जैसे ही बिला जाती हैं। सुगनी तब और इतरा जाती है, हँस-हँस कर दुहरी हो जाती है, गिर-गिर पड़ती है। बाबू बीड़ी सुलगाकर मुस्कुरा-मुस्कुराकर देखता है। जंगल का पखेरू ख़ुद जाल में फँसा चला आता है। अब ज़्यादा देर नहीं। तब बिरवा फक्क देखेगा। हाथ से एक और सपना उड़ जाएगा। सुगनी समझती है, देखती है रंग-बिरंगा सपना पर असली में? असली में सटता है बदन से अलकतरा, जंगल से भी काला। बाबू का क्या। फिर कहीं और पुल बनेगा। जंगल से पेड़ तो कट ही रहे हैं। जाएँगे कहाँ पंछी। कितना बड़ा तो जाल है। फँसेंगे साले एक-एक करके। पुल बाबू हँसता है फिक्क से और हँसता है ढाबे वाला मालिक भी। अनजान है बिरवा, अनजान है सुगनी। पर एक दिन तो जान लेंगे फिर? तब तक जंगल का जादू ख़त्म होता है तिल-तिल।

नील माधव—हीरा

इंद के बाद मैं उस संसार में थी जो तुष्टि और सन्तोष से डबाडब था। रोज़ मैं निकल जाती, दूर-दूर। शाम को थककर लौटती। इस दुनिया को अपने तरीक़े से खोज पा रही थी। अकेले इस आवारगी के बीच प्रकृति से अपना राग स्थापित करने का सुख अतुलनीय था।

उस रोज़ कोई जीर्ण मन्दिर दिख गया था। ढहता हुआ, छूटा हुआ। एक तरफ़ पत्थर पर उकेरी हुई मूर्ति। नील माधव। जंगल के वीराने में, किसी सौ साल पुराने वृक्ष की जड़ों से फूटती दीवारों के बीच एक दुनिया। माधव। कैसी सौम्य मुस्कान

है, ज़रा-सा नटखटपन, एक तन्द्रालीन भाव, परम आनन्द। पत्थर पर किसने उकेरा होगा ये भाव? दिखे होंगे उसे बाँसुरी बजाते कृष्ण? या ख़ुद तन्द्रा में होगा, भक्ति के परम पर या फिर सर्जना के चरम पर, अलौकिक अनुभूति के अधीन।

मुझे कृष्ण बहुत प्रिय हैं अपने सब रूपों में और शिव प्रिय हैं अपने औघड़पने और तीक्ष्ण अनुभूतियों के लिए। शिव डिप्लोमैट नहीं, कृष्ण हैं, कृष्ण कर्ता हैं, शिव कारण हैं, कर्म हैं। कृष्ण लीला हैं, इस मायावी संसार की लीलामाया के संचालक।

हमने अपनी सब कमज़ोरियों को और अपनी सब अभिलाषाओं को मैनिफ़ेस्ट किया, प्रोजेक्ट किया अपने ईश्वर में।

मन्दिर के इस भग्नावशेष की छवि में मुझे लीला रचते वही माधव दिखते हैं। परम सुख और परम दुख के स्नेह में विशाल और अनन्त होते और फिर उतने ही सूक्ष्म होते।

हे ईश्वर तुम हो तो लौटो इस लीला में। बीच लीला अलोप हो जाना ईश्वरीय नहीं।

रात स्वप्न देखती हूँ—

हम दो सौ मील रास्ता भटक गए थे। भूखे-प्यासे। कोई दिखा था, दुबला-काला-छोटा, मटमैली-सी धोती और हाथ में उसके लम्बी लाठी।

"कटक का रास्ता किधर?"

"कतिक:?"

कौन था? चेहरा जाने कितना सुघड़। किसी और समय का मुसाफ़िर। फिर इशारा किया एक तरफ़। अरे अभी तो इधर कोई सड़क नहीं दिखती थी, अब अचानक?

कड़ी धूप थी, मीलों तक कोई घर, इनसान की सूरत नहीं, कच्ची झोंपड़ियाँ कुछ, बकरियाँ-मुर्ग़ियाँ कुछ, गाय-भैंस कुछ।

वो दिन याद रहा, उसकी शकल भूली रही इतनी, अब अचानक याद आया, ओ यही मेरे मंदार का बन्धु-सखा कोई, यही मेरा समय यात्री, यही हर बार रास्ता दिखाता, जैसे कल उस झील में पंछी, चुपचाप देखते फिर साथ उड़ते रहे, कुछ दूर जब आसमान, पानी सब एकरंग था और हम किसी संसार में न थे, शून्य में शून्य की तरफ़। और एक पंछी था फिर कुछ और।

शाल्मल—हीरा

सुमुली, शाल्मल! उजाड़ दिनों की आहट में आसमान नीला, इस लाल के परे चटक, फिर भी फीका।

धूप में जैसे चील उड़ती एकाग्र अकेली।

मेरी आत्मा इस कुचले लाल-सी होती, नाचती चील के परों पर गोल-गोल-गोल। पहाड़ के बीच की हवा जैसे हल्की नदी। एक धुन खिंचे तार-सा बींध लिए जाता जैसे मछली का बिंधा गलफड़, जैसे माँझे में पतंग, जैसे जीवन में मृत्यु, जैसे सुबह सड़क पर इतने सारे सिम्मुल।

सिमूल सिम्मुली शाल्मली।

हर दिन सुबह की सैर के दौरान एक कोयल बोलती है लगातार। सड़क पर गिरे हैं मसले फूल अंगार लाल, मांसल, जीवन्त। कुछ दूर तक सिर्फ़ लाल। आसमान ज़रा फीका है, हवा में गर्मियों का संकेत। उदास निचाट दोपहरी की एक आहट। मन किसी बचपन की याद में ऐसे बींधता, नीम-ख़ुशी तरबूजे की फाँक-सी मुँह में घुलती। इस मौसम के बदलने में एक उदास हल्की ख़ुशी चील-सी तैरती, चीख़ती—

ओ सिम्मुल सिम्मुली शाल्मली।

तेरे न होने की जगह इतने सूने-सन्नाटे द्वार से धूप की चमक दीखना है, दीवे की कालिख का मोह रौशनी के मोह पर भारी है, तेरा होना मेरी आत्मा सिम्मल के बाँकपन की चौड़ है, तू देख, तेरी मैं ऐसे चुप की जोगन बनी, ऐसे ही डूब जाऊँगी उस नदी में जो मेरे लिए सोती है अभी।

इंद से लौटकर, सब लिखकर जैसे आत्मा तर हो जाती है। शहर में दोस्त के एनजीओ को लिखती हूँ, मदद के लिए। पूछती हूँ, क्या बच्चियों के वर्चुअल अडाप्शन के लिए कोई स्कीम बन सकती है? पैसा उनकी संस्था दे, कुछ स्पॉन्सरशिप, कुछ डोनेशन और लोग अपना समय दें, उन बच्चियों को भावनात्मक रूप से सहारा दें, आगे के जीवन के लिए मेंटरिंग करें। अचानक लगता है जीवन का एक प्रयोजन मिल गया है। हफ़्ते में दो बार, तीन बार गाँव जा रही हूँ, गाँव के बुज़ुर्गों से बात कर रही हूँ, समझा रही हूँ कि इस तरह उनके बच्चों को जीवन में आगे बढ़ाने की कुछ सहूलियतें मुहैया हो सकती हैं। कुछ बच्चों से कितनी मोहब्बत हो गई है! सिस्टर स्टेला से भी चर्चा करती हूँ, क्या कुछ सम्भव कराया जा सकता है?

अपनी परेशानियों से दूर हटकर कितनी तो तसल्ली मिल रही है। और भी दुख हैं ज़माने में मोहब्बत के सिवा।

पिछली दफ़ा जब शहर गई थी, दफ़्तर से एक मेल आया था। सबाटिकल का समय ख़त्म होने को चला है। मुझे तय करना है, नौकरी पर लौटना है या इस तरह का काम करना है या नौकरी पर लौटते हुए भी इस काम को किया जा सकता है। मेरा फोकस निर्मल, तारिक़ और इस उलझे ताने-बाने से हटकर इस नई दुविधा में अटका है। मुझे लगता है मैं हील कर गई हूँ, मेरा मन साफ़ हो गया है। सब जाले हट गए हैं।

सामने हाते में पौधों को पानी देते, हरेक पत्ती को पानी से नहलाते मेरे भीतर भी एक सादा सुख भर आता है। इस सादे-सरल जीवन में ही मेरी मुक्ति है। कितनी ख़ुदग़र्ज़ हो गई थी मैं। माँ से बात करने को दिल चाहता है, निर्मल से और तारिक़ से भी। अपने जीवन को सुव्यवस्थित करने की चाह फिर से मुझे जीवन्त कर रही है।

सगरी और चुमकी दोनों का नेह मुझे सम्पूर्ण कर रहा है। बिना किसी शर्त के उनका ये दुलार। आते-जाते कई बार सगरी के घर रुकती हूँ। नीचे फ़र्श पर बैठकर उसके बच्चे को गोद में बिठाकर दुलार करती हूँ।

शायद लल्लां कोट और उदय मामू के साथ समय बिताना भी मुझे एक ठहराव दे गया है। जैसे मेरे जीवन को एक सन्दर्भ मिल गया हो। नन्ना, बड़ी मामी, नानी, माँ यहाँ तक कि कैथी भी, सबने जैसे मेरे जीवन को अमीर बनाया है। मैं ख़ुशक़िस्मत हूँ कि इनकी कड़ी में जुड़ती हूँ।

चौबीस को मिलो—हीरा

कई दिनों बाद मैं शहर जाती हूँ। कुछ अल्लम-गल्लम चीज़ें ख़रीदती हूँ फिर साइबर कैफ़े जाती हूँ। इतने मेल पड़े हैं। एक-एक करके देखती आख़िर उस मेल तक पहुँचती हूँ जिसकी उम्मीद में यहाँ तक आने की जहमत उठाई थी। बहुत सी मेल अलग-अलग तारीख़ों पर लिखी गईं पर भेजीं एक दिन।

ज़रा काँपते मैं पढ़ना शुरू करती हूँ, सबसे पुरानी तारीख़ वाली सबसे पहले।

प्रिय हीरा,

तुम जा रही हो। जाओ अगर यही चाहती हो तो।
अपना ख़याल रखना।

निर्मल

इसके बाद, पन्द्रह दिन के अन्तराल पर दूसरा मेल है—

हीरा,

अपनी ख़बर दो, तुम्हारा फ़ोन नहीं लग रहा।

तीसरा मेल उसके एक महीने बाद का है।

हीरा,

मैं अभी मेक्सिको में हूँ। थक गया हूँ सफ़र से लेकिन काम सही जा रहा है। तुम ठीक तो हो न?

फिर दो दिन बाद—

हीरा,

आई मिस यू।

फिर उसी दिन एक मेल और—

हीरा, हीरा, हीरा।

बस सिर्फ़ इतना ही। मेरी आँखें आँसुओं से भर जाती हैं। सब सामने धुँधला गया है।

फिर एक हफ़्ते बाद सिर्फ़ एक तस्वीर, उसकी।

वो बहुत अच्छा लग रहा है, साफ़, जीवन्त, हँसता हुआ पर उसकी आँखों के गिर्द और होंठों के कोनों पर थकान की रेखाएँ मैं देख सकती हूँ।

और अन्तिम मेल एक हफ़्ते पुराना है—

हीरा,

मैं घर आ रहा हूँ। चौबीस को मिलो मुझसे।

आज बीस तारीख़ है। इसके बाद मैं एक भी मेल और नहीं देखती हूँ।

मेरी पैकिंग हो गई है। चुमकी बहुत उदास है।

"मत जाओ दीदी।"

मैं वादा करती हूँ, आऊँगी जल्दी ही फिर। मंगरू को भी तसल्ली देती हूँ कि जल्द ही अपने दोस्त से उसके शहर में फ़ोटोकॉपी की दुकान के लिए बात करूँगी।

सिस्टर स्टेला से मिलने जाती हूँ।

वो मेरे घुटने प्यार से थपथपाती हैं। हम चाय पीते हैं।

"गॉड बी विद यू," कहती हुई वो बाहर तक मुझे छोड़ने आती हैं।

वापसी का सफ़र इतना लम्बा है कि ख़त्म ही नहीं होता। मैं बहुत बेसब्र हो रही हूँ। पूरी रात, ट्रेन में ऊपर के बर्थ पर लेटी मैं सोचती हूँ कि क्या अब मैं बेहतर हूँ? अपने में अधिक स्थिर चित्त?

तुम मेरी जुड़वाँ हो—हीरा

अभी साल भी पूरा नहीं हुआ। सिर्फ़ नौ महीने हुए हैं। इतना समय काफ़ी था बच्चे को जन्म देने के लिए। अगर अबॉर्शन न हो जाता तो अब तक मैं माँ बन गई होती। अपने सपाट पेट को सहलाती हूँ और याद करती हूँ कितना ख़ून बहा था। निर्मल

को कुछ नहीं पता। शायद तारिक़ का बच्चा था। कितने दिन हो गए जब तारिक़ का ख़याल तक न आया। कितनी अजीब बात है कि एक वक़्त उठते पहला ख़याल उसी का आया और सोते अन्तिम भी उसी का। अब महीने गुज़र गए हैं। अपनी आख़िरी बात में उसने कहा था, "रानी तुम मेरी सिबलिंग हो, मेरा आल्टरनेट सेल्फ़।" तब मैं शॉक हुई थी। पूछना चाहती थी कि मेरे साथ सोने के बाद तुम कैसे इस तरह सिबलिंग वाली बात कह सकते हो, कैसे? तब मुझे सचमुच समझ नहीं आया था।

शायद अब कुछ-कुछ समझ सकती हूँ। रिश्ते हमेशा अपना स्वरूप बदलते रहते हैं। अपना आकार, अपनी बुनावट सब। वो अलग दिशाओं में ग्रो कर सकते हैं, बहुत ऊँचाई ले सकते हैं या गहरी खाई में गिर सकते हैं। तारिक़ क्या महसूस करता था अब मैं समझ सकती हूँ। साथ सो लेना या सेक्सुअल रिश्ता बना लेना अहम नहीं था। एक-दूसरे को सही मायनों में समझ लेने की क़ूवत रखना अहम था। और उस तरह की बात कहते वो मुझे धोखा नहीं दे रहा था। वो सिर्फ़ हमारी अन्तरंगता को एक नए स्तर पर ले जा रहा था। मुझे अपने इस बेवकूफ़ाना, सिली, रोमांटिक नोशन से निकलना ज़रूरी था कि किसी रिश्ते का चरम शारीरिक अन्तरंगता में है।

वैसी अन्तरंगता सिर्फ़ निर्मल के साथ सुखद थी। इस ट्रेन के कम्पार्टमेंट में भी निर्मल के शरीर की महक और गरमाहट मैं महसूस कर सकती थी। तारिक़ के साथ हमेशा कोई काल्पनिक स्पेस मेरे मन में आबाद रहा। मैंने तारिक़ के साथ सोना याद किया और जो बात दिमाग़ में आई वो सिर्फ़ गहरी उदासी का आस्वाद था। तारिक़ बहुत उदास इनसान था, रूखे तरीक़े से बहुत ईमानदार भी। अपने जीवन में पीछे जितनी औरतों को छोड़ आया था, कभी भी उनके बारे में एक बुरा शब्द उसने नहीं कहा। उनके बारे में तो और नहीं जिन्होंने उसको छोड़ा था। मैं जानती थी कि कई बातों में वो मुझ पर निर्भर होता है, कई में एकदम आज़ाद। और ये कि मेरी जगह पर कभी वो घुसपैठ नहीं करेगा। अगर मैं उसके जीवन से निकल जाना चाहूँ तो किसी रमते जोगी की निस्संगता से मुझे जाने भी देगा, भले ऐसा करते उसका दिल चाक-चाक हो जाए।

उसने तब मुझे कहा था, "तुम निर्मल से बहुत प्यार करती हो। उसके बिना नहीं रह पाओगी।"

मैंने इस बात पर बहुत तीखी प्रतिक्रिया दी थी। मेरा हर पल उसके ख़यालों में बीतता था। कितना क्लीशे है ये सोचना भी पर उतना ही सच भी। उसके साथ होना मुझे चमकती धूप से भर देता था। उसकी आवाज़ उसकी हँसी का टिंबर, उसका

कुछ शब्दों को उच्चारित करने का लहज़ा, उसका मेरे लिए हज़ार खिड़कियाँ खोल देने का हुनर, मुझे वो सपने दिखाने की काबिलियत जिसके बारे में कभी सोचा न था। मैं सपने देखने लगी थी। उसकी आवाज़ मुझे दूर देशों में ले जाती और मेरा दिल किसी ऐसी मीठी तकलीफ़ से भर जाता जो काफ़ी सम्भावनाओं से भरी थी। और ये सब उसकी संगत में सम्भव था।

"एक दिन तुम मुझे भाव देना बन्द कर दोगी। मैं तुम्हारे लिए बेमतलब हो जाऊँगा। उस दिन तुम्हारे दिल में मेरे लिए प्यार ख़त्म हो जाएगा।"

मैंने कुछ नहीं बोला था, कोई प्रतिवाद नहीं किया था लेकिन ख़ुद को वादा किया था कि ऐसा दिन कभी नहीं आएगा।

तुमने मेरे सामने इतनी कोमल अनुभूतियाँ पेश की हैं, वो सब मखमली एहसास। मैं सोचती थी ये सब मुझे अब नसीब नहीं।

मैं सोचती थी बाक़ी लड़कियों ने कैसे तुम्हें छोड़ दिया, या कैसे जाने दिया। मैं कभी तुम्हें अलग नहीं कर सकती। तुम्हारे बिना मैं बिन देह की फड़फड़ाती क़मीज़ हूँ। मेरे भीतर इतनी ख़ाली जगह थी जहाँ से तुम्हारे शब्द भीतर चले आते, अँखुआते और ख़ुशबूदार हरे-भरे पेड़ बन जाते। मुझे ख़ुद पर हैरानी होती। क्या दूसरे भी मेरे भीतर पनपती इस ख़ुशबू को महसूस कर पा रहे हैं। आओ मेरे साथ, रात मेरे साथ चलो, रातरानी की ख़ुशबू मेरी साँसों में है, मेरे शरीर में लय है। फिर एक दिन तुमने कहा, तुम मेरी जुड़वाँ हो और मेरे शरीर को ढक दिया था। मैं हैरान थी। चिल्लाई थी, झगड़ा किया था।

"क्यों-क्यों?"

तुमने मुझे स्नेह से देखा था लेकिन कहा कुछ नहीं था।

"कोई और औरत है तुम्हारी ज़िन्दगी में?"

तुम चुप रहे थे।

"बताओ मुझे।"

तुम फिर भी चुप थे।

"अच्छा? तो इसका मतलब है कोई।"

मैं ग़ुस्से से सीझ रही थी।

मैं उसका दिल बाहर निकाल देती, उसको पैरों तले मसल देती, आग लगा देती।

पर तुम मुझे प्यार करते हो, उतना ही जितना मैं तुम्हें करती हूँ। लेकिन अब तुमसे नफ़रत है मुझे। जीवन-भर रहेगा।

मैं बीमार पड़ गई थी, जैसे किसी ने पेट में घूँसा मार दिया हो, या फिर किसी एक्सीडेंट से गुज़री अपनी दिशा खो चुकी होऊँ। मैं उसे अपना ख़ून रिसता नंगा दिल दिखाना चाहती थी। वो ठंडा, निस्संग, निर्विकार था।

"ओह, कैसे तुम मेरी तकलीफ़ नहीं देख पा रहे अगर मुझसे प्यार करते हो तो? मैं कितनी-कितनी तकलीफ़ में हूँ, कितनी।"

पढ़ी गई सब किताबें और देखी हुई सब फ़िल्में, मिले हुए सब लोग, भोगा हुआ हरेक पल, घूमे हुए सब शहर, छतनार पत्तियों वाले पेड़ों से ढकी गलियाँ, सुने हुए सब गीत, उनकी उठान। सब याद रखना कि इनके याद रखने में तुम्हें याद रखना है।

दास्तान-ए-ग़म-ए-दिल उनको सुनाई न गई
बात बिगड़ी थी कुछ ऐसी कि बनाई न गई

कैसी उदासी का आलम है। ठहरे हुए धुएँ की तरह। सब रुका हुआ, ठहरा, सिर्फ़ साँस लेनी मुश्किल हो। ऐसी आवाज़ में कैसे कोई गा सकता है?

सपना—हीरा

रात की सुरंग में रेल नींद को चीरती किस बियाबान से गुज़र रही है? मैं सपने की एकान्त दुनिया में प्रवेश कर जाती हूँ। एक के बाद एक दृश्य, कभी धीमे, कभी तेज़ी से ओझल होते जाते हैं। जाने इस प्रदेश में कौन है मेरे साथ। कभी निर्मल, कभी तारिक़, कभी पहचानना मुश्किल। दोनों घुल-मिल कर एक होते जाते हैं।

मैं नींद में अचकचाकर बुदबुदाती हूँ कुछ अस्फुट शब्द जो चेतन नहीं हैं, उन अचेतन शब्दों की धरती इन्हीं जागी-सोई दुनियाओं के बीच की कोई खोई दुनिया है, दो साँसों के बीच का समतल पठार जहाँ पलती हैं इच्छाएँ वो जो कहीं नहीं जातीं, जनमती हैं उसी पल और फिर लटकी रहती हैं हवा में, उलटे।

चाँदनी रात में दो लोग देखते हैं आसमान, हाथ साथ बढ़ाकर लोकते हैं इच्छाएँ, अन्दर फिर खिलता नहीं क्यों कोई फूल? होते हैं हैरान, कहते हैं, अब हम बच्चे तो नहीं कि फ़र्क़ न कर पाएँ मिलने और चाहने के बीच।

बैलून गिलास में पीते हैं फेनी समझकर कोई महँगी शराब उसी अदा से जैसे देखी थी कभी किसी पुरानी अंग्रेज़ी फ़िल्म में, पीते हुए मद्धिम संगीत के साथ कुछ घूँट, बेहद मादक, जीते हैं किसी बिलकुल गैरज़रूरी इच्छा को ऐसे और ऐसे।

और रख देते हैं ताक पर लपेटकर लाल गठरी में महफ़ूज़ उन ख़तरनाक इच्छाओं को जो लटकी हैं उलटी उस दुनिया में, जिसका अस्तित्व नहीं है इस दुनिया में। पर जिसकी गन्ध तिरती है यहाँ, यहाँ और यहाँ।

तुम हँसकर बढ़ाते हो गिलास और कहते हो...अब, इस दुनिया में कुछ भी वर्जित नहीं।

काली कॉफ़ी के तल में छूटी हुई हैं कुछ बातें। धूप की सीढ़ी चढ़ दिन पहुँच जाता है छत पर, सो जाता है अलस्त दोपहरी।

आर यू हैप्पी? सिगरेट की राख सवाल के साथ-साथ भुरभुराकर गिरती है ट्रे पर।

सामने बच्चे खेलते हैं फ़व्वारे के चारों ओर। हवा बहती है, छूती है इसको-उसको, कोई स्कार्फ़, कोई शॉल हिलता-फड़फड़ाता है। सेल पर बात करती लड़की हँसती है अचानक। चौंककर मुड़कर देखती है फिर मगन हो जाती है। कॉफ़ी का प्याला प्लेट पर गोल घुमाती औरत सोचती नहीं है, दिन के इस वक़्त जड़ा हुआ ये पल तौलती है। आदमी के 'आर यू हैप्पी' को तौलती है। तौलती है दर्द के चिलकने को। टीस की टोपी ओढ़े, सिर थामे स्थिर।

वो बाहर देखता है, सिगरेट फूँकता है। सब तरफ़ देखता है। मैं उसे देखती हूँ। उसके न देखने को देखती हूँ। फिर बैग से निकालकर कोई-सा भी पेनकिलर गटकती हूँ। क्या फ़र्क़ पड़ता है।

कमरे में बिखरी हैं नीली दरियाँ। हर रंग का नीला। और कोने में इज़ेल, आधा चेहरा। बेंत के काउच पर अब भी निशान है देह के ढलकने का, बाल के एक रेशे का, रात की स्मृति का। बाहर पेटियो पर गीले पत्ते सिहरते हैं कुहासे में। ठंड चाय की प्याली में डूबती-उतराती है। गद्दे पर निढाल पड़े उसको देखती हूँ। पीछे बजती है कोई धुन रेडियो पर, काँपती है आवाज़। उसकी उँगलियों पर अब भी निशान हैं पेंट के। तारपीन के तेल की महक सूँघती हूँ मैं नाक भरकर।

एक नस फिर तड़कती है, बिजली फिर कौंधती है। मैं सोचती हूँ आज भी असर नहीं हुआ, ये कमबख़्त पेनकिलर! इज़ेल के आधे चेहरे में ढूँढ़ती हूँ हैप्पीनेस का डेफ़िनेशन।

हर बार शब्द निकलते हैं अर्थ को तलाशते बौराये निपट उदास खोज में। मैं सुनती हूँ ख़ुद को भी दम साधे, सतर्क, बजती है आवाज़ लौट-लौट आती है बिना छुए हुए किसी हवा तक को भी। अन्दर गिरता है बूँद-बूँद पानी। कोर्स की किताबें, स्टैलेकटाइट्स और स्टैलेग़माइट्स, बर्फ की पिघलती शिला रिसती है ठंडे सन्नाटे में। ऐसा कैसा मौन, इस शोर में भी? या फिर रात के अँधेरे में बाथरूम के टपकते नल जैसा, उचटती है नींद, बेखटके देखती हैं आँखें चीरकर गाढ़े काले अन्धकार में चमकती बिल्ली आँखें, कुछ रेंग जाता बचपन का भूला डर? खिड़की से झाँक जाता है एक बार और। और पाती हूँ अपने को कहते हुए किससे? शायद ख़ुद से बस एक बार और?

डर का भी एक स्वाद होता है, लटपटाई जीभ पर फुसफुसाता-कोंचता स्वाद जो याद रहता है बरसों डर के न होने पर भी। जिसका इन्तज़ार करता है मन कैसी सिहरती उत्सुकता से, पैर बढ़ाते ही झट से पीछे खींच लेने का कौतुक खेल? आगे-पीछे पटरी पर दौड़ती है रेल, बोलते हैं झींगुर बाहर की बरसात में, निकल पड़ते हैं यायावर, मन के ही सही, उतरती है सड़क किसी बियाबान खोह में नीम गुम अँधेरे के। बीतती है रात एक बार और। सुरंग के पार उगता है दिन सूरजमुखी-सा। अँधेरे डर के बाद सुलगते दिन का स्वाद, बस एक बार और।

वो जगह अँधेरे की जगह थी। गाढ़ा अँधेरा। हाथ बढ़ाओ तो पोरों को छूकर साफ़ निकल जाए। फिर हम आँखें बन्द कर लेते और उँगलियों से देखते और देखते कि हमारे शरीर पर ऐसे पंख उग आए हैं जो अँधेरा चीरकर कहीं उड़ा ले जा सकते हैं। और हम बाज़ बन जाते। हमारे डैने हवा को चीरते, अँधेरे को चीरते और हम आज़ाद हो जाते, आज़ाद परिन्दे। हमारे बदन पर हवा सट-सट फटकार मारती, हमारे चेहरे पर हवा चाबुक चलाती, हमारी आँखों से आँसू बरछी की तरह तेज़ निकल कनपटी तक फैल जाते, हमारी छाती तेज़-तेज़ धड़कती, हमारी नब्ज़ से एक जुनून बिजली-सा कौंध जाता, हमारे पैर की कानी उँगली का नाख़ून खिंच जाता और हम ऐसी शिद्दत से ज़िन्दा होते ऐसी शिद्दत से...कि बस!

पर ऐसा कभी-कभी होता। ज़्यादातर हम पड़े रहते, चित और अँधेरा हमें ओढ़ लेता। हम आँखें फाड़-फाड़ देखते और हमें कुछ भी न दिखता। फिर हम थककर आँखें बन्द कर लेते। तब ये अँधेरा कुएँ की अतल गहराई का अँधेरा होता। कुछ-कुछ भयानक, कुछ ज़हरीला, काई से भरा जहाँ रौशनी का एक क़तरा भी साँस न लेता। उँगली वहाँ डुबाओ तो पानी के साथ लसलसा अँधेरा भी चिपक

जाए और घबराकर हाथ चाहे लाख झटको छूटे ही ना। और ऐसी नीम घबड़ाहट में आँखें खुल जातीं। खुल जातीं और अँधेरा तब भी न छूटता। हम छटपटाकर रह जाते पर तब भी न छूटता। हम अँधेरे के क़ैदी। ताउम्र क़ैदी। किससे गुहार करते? किससे कैफ़ियत माँगते?

फिर किसी दिन या शायद किसी रात कोई लड़की एक जुगनू छोड़ देती। बच्चों की हँसी भरी चुलबुलाहट उस जुगनू की पीठ पर बैठकर अँधेरों में धीरे-धीरे उतर आती। हम साँस रोके, दम साधे महसूस करते। रौशनी के आभास को, उसकी गर्मी को। हमारी त्वचा, अँधेरे से पीली पड़ी त्वचा, सिहर जाती किसी आगत के उत्साह में, आकुल। बेकल। एक साथ हँसी और एक साथ रुलाई होड़ लगाती, उफनती, धक्कमपेल...सब एक साथ। और हम एक साथ जी जाना चाहते। एक साथ मर जाना चाहते...सब एक साथ। सब एक साथ।

एक बार उसने मुझे कहा था—

"To take a photograph is to align the head, the eye and the heart. It's a way of life."

वो सपने में हमेशा मुस्कुराते दिखते हैं। तस्वीरों में नहीं।

अच्छी तस्वीर लेना उम्दा ज़िन्दगी जीने जैसा है दिल-दिमाग़ और आँख सब एक सुर में...वो सपने में ऐसे ही दिखते हैं। हँसते हुए भी नहीं, उदास भी नहीं और थोड़ा गहरे सोचने पर, शायद मुस्कुराते हुए भी नहीं।

कुछ-कुछ ऐसे जिनकी जड़ें ज़मीन में गहरी गई हों और टहनियाँ आसमान तक। कुछ खुरदरे रूखे, सख़्त दरख़्त, फिर भी कहीं सेमल-से हल्के जो उनको जाने कहाँ-कहाँ उठा देता है, किस आसमान तक। उनकी ली हुई तस्वीरों को देखती हूँ। कुछ उजाले और अन्धकार के खेल हैं, आँखों में किसी नम उदासी को पकड़ लेने के पल हैं, वीरानी है, भयानक उदासी है, ख़ुशी के क्षणों में भी चीरने वाली उदासी, रौशनी के आगे सिलूएट। छाया!

सपने में भी मद्धम सुर में संगीत बजता है। मार्था अर्गरीच शुबर्ट बजाती हूँ। वो कहते हैं मुझे समझ नहीं शुबर्ट की। मैं हँसती हूँ, मुझे भी नहीं फिर बहुत उदास होती हूँ, बहुत। कितनी चीज़ें रह जाएँगी बिना समझे? इस एक ज़िन्दगी में।

मैं ज़िद करती हूँ, "मेरी एक भी तस्वीर क्यों नहीं ली?"

"इसलिए कि तुम्हारे दिल और दिमाग़ के बीच गहरी खाई है।"

मैं कहती हूँ, "ठीक," और सपने से बाहर निकल आती हूँ।

वो सपने में हमेशा मुस्कुराते दिखते हैं। तस्वीरों में नहीं।

मैं खुली नर्म घास पर चित लेटकर आसमान देखना चाहती हूँ। बड़ी चीज़ें छूट जाएँगी। छोटी चीज़ें पकड़ लेना चाहती हूँ। मैं तस्वीरों में भी मुस्कुराना चाहती हूँ। सचमुच भी, सचमुच भी। ख़ुश होना इतनी बड़ी बात है क्या?

मैं चिलकती धूप में और तड़तड़ाते माइग्रेन के नशे में तुम्हारी क़मीज़ के पॉकेट में ख़ुद को नहीं भर पाने की स्थिति में कुछ और भर रही थी, ख़ुद को झुठला रही थी, फिर भी बार-बार फरेब खा रही थी। तुम किसी ग़ुस्से की झोंक में औंधाये पड़े थे, आईने में ख़ुद को देखते खड़े थे। तुम्हें मनाना था लेकिन हर बार की तरह थक-हार कर मैं मना रही थी, लाचारी में ख़ुद को गला रही थी, अपनी तकलीफ़ का हार बना रही थी। तुम्हारे तने रहने में कहीं ख़ुद को छोटा बना रही थी। भीड़ का हिस्सा होते हुए भी भीड़ से अलग खड़ी थी, देखती थी तुम्हें धीरे-धीरे भीड़ में गुम होते और तुम इतना तक नहीं देखते कि मैं अब भी भीड़ से अलग तुम्हें देखते खड़ी हूँ...

मैं चाहती हूँ गुम हो जाऊँ, आसमान-ज़मीन में खो जाऊँ, सोचती हूँ कहूँ हद है ऐसी नाराज़गी? फ़ोन उठाऊँ और तुम्हारी नाराज़गी पर नाराज़ होऊँ, फिर याद आता है, कुछ याद आता है और बढ़ा हाथ खिंच जाता है। मैं चाहती हूँ ऐसे गुम हो जाऊँ कि तुम खोजो फिर खोजते रहो। मैं चाहती हूँ तुम्हारी खोज तक गुम रहूँ। पर तुम्हारी खोज कब शुरू होगी ये पूछना चाहती हूँ। मैं चाहती हूँ। कितना कुछ तो चाहती हूँ। फिर मैं फ़ोन उठाती हूँ। गुमने और खोजने के अन्तराल में अब भी बहुत फ़ासला दिखता है।

किसी वक़्त रात के नशे में कोई आवाज़ बोलती है। कहीं बारिश होती है। यहाँ सिर्फ़ गरम हवा चलती है। जब बारिश होती है तब भी कुछ भीगता नहीं क्योंकि गरम हवा चलती है। रात में भी धूप चिलकती है। किसी दरवाज़े के बाहर कोई कब तक रहे, कब तक?

कल पढ़ा था साईंनाथ का एक चैप्टर, एक इस्ताम्बुल का और ब्रोदेल के कुछ पन्ने, किसी से चर्चा की थी पन्द्रहवीं से अठारहवीं सदी में यूरोप की और उसने कहा था आठवीं सदी का भारत, और चर्चा की थी रोमिला थापर की और कुछ देर योग साधना की, फिर देखी थी रात में एक्स्ट्रा टेरेस्ट्रियल्स पर एक फ़िल्म, शायद एम नाइट श्यामलन की और खोजती रही कोई इंडियन कनेक्शन। और इन सबके पीछे घूमती रही थी सिर्फ़ एक बात। आख़िर इस दिन का, इन दिनों का अर्थ क्या है?

ठंडी पड़ी कॉफ़ी के प्याले को परे सरकाते अब भी सोचती हूँ। इतना क्यों सोचती हूँ पर बाहर अब भी चिलकती धूप ही है। कोई समन्दर क्यों नहीं है?

उस रात के बाद जैसे सुबह नहीं हुई—हीरा

तो उस रात के बाद जैसे सुबह नहीं हुई। अँधेरा झरता रहा अन्दर-बाहर। उसने कहा था चित लेटो सब शान्त हो जाएगा पर रात की रीतती रुलाई लगातार गोल घूमती रही, जाने कौन से चक्रव्यूह बनाती भेदती। कुछ खो गया था। और चाभी उस सन्दूक़ की मिलती न थी। हर बार आँख बन्द करते हथेलियों में उसका ठंडा स्पर्श और आँख खोलते ग़ायब। खो गया, क्या अब कभी नहीं मिलेगा? की हूक उठती थी। कोई पतली लकीर नहीं थी, रेशे में खरोंच का निशान नहीं था। बस विध्वंस था। सब चुक जाने का प्रलयंकारी विलाप।

फूल लेकिन अब भी गमक रहे थे। लतरों पर कनबलियाँ लटकी थीं, हवा में नाचते घुँघरू। और शीशे पर मातम मनाती एक तितली। अँधेरे में काली, दिन में रही होगी सफ़ेद। मैं अब देखती क्या थी। उस रात में? जिस रात के बाद जैसे सुबह नहीं हुई।

बाहर कोई बजाता था कोई धुन, बहका हुआ, सुरों के बाहर डोलता-लड़खड़ाता, जीवन से चूर, ख़ुशी से भरपूर, जैसे अन्तिम संगीत हो और फिर इसके बाद कुछ नहीं। ऐसी तोड़ देने वाली बहक कि बदन अपने आप झूम उठे, जैसे ये नृत्य भी अन्तिम था, ये बात भी अन्तिम थी, इसके बाद कोई आवाज़ नहीं। तो, उस रात अन्तिम रात के बाद जैसे सुबह नहीं हुई।

उसका खो जाना भी उतना ही नियत था जितना मिल जाना। फिर इस दुनिया की भीड़ में, इस शहर की भीड़ में, इस गली-मोहल्ले की भीड़ में, अपने अन्दर की भीड़ में...अभी था, अभी नहीं। बढ़े हाथ की सबसे लम्बी उँगली के अन्तिम छोर पर स्पर्श टिका था अब भी, जैसे नब्ज़ धड़कती थी अब भी। बावजूद इसके कि उस रात के बाद जैसे सुबह नहीं हुई।

सपना अब भी सुबह तक याद नहीं रहता। किसी वक़्त पूरे डिटेल्स में रहता था। अब नहीं। अब, गनीमत कि कुछ देखा था का भास याद रहता है। और बहुत बातें याद रहती हैं, जो नहीं रहनी चाहिए वही याद रहती हैं, अपनी सम्पूर्ण बेवकूफ़ियों

में याद रहती हैं। कोई कील दिमाग़ में लटका छोड़ी है जहाँ इन फ़िज़ूल-बेकार बातों को टाँगकर भूल जाते हैं, भूल जाते हैं पर कील पर टँगी बात हमें नहीं भूलती। और जो-जो इतना जितना नहीं भूलना था उसे फिर उस रात याद किया जिस रात के बाद जैसे सुबह नहीं हुई।

फिर रात लम्बी होती गई। इसलिए कि उसके बाद सुबह की कोई गुंजाइश नहीं थी। इसलिए कि पता था कि अब सुबह नहीं होनी। इसलिए कि जान लेना ही सब कुछ था। इसलिए कि जितना खोना सच था उतना ही पाना। फिर उस रात के बाद कभी सुबह नहीं हुई। फिर उस बात के बाद कोई बात नहीं हुई।

आज मन बड़ा विकल रहा। भीतर कोई बारिश थी। जाने किस बात का असर था कि कूलरिज पर फ़िल्म पैंडेमोनियम देखते, कुबला ख़ान सुनते मन भर आया उन पंक्तियों की ख़ूबसूरती पर। अफीम की पिनक के असर में ऐसे विजंस, जनाडू, कुबला ख़ान, एन्शिएंट मरिनर। कौन लिखवाता उससे ऐसे ख़ूबसूरत दिल तोड़ देने वाली कविताएँ। इतनी आग, कितना पैशन, कैसी आल्केमी। उसकी सनक-भरी ज़िन्दगी पर मन भरा? शायद कूलरिज बाईपोलर डिसऑर्डर का मरीज़ था फिर क्रिएटिव जीनियस तो था ही। किसी भी सर्जना के पीछे कितना टरबुलेंस रहता है। जैसे छाती तोड़कर भीतर से, अन्तरतम से कृति निकलती है। इज़ इट ऑल वर्थव्हाइल? आग, पानी, धरती सबका मेल। कोमलता और तरलता की तह पर कितना विध्वंस। अगर सम्भव होता तो कोई ऐसे ट्रेड ऑफ़ करता? क्या चाहते हैं हम जीवन से? महीन सघन भाव? छाती पर हमेशा कुछ भरा-पूरा भाव? भले जो तकलीफ़ दे? कि हम कुबला ख़ान हो जाते उन अदृश्य शहरों के द्रष्टा, वो पवित्र नदी जो बहती है उन अनगढ़ गुफाओं और खोह से, डाउन टू द सनलेस सी। सनलेस। यानी जीवनविहीन, जहाँ अँधेरा हो, कोई रौशनी नहीं, सूरज नहीं, उम्मीद नहीं, कुछ भी नहीं? आज मन बड़ा विकल रहा।

ये जीवन दुख भरा—हीरा

मैं निर्मल के लौटने के तीन दिन पहले घर पहुँचती हूँ। घर एकदम कबाड़ हो गया है। धीरे-धीरे साफ़-सफ़ाई और घर सहेजना कर रही हूँ। कबर्ड को व्यवस्थित करना,

किचन की सफ़ाई, घर को धूप-हवा खिलाना। पूरे समय स्पीकर पर बतियातो और चावेला वार्गास के गाने सुनती हूँ, लूप में, पागलों की तरह। फिर सिराज औरंगाबादी की वो ग़ज़ल—

चली सम्त-ए-ग़ैब सी क्या हवा कि चमन ज़ुहूर का जल गया।
मगर एक शाख़-ए-निहाल-ए-ग़म जिसे दिल कहो सो हरी रही।

सचमुच एक हरी शाख जिन्दा रही, मेरी भी।

रात को बग़ल के फ़्लैट से लड़की के रियाज़ करने की आवाज़ आती है। तानपूरा का शुद्ध स्वर और उसकी साफ़ आवाज़। राग खमाज मेरी खिड़की से भीतर मुझ तक आता है। मुझे माँ का 'तिरछी नजरिया लागे प्यारी' गाना याद आता है। बचपन में जब शाम खेलकर मैं वापस आती थी तब माँ ये गाती होती थीं। मैं खिड़की से झाँककर उस लड़की को देखना चाहती हूँ जो इतनी तन्मयता से रोज़ गाती है तानपूरे की संगत में उसके लम्बे बाल उसके कन्धों पर सीधे गिरते हैं और कमरे की पीली रौशनी में बेन्द्रे की पेंटिंग-सा दृश्य है। माँ ख़ुश हैं कि मैं लौट आई हूँ। अगले दिन वो मेरे पास आ जाती हैं, अचानक। मैं अचम्भित हूँ।

"तीन सौ किलोमीटर की यात्रा कर आप आ गईं?"

"इसलिए कि मैं सिर्फ़ तीस किलोमीटर दूर थी।"

वो अच्छी लग रही हैं, अपने कलफ़ किए हैंडलूम की साड़ी और सफ़ेद बालों में। अब भी कितनी शालीन, दुबली और एलीगेंट। वो मधुर मासी के घर थीं। और शायद उदय मामू से भी मिल आई थीं। वो हँसती हुई मुझे बता रही हैं, "उदय भैया तुमसे बहुत ख़ुश हैं।"

हम बिस्तर पर आराम से लेटे बतिया रहे हैं। वो बीच में टटोलते प्रश्न पूछती हैं, कभी निस्संग भी हो जाती हैं। हम सौ बार चाय पीते हैं, कुछ शॉर्टकट लंच बनाकर खाते हैं और फिर बिस्तर पर लेट जाते हैं। वो मधुर मासी और उदय मामू के बारे में छोटी रोज़मर्रा की बातें बता रही हैं, यूँ ही सी आमफ़हम बातें।

मैं इस रूटीन की फ़ैमिलियारिटी से ख़ुश हूँ। लौटकर माँ के पास ऐसे होना सुकूनदेह है। फिर अचानक मैं तारा का ज़िक्र छेड़ती हूँ, उस रात की बात, उदय मामू का ब्योरा। वो संजीदा हो गई हैं।

अब भी ये बात चोट पहुँचाती है कि वो ज़िन्दा हो सकती है। मैं बहुत छोटी थी तब लेकिन उदय भैया और मधुर को बहुत बातें याद होंगी शायद। मैं आगे

झुककर उन्हें कहती हूँ, "माँ, आप नैन मौसी के बारे में मुझे बता सकती हैं। अब मैं बच्ची नहीं रही।"

माँ मुझे जिज्ञासा से देखती हैं।

"हाँ, इतनी बड़ी तो हो गई हो कि अपने पति के अलावा किसी ग़ैर पुरुष से अन्तरंग हो जाओ?"

मैं हतप्रभ हूँ। वो मुझे चिट्ठियों का बंडल थमाती हैं। वो चिट्ठियाँ जो तारिक़ ने शुरुआती दिनों में मुझे लिखी थीं, मेल नहीं ख़त थे ये। ये पत्र हमारी अन्तरंगता के गवाह थे, कामुक और नशीले, सेन्सुयस बिम्ब से महकते। मुझे उसका एक-एक शब्द ऐसे याद आया जैसे वह मेरे दिल के अन्दर गहरे धँस गया हो। जब हमने शारीरिक रूप से अन्तरंग होना बन्द कर दिया था तो मैं कितनी पागल हो गई थी कितनी बेचैन और कितनी बार मैंने इन पत्रों के हरेक लफ़्ज़ को उस एहसास को फिर से याद करने के लिए बार-बार पढ़ा था। उस निकटता को, उस एक-दूसरे के बदन को अधिकार और मोहब्बत से भोगने को, मैं कितनी बार याद करती थी।

मेरा दिल धड़क उठा। यह मेरे निकटतम अन्दरूनी हिस्सों में गुप्त कुछ था। माँ को इसका पता कैसे चला? उन्होंने दया से मेरी ओर देखा। मुझे आश्चर्य हुआ कि उनके चेहरे पर कोई क्रोध नहीं था, कोई तिरस्कार नहीं था।

"मुझे ये गेस्ट रूम के बिस्तर के नीचे मिला था। गद्दे को ज़रा हटा रही थी और इन पर निगाह पड़ गई, गद्दे के नीचे दबा था ये बंडल।"

मैं जो अपने बौराये हुए दिल के जुनून को छुपाने में इतनी सावधान थी, कैसे इस तरह लापरवाह हो गई। शायद निर्मल से अलग कोई रात वहाँ बिताई होगी। अगर निर्मल के हाथों ये पड़ जाते? मेरा दिल आशंका और भय से रेल की तरह धड़धड़ा रहा था। निर्मल तारिक़ को जानता था, तारिक़ से मेरे अन्तरंग भाव को भी कुछ-कुछ समझता था। पर उसे ये नहीं मालूम था कि मैं उससे अन्य तरीक़ों से भी अन्तरंग थी। शायद उस रात इस बात का इल्म उसे इंट्यूटिव तरीक़े से हुआ था तभी उसने मुझे चैलेंज किया था। मैंने काँपता हाथ माँ की तरफ़ बढ़ाया उन चिट्ठियों को लेने के लिए।

माँ ने एक पल को अपनी आँखें बन्द की थीं।

"तुम जानती हो न, नैन के साथ भी ऐसा ही कुछ हुआ था। किसी और शख़्स के प्रेम में पड़ी, भाग गई थी। कितना बड़ा स्कैंडल था उन दिनों। नन्ना ग़ुस्से से, शर्म से पागल हो गई थीं।

"नैन के पति नफ़रत से अलबला गए थे। पूरा घर उसके ख़िलाफ़ था। पाँच

महीने बाद किसी ग़रीब कामगार से मोहल्ले के गन्दे-से एक कमरे में मरी पाई गई। फाँसी का फन्दा लगाकर लटक गई थी। उसके प्रेमी भुवन ने उसे छोड़ दिया था। कहीं की न रही थी बेचारी नैन। उदय भैया बाहर थे। नन्ना पहले कठोर हुई थीं फिर कमज़ोर पड़ी थीं। माँ बेचारी दुख से टूटी। फिर मैं और तुम्हारे पापा गए थे। किसी पड़ोसी ने इत्तिला दी थी।

"हीरा, बहुत ही भयानक था सब। पड़ोस के लोगों ने उसे धरती पर लिटा दिया था। उसका एकदम दुबला हड़ियल बीमार शरीर। उसके तलुए और एड़ियाँ काले कठोर धूल सने थे। मुझे सिर्फ़ उसके पैर दिख रहे थे उस वक़्त। अजीब बात है न। नैन के पैर तो कितने सुन्दर सुबुक थे। गर्दन पर जहाँ रस्सी कसी होगी वहाँ गहरा निशान था। बाल झंखाड़ रूखे थे। आप उसे छू नहीं सकते थे। और उसका सुन्दर चेहरा? न! किसी और का चेहरा था। विरूप।"

माँ की आवाज़ सपाट है लेकिन एक रेशा छीजकर बिखर रहा है।

"हम उसे अपने घर ले आए थे। मैंने उसके शरीर को नहलाया-धुलाया था, नई साड़ी लपेटी थी। फिर नन्ना और माँ आए। माँ दुख से बेहोश सी थीं। जब नैन भागी थी तब भी माँ ने अपना ग़ुस्सा, क्षोभ, शर्म सब छुपा रखा था। घर में नैन का नाम कोई नहीं लेता था। कितना बड़ा स्कैंडल था।"

माँ फिर दोहराती हैं इस बात को।

मैं सनाके में हूँ।

माँ कहती हैं, "जीवन बहुत निष्ठुर है हीरा। नैन जो हम सबमें सबसे सुन्दर थी, सबसे हुनरमंद, इस तरह चली गई, बिना सेज सँभाल के, बिना लाड़-दुलार के।"

"उसके पति ने उस वक़्त तक दूसरी शादी कर ली थी। नैन का जीवन ऐसे ही नष्ट हो गया। सब सम्भावनाएँ, सारा जीवन, सब ख़त्म। किसी काले गड्ढे में नैन नाम की लड़की ग़ायब हो गई। और हम सब उस चोट के निशान अब तक ढो रहे हैं।"

वो ख़ुशबूदार ख़त—हीरा

रात को मैं अकेले सोती हूँ। बेचैन, करवटें बदलती। उस पीले लिफ़ाफ़े से ख़त निकालती हूँ और एक-एक करके पढ़ती हूँ।

किसने कहा है कि तुमने अकेलेपन का पेटेंट ले रखा है? कैसा लगता है अपनी तकलीफ़ में निपट अकेले होना जबकि आप लोगों से घिरे होते हैं हर वक़्त। किसी को कैसे कोई बताए कैसा होता है ये अकेलापन जबकि इसके बीच आप उसके संगीत को सुनते किसी शिद्दत-भरी ख़्वाहिश का शिकार होते हैं।

अभी मैं उस कोने की तलाश कर रहा हूँ जहाँ कोई बार-बार मुझे ये न पूछता हो कि क्या परेशानी है जबकि न परेशानी न तकलीफ़ बताई जा सके और जिसको बताने की इच्छा हो वो पूछना भी गवारा न करे, कि इस तरह पूछना भी अश्लीलता हो।

अगर मेरे बारे में सोचती हो तो ये समझो कि कोई बच्चा अपनी साइकिल दीवार से टकराकर बेहोश गिरा है।

रात के तीन बजे हैं। तुम सोई हो या जागी हो? अगर सोई हो तो कैसी नींद में हो, क्या तुमने चादर मुँह तक ओढ़ रखा है? गहरी साँस ले रही हो? कमरा चुप है न, पंखे की आवाज़ होगी, तुम्हारी साँसों की आवाज़ होगी। क्या उस कमरे में मैं भी तुम्हारे इर्द-गिर्द अशरीर नहीं डोल रहा? तुम्हारे सपने में?

लेकिन तुम्हें इतना चाहकर भी क्या होगा? मैं यहाँ हूँ अपने कमरे में, किताबों और पेंटिंग्स के बीच। अपने काउच पर गिरता निढाल। तुम्हें सोचता कोई खेल खेलता हूँ जो मुझे थका देता है, मेरी तकलीफ़ बढ़ा देता है।

हर बार जब तुम मुझे तरजीह नहीं देती मुझे तकलीफ़ होती है। हर बार जब आज तुमसे बात की मेरे गिर्द भीड़ थी। मैं औपचारिक होने को मजबूर था।

मेरे भीतर तुम्हें जगा देने की कैसी बेचैनी थी, मालूम नहीं मैं क्या कहता, तुम्हें शान्त कर देता। लेकिन कोई कैसे ये कर सकता है? क्या तुम्हारे बाल सहलाऊँ, तुम्हारा माथा। तुम्हें कहीं छुपाकर सुला दूँ? पर ये सम्भव नहीं है तो मैं अपनी इस ख़ाली जगह को कैसे भरूँ? न मुझमें इस बात की ताक़त है न काबिलियत।

मुझे अपने दुख को इंडल्ज भी क्यों करना।

मेरे भीतर जो भी उमड़ रहा है उसे मज़ीद तुम तक पहुँचाना नामुमकिन है। लेकिन मैं इस ख़ालीपन से ख़ौफ़ज़दा हूँ, बहुत। कल रात जब तुम मुझे लिख रही थी, उसी वक़्त मैं भी, तुम्हें।

मैं बेतहाशा ख़्वाहिश करता हूँ, तुम्हारी।

तो जाने कितने दिनों बाद मैं सवा नौ तक सो गया फिर चार बजे आँख खुली। फिर भी पड़ा रहा, कुछ सोचता रहा, कुछ पढ़ता रहा, नहाया, नाश्ता किया और अब काम से निकल रहा हूँ। दोपहर बाद फ्री हो जाऊँगा।

और तुम? तुम कैसी हो? मेरा शरीर तो सो गया लेकिन मेरी रूह रौशन है, मेरी छाती के बाल भी जगे हैं, तुम्हारी याद में कभी हँसते हैं कभी सो जाते हैं।

और? मेरा इनाम क्या है? या तुमसे इनाम की उम्मीद करना बेकार है? मैं तुम्हारा स्वाद चखना चाहता हूँ, तुम्हें छूना चाहता हूँ, यहाँ और यहाँ, तुमको

सहलाना, छेड़ना चाहता हूँ, लेकिन कैसे करूँ ये सब? तुम्हारे बन्धन कैसे ढीले करूँ? अपनी जीभ तुम्हारे मुँह में कैसे डालूँ? और क्या लिखूँ तुम्हें? मेरा मुँह सूख रहा है, मेरा शरीर मेलंकली में गिरा है, सोया है, लेकिन जब उठता हूँ तो वो रोता है और तुम? तुम हँस रही हो?

आज रात मैंने क्या किया तुम्हारे साथ? तुम्हें अनकम्फ़र्टेबल किया? कुछ देर के लिए? कुछ लम्हे के लिए? या लगातार? पर बताओ मैं क्या करूँ? तुम्हें चाहने की तीखी ख़्वाहिशों में इस तरह फ़ोन से बात करना कितना टॉर्चरस है जबकि ऐसे समय में, इतने वलनरेबल लम्हे में एक मीठी फुसफुसाहट भी भारी होती है। मेरे लिए भी इस तरह होना मुश्किल और ऑक्वर्ड है। पर

तुम्हारी तकिए में गड़ी मीठी, ख़ुशबू से लबरेज़ आवाज़, उसका साथ, सब आसान बना देती है। तुम नहीं जानती कि इस तरह के सख़्त दूरियों के पल कितने मुश्किल हैं, फिर भी तुम्हारा बहुत शुक्रिया मेरी प्यारी, बहुत बहुत शुक्रिया जानेमन दिलनशीं।

देखो! तुमको कितना ही मैं जानता हूँ? शायद बहुत नहीं। पर तुम्हारा दुलार, तुम्हारी मोहब्बत मुझ पर नेह की ऐसी बरसात करता है कि मैं सराबोर हो जाता हूँ। एकदम से आरज़ू होती है तुम्हें गले से लगा लूँ। तुमको अपनी रूह की ठंडक दे दूँ, तुम्हारे बाल, तुम्हारी उँगलियाँ, तुम्हारा सब। मैं हैरान होता हूँ कि इस तरह का सादा दुलार तुम कहाँ से अपने भीतर लाती हो कि मैं उसमें नहा जाता हूँ। इस तरह के मीठे नेह को मैंने कभी जाना ही नहीं। जब भी सोचता हूँ मेरा दिल भर जाता है।

फिर...मैं सोचता हूँ तकदीर भी क्या मज़ेदार शै है। हमारा मिलना उसी ने कराया। कि एक-दूसरे के क़रीब आना इतना आसान था। तुम्हें अजीब नहीं

लगता? और मज़ेदार? इसलिए भी कि कई बार लोगों से बात करते, मिलते-जुलते मैं बहुत बार रूखा हो जाता हूँ, बहुत बार बेजार और फिर कोई ऐसी बात कह देता हूँ जो अच्छी नहीं होती। फिर मुझे ख़ुद से शर्मिन्दगी होती है। तुम्हारे साथ भी कई बार इस तरह के लम्हे आए हैं, लेकिन वो इतने मुश्किल नहीं हुए हैं कभी। तुमसे जब भी बात हुई है हमेशा लगा है जैसे बचपन के संगी से बात कर रहा हूँ जिसे मेरे बारे में तब से अब तक सब पता है। फिर कभी-कभी ये भी लगता है कि क्लास की मासूम लड़की को बहकाने का बदमाश खेल खेल रहा हूँ। तुम्हें ऐसा नहीं लगता?

आज तुमसे देर तक बात कर सकता हूँ। तुम्हारी ग़ैरमौजूदगी में भी, बिस्तर पर लेटे, किचन में, खेत में, भीड़-भाड़ वाली सड़क के ठिकाने में। कहीं भी। लेकिन रात के ढाई बज रहे हैं और मेरी आँखों में नींद आ रही है। और उठना होगा सुबह सात बजे। और मैं तुमको अपने एहसासात से उबाना नहीं चाहता। हालाँकि, मैंने तुम्हें कितना बोर किया? कुछ औंस। एक-चौथाई पाउंड। या अधिक।

मैंने एक या कुछ भी आसान नहीं बनाया है...यह केवल एक हद तक ही आसान हो सकता है...इससे आगे यह ख़ाली और उदास जगहों से भरा होगा...मैं लम्बे समय के इस विचार को हमेशा पसन्द नहीं करने वाला हूँ, डिस्टेंट लव मेकिंग...हम इसे कब तक बर्दाश्त करने जा रहे हैं...सिर्फ़ कल्पना से अपने गाल, गर्दन, कन्धे को सूँघ रहे हैं? केवल कल्पना हमें चोट पहुँचाना या थका देना शुरू कर सकती है, तब?...मुझे उस त्वचा पर अपना हाथ रखना है, इसे अपनी हथेलियों के नीचे महसूस करना है...क़रीब से देखना है कि जब मैं अपने होंठ हटाता हूँ तो तुम्हारे निप्पल कौन से रंग चुनते हैं...तुम्हारा पेट कैसे ऊपर और नीचे चलता है...तुम अपने पेट के बल लेटी हुई कैसी दिखती हो...तुम्हारे कूल्हे में क्या गोलाई है...वे सभी छोटी चीज़ें...यह तुम्हारे खाना पकाने और दफ़्तर जाने से नहीं सम्भव हो सकती हैं न? हर समय घर के कामों को देखते हुए, नहीं...

ये सब न तो ख़ुशनुमा है न उदास। बस एक सूरते-हाल है सचमुच। बस हम नहीं जानते कि इस वक़्फ़े को कैसे हैंडल करें। तुम इतनी कोशिश करने वाली हो? मैं?

अच्छी नींद सोओ, अच्छा इतवार मनाओ।

स्वीट हार्ट।

तुम क्यों चाहती हो कि मैं तुम्हें ख़त लिखूँ? यह ज़िद क्यों? जब तुम्हें पता है कि आज कुछ लिखना नहीं है। फिर भी क्या लिखूँ? मैं किसको लिखूँगा? उस लड़की को जिसे लगातार एक बच्चे की तरह बताया जाता है, हर दिन, फ़ोन कॉल करने की बुनियादी बात? और कौन जवाब देता है, ठीक है।

मेरी मनहूस हताश इल्तिज़ा पर एक बच्चे की तरह मासूमियत और भोलेपन के साथ? ऐसी लड़की को कोई क्यों लिखेगा, क्यों?

ये लड़की क्यों कुछ सुनना चाहती है। या वो मुझसे कुछ कहना चाहती है? कि वो किसी के लिए फुलका बनाना चाहती है। इसके बजाय जब कोई मछली भून सकता है और अपने परिवार और दोस्तों को ख़ुश कर सकता है...। अब एक आदमी के लिए पाँच फुलके की ख़ुशी क्या है जब उसकी तुलना दूसरों से की जाती है। कोई शिकायत भी क्यों करे?

ठीक है। तुम सही हो। मैं ग़लत माँग कर रहा था। हमेशा की तरह। और तुम। तुम कल से क्या कर रही हो? सब ठीक है? तुम यही सुनना चाहती हो? क्या तुम अब यह सब सुनकर ख़ुश हो?

तुम मुझसे कब और कितना सुनना चाहती हो यह मेरे लिए एक मुकम्मल रहस्य है। तुम्हारी बेचैनी और तुम्हारी जलावतनी, तुम्हारे मन के किस कोने में और कितने तीखेपन से मैं एक परेशान मौजूदगी में बने रहता हूँ। यह भी एक रहस्य है। और जब तक तुम कपड़े उतारो और अपने एहसास को मेरे सामने सच्चा शिफ़ाफ़ न करो और मेरे साथ सादा और क़ुदरती न पेश आओ ताकि मैं सहज रूप से एक ताल में बहूँ, तुममें बहूँ। कि मैं तुम्हारी गर्दन, तुम्हारे कन्धों, तुम्हारे पीठ, बाल, कान, गाल, तुम्हारी आँखें, खुली हथेलियाँ, काँपती उँगलियाँ, हाथ, तुम्हारी छाती, पेट, सबको एक लय में खोल दूँ, तुम्हें चूमते हुए। कि मैं उन्हें अपनी आवाज़ से भर दूँ। ऐसी रुकावटों के बाहर सोच रहा हूँ कि मैं क्या करूँ कि तुम मुझसे बात करो, मैं तुमसे किस आवाज़ में बात करता हूँ? किस यक़ीनी तौर पर मेरे होंठों से कोई आवाज़ निकलेगी? और अगर आवाज़ दी जाए तो वह बेकार, बिखरी हुई, बेमानी, भारी दीवारों से टकराकर वापस क्यों नहीं आएगी? तुमने मुझे ऐसा कोई यक़ीन कब दिया है?

जब मैं तुमसे दूर होता हूँ, जब तुमसे बात नहीं करता, तो मेरा शरीर बेजान, कठोर, सख़्त हो जाता है। और जैसे ही मैं तुम्हारी आवाज़ सुनता हूँ, मेरा पूरा वजूद तुरत जाग जाता है...मानो मेरे हवास इस बेहोशी की तह तक गिर गए हों। तब मुझे कुछ नहीं पता होता है। बस ऐसे लम्हों में मैं तुमसे बस इतनी दरख़्वास्त करना चाहता हूँ कि मुझे पकड़ लो, थाम लो, मेरी सारी ताक़त चली गई। कि मैं इतना दर्द नहीं सह पाऊँगा मुझे बचा लो। लेकिन यह सब मेरे होंठों पर तैरता है, वे लफ़्ज़ बाहर नहीं आते। और तुम हँसती रहती हो। और मुझे लगता है कि कभी-कभी उस दिन तुम मछली नहीं भून रही थी बल्कि मेरा सारा वजूद आग में भुन गया है...और अपने दर्द से ज़्यादा इस बात की तकलीफ़ है कि तुम मुझे इस तरह झुलसा हुआ नहीं देख पा रही हो।

मुझे नहीं पता कि मैं तुमसे क्या बात करूँ। वास्तव में मुझे नहीं पता। ऐसी कौन-सी बातें हैं जो मेरे हालात में फँसा हुआ आदमी एक औरत से कहता

है जो उलझन में हँसती है। यह इल्म मुझमें नहीं है। या तुम्हारा मेरे एहसास को कैसे अनड्रेस करता है, इसकी समझ मेरे लिए बिलकुल भी काम नहीं कर रही है। जो भी हो, हमारे लफ़्ज़ उन एहसास को समूचे तीखेपन और शिद्दत में व्यक्त करने के क़ाबिल नहीं हैं। एक दरिया है जहाँ हम खड़े हैं, लेकिन दरिया की ओर आने के बजाय हम रेत में पानी की तलाश में लगे हैं। मैं बे-लिबास खड़ा हूँ और तुम रेत की तरह बे-हरकत हो जाती हो। और मुझे यह सब बेहद मज़ाहिया और बकवास लगाने लगता है।

आ जाओ अब—हीरा

मैं पत्रों को लिफ़ाफ़े में वापस रखती हूँ। लेटकर मैं छत की ओर देखती हूँ। कमरा नीली रोशनी में नहाया हुआ है। तारिक से बात करने की अचानक एक तीखी निराशाजनक तड़प मेरे अन्दर है, मेरा दम घुट रहा है, मेरी साँस फूल रही है। मैं इतने दिनों कैसे ज़िन्दा थी उसके बिना, उससे महीनों बात नहीं की थी। अचानक ख़याल आता है शायद वह जीवन में आगे बढ़ गया हो, दूसरे शहर में शिफ़्ट हो गया हो, किसी और से प्यार हो गया हो। मैं फ़ोन उठाती हूँ और उसका नम्बर डायल करती हूँ। मैं उसकी आवाज़ सुनने के लिए कुछ भी कर सकती थी अभी। इन सभी महीनों में मैं दूर रही और अब जैसे ही घंटी बजी मैं पागल-अधीर हो गई। दस रिंग के बाद, मेरे दिल पर हथौड़े चल रहे हैं, मेरी हथेलियों में पसीना है और अचानक एक क्लिक होता है और उसकी नींद से भरी आवाज़ आती है, आलसी, निंदासी, रूखड़ी, उन सभी तत्त्वों से युक्त, जिसने मुझे उसके लिए पागल बना दिया था।

"हीरा?"

उसकी आवाज़ इतनी शान्त थी। तब मैं क्यों हकला रही थी।

"तारिक़।"

बस इतना ही मैं बोल पाई।

"हीरा! स्वीटहार्ट आ जाओ।"

वह आदेश देता है।

"रात के इस समय?"

"हाँ, इस समय मैं इन्तज़ार कर रहा हूँ।"

वह फ़ोन रखता है। रात के दस बजे हैं। मैं एक शॉल लपेटती हूँ, माँ के लिए एक नोट छोड़ती हूँ, मुझे बाहर जाना है माँ, चिन्ता मत करिए, आपके जागने से पहले वापस आ जाऊँगी। कुछ ज़रूरी काम है, लौटकर बताती हूँ मैंने नोट को अपने बेडसाइड पर रख दिया और बाहर निकल गई।

रात में उसका घर पन्द्रह मिनट की दूरी पर था। हम बिना एक-दूसरे को छुए चुपचाप बैठे रहते हैं। फिर क़रीब दस मिनट के बाद वह उठता है और मुझे गले से लगा लेता है।

"हीरा, मेरी जान! मुझसे बात क्यों नहीं की?"

उसकी आवाज़ कोमल है। मैं उसके धुएँ की गंध और गर्म शरीर की गंध को सूँघती हूँ। यह अजीब तरह से सुकून देने वाला है। भावुक या कामुक तो बिलकुल नहीं।

अगर मैंने फ़ोन नहीं किया तो तुमने क्यों नहीं किया?

मैं उसकी जैकेट में बुदबुदाती हूँ।

कौन अधिक असुरक्षित है? हू इज़ मोर वलनरेबल?

मैं हँसती हूँ।

मैं मैं।

वह कॉफ़ी बनाने जाता है और मैं काउच पर लेट जाती हूँ।

निर्मल एक दिन बाद वापस आ रहा है।

मैं उसे सूचित करती हूँ।

रानी एक बात याद रखो। हम हमेशा एक-दूसरे पर मुनहसिर रहेंगे। एक तरह से जुड़वाँ हैं। तुम मेरी आल्टरनेट सेल्फ़ हो। मैं जहाँ भी रहूँ जो भी मेरे साथ रहे, तुम हमेशा मेरा हिस्सा रहोगी। यू विल आलवेज बी आ पार्ट ऑफ़ मी। बाक़ी सब भूलकर निर्मल के साथ ख़ुश रहो। और सबसे बढ़कर अपने आप में ख़ुश रहो। मैं हमेशा तुम्हारे आसपास रहूँगा हीरा।

उसकी बातें मुझे सहला रही थीं, सुकून दे रही थीं।

निर्मल को यह समझाने के लिए तुम्हें तरीक़े और साधन निकालने होंगे। उसे पता होना चाहिए कि मैं उसकी लड़की को भगा नहीं ले जाऊँगा कभी। हम हमेशा एक साथ चीज़ें करेंगे लेकिन प्रेमी के रूप में नहीं, दो लोगों के रूप में, अलग-

अलग व्यक्ति जो एक-दूसरे को सपने, समझ और रचनात्मकता प्रदान करेंगे। क्या तुम समझ रही हो?

मैं एक बच्चे की तरह सिर हिलाती हूँ, फिर उसे गले लगाती हूँ जैसे कोई सखा बन्धु हो।

We will have the same memories.

वो जेरार्ड देपर्दियू और इज़ाबेला अद्जानी को कोट करता है, केमिल क्लोदेल फ़िल्म का एक डॉयलॉग।

अगले दिन मैं ख़ुशी से उमड़ रही हूँ। माँ शाम को जाएँगी। वह मुझे निर्मल के साथ अकेला छोड़ना चाहती हैं।

"इतने महीनों के बाद तुम दोनों एक-दूसरे के साथ अकेले होगे।"

माँ फिर आश्वासन माँगती हैं, "हीरा, तुम निर्मल से ख़ुश हो?"

मैं संजीदगी से सच कहती हूँ, "मैं उससे बहुत प्यार करती हूँ माँ।"

आज सड़क पर झरते पत्तों का खुमार था।

कमल, मछली और तराना—हीरा

बहुत पुरानी बात थी। मेरे जीवन का एक दिन। दरअसल एक दोपहर। और यह इतने सालों तक मेरे भीतर दफ़न रहा। उसका पीला सूरज रंग अपनी उष्मा बिखेरता और उन सभी दोपहरों में मेहँदी के निशान छोड़ देता है जो मैंने तब से अब तक बिताई हैं।

वह बम बाबू का बगीचा था। उनका आम का बाग़। एक लम्बी चारदीवारी और मोटी झाड़ियों के पीछे छिपा हुआ। यदि आप सड़क के किनारे से गुज़रते तो आपको पता नहीं चलता कि दीवार के पार कोई गुप्त रहस्यमय दुनिया है, एक दुनिया इतनी शान्त और इतनी विलक्षण कि अब तक सिर्फ़ किसी और की कल्पना में मौजूद हो सकता था। जब तक कोई देख न लेता तब तक उसे विश्वास न होता। और बहुत कम लोगों ने इसे देखा होगा। यह बिलकुल भी सार्वजनिक स्थान नहीं था। बम बाबू स्वयं एक वैरागी थे और उनकी अधिकांश सम्पत्ति, संरक्षित थी, सबसे छिपी हुई थी। और इसकी यही बात इस बाग़ को और भी आकर्षक बना देती

थी। और अचानक एक दिन वह हमारे लिए खुल गया। ऐसे ही। इतनी आसानी से।

पापा वहाँ नियुक्त थे और दफ़्तर के अधिकारियों ने एक दिन के पिकनिक का आयोजन किया था। कोई बम बाबू से किसी बात पर मिलने गया था और उन्होंने बड़ी उदारता के साथ आम के बाग़ में तालाब के पास की जगह की पेशकश की थी। मैंने कल्पना की थी, बुज़ुर्ग रोबदार कुलीन बम बाबू की एक हाथ से बग़ीचे की तरफ़ राजसी इशारा करते।

तालाब बरसों पुराना था। पानी तक जाती सीढ़ियाँ टूटी-फूटी, कोनों पर धँसी जर्जर थीं। तालाब के चारों ओर विशाल पुराने पेड़ों का घेरा था। उनकी शाखें पानी की ओर लहरातीं-झुकतीं सतह चूमती थीं। पानी हल्का हरा और स्थिर था और जहाँ-जहाँ पत्तियों के बीच सूरज की किरणें गिरतीं, धूप-छाँह का इतना सुनहला ख़ुशनुमा दृश्य बनता कि आपकी साँस थम जाती। जैसे पल थम गया हो, जीवन रुक गया हो, एक वक़्फ़ा गुज़रता और फिर कोई चिड़िया पेड़ों की सघनता से निकल एक तीखी उड़ान में पानी छूती और फिर नीले आसमान में ऊँचा-ऊँचा उड़ जाती और जादू हज़ार टुकड़ों में बिखरकर चूर-चूर हो जाता।

पिकनिक की सारी तैयारियाँ हो गई थीं। सारे पुरुष एक तरफ़ बैठे ताश खेल रहे थे। स्त्रियाँ दूसरी तरफ़ प्याज़ और हरी मिर्च काट रही थीं। गोभी के छोटे टुकड़े कर रही थीं। पकौड़े तलने की तैयारी हो रही थी। नौकर और अमला-गुमला धनिया, लहसुन और मिर्च की चटनी पीस रहे थे। बच्चे कभी ताश खेलने की नक़ल करते, कभी प्याज़ छीलने की और ज़रा देर में थककर आम के बग़ीचे की तरफ़ भाग निकलते। कोई अम्मा चिल्लातीं, मना करतीं, "पानी के पास, ख़बरदार जो गए।"

कोई और किसी चपरासी को हुक्म देता, "तुम्हें बस बच्चों को देखना है, ज़्यादा दूर न भटकें और पानी के पास तो बिलकुल न जाएँ।"

और मैं जो न बच्चा थी न बड़ी? मैं सबसे छूटी हुई थी। मेरी तरफ़ किसी का ध्यान नहीं था। और इस तरह की गोधूलि भूगोल में होना कहीं नहीं होना था। जैसे किसी ऐसे अदृश्य लोक में थी अकेली, बिलकुल। बिना किसी की निगाह में आए मैं चुपचाप तालाब की परिधि पर टहल रही थी। पुराने दरख़्तों के रूखड़े तने को छूती, उनका खुरदरापन मेरी त्वचा से होता मेरे बदन में चींटियों की क़तार-सा चढ़ता आता, मैं लाल चूँटों को शाखों पर तेज़ी से चढ़ता देख रही थी, धूप को पीठ पर बरसता महसूस कर रही थी, ढलान पर जंगली फूलों की ख़ुशबू से अलस भौंरों को मत्त नाचता देख रही थी, मैं भी जैसे किसी तन्द्रिल सुरूर में बहक रही थी। हर

बार पानी के पास जाना छोड़, दूर-दूर से पेड़ों के बीच चलती रही, पेड़ों को गिनती रही, आम, अमरूद, लीची, जामुन, बेल, कदम्ब। उस तरफ़ जो इकलौता पेड़ था शायद गूलर था। एक तरफ़ ताड़ के पेड़ सन्तरियों-से खड़े थे। उन पर हाँड़ी लटकी थी, ताड़ी इकट्ठी हो रही थी। शाम को कोई पेड़ों पर चढ़कर उन हाँड़ियों को उतार लेता होगा। नशे से भरपूर ताड़ी। लेकिन अगर ताज़ा-ताज़ा सुबह पीया जाता तो कहते हैं सेहत के लिए बहुत मुफ़ीद होता है। जब मैं टाइफ़ायड से बीमार हुई थी, माँ हर रोज़ सुबह-सुबह मुझे पिलातीं। उसका स्वाद मुझे अच्छा लगता।

तराने का धीमा सुर मुझ तक आ रहा था। कोई गा रहा था। सुर पानी पर तैरते इस पार आते थे। मैं पानी को लालसा से देख रही थी। मुझे बम बाबू के बारे में जिज्ञासा थी। मुझे पता था कि वो बंगाल से इस तरफ़ बरसों पहले आए थे, बन्द्योपाध्याय से बम बाबू बनने में बरस लगे। हाथ में सिर्फ़ अपनी क़िस्मत लिये। फिर यहीं पैसा बनाया, किसी लोकल लड़की से ब्याह किया और कभी बंगाल नहीं लौटे। फिर पत्नी जवानी में गुज़र गईं और सब दौलत राख हुई। पत्नी का बड़ा-सा तैलचित्र सजा है, क़ीमती साड़ी और गहने में, उनकी हवेली में। मेरा दिल टूटता है। मैंने 'जलसाघर' फिल्म देखी है। और कल्पना में बम बाबू की हवेली ठीक वैसी ही है।

मैं घास की ढलान पर बैठ जाती हूँ, किसी तितली-पतिंगे की गुनगुनाहट मेरे कानों में बजती है। सूरज की किरणें मेरे पपोटों पर सुर्ख़ लाल गिरती हैं। मैं सोचती हूँ उस नवेली दुल्हन को मरते हुए। उस ऊँचे जहाज़ से पलंग पर। नीचे फ़र्श सफ़ेद-स्याह के शतरंजी चौकोरों सा चमकता हुआ, हाथ पंखा डुलाती, बिलखती हुई दासियाँ, सिर झुकाए डॉक्टर, और दिल टूटे वाला अकेला दूल्हा।

तराने का तुम-तुम मेरे दिल में नगाड़े-सा बजता है। मैं उठती हूँ, अपनी आँखों से लालिमा पोंछती हूँ। उस तालाब के एक तरफ़ कोई खँडहर-सा दिखता है। झोंपड़ नुमा। कोई टूटा गुम्बद-सा, लाल बलुआ पत्थर का। मैं उस तरफ़ बढ़ती हूँ। उसमें जालीदार खिड़की है। एक पत्थर का बेंचनुमा चारों तरफ़ और सीढ़ियाँ पानी तक। मैं बहुत सावधानी से पानी के किनारे तक जाती हूँ। पानी बहुत साफ़ और स्थिर है। एक कमल खिला है। मैं मोहित देखती हूँ। झुकती हूँ। अँजुरी में पानी उठा उँगलियों से धीरे-धीरे बह जाने देती हूँ। एक मछली तैरती हुई कमल तक आती है। रोहू मछली। बड़ी, ख़ूब बड़ी, मेरी बाँह जितनी बड़ी। अगर मैं हिली तो वो भी पानी

में लौट जाएगी। मैं साँस रोकती हूँ। मछली मुझे देखती है। दोपहर कितनी चटक जीवन्त है। ऐसी दोपहर जो हमेशा आपकी स्मृति में, जीवन में बनी रहे। उस वक़्त इस बात का इल्म नहीं होता है। यही उस बात का जादू है। वो धीरे-धीरे बढ़ता बड़ा होता जाता है, दिल में और-और जगह घेरता जाता है। उसके बीज से जड़ें फूटती हैं, शाखें पनपती हैं, फूल खिलते हैं और उसकी ख़ुशबू मिट्टी पर पहली बारिश की बूँद-सी फैल जाती है।

मैं वापस सब तक लौट आती हूँ। अब भी कोई तराना गा रहा है, कितना मीठा। मैं उसके सामने बैठ जाती हूँ। मुझे उसका नाम याद नहीं, पर उसकी शक्ल कितनी सफ़ाई से मेरे ज़ेहन में बसी है, उसके सुर भी। अब भी जब कभी तराना सुनती हूँ, मुझे उस तन्द्रिल दोपहर के मीठे सुर याद आते हैं।

मैं दरी पर बैठ गई थी और सम्मोहित सुनती थी। उसे शायद मज़ेदार लगा होगा। लगभग एक बच्ची जिसे शास्त्रीय सुरों और मुरकियों की कोई समझ नहीं वो इस तरह तन्द्रा में सुने उसे। पर उस दिन बिलकुल ऐसा ही हुआ था। कमल, मछली और तराना।

कितने साल बीत गए। मैंने फिर कभी बम बाबू को नहीं देखा, पर उनकी शक्ल मेरी याद में अंकित है। उनका पतला ख़ूबसूरत आभिजात्य और गरिमा से भरा चेहरा, दर्द की लकीरों से तीखा हुआ। शायद वो चेहरा किसी फ़िल्म का किरदार हो कोई, या मेरी कल्पना की उपज मात्र। शायद वो तालाब भी काल्पनिक ही हो।

जैसे-जैसे साल बीतते गए ये मेरे स्मृति में विशाल और रहस्यमय बनता गया। लेकिन मुझे यक़ीन है, इतना जितना हो सकता है कि मैंने सच देखा था, वो अकेला गुलाबी कमल, लाल बलुआ पत्थर के गुम्बद और निश्चित रूप से स्वर्ग से एक संकेत की तरह मेरी ओर तैरती रोहू मछली।

...

नगीन झील में वही तो खिला था, गुलाबी फूल। बचपन की स्मृति लल्लां कोट की नगीन झील की स्मृति में घुल-मिल गई है। तारा भी मैं ही हूँ शायद और नैन भी। उदय मामू और कैथी की मोहब्बत भी। अपने माँ-बाप की दुलारी बच्ची भी मैं, निर्मल की जान और तारिक़ की सहेली। अपने पास के लोगों को सहेजना भी मुझे ही है, समझाना भी और समझना भी।

किसी और दुनिया में नन्ना हुक्का पीती हुई हँसती हैं, बड़ी भारी ख़राशदार आवाज़ में उल्लास-भरी हँसी। फिर खाँसने लगती हैं और खाँसते-खाँसते हँसने भी। उनका चेहरा सान्द्र और कोमल है।

मेरे लिए यही उल्लास है, जीवन पर्व है। उस बादल के टुकड़े पर उनके बग़ल में बैठ उसी सुर में हँसती हूँ इस जीवन की जुगलबन्दी।